O ESPIÃO FIEL

Alex Berenson

O ESPIÃO FIEL

Tradução de
MARILUCE PESSOA

EDITORA RECORD
RIO DE JANEIRO • SÃO PAULO
2007

CIP-Brasil. Catalogação-na-fonte
Sindicato Nacional dos Editores de Livros, RJ.

Berenson, Alex
B43e O espião fiel / Alex Berenson; tradução de Mariluce Pessoa. – Rio de Janeiro: Record, 2007.

Tradução de: The faithful spy
ISBN 978-85-01-07752-3

1. Ficção americana. I. Pessoa, Mariluce. II. Título.

CDD – 813
07-1770 CDU – 821.111.(73)-3

Título original norte-americano:
THE FAITHFUL SPY

Capa: Necas
Foto de capa: Alan Schein/Corbis/LatinStock

Impresso no Brasil

ISBN 978-85-01-07752-3

PEDIDOS PELO REEMBOLSO POSTAL
Caixa Postal 23.052
Rio de Janeiro, RJ – 20922-970

Para a Cav 1-5
e todos os homens e mulheres
das Forças Armadas dos Estados Unidos
que servem com bravura em um mundo complexo
— e em homenagem a Fakher Haider,
que morreu em nome da verdade

Deus está ao lado com a melhor artilharia.

NAPOLEÃO

PRÓLOGO

OUTONO DE 2001

Planície de Shamali, norte de Cabul, Afeganistão

JOHN WELLS VASCULHOU o céu, procurando dois caças F-15 que sobrevoavam em círculos na escuridão. Até mesmo durante o dia era difícil localizá-los. E com o sol por trás das montanhas haviam ficado praticamente invisíveis. A única esperança de Wells era que os pilotos também não os tivessem visto, pois as bombas nas asas dos caças poderiam destruí-lo — e a todos os seus homens — em um instante.

Das cabines dos caças, a guerra parecia um videogame, pensou Wells. Homenzinhos cinzentos atravessavam correndo a tela do computador, em silêncio, a cada dois centímetros, até que as bombas caíssem em explosões brancas. A realidade no solo era bem mais sombria, ossos e sangue em lugar de *pixels*. O pensamento de Wells voltou-se para uma manhã de domingo, muitos anos antes: seu pai, um cirurgião, um dos melhores bisturis no norte de Montana, entrando na cozinha depois de uma noite na sala de cirurgia, lavando as mãos compulsivamente na pia.

— O que aconteceu, papai? — perguntou Wells naquela manhã. — Algum problema?

Tinha 10 anos, idade suficiente para saber que não devia fazer esse tipo de pergunta, mas a curiosidade foi maior. Herbert fechou a torneira e enxugou as mãos, serviu-se de uma xícara de café e fixou os olhos azuis e cansados no filho. Wells já ia pedir desculpas por ter desrespeitado limites, quando seu pai finalmente falou, dando uma resposta que Wells não esperava.

— Tudo depende de que lado da arma você está — disse Herbert, enquanto tomava um gole de café, como se desafiando o filho a continuar.

Wells não compreendera o pai na ocasião, mas agora tudo fazia sentido. Jamais ouvira palavras tão verdadeiras. Ele se perguntava o que seu pai, morto havia dois anos, pensaria do homem em que se tornara. Trilhara os primeiros passos quando Herbert morreu, e se o pai tinha idéias próprias sobre o assunto, jamais deixara transparecer.

— Você tem as mãos de um cirurgião, John — disse Herbert uma vez quando Wells ainda estava na faculdade, mas, como o filho não respondeu, encerrou o assunto.

Seu pai sempre disse que ele teria de escolher o próprio rumo, que o mundo não era lugar para os fracos. Wells achava que tinha aprendido muito bem a lição. Um matador, não um médico, que tinha como objetivo causar ferimentos que nenhum cirurgião poderia sanar. Ainda assim, de alguma forma, achava que Herbert compreenderia a necessidade de homens como ele. Pelo menos, tinha essa esperança.

WELLS DESISTIU DE procurar os caças, mas manteve o olhar no céu. Naquele lugar sem eletricidade, as estrelas e a lua brilhavam com uma intensidade que ele aprendera a apreciar. Silenciosamente nomeou todas as constelações de que se lembrava, até que uma rajada de vento encheu seus olhos de poeira e trouxe sua atenção de volta à terra.

Ahmed, seu lugar-tenente, contornou a fogueira e colocou-se a seu lado.

— Frio — disse Ahmed baixinho em árabe.

— *Nam.* — Sim.

O vento piorara ao longo do dia, uma brisa gelada vinha do norte com a promessa de um inverno rigoroso. À noite o vento estava especialmente forte, levantando a cinza do fogo que Wells e seus homens haviam feito, zombando de seu esforço de permanecerem aquecidos. Wells jogou o cobertor sobre os ombros e se aproximou dos homens, aconchegados em torno da pequena fogueira. Teria preferido uma chama mais forte, mas não podia se arriscar a atrair a atenção dos caças.

— Vai ser um longo inverno.

— Vai — disse Wells.

— Talvez bem curto. — Um sorriso sinistro despontou no rosto de Ahmed. — Talvez a gente esteja no paraíso antes da primavera.

— Quem sabe o xeique nos mande de férias — disse Wells, em uma de suas raras piadas. — Ou a uma *hajj* — a peregrinação a Meca que os devotos islâmicos têm como meta fazer pelo menos uma vez na vida.

Ao ouvir a palavra *hajj*, o riso funesto desapareceu dos lábios de Ahmed.

— Inshalá, Jalal — disse ele com reverência. Se Deus quiser.

— Inshalá — disse Wells. Os guerrilheiros do Talibã e da al-Qaeda o chamavam de Jalal. Ele adotara o nome alguns anos antes, depois de se tornar o primeiro ocidental a graduar-se nos acampamentos da al-Qaeda próximos a Kandahar. Muito poucos homens, menos de 12, conheciam seu nome verdadeiro. Outros o chamavam de Ameriki, o americano, mas poucos se dirigiam a ele dessa forma. Grande parte dos recrutas jovens, na verdade, não sabia que ele era americano.

E por que haveriam de saber?, Wells se perguntou. Após anos participando do jihad no Afeganistão e na Chechênia, ele falava perfeitamente árabe e pachto. Sua barba era longa e suas mãos calejadas. Cavalgava quase tão bem quanto os nativos — nenhum estrangeiro conseguia realmente montar como um afegão — e jogava *buzkashi*, o duro jogo de pólo que eles amavam, com a mesma perfeição. Orava com eles. Provara que pertencia àquele grupo de homens.

Pelo menos, era isso que Wells esperava. O que Bin Laden e os outros líderes veteranos da al-Qaeda realmente pensavam sobre ele, não sabia. Nem tinha certeza se algum dia descobriria. Sobretudo naquele momento, com seu país em guerra contra o deles. Só poderia prová-lo, de fato, se morresse por eles, e isso não planejava fazer.

Wells sentiu outro tremor, dessa vez por dentro. Chega de conjecturas. Olhou para seus seis homens, todos com seus AKs nos ombros, falando baixinho na escuridão. Três eram afegãos, três árabes; a pressão da guerra havia unido o Talibã à al-Qaeda como nunca antes. Em geral, eles eram faladores e barulhentos, contadores de histórias natos. Mas em missão, Wells não conversava, e seus soldados respeitavam isso. Eram bastante amigáveis e com experiência de luta; seguiam suas ordens rapidamente, sem questionar. Isso era tudo que um comandante poderia desejar. O que estava para lhes acontecer à noite era uma desventura, pior do que desventura, mas não havia outro jeito.

Ao sul, um clarão intenso iluminou a noite. Em seguida um outro, e depois outro.

— Já começaram outra vez — disse Ahmed.

Os americanos estavam bombardeando Cabul, a capital afegã, cinqüenta quilômetros ao sul. Até aquele momento, haviam ignorado a planície de Shamali, a terra plana ao norte de Cabul, onde o Talibã enfrentou a Aliança do Norte — o exército afegão rebelde, que desde o 11 de Setembro se tornara o melhor amigo dos Estados Unidos.

Wells e seus homens haviam acampado num vilarejo desconhecido, de apenas umas poucas cabanas, numa montanha de onde se avistava a planície. Estavam protegidos pelas montanhas ao norte e a oeste, e haviam ido a cavalo, não em picapes Toyota, as preferidas pela milícia talibã. Ninguém os incomodaria lá no alto da montanha, e podiam facilmente vigiar a planície abaixo. E Wells tinha um outro motivo para escolher esse lugar, motivo que não compartilhara com seus homens. Se tivesse um pouco de sorte, haveria uma unidade das forças especiais americanas no vilarejo mais próximo, ao norte.

— Mais pesado hoje — disse Ahmed, enquanto os clarões continuavam.

— *Nam.* — Sim. Muito mais pesado. Depois de um mês de espera, os Estados Unidos haviam aberto fogo contra Cabul. Um mau sinal para o Talibã, já abalado pelo colapso de suas defesas no norte. Cidades supostamente impenetráveis haviam caído após alguns dias de bombardeio americano.

Mas naquela noite, o Talibã reservava uma surpresa para a Aliança do Norte. Wells voltou-se para o sul, onde se avistava uma estrada marcada por pneus, saindo de Cabul em direção à planície. Lá estavam eles. Faróis dirigiam-se para o norte. Uma dúzia de veículos num só comboio, um intervalo, e mais outros doze. Picapes com metralhadoras calibre 50 montadas em plataformas. Caminhões de cinco toneladas, cada um transportando vinte soldados. A lua despontou no céu, e os faróis continuavam se aproximando. Mais uma dúzia e outra mais. A milícia talibã agrupava-se para atacar a linha de frente da Aliança do Norte.

Os caminhões apagaram as luzes ao se aproximarem das tropas inimigas. Wells apanhou o binóculo de visão noturna — seu único luxo, subtraído de um major russo caído na Chechênia — e inspecionou o vale abaixo. Centenas de caminhões haviam se juntado. Talvez três mil soldados no total, afegãos e árabes. Prontos para defender Cabul dos infiéis, que queriam que suas mulheres mostrassem o rosto em público. Se os talibãs rompessem a linha de frente da Aliança do Norte, talvez conseguissem retomar muito do que haviam perdido. A unidade de Wells tinha sido enviada para investigar se a Aliança havia tomado conhecimento do ataque. Até aquele momento, ele não vira nenhuma preparação defensiva.

Wells passou o binóculo para Ahmed.

— É verdade então?

— *Nam.* Vamos atacar hoje.

— Vamos conseguir vencer?

Um mês antes, a pergunta de Ahmed teria sido inconcebível. O bombardeio americano havia abalado a confiança do Talibã mais do que Wells imaginara.

— Claro — disse ele. — Inshalá.

Na verdade, Wells admirava a audácia do plano. O Talibã enfrentaria o inimigo em vez de esperar para morrer nas casamatas. Mas os soldados talibãs reunidos seriam um alvo perfeito para os caças que sobrevoavam. Para ser bem-sucedida, a milícia talibã precisaria investir contra a linha de frente da Aliança do Norte rapidamente. Então os soldados da Aliança e do Talibã se misturariam em um corpo-a-corpo, e os americanos se veriam impossibilitados de bombardear o inimigo sem destruir também seus aliados.

As tropas talibãs situadas embaixo separaram-se em grupos, por companhias, preparando-se para seguir em frente.

Não tiveram chance.

As bombas começaram a cair quase ao mesmo tempo em que o último caminhão de soldados alcançava a linha de frente. Os bombardeios continuaram noite adentro, com explosões brancas e vermelhas, na planície abaixo de Wells, como se fossem fogos de artifício de cabeça para baixo. Estalos agudos e estampidos longos ecoavam aleatoriamente, três ou quatro em rápida sucessão, seguidos de longas pausas. O impacto abalou as cabanas onde Wells e seus homens estavam, e uma explosão iluminou a noite com uma enorme bola vermelha de fogo.

— Deve ter sido um caminhão de munições — disse Wells, meio para si, meio para Ahmed.

A BARRAGEM DE artilharia pareceu durar horas, mas quando terminou e Wells olhou para o relógio, viu que apenas quarenta minutos haviam se passado. Pegou o binóculo para examinar a planície abaixo. O fogo tomara conta dos destroços das picapes e dos caminhões de cinco toneladas. Viam-se homens espalhados pelo chão. Os americanos haviam esperado todo o tempo, e os talibãs caíram na armadilha. Isso significava que uma unidade das forças especiais estava escondida por perto, comandando o bombardeio. Exatamente como Wells havia calculado.

Chocados com o que haviam visto, seus homens permaneceram em silêncio. Lá embaixo, a milícia talibã tentava se reagrupar, mas a Aliança do Norte havia aberto fogo com metralhadoras e morteiros. E uma outra sucessão de bombas certamente estava por vir. Como era de se esperar, o Talibã não tinha chance.

Wells abaixou o binóculo.

— Vamos — disse.

— Voltar? — perguntou Ahmed.

Wells fez que não com a cabeça e indicou o norte por sobre as montanhas.

— Os americanos estão lá apontando as bombas para o alvo. — Ahmed pareceu surpreso, mas não disse nada. Wells estivera certo antes e, de qualquer forma, como comandante podia fazer o que quisesse.

Selaram os cavalos e seguiram montados para o norte na noite escura. Diferente das espetaculares montanhas do norte do Afeganistão, a cordilheira de Shamali era mirrada e irregular, montes baixos de pedras soltas e areia. Viajaram em fila única, num trote regular, conduzidos por Hamid, o melhor cavaleiro do grupo. Lá embaixo as bombas continuavam a cair. Alguns faróis já se voltavam para o sul em direção a Cabul, e o ataque dos talibãs se extinguia antes mesmo de começar.

— Devagar — disse Wells, à medida que seu pelotão se aproximava do topo de um morro situado ao norte de seu acampamento. Tinha certeza de que uma unidade americana havia tomado posição semelhante à que ele escolhera. Wells e seus homens chegaram ao morro e pararam. À frente deles, havia um declive e, logo em seguida, uma elevação. Wells olhou pelo binóculo. Eles estavam lá, alguns homens parados ao lado de um grupo de choupanas de barro, observando as linhas de frente do Talibã. Podiam ser os habitantes do vilarejo, despertos pelo bombardeio... mas não eram. Eram os americanos. A comprovação estava no caminhão meio escondido atrás de uma cabana.

Aquele veículo significava que os soldados das forças especiais teriam uma SAW, uma metralhadora leve, ou talvez uma de calibre 50, maior do que qualquer uma das que seus homens portavam. Mas Wells e seu pelotão, por sua vez, teriam uma surpresa. Wells fez sinal para que seus homens avançassem, alertando-os a fazer silêncio. Eles demonstravam nervosismo, estavam agitados pela perspectiva de atacar os americanos. E Wells, embora relutasse em admitir, também estava nervoso.

U.S.S. Starker, *oceano Atlântico*

A viagem fora tranqüila, mas Jennifer Exley sentiu o estômago apertar quando o helicóptero aterrissou e ela pisou no metal cinzento do convés do *Starker*, oitenta quilômetros a leste de Norfolk, na Virgínia. Em águas internacionais, claro, de modo que sua carga preciosa permanecesse fora da jurisdição das cortes americanas.

Um velho navio de guerra anfíbio da marinha, o *Starker* passara a ser uma prisão flutuante. Na embarcação havia apenas um prisioneiro, Tim Keifer, também conhecido como Mohammed Faisal, um americano de 22 anos que fora capturado lutando pelo Talibã, próximo a Mazar-e Sharif, no norte do Afeganistão. Lutando pelo Talibã *contra os Estados Unidos*. Exley ainda estava tentando entender isso.

A captura de John Walker Lindh, o outro militante talibã americano, tinha sido anunciada no mundo inteiro. Mas a prisão de Keifer fora mantida em sigilo. O presidente Bush havia assinado uma ordem declarando ser Keifer um "combatente inimigo" e suspendendo seus direitos, inclusive seu acesso aos tribunais americanos. Naquele momento, Keifer estava literalmente flutuando num limbo de aço, um lugar onde as leis americanas não se aplicavam. Exley tinha dúvidas quanto àquela decisão, mas talvez essa não fosse a hora de se preocupar com questões pequenas como a Carta de Direitos. O navio se inclinou sob seus pés, e ela gritou quando perdeu o equilíbrio no convés de metal escorregadio. Seu guia, um guarda-marinha jovem e amigável, estendeu-lhe a mão, segurando-a para que não caísse.

— Tudo bem, Sra. Exley?

— Tudo.

Ele a conduziu por um corredor bem iluminado fora do convés.

— Mohammed está no hospital — disse o marinheiro. — A gente tenta cuidar dele, mas ele continua se machucando. Batendo com a cabeça nas portas, uma mer... — Lembrou-se de que estava falando com uma mulher e se corrigiu: — Uma *coisa*. — Ela percebeu.

Bastante previsível, pensou Exley. Desde que eles não o matem.

— Imagino que a tripulação bem que preferia jogá-lo no mar, não é?

— A rapaziada ia fazer um sorteio para ver de quem era a sorte — disse animado. — É aqui.

Ela mostrou sua identificação da CIA e um passe naval especial aos dois marinheiros que guardavam a cabine de Keifer. Eles examinaram os dois documentos com cuidado e a saudaram. O guarda-marinha retirou do bolso uma chave de metal grossa e a enfiou no pesado cadeado. Empurrou a porta devagar, e Exley entrou na cabine sem janelas.

— Não precisa ter pressa, senhora — o guarda-marinha disse, ao fechar a porta. — Mohammed não vai a lugar algum.

Keifer estava deitado numa cama estreita de hospital, mãos e pernas algemados à grade lateral, com medicação endovenosa no braço. Sua barba fora feita sem cuidado, e seus cabelos, cortados curtos. Uma mancha amarelada circundava seu olho esquerdo. Ele era franzino e parecia um estudante de filosofia, ou algo igualmente inútil. Não apresentava muito risco de fuga, mas, por segurança, uma câmera no canto do quarto estava dirigida para a cama, e dois marinheiros faziam guarda na porta. Qualquer um dos dois conseguiria jogar Keifer no Atlântico com uma só mão. Por uma fração de segundo, Exley sentiu pena dele. Mas foi só por uma fração de segundo.

EM CIRCUNSTÂNCIAS NORMAIS, Exley não teria falado com Keifer. Sua função era apenas cuidar dele, não interrogá-lo, e a CIA e a DIA — Agência de Inteligência de Defesa, os garotos de Rumsfeld — interrogaram-no severamente durante semanas. Entretanto, depois de ler as transcrições dos interrogatórios de Keifer, Exley e Ellis Shafer, seu chefe, diretor do setor do Oriente Próximo, decidiram que ela própria deveria falar com Keifer.

Exley decidiu fazer papel de mãe. Tinha idade suficiente para isso, e ele provavelmente não via uma mulher fazia um certo tempo. Caminhou até a cama e colocou a mão no ombro do rapaz. Os olhos drogados do prisioneiro abriam e fechavam. Ele retraiu-se, encolheu os ombros e em seguida relaxou um pouco enquanto ela lhe sorria.

— Tim. Eu sou Jen Exley.

Ele piscou os olhos e não disse nada.

— Você está se sentindo bem?

— O que você acha?

Inacreditável. Esse garoto idiota ainda queria bancar o valentão. Ele e os seus setenta quilos. Felizmente, o pentobarbital sódico e a morfina correndo em suas veias o haviam acalmado um pouco. A Anistia Internacional teria objetado, mas não tinha direito a voto. Exley tentou demonstrar solidariedade, no lugar da raiva que sentia.

— Posso sentar?

Ele deu de ombros, e as algemas roçaram na grade da cama. Ela puxou uma cadeira.

— Você é advogada?

— Não, mas posso conseguir um. — Uma pequena mentira.

— Quero um advogado — disse Keifer, com voz arrastada. Fechou os olhos e balançou a cabeça, lentamente, com uma regularidade mecânica, parecendo desfrutar de certo conforto com o movimento. — Eles me negaram um advogado. Eu conheço meus direitos.

Você vai ter que resolver essa questão com alguém bem acima de mim, pensou Exley.

— Eu posso ajudar você — disse. — Mas você vai ter que me ajudar.

De novo ele balançou a cabeça, dessa vez com certa irritação.

— O que você quer?

— Me fale sobre aquele outro americano lá. Não o John Walker Lindh. O terceiro rapaz. O mais velho.

— Eu já falei.

Exley segurou o rosto dele, virando-o em direção a ela para forçá-lo a fitar seus olhos azuis — seu melhor traço, sempre lhe diziam isso, mesmo com as rugas que já se formavam ao redor.

— Olhe para mim, Tim. Você contou a outra pessoa. Não a mim.

Viu a resistência abandonar os olhos do rapaz quando ele, ou as drogas nele, resolveu que não valia a pena lutar.

— Ele era conhecido como Jalal. Um ou dois caras disseram que o nome verdadeiro dele era John.

— John?

— Devem ter confundido com John Walker Lindh. Não sei nem mesmo se ele era americano. Eu nunca falei com ele.

— Nem mesmo uma vez? — Ela esperava que sua voz não revelasse a decepção que sentia.

— Não — disse Keifer. Fechou os olhos. Ela continuou esperando. — O lugar era muito grande. Ele ficava entrando e saindo.

— Ele tinha liberdade para ir e vir?

— Acho que sim.

— Como era ele?

— Um cara grandão. Alto. Tinha uma barba como todos os outros.

— Alguma característica específica?

— Se tinha, eu não vi. Não era esse tipo de acampamento.

Ela se aproximou de Keifer, inclinou-se e sorriu. O hálito dele era rançoso e azedo ao mesmo tempo, como uma laranja podre. Provavelmente quase não lhe escovavam os dentes.

— Você se lembra de mais alguma coisa?

Ele parecia estar pensando.

— Pode me dar um pouco de água?

Exley olhou para o marinheiro que estava à porta. Ele deu de ombros. Havia uma pilha de copos de plástico ao lado de uma pia de metal num canto do quarto. Ela encheu um copo e levou para Keifer, inclinando-o lentamente nos lábios dele.

— Obrigado. — Keifer fechou os olhos. — O americano, Jalal, os caras disseram que ele era um verdadeiro soldado. Durão. Tinha lutado na Chechênia. Isso era o que eles diziam. — Abriu os olhos e olhou para ela. — O que mais você quer que eu lhe diga?

O que realmente queria saber eram detalhes que não cabia a ela perguntar: "Você leu o Alcorão todo? Você odeia mesmo os Estados Unidos ou foi somente uma aventura? A propósito, quando é que seus amigos vão nos atacar de novo? Onde? Como?"

E enquanto pensava nas perguntas inadmissíveis e irrespondíveis, que tal esta: De que lado ele está? Jalal, quero dizer. John Wells. O único agente da CIA que conseguiu infiltrar-se na al-Qaeda. Um homem cuja existência era do conhecimento de apenas uns poucos chefões da agência. Um bem nacional único.

Exceto que esse bem nacional único não se preocupara em se comunicar com seus chefes na CIA — em outras palavras, com Exley — havia dois anos. O que significava que sua ajuda para impedir o 11 de Setembro tinha sido nula. Por quê, John? Você está vivo, e não em cativeiro. Esse garoto confirmou pelo menos isso. Você não sabia? Ou se tornou um deles? Você sempre foi um pouco louco, ou nunca teria ido para essas montanhas. Talvez você tenha passado tempo demais se ajoelhando em tapetes, orando com os vilões. Talvez você seja um deles agora.

— O que mais? — disse Exley. — Não consigo pensar em nada. — Pôs de lado o copo vazio e levantou-se para sair. Os olhos de Keifer fixaram-se nos dela, e agora ele realmente parecia uma criança assustada. Está começando a compreender a arapuca em que se meteu, ela pensou. Graças a Deus ele não é problema meu.

— E o advogado? Você prometeu.

— Vou ver isso — disse ela, saindo porta afora. — Boa sorte, Tim.

WELLS E SEUS homens encontravam-se a cerca de dois quilômetros dos americanos. Haviam abandonado os cavalos poucos minutos antes. Ele conduziu os homens para uma passagem estreita, entre pedras, que os escondia da posição dos americanos. Uma vez fora dali, não teriam cobertura, apenas um terreno aberto entre eles e o inimigo. Era exatamente o que Wells queria. Não alimentava ilusões de que seu pelotão pudesse aproximar-se sem ser visto. A passagem era praticamente desprovida de árvores, e as forças especiais dispunham de equipamento de visão noturna muito superior a seu binóculo.

Dividiu os homens em dois grupos. Ahmed conduziria três deles em direção ao norte, num ataque direto sobre a posição do inimigo, enquanto Wells, Hamid e Abdullah — o guerreiro mais valente de toda a unidade — seguiriam para noroeste em ziguezague, caminhando pelo topo e depois desceriam.

— Temos que andar rápido — disse Wells. — Antes que eles mandem os aviões. Sem os caças, eles são fracos. — Seus homens agruparam-se em torno dele, preparando as armas com satisfação.

"Agora a parte mais importante: como seu comandante, eu declaro esta uma missão de martírio — disse. As palavras mágicas. Eles deveriam lutar até a morte. Sem retirada, sem rendição. — Está claro para todos? — Wells procurou sinais de medo em seus homens. Não viu nenhum. Os olhos deles estavam fixos. — Lutamos pela glória de Alá e Maomé. O inimigo se colocou a nosso alcance. Graças a Alá, nós vamos destruí-lo. *Allahu akbar.*

— *Allahu akbar* — repetiram os homens em voz baixa. Deus é grande. Eles estavam com medo, mas também animados, percebeu Wells. Não havia maior glória do que matar um americano, ou morrer tentando.

Ahmed pôs munição em seu AK e conduziu os homens para fora da passagem estreita. Wells os acompanhou, seguindo em direção ao topo. Alguns minutos depois, ainda a uns quatrocentos metros dos americanos, ele deitou-se atrás de uma pedra, sinalizando para que Hamid e Abdullah fizessem o mesmo.

— Esperem — disse. — Ahmed ataca primeiro. — Os acontecimentos iam se desenrolar muito rapidamente a partir desse momento. Espiou ao redor da pedra. Pelo binóculo, viu as forças especiais preparando-se para atacar, armando-se e espalhando-se por trás de choupanas e rochas, sem correr, mas andando rápido e com precisão, demonstrando em cada passo seu rigoroso treinamento.

Quando Ahmed e seus homens chegaram a uma distância aproximada de cem metros, as forças especiais atacaram com um fogo cerrado que ressoou pela montanha. Ahmed sobreviveu à primeira artilharia. Os outros três homens sucumbiram imediatamente, seus corpos dilacerados pela metralhadora, mortos antes mesmo de atingir o chão.

— *Allahu akbar* — gritou Ahmed, com coragem, porém condenado. Correu em direção à posição americana, clarões de fogo saindo pelo cano de seu AK. Morreu em segundos, como Wells havia previsto. Admirou a destreza dos americanos.

Wells inspecionou de novo Ahmed e seus homens. Estavam em silêncio e imóveis. Parou e agachou-se com cuidado para permanecer protegido pela enorme pedra. Por um momento, fez uma pausa. Convivera com Hamid e Abdullah durante anos, dividira com eles o pão e amaldiçoara o frio das montanhas junto com eles.

Tirou a Makarov do coldre preso à cintura. Pop. Pop. Um tiro na cabeça de Hamid, outro na de Abdullah. Rápidos e certeiros. Os homens estremeceram, gorgolejaram e ficaram imóveis. Wells fechou os olhos. *Sinto muito*, murmurou entre dentes. Mas não havia outra maneira. Escondeu-se por trás da pedra e escutou com atenção. Silêncio, mas sabia que os americanos tinham ouvido seus tiros e estavam olhando em sua direção. Teria de se mover agora, ou nunca mais.

— Americano — gritou Wells de cima da montanha, em inglês. — Eu sou americano. Não atirem.

Uma rajada de metralhadora assoviou por cima de sua cabeça.

— Eu sou americano — gritou de novo. — Não atirem.

— Se você é americano, fique de pé! — gritou uma voz. — Onde possamos ver você. Mãos na cabeça.

Wells fez como lhe disseram, esperando que não o eliminassem por medo ou raiva, ou simplesmente porque podiam fazê-lo. Escutou os homens subindo a encosta em sua direção. Duas lanternas despontaram, cegando-o.

— Dê um passo à frente, depois deite de bruços, braços para fora.

Wells enfiou o rosto na pedra e beijou a terra. Seu plano funcionara. Fizera contato.

ATRÁS DE Wells percebia-se a afobação dos soldados.

— Diabos, o que é isso? — disse um deles ao encontrar Hamid e Abdullah. Um holofote iluminou o chão em torno de Wells, enquanto a boca de um fuzil era pressionada contra seu crânio.

— Fique parado, Sr. Americano — disse a voz, então mais perto. — Que porra é essa? Quem é você? E o que aconteceu com seus amigos lá atrás?

— Sou da CIA — disse Wells. — Meu nome é John Wells.

O cano da arma foi puxado para trás. Um silvo agudo.

— Major — disse uma voz que vinha de cima. Uma conversa sussurrada e depois uma outra voz.

— Qual é mesmo seu nome?

— John Wells.

O cano da arma estava novamente apontado para sua cabeça.

— Qual é sua EPI, Sr. Wells? Prova Emergencial de Identidade. Uma frase curta e exclusiva para cada agente de campo, permitindo-lhe provar sua boa-fé em situações como essa. Normalmente não era para ser revelada a ninguém fora da CIA. Mas Wells resolveu fazer uma exceção, porque sem dúvida eles teriam sido informados de que agentes americanos poderiam estar operando por trás das linhas talibãs. E por causa do fuzil apontado para sua cabeça.

— Minha EPI é *Red Sox*, major.

Alguns segundos se passaram. Wells ouviu o soldado acima dele folheando alguns papéis.

— E não é que é verdade? — disse a voz, agora mais amigável. Um leve sotaque sulista. — Muito bem. Eu sou Glen Holmes. Pode se levantar.

Wells levantou-se, e Holmes — homem baixo, musculoso, de cabelos à escovinha e cavanhaque meio ruivo — apertou-lhe a mão.

— Queria poder lhe oferecer uma cerveja, agente Wells, mas elas ficaram lá no Tadjiquistão.

— Pode me chamar de John — disse Wells, sabendo que Holmes não o faria.

Wells percebeu que as forças especiais não confiavam no que dizia. Tomaram-lhe o fuzil, a pistola e o punhal que estava preso ao calcanhar, por "medida de segurança". Mas pareceram acreditar nele quando lhes contou sobre as manobras que fizera para que seus homens caíssem na emboscada e ele pudesse entrar em contato com as forças especiais. De qualquer forma, eles não o amarraram nem lhe colocaram um saco na cabeça para torná-lo mais cooperativo.

Então contou-lhes o que tinha vindo para contar, o que sabia sobre os acampamentos da al-Qaeda, os treinamentos que os integrantes do jihad recebiam, os experimentos da al-Qaeda com armas químicas.

— Era química básica. Misturam béquer A com béquer B para ver o que acontece. Matam uns cães.

— E biológicas? Nucleares?

— Não temos nem eletricidade confiável, major. Nós... Eles... — À medida que Wells trocava os pronomes, ficava ainda mais confuso. Ele era americano agora, e seria sempre, e jamais trairia seu país. Mas após anos nos acampamentos, afeiçoara-se a alguns dos homens de lá. Como Ahmed, que ele acabara de ajudar a matar. Wells fez um meneio de cabeça. Resolveria esse problema mais tarde.

Holmes observava-o o tempo todo, sem dizer nada.

— Era só o que eles queriam, ter esse tipo de coisas, armas biológicas, armas nucleares, mas não sabiam como.

— Você está estranhando falar inglês de novo? — perguntou Holmes de repente.

— Não muito — respondeu Wells. — É. É meio estranho.

— Quer descansar um pouco?

— Não, tudo bem. Queria somente... — Wells hesitou, não querendo parecer um tolo. — Vocês têm Gatorade aí? Eu sinto muita falta disso.

— Fitz, tem Gatorade aí?

Misturaram um pacote de Gatorade sabor laranja em uma garrafa de água, e Wells bebeu sofregamente, como um conquistador que havia encontrado a fonte da juventude. Contou-lhes o que sabia sobre o círculo íntimo de Bin Laden, que era menos do que ele gostaria, sobre a maneira como a al-Qaeda era financiada, onde ele achava que Bin Laden se refugiara. Os soldados das forças especiais gravavam tudo. Despejava informações o mais rápido que podia, marcando as horas pela lua que se movia no céu. Queria estar de volta pela manhã. Quanto maior a confusão quando ele retornasse, menos perguntas teria que enfrentar sobre o que acontecera com seu pelotão. Centenas de talibãs e árabes haviam morrido naquela noite. Quem notaria apenas seis a mais?

O céu começou a clarear, e Wells sabia que tinha de partir.

— É isso — disse. — Gostaria de ter mais tempo. Mas tenho que voltar.

— Voltar? — Por um momento os olhos de Holmes esbugalharam-se. — Você não quer aproveitar para pedir um *exfil*?

Exfil, abandonar a missão de infiltração. Não quer ir para casa? Por alguma razão, Wells tinha até mesmo esquecido de considerar essa possibilidade. Provavelmente porque parecia tão improvável como ir à lua. Não quer um camarote no Fenway? Ver o mar? Ver uma mulher de minissaia? Não quer uma corrida de automóvel em Montana até chegar em casa? Não quer ajoelhar-se diante do túmulo de seu pai e pedir perdão por ter faltado a seu enterro? Não quer ver Heather, Evan e sua mãe?

A resposta a todas essas perguntas era sim. Sua casa era sua vida, vida de verdade, e de repente a dor dessa perda o abateu de tal forma que fechou os olhos e enfiou a cabeça entre as mãos.

— Wells? — chamou Holmes.

Então Wells lembrou-se do júbilo que tomou conta dos acampamentos no dia 11 de Setembro, dos cânticos, da satisfação e das preces a Alá. Sabia que alguma coisa muito grave estava por acontecer, mas desconhecia os detalhes. Deveria ter tentado descobrir mais, porém pressupôs que a al-Qaeda visava uma embaixada em algum lugar, um campo de petróleo saudita. Não queria levantar suspeitas fazendo muitas perguntas. Não o World Trade Center. Foi uma operação grandiosa e destruidora. Sua imaginação falhara, como a de todos os demais. E milhares de pessoas haviam morrido.

Wells havia feito uma promessa naquele dia: isso nunca mais irá acontecer, não enquanto eu estiver vivo para impedir. Nada mais importava. Não que ele tivesse muito mais. Heather casara-se de novo, e Evan provavelmente não tinha idéia de quem ele era. Será que reconheceria Evan? Não via uma foto do filho havia anos. Sua vida real, qualquer que fosse, havia desaparecido. O que ele fizera naquela noite provava isso. Matara a sangue-frio os homens que estavam sob seu comandado.

Como sua família o reconheceria se nem sequer ele se reconhecia?

— Não, nada de *exfil* — disse Wells. — Pode me emprestar uma caneta e um pedaço de papel, major?

Holmes entregou-lhe um bloco e uma caneta. Wells escreveu: "Perseguirei UBL", as iniciais da agência para Osama, a quem a CIA chamava de Usama. "Sem informação prévia do 11 de Setembro. Continuo amigo. John."

Mordeu os lábios e acrescentou uma outra linha. "P.S.: Diga a Heather, a Evan e a mamãe que estou com saudades."

Destacou a folha, dobrou-a e escreveu "Exley" na frente do bilhete.

— Pode enviar isso para Jennifer Exley, na CIA? Ela é a responsável por minha missão.

— Sim, senhor.

— Prefiro que não leia. — Entregou o bilhete a Holmes.

— Entendido. — Holmes pegou um envelope de um outro bolso, colocou dentro o bilhete e selou.

— Major, posso lhe perguntar uma coisa? Como é que foi lá?

— O quê?

— Dois meses atrás. O 11 de Setembro.

— O 11 de Setembro? — Holmes fez um gesto com a cabeça, aparentemente recordando aquele dia. — Foi como se o país inteiro tivesse levado um soco no estômago. As pessoas simplesmente ficaram em frente à televisão. Vendo aquelas torres caírem, uma depois da outra. As pessoas se jogando, o segundo avião batendo... Foi incrível. Quer dizer, eu realmente não estava acreditando. Se Tom Brokaw tivesse aparecido e dito: "Alô, América, vamos acabar com vocês, ha, ha", eu teria dito: "Bom, tudo bem." Isso teria feito mais sentido do que o que realmente aconteceu.

— Esses caras, eles são capazes de tudo. — Wells sabia que essa era uma observação superficial, mas de repente se sentiu exausto.

— Minha mãe morreu dois anos atrás — disse Holmes. — Câncer. Terrível. Foi o pior dia da minha vida. O 11 de Setembro foi o segundo. E foi assim para todo mundo. Uma parte da Força Delta foi logo para Nova York, para retirar as pessoas, mas eu não. Eu sabia que eles queriam a gente na base.

Holmes olhou para Wells.

— Você está bem, John? Talvez Freddy possa examiná-lo.

— Quero ir embora, só isso — disse Wells. — Preciso voltar. — Parou e olhou de cima da montanha para a planície embaixo. — Aquela linha de frente não vai agüentar muito tempo.

— Os seus homens não vão durar uma semana — disse Holmes.

— Meus homens. — Wells sentiu de novo uma vertigem estranha.

— Não quis ofender.

— Claro que não — disse Wells.

— Olha — disse Holmes. — Quando voltar para casa, me liga. Me procura pelo nome de minha mulher: Debbie Turner. Siler City, na Carolina do Norte. Eu te levo para pescar. O lugar é lindo.

— Quase tão lindo quanto Montana.

— Quando pretende voltar, John?

— Acho que vai demorar um pouco — disse Wells.

Ficou parado. Holmes lhe devolveu as armas. Wells prendeu o punhal e a pistola e pendurou o fuzil no ombro. Holmes estendeu-lhe a mão, e Wells segurou-a entre as suas.

— Major, mais uma coisa.

— Sim, senhor.

— Agora você tem que me dar um tiro.

Holmes recuou um passo, de repente sério.

— No braço. Senão vai parecer estranho. Não posso voltar sem nenhum arranhão e com todos os meus homens mortos.

— De maneira alguma — disse Holmes.

— Major, se você não fizer, vou ter que fazer isso eu mesmo.

— Meu Deus.

— Um ferimento na pele. De raspão. Sem atingir o osso.

Holmes hesitou, depois concordou.

— Tudo bem. Então se vire e comece a andar.

— Começar a andar?

— Eu sou um Delta, agente Wells. — Holmes usou seu melhor sotaque arrastado da Carolina: — Eu consigo acertar os colhões de um gambá a cem metros de distância. Em que braço?

— Melhor no esquerdo — disse Wells. Virou-se e saiu andando, devagar, com o braço estendido para fora. Alguns segundos depois veio o tiro, queimando a pele e os músculos do bíceps esquerdo, como se uma agulha de crochê quente lhe tivesse atravessado a pele. "*Cosumaq!*", disse Wells, um palavrão árabe, e o sangue espirrou. Puta que pariu. Sentou-se e olhou para Holmes, que ainda segurava com cuidado a pistola. Só por precaução.

— Belo tiro, major. — Era verdade. O ferimento foi perfeito.

— Quer outro?

Wells riu, a princípio devagar, depois com vontade, a respiração ofegante à medida que o sangue pulsava em seu braço. Holmes certamente o considerava maluco. Mas Wells não via outra saída. O Talibã não brincava com coisas como essa.

— Um chega — disse ele, o riso diminuindo.

— Quer um curativo?

— É melhor que eu mesmo faça isso.

Wells rasgou um pedaço de sua túnica e fez um torniquete frouxo em torno do braço, impedindo que o sangue escorresse. A dor voltou, com uma sensação de ardência que subia pelo braço até o ombro. Ele já havia se sentido pior. Sobreviveria. Parou, sentindo-se tonto. Fechou os olhos até que passasse a tontura.

— Siler City — gritou Holmes para ele ouvir. — Não esqueça!

Wells foi embora, seguindo para o sul na noite afegã.

Langley, Virgínia

O ESCRITÓRIO DE Exley era do tipo padrão para uma analista de nível intermediário. Sem janelas, uma estante de madeira cheia de histórias sobre o Oriente Médio e o Afeganistão, dois computadores — um para a rede sigilosa e outro conectado à internet — e um cofre mal disfarçado por trás de uma gravura campestre inglesa. Exley tinha algumas fotos dos filhos na escrivaninha e um cartão de aniversário que Randy lhe mandara, mas a CIA desencorajava seus funcionários de externar seu lado pessoal. A lição implícita: hoje aqui, amanhã em outro lugar.

O bilhete de Wells levou quatro dias para chegar até ela. Exley supunha que as forças especiais tinham coisas mais importantes a fazer. Nesse ínterim, Cabul caíra para a Aliança do Norte. A batalha de Shamali lhe mostrara que o Talibã — como qualquer outro — não era capaz de enfrentar o poderio aéreo americano. Sentada à sua mesa, Exley lia o bilhete criptografado e o relatório ainda mais perturbador que o acompanhava. "Wells pediu ao major Holmes para atirar no seu braço de modo que pudesse parecer ter lutado contra as forças americanas..."

Exley apertou o nariz e fechou os olhos, mas quando os abriu nada havia mudado. David e Jess estariam dormindo quando ela chegasse em casa, e Randy estaria assistindo a televisão e, claro, não estaria zangado, não perguntaria quanto tempo teria de tolerar que ela chegasse tarde à noite e passasse os fins de semana trabalhando. Salvar o mundo pesava sobre o casamento. Especialmente quando era a mulher dele a responsável por esse salvamento.

— Ele não vai voltar.

Ela olhou para cima e avistou Shafer, seu chefe, parado à porta. Ele gostava de aparecer no seu escritório sem ser anunciado. Uma de suas características menos atrativas. Juntamente com a sua aparência impecável. Ele tinha nas mãos a sua cópia do bilhete de Wells.

— Ele não vai voltar — repetiu Shafer. — Passou para o outro lado. Ou talvez seja apenas louco. Mas aposto uma xícara de café com você que essa é a última notícia que vamos ter dele. Azar o dele. — Shafer não parecia preocupado, reparou Exley.

— Não estou tão certa assim.

— Por que razão?

— O *post-scriptum*: "Diga a Heather, a Evan e a mamãe que estou com saudades."

Shafer deu de ombros.

— O último desejo e testamento.

— Nesse caso, ele diria que os amava. Mas o que diz é que sente saudades. Ele quer ver a família de novo. Talvez até morra por lá, mas não está tentando isso.

— Hum — retrucou Shafer. Virou-se e seguiu pelo corredor gritando: — São quase dez horas. Vai para casa, descansa um pouco.

— Cuide do próprio rabo — ela resmungou.

Olhou para o bilhete de Wells uma vez mais antes de guardá-lo no cofre. Ela e Shafer, e até mesmo Wells — eles precisavam apenas esperar, não era? Precisavam apenas esperar.

PRIMEIRA PARTE

O REGRESSO DO REI

1

HOJE

Fronteira Noroeste, divisa entre
o Afeganistão e o Paquistão

O XEIQUE GUL lançou um olhar severo a sua congregação.

— Hoje cada muçulmano tem que lutar o jihad — disse em pachto, elevando a voz. — Quando os mongóis invadiram Bagdá, o fato de serem muçulmanos piedosos em nada ajudou o povo de Bagdá. O povo morreu sob a espada dos infiéis.

O xeique levantou os braços para o alto.

— Agora o Islã está sitiado de novo. Sitiado na terra das duas mesquitas e na terra dos dois rios: Arábia Saudita e Iraque. Sitiado aqui no Paquistão, onde nosso líder trabalha para os americanos e os judeus. Estamos cercados por toda parte — disse o xeique Mohammed Gul.

Era um homem baixo, usava barba e escondia o corpo pesado por trás de uma túnica lisa marrom. Sua voz parecia a de uma pessoa bem maior. Dentro da mesquita, um prédio simples de tijolos, cujas paredes eram revestidas de tinta branca descascada, os fiéis murmuravam palavras de aprovação e agrupavam-se. Irmãos em armas. Mas essa concordância deixou o xeique ainda mais enfurecido.

— Vocês dizem "sim", "sim". Mas o que é que fazem quando terminam as preces? Fazem algum sacrifício? Vão para casa e não fazem nada. Os muçulmanos de hoje amam este mundo e odeiam a morte. Nós abandonamos o jihad! — gritou o xeique. Fez uma pausa para olhar a multidão e enxugar a testa. — E então Alá nos subjugou. Somente quando nos sacrificarmos, restabeleceremos a glória do Islã. Nesse dia, Alá finalmente nos favorecerá.

Exceto que, provavelmente, nenhum de nós estará aqui para ver isso, pensou Wells. Durante todos esses anos em que Wells escutara os sermões de Gul, o xeique mostrara-se cada vez mais raivoso. A origem de sua fúria era fácil de compreender. O 11 de Setembro enfraquecera-se com o tempo, e o retorno do Islã a seus dias de glória permanecia distante como sempre. Os judeus ainda governavam Israel. Os americanos haviam instalado um governo xiita no Iraque, país que fora sempre governado pelos sunitas. Sim, os xiitas também eram muçulmanos. Mas muçulmanos sunitas e xiitas tinham sido inimigos desde os primórdios do Islã. Para Osama e seus camaradas sunitas fundamentalistas — às vezes chamados de wahhabis —, os xiitas eram quase iguais aos judeus.

A al-Qaeda, "a Base" da revolução, nunca se recuperara da perda de sua própria base no Afeganistão, pensou Wells. Quando o Talibã caiu, as tropas da al-Qaeda fugiram do leste para a Fronteira Noroeste, a divisa montanhosa entre o Paquistão e o Afeganistão. Wells escapara por pouco de uma bomba americana em Tora Bora, a última grande luta da guerra afegã. Ele preferia imaginar que a bomba havia sido guiada por Glen Holmes, que a teria lançado da cabana onde Wells se escondera.

Entretanto, os Estados Unidos não haviam fechado o cerco em Tora Bora, por razões que Wells nunca compreendera. Milhares de militantes do jihad escaparam. Em 2002, alcançaram as montanhas da Fronteira Noroeste, assim denominada pelos britânicos, já que a área era a divisa noroeste da Índia colonial. A Fronteira Noroeste era uma terra selvagem, governada por pashtuns, muçulmanos devotos que apoiavam a facção Qaeda do jihad, e foi definitivamente fechada ao Paquistão e aos soldados americanos. Até mesmo as forças especiais só podiam operar ali por curtos períodos de tempo.

Portanto, a al-Qaeda sobreviveu. Mas não floresceu. Osama e seus lugares-tenentes escondiam-se em buracos, ocasionalmente lançando fitas de vídeo para estimular os fiéis. De tempos em tempos, o grupo fazia uma investida. Explodiu uma estação de trem em Madri, bombardeou hotéis no Egito e o metrô de Londres, atacou trabalhadores nos campos de petróleo sauditas. No Iraque, lutou contra as forças de ocupação americanas. Mas nada havia abalado o mundo como o 11 de Setembro.

Enquanto isso, Wells e seus camaradas do jihad levavam uma existência miserável. Em teoria, os financiadores da al-Qaeda haviam combinado com os habitantes dos vilarejos pashtuns para abrigá-los. Mas, na prática, os soldados constituíam um peso para aquelas famílias extremamente pobres. Tinham de prover seu sustento como os demais membros da comunidade. Wells e alguns poucos árabes que viviam nesse vilarejo, nas imediações de Akora Khatak, sobreviviam à base de pão velho e sobras de carneiro. Wells não queria sequer pensar no peso que havia perdido. Mal se reconhecera nas poucas vezes em que se olhara no espelho. O buraco da bala no seu braço esquerdo havia se transformado em um tecido fibroso que doía intermitentemente.

Os invernos eram especialmente difíceis, até para Wells, que crescera brincando nas montanhas Bitterroot, na divisa entre Montana e Idaho. O frio penetrava-lhe os ossos. Ficava imaginando o que pensariam os sauditas. Muitos deles haviam sido martirizados nessas montanhas, não por bombas ou balas. Haviam morrido de pneumonia, de complicações resultantes da altitude e de uma doença semelhante a escorbuto. Haviam morrido chamando pelas mães, e alguns morreram amaldiçoando Osama e o terrível lugar para onde ele os havia conduzido. Wells comia frutas frescas sempre que podia, o que não era freqüente, e admirava a fibra dos pashtuns.

Para manter-se saudável praticava exercícios militares sempre que podia. O líder da tribo local o havia ajudado a montar um estande de tiro no chão plano a alguns quilômetros do vilarejo. Em intervalos de poucas semanas, Wells saía a cavalo com alguns homens e praticava tiro ao alvo, usando a munição de que podia dispor. Mas tinha de admitir que aquilo não era senão um passatempo. Se América *versus* al-Qaeda fosse um jogo de futebol da Pop Warner, os juízes, pela regra da misericórdia, já teriam encerrado esse jogo há muito tempo.

Gul dirigiu-se para o meio da multidão de fiéis. Olhou para os homens a seu redor e falou de novo, com voz baixa e veemente.

— O tempo dos discursos acabou, irmãos — disse ele. — Se for a vontade de Alá, passaremos para a ação em breve. Que Alá abençoe todos os muçulmanos fiéis. Amém.

Os homens se aproximaram para abraçar o xeique. Esperando sua vez, Wells se perguntou se Gul sabia de alguma coisa ou estava apenas tentando incitar a congregação. Passou a língua por um molar solto no fundo da boca, provocando uma dor que se espalhou por todo o maxilar. Os cuidados odontológicos na Fronteira Noroeste deixavam muito a desejar. Em breve teria de ir à clínica médica em Akora para que o dentista "examinasse" seu dente. Ou talvez Wells tivesse apenas de encontrar um alicate para fazer o trabalho ele próprio.

Nos últimos tempos, sonhava em deixar aquele lugar. Poderia pegar uma carona para Peshawar, tomar um ônibus para Islamabad e bater à porta da embaixada americana. Ou, mais precisamente, bater na barreira que impedia que um caminhão-bomba se aproximasse demais dos muros à prova de artilharia da embaixada. Bastavam alguns minutos, e ele estaria lá dentro. Alguns dias, e estaria em casa. Ninguém poderia dizer que fracassara. Pelo menos não na sua cara. Ele diria que tinha feito tudo que pudera, tudo o que qualquer outra pessoa poderia ter feito. Mas no íntimo saberia que não foi bem assim. E jamais se perdoaria.

Porque aquilo não era um jogo de futebol da Pop Warner. Ali a regra da misericórdia não existia. Os homens a seu lado naquela mesquita dariam a vida com prazer para serem lembrados como mártires. Estavam presos naquelas montanhas, mas seu propósito permanecia imutável. Punir os cruzados por seu húbris. Retomar Jerusalém. Matar os americanos. O desejo da al-Qaeda de destruir só era limitado por seus recursos. Por enquanto o grupo estava fraco, mas isso poderia mudar de uma hora para outra. Se os assassinos da al-Qaeda conseguissem matar o presidente do Paquistão, o país poderia ser governado por um wahhabi. Então Bin Laden teria uma arma nuclear para manipular. Uma bomba islâmica. E mais cedo ou mais tarde, haveria um grande buraco em Nova York, ou Londres, ou Washington.

De qualquer forma, viver nesse lugar tinha suas compensações. Wells aprendera os ensinamentos do Alcorão melhor do que esperava. Podia entender como os monges viviam na Idade Média, copiando os livros sagrados à mão. Sabia agora como um livro podia tornar-se um guia moral e espiritual e, ao mesmo tempo, uma ocupação mental agradável.

Depois de tantos anos no Afeganistão e no Paquistão, Wells percebeu que sua crença no islamismo — em certo momento apenas um disfarce — tornara-se real. A fé o tocara de uma forma que o cristianismo jamais conseguira. Wells sempre fora um cético em matéria de religião. Quando lia o Alcorão à noite em sua cama sozinho, surgiam as mesmas dúvidas sobre as promessas do paraíso que tinha quando lia a descrição de Cristo ressuscitando dos mortos, dada pelos apóstolos. Entretanto, gostava das exortações do Alcorão de que os homens deveriam tratar-se como irmãos e doar o que pudessem para obras de caridade. A *umma*, a fraternidade, era real. Em qualquer casa que entrasse, as famílias, mesmo aquelas que mal conseguiam alimentar os próprios filhos, lhe ofereceriam uma refeição e chá doce e quente. E no islamismo ninguém precisava de um padre para alcançar o divino; qualquer pessoa que estudasse bastante e fosse humilde o suficiente poderia, por si mesma, ir em busca da iluminação.

Entretanto, o ponto mais forte do islamismo era ao mesmo tempo o seu ponto fraco, pensou Wells. A flexibilidade da religião transformara-a num manto de ódio de homens cansados de serem dominados pelos Estados Unidos e pelo Ocidente. O islamismo era o marxismo do século XXI, uma capa para movimentos nacionais de libertação de todos os tipos. Com exceção que os sumos sacerdotes do marxismo jamais prometeram a seus seguidores um mundo melhor em troca de sua morte neste. Os wahhabis como Bin Laden haviam conjugado sua fúria contra os Estados Unidos com uma visão particularmente torpe do islamismo. Queriam conduzir a religião de volta aos ermos do século XVII. Não podiam competir com o mundo moderno, de modo que faziam de conta que ele não existia. Nem destruí-lo. Seu ódio ressoava em centenas de milhões de muçulmanos desesperadamente pobres. Mas aos olhos de Wells, eles haviam pervertido a religião que diziam representar. O Islã não era incompatível com o progresso. Na verdade, as nações islâmicas haviam estado entre as mais avançadas do mundo. Oitocentos anos atrás, enquanto os cristãos ainda queimavam bruxas, os abássidas muçulmanos já haviam construído uma universidade em Bagdá que guardava 80 mil livros. Depois chegaram os mongóis e as coisas deterioraram-se desde então.

Wells guardava para si suas opiniões. Publicamente, passava várias horas do dia estudando o Alcorão com o xeique Gul e os clérigos nas escolas islâmicas do vilarejo. Seus superiores da al-Qaeda haviam percebido isso. E essa era a razão pela qual Wells permanecia na Fronteira Noroeste. Acreditava que finalmente havia convencido a liderança da al-Qaeda de sua lealdade; os outros integrantes do jihad no vilarejo passaram a ouvir com mais atenção o que ele tinha a dizer. Ou assim ele esperava.

A vez de Wells saudar o xeique Gul chegara. Wells deu umas batidinhas no peito, um símbolo tradicional de afeição.

— *Allahu akbar* — disse ele.

— *Allahu akbar* — respondeu o xeique. — Você vem à mesquita amanhã de manhã para estudar, Jalal?

— Para mim é uma honra — disse Wells.

— *Salaam alaikum.* — A paz esteja com você.

— *Alaikum salaam.*

WELLS SAIU DA mesquita e dirigiu-se à rua principal da cidade, uma rua poeirenta. Piscando os olhos na pouca claridade do dia percebeu que dois homens de barba caminhavam em sua direção. Wells os conhecia vagamente, embora não soubesse seus nomes. Viviam nas montanhas, como guarda-costas de segunda linha de Osama.

— *Salaam alaikum*, Jalal — disseram.

— *Alaikum salaam.*

Os homens bateram no peito em saudação.

— Eu sou Shihab — disse o mais baixo.

— Bassim. — O mais alto dos dois, embora Wells ainda o superasse em altura. Seus sapatos eram de couro e sua túnica branca, limpa; talvez a vida nas montanhas tivesse melhorado. Ou talvez Osama estivesse vivendo numa cidade agora.

— *Allahu akbar* — disse Wells.

— *Allahu akbar.*

— O *mujaddid* quer que você vá conosco — disse Bassim. Mujaddid. O renovador, um homem enviado por Alá para conduzir o renascimento do Islã. Bin Laden era o *mujaddid.*

— Claro.

Um velho sedã Toyota Crown estava parado atrás dos homens. Era o único carro da cidade que Wells não reconhecia, logo devia pertencer a eles. Caminhou em direção ao automóvel. Bassim o interrompeu.

— Ele pediu que você preparasse uma mochila. Com tudo que lhe pertence e que você queira levar.

O pedido era inesperado, mas Wells simplesmente fez que sim com a cabeça.

— Não demoro muito — disse ele.

Dirigiram-se por um caminho estreito para a cabana de tijolo onde Wells morava com três outros militantes do jihad.

Lá dentro, Naji, um jordaniano jovem que se tornara o melhor amigo de Wells nas montanhas, folheava uma revista velha, cuja capa retratava Imran Khan, um famoso jogador de críquete paquistanês que se tornara político. Num canto, um bule de café esquentava num pequeno fogão de aço.

— Jalal — disse Naji, — já conseguiu algum patrocinador?

Há meses que Naji e Wells brincavam com a idéia de começar um time de críquete para a al-Qaeda, talvez conseguindo um patrocínio corporativo: "Os jihadis vão arrebentar." Wells não repetiria essa brincadeira na frente de mais ninguém. Porém Naji era mais sofisticado do que a maioria dos integrantes do jihad. Fora criado em Amã, capital da Jordânia, um paraíso, se comparado àquela cidade. E Wells salvara a vida de Naji no verão anterior, acudindo o jordaniano quando ele foi atingido por uma bala disparada pela polícia afegã no posto de controle da fronteira. Desde então os dois homens falavam abertamente sobre as frustrações de viver na Fronteira Noroeste.

— Em breve — respondeu Wells.

Hamra, a gata de Wells, roçou sua perna e pulou sobre o cobertor cinza fino que cobria a cama estreita. Era uma gata abandonada que Wells achara dois anos antes, magra, vermelha — o que explicava seu nome; *hamra* significa "vermelho" em árabe — e era uma grande saltadora. Ela o escolhera. Numa manhã de inverno, o seguira por toda a cidade, miando pateticamente, recusando-se a ir embora mesmo depois de ele gritar com ela. Não suportou vê-la esfomeada e assim, apesar das advertências dos homens de que uma gata logo se transformaria em dez, adotou-a.

— Oi, Hamra — disse, afagando-a rapidamente, enquanto Bassim entrava na cabana. Shihab entrou em seguida, murmurando alguma coisa para Bassim que Wells não conseguiu escutar.

— Bassim e Shihab, esse é Naji — disse Wells.

— *Marhaba* — disse Naji. Olá. Shihab e Bassim o ignoraram.

— Querem um café? — perguntou Wells.

— Temos que ir logo — disse Bassim.

— Naji — disse Wells. — Será que você pode sair um pouco?

Naji olhou para Bassim e Shihab.

— Tem certeza?

— *Nam*.

Quando Naji estava saindo, Wells dirigiu-se a ele.

— Naji — disse Wells. Passou os dedos pela cabeça de Hamra. — Toma conta dela enquanto eu estiver fora.

— Quando você vai voltar, Jalal?

Wells simplesmente fez um gesto negativo com a cabeça.

— *Hamdulillah*, então — disse Naji. Deus seja louvado, uma bênção árabe tradicional. — *Masalaama*. — Adeus.

— *Hamdulillah*. — Abraçaram-se rapidamente, e Naji saiu.

BASSIM E SHIHAB ficaram atentos enquanto Wells pegava sua mochila de lona embaixo da cama. Wells jogou dentro dela algumas roupas velhas: sua túnica extra, um par de tênis velho, um suéter de lã verde desbotado com tramas soltas. Um rádio de alcance mundial que comprara em Akora Khatak um ano antes e algumas pilhas extras. As doze mil rúpias — cerca de duzentos dólares — que havia economizado. Não tinha muito mais do que isso. Nem fotografias, nem televisor, nem tampouco livros, exceto o Alcorão e uns poucos textos de filosofia islâmica. Colocou-os com cuidado na mochila. E suas armas, claro. Deitou-se no chão de terra e pegou o AK e a Makarov embaixo da cama.

— As armas você pode deixar, Jalal — disse Bassim.

Wells não se lembrava da última vez que dormira sem um fuzil. Ele teria preferido deixar as roupas.

— Prefiro não deixar.

— Você não vai precisar delas no lugar para onde está indo.

Wells decidiu não discutir. Não que tivesse muita escolha. De qualquer forma, ainda tinha seu punhal. Colocou as armas de volta embaixo da cama.

— O punhal também — disse Bassim. — É mais seguro para todos nós.

Sem uma palavra, Wells levantou a túnica, desamarrou o punhal da perna e jogou-o sobre a cama. Olhou em torno do quarto, tentando se lembrar de que mais precisaria. Não tinha computador, nem câmera, nem telefone celular. Seu binóculo de visão noturna, que tanto valorizava, quebrara-se durante o bombardeio em Tora Bora.

Guardara um fragmento de projétil daquela batalha, estilhaço que abrira um buraco na parede poucos centímetros acima de sua cabeça. Mas não tinha nenhuma vontade de levá-lo consigo. Teria sua vida se reduzido a isso? Sem dúvida. Wells supôs que essa era a razão por que não temia o que estava por vir. Fechou o zíper da mochila.

— Adeus, Hamra — disse ele, acariciando seu pêlo fino. Ela arqueou as costas, pulou da cama e caminhou devagar para fora da cabana, sem olhar para trás. Isso significava intuição animal, pensou Wells.

— É só? — perguntou Bassim.

— Minha porcelana fina está na outra cabana. — Imediatamente desejou não ter feito semelhante piada, pois Bassim o encarou com frieza.

— Porcelana fina?

— Vamos.

AO CHEGAREM AO carro, Shihab abriu a porta da frente, do lado do passageiro, e fez sinal para que Wells entrasse.

— *Shukran jazeelan* — disse Wells. Muito obrigado.

Shihab não respondeu, simplesmente fechou a porta e entrou na parte traseira do automóvel. Bassim assumiu a direção, e eles partiram. Wells se perguntava se estaria sendo levado até Bin Laden de novo — apesar de que, se esse fosse o caso, eles estariam usando táticas muito diferentes dessa vez.

Fora levado ao encontro de Osama duas vezes antes, em visitas que não lhe deram nenhuma chance de realizar a promessa de matar o líder máximo da al-Qaeda. A primeira ocorreu imediatamente antes de os Estados Unidos invadirem o Iraque. Wells fora apanhado fora de Akora Khatak, teve os olhos vendados e foi conduzido durante horas por estradas esburacadas. Foi então transferido para uma carroça puxada por cavalo que se arrastou por estradas pedregosas durante mais algumas horas. No final da viagem, tiraram-lhe a túnica, deixando-o somente de camiseta e short roto, para ser revistado. Sua venda foi removida, e ele foi conduzido por um caminho na montanha que terminava numa caverna de pedra.

Lá dentro, um gerador pequeno fornecia luz e três tapetes de oração decoravam o lugar. Havia um prato de arroz e carneiro, pela metade, sobre uma mesa de madeira; Bin Laden estava sentado à mesa, ladeado por guarda-costas armados com fuzis AK. O xeique tinha um aspecto macilento e usava uma barba grisalha longa. Wells ajoelhou-se, e Bin Laden lhe perguntou se acreditava que os Estados Unidos entrariam em guerra com o Iraque.

— Acho que sim, xeique — disse.

— Mesmo se o resto do mundo não concordar?

— Os cruzados estão ansiosos por essa guerra.

— E eles vão vencer?

— O senhor viu o que as bombas deles podem fazer. Eles vão entrar em Bagdá antes do verão.

— Então seria uma tolice mandar nossos soldados?

Wells se policiou para não ser negativo demais.

— Não podemos evitar que destruam Saddam. Mas depois, quando tiverem assumido o controle do Iraque, vão ficar mais vulneráveis. Inshalá, vamos poder atingi-los diariamente, ataques pequenos, deixando-os mais fracos. — Com isso Wells sentiu um pouco de culpa, imaginando quantos soldados americanos morreriam nesse tipo de guerra que havia proposto. Mas certamente Bin Laden, de uma maneira ou de outra, chegaria a essa conclusão por si só. As guerras de guerrilha eram a única forma de lutar contra o exército americano.

Bin Laden passou a mão na barba, desviou o olhar, voltou-se de novo para Wells com olhos contraídos e maliciosos. Finalmente sorriu.

— É. Obrigado, Jalal. — E com isso o xeique dispensou-o.

DOIS ANOS MAIS tarde, Wells fora levado para uma caverna diferente para outro encontro, no qual Bin Laden lhe pediu informações sobre a represa Hoover.

— É um grande símbolo dos Estados Unidos? — perguntou o xeique.

Wells respondeu honestamente. A maioria dos americanos não tinha idéia do que era e onde ficava a represa Hoover.

— Você tem certeza, Jalal? — perguntou Bin Laden. Pareceu desapontado.

Wells olhou para os guardas ao lado de Bin Laden e desejou ter à mão uma arma ou uma faca com veneno de rato na ponta. Ou mesmo um chip no ombro para que um B-2 pudesse localizá-lo e soltar uma bomba naquele buraco fedorento.

— Tenho, *mujaddid* — respondeu.

Bin Laden fez um sinal afirmativo com a cabeça.

— *Shukran* — disse, e os guardas conduziram Wells para fora da caverna. Ele não sabia que crédito teria pelo fato de a represa Hoover ainda estar intacta.

NAQUELE MOMENTO, AO entrar na Toyota, Wells não sabia o que pensar. Se eles quisessem matá-lo, poderiam tê-lo levado para as montanhas, ou mesmo atirado nele enquanto dormia. A polícia paquistanesa não faria uma investigação minuciosa. Dificilmente aparecia na Fronteira Noroeste sem estar acompanhada do exército paquistanês.

Mas não estavam indo para as montanhas. Dirigiam-se a Peshawar. Wells calculou que suas chances de sobrevivência haviam aumentado. Desde que não fossem atingidos por um ônibus. As estradas no Paquistão eram um risco permanente, e Bassim dirigia como se quisesse chegar para o chá da tarde com Alá. A cabeça de Wells foi jogada para trás quando Bassim, ao tentar ultrapassar um caminhão carregado de mobília de madeira barata, se desviou do tráfego que vinha em direção contrária. Um veículo de combustível aproximava-se buzinando, enquanto Bassim tentava ultrapassar o caminhão de móveis. Numa manobra perigosa, ele voltou para sua mão na estrada quase perdendo o controle do carro e caindo numa ribanceira.

— Devagar, Bassim — disse Wells. Bassim virou-se para encará-lo, ignorando a estrada. A Toyota seguiu de novo em alta velocidade, tirando um fino de um trator com uma carga de cilindros de gás inflamável.

— Não está gostando da maneira como dirijo? Quer pegar a direção?

Jesus!, pensou Wells — um hábito que achava que jamais perderia. Todo o povo muçulmano sofria de uma overdose de testosterona, e os integrantes do jihad eram os mais afetados.

— Claro que não — disse Wells, com cuidado para manter uma expressão séria. Se esboçasse um leve sorriso, Bassim realmente os jogaria na vala, só para provar que podia. — Você dirige muito bem.

Um toque longo de buzina trouxe a atenção de Bassim de volta à estrada. Por pouco não bateu na traseira de um caminhão de combustível. Bassim pisou no freio, e a Toyota derrapou, parando no acostamento.

— Está vendo? — disse Bassim. — Dirigir para mim não é problema. Meus reflexos são perfeitos.

— *Nam* — disse Wells.

— Meu pai era um excelente motorista. Aprendi com ele.

— Seu pai — disse Shihab, que até então se mantivera calado no banco traseiro — morreu num acidente de carro.

Bassim virou-se para trás e lançou um olhar feroz para Shihab, enquanto Wells mordia os lábios para conter o riso. Finalmente Bassim pisou no acelerador, e eles voltaram para a estrada. Ninguém disse mais nada durante o restante do trajeto.

DUAS HORAS MAIS tarde, a Toyota entrou em Peshawar, a maior cidade da Fronteira Noroeste, um aglomerado de um milhão de pessoas numa mistura de prédios de concreto caindo aos pedaços e casas de tijolos. Bassim abriu caminho com o sedã por um bairro pobre abarrotado de carroças puxadas por burros, caminhões de combustível e lixo. As ruas estavam tão cheias que não dava para seguir em frente. Diante de uma lojinha cujas vitrines estavam lotadas de latas empoeiradas de leite condensado, Bassim desligou o motor. Shihab saltou do carro e abriu a porta para Wells.

— Venha — disse ele, puxando Wells pela rua afora. O cheiro repugnante de esgoto e lama encheu o ar. Wells atravessou pilhas de frutas podres e bosta de burro. As crianças corriam atrás deles, chutando latas e uma esfera rasgada que já havia sido uma bola de futebol. Tantas crianças. Estavam por toda parte no Paquistão, sentadas nas ruas, vendendo brinquedos e bananas maduras demais, os olhos brilhando de fome. Em vizinhanças como aquela, cercavam qualquer pessoa que estivesse parada, estendiam as mãos, sorrindo e pedindo: "rupias, rupias". As que tinham sorte conseguiam ir para as escolas islâmicas, que lhes passavam bem os ensinamentos do Alcorão, e mal todo o resto. O que poderiam fazer quando crescessem senão se integrarem ao jihad?

Bassim empurrou a porta metálica enferrujada de um prédio de apartamentos e puxou Wells para dentro.

— Terceiro andar. — Ele e Shihab pareciam loucos para sair da rua. Wells se perguntava se Bin Laden realmente se arriscaria a viver naquele lugar.

A escada era escura e cheirava a mijo e cebolas. Quando chegaram ao terceiro andar, Bassim arrastou Wells para os fundos do prédio. Bateu duas vezes na porta de aço, fez uma pausa e bateu duas vezes de novo.

— *Nam*? — disse uma voz vinda de dentro.

Bassim não respondeu, mas bateu duas vezes mais. A porta se abriu. Um homem de turbante fez sinal com seu AK para que entrassem.

A sala era escura e lúgubre, iluminada apenas por uma réstia de luz crepuscular que penetrava por uma janela suja, localizada no alto da parede. Abaixo da janela, um pequeno pôster de Bin Laden havia sido pendurado cuidadosamente.

— Sente-se — disse o guarda, apontando para um banco coberto de almofadas vermelhas rotas.

Wells olhou melhor a sua volta. Por trás de uma cortina de contas azuis, um corredor estreito conduzia para os fundos do apartamento. Num canto, uma água fervia no fogão, ao lado de uma tesoura, uma lâmina de barbear e um espelho de plástico azul. O outro único móvel era uma cadeira de madeira que tinha sido colocada em cima de alguns jornais.

Os minutos continuavam passando. Ninguém disse uma palavra sequer. Wells nunca vira homens árabes tão quietos por tanto tempo. Ficou pensando se realmente planejavam matá-lo ali. Que seja. Ele tinha feito o melhor que podia. Não obstante, olhou a sua volta planejando rotas de fuga, não de forma totalmente consciente. Aquela água fervendo vinha a calhar.

Wells ouviu passos arrastando-se no corredor.

— Levante-se — disse o guarda de repente, fazendo um gesto com o fuzil.

Eles deram um salto ao mesmo tempo em que a cortina se abria e quatro homens entravam, liderados por um homem gordo, usando óculos de aço quadrados. Ayman al-Zawahiri. Wells compreendeu por que seus guarda-costas estavam tão nervosos. Zawahiri era o assistente direto de Bin Laden, um homem quase mais importante para a al-Qaeda do que o próprio xeique. Conhecia os detalhes das operações do grupo, os recursos financeiros e onde seus homens estavam escondidos. Bin Laden armara uma estratégia ampla e falava pela organização, mas sem Zawahiri, a al-Qaeda não funcionaria. Zawahiri abraçou Shihab e Bassim e fez um aceno com a cabeça para Wells.

— *Salaam alaikum*, Jalal.

— *Salaam alaikum*, Mujahid.

— *Allahu akbar.*

— *Allahu akbar.*

— Temos muito o que falar. Mas primeiro você precisa fazer a barba. — Zawahiri apontou para a panela de água.

— A barba? — Wells tinha orgulho de sua barba espessa, volumosa, que não aparava desde que viera para a Fronteira Noroeste.

Todos os membros da al-Qaeda queriam "uma barba do comprimento de um punho", que os fatwas — decretos religiosos — haviam determinado como o comprimento mínimo aceitável. A de Wells era ainda mais longa.

— O Profeta não ia aprovar — disse Wells.

— Nesse caso ele vai aprovar. — Por trás dos óculos, os olhos de Zawahiri eram inexpressivos.

Wells decidiu não discutir.

— Raspar totalmente?

— *Nam* — disse Zawahiri. — Totalmente.

Portanto, sob o olhar dos homens, Wells cortou a longa barba de cor castanha com a tesoura, deixando punhados de cabelo encaracolado no balcão, ao lado do fogão.

Olhou-se no espelho. No lugar da barba, uma penugem patética cobria seu rosto. Mal se reconheceu. Mergulhou o barbeador — um aparelho de plástico de uma única lâmina — na panela e depois raspou o resto do pêlo do rosto. Teve de admitir que gostou da sensação de se barbear, do calor da lâmina no rosto. Sem pressa, fez movimentos curtos e suaves, batendo com o barbeador na panela para limpar o resto do pêlo. Finalmente terminou. Olhou-se uma vez mais no espelho.

— Muito bonito, Jalal — disse Zawahiri. Parecia estar se divertindo.

Wells passou a mão pelo novo rosto macio.

— Dá uma sensação estranha — ele disse. Mais do que estranha. Ele se sentia jovem e suave sem a barba. Vulnerável.

— Senta aqui — disse Zawahiri, apontando para a cadeira com os jornais embaixo. — Vou cortar seu cabelo.

Wells sentou-se em silêncio à medida que o número dois da al-Qaeda começava a tarefa. Tentou lembrar-se da última vez que alguém cortara seu cabelo; no Afeganistão e na Fronteira Noroeste ele próprio tinha feito o trabalho. Em Washington, talvez, na véspera de deixar os Estados Unidos com destino aos acampamentos.

Naquela noite que havia ficado em casa em vez de ir ao encontro de Exley para tomarem um drinque depois do trabalho. Somente um drinque, dizer adeus antes de viajar, dissera; ambos sabiam que ele estava mentindo e riram para encobrir o nervosismo. Foi, sim, ele pensou. Só pode ter sido naquela noite. Ele cortara o cabelo para ela. Mas no final não fora ao encontro. Tinha ficado envergonhado, desconcertado, por causa de sua mulher e do marido de Exley. Fora para casa depois do corte de cabelo, não telefonara para cancelar, e no dia seguinte partira numa viagem que ainda não terminara. Havia esquecido aquela noite ou a deixara num canto de sua mente onde depositava todas as coisas que não o ajudassem a sobreviver naquele lugar. Agora as lembranças voltavam aos borbotões. Exley. Será que ainda tinha o cabelo curto? Será que ainda usava aquele vestido azul comprido?

Ele estava longe já fazia bastante tempo.

ZAWAHIRI DEU UM tapinha nas suas costas. Wells olhou para baixo e viu punhados de seu cabelo castanho cacheado espalhados sobre o jornal.

— Agora você não parece tão árabe. Ótimo — disse Zawahiri. Deu um espelho a Wells. Um pouco irregular, mas bem razoável.

— Fique em pé aqui — disse Zawahiri, apontando para a cortina de contas azuis. — Waleed, tire uma foto de Jalal.

Um dos homens que tinha entrado com Zawahiri preparou uma máquina fotográfica portátil. Wells se perguntava se eles estariam tirando sua última foto antes da morte para ser enviada pelo correio expresso para Langley junto com uma dúzia de rosas pretas.

— Olhe para a luz — disse Waleed. Clique. Clique. Clique. — *Shukran.* — Seguiu pelo corredor.

— Sente aqui — disse Zawahiri a Wells, batendo no banco a seu lado. — Jalal, qual seria sua reação se o xeique lhe dissesse que tinha chegado a hora do seu martírio?

Wells olhou em torno da sala, para se prevenir. Apenas uma arma à vista, embora os outros certamente estivessem armados. Talvez tivesse uma chance. Mas achava que tentar escapar seria um erro. Zawahiri tinha um ar professoral, como se estivesse verdadeiramente interessado na resposta de Wells. Eles não o teriam levado para aquele lugar somente para matá-lo; poderiam facilmente tê-lo feito nas montanhas, e Zawahiri não precisaria ter vindo.

— Se Alá deseja meu martírio, que assim seja — disse Wells.

— Mesmo se não soubesse a razão?

— Nem sempre compreendemos os desígnios do Todo-poderoso.

— É — disse Zawahiri. — Muito bem. — Permaneceu parado. — Jalal, John, você é americano.

— Eu já fui americano — disse Wells. — Agora eu sirvo a Alá.

— Você serviu ao exército americano. Saltava de pára-quedas.

Não discuta, disse Wells a si mesmo. Ele está testando você.

— Meu passado não é segredo, Mujahid. Eles me ensinaram a lutar. Mas eles seguem um falso profeta. Eu me converti à fé verdadeira.

Zawahiri lançou um olhar para o homem sentado num dos cantos da sala, um belo paquistanês, de cabelos pretos bem cortados e um bigode pequeno.

— Você já luta do nosso lado há muitos anos. Estuda o Alcorão. Não tem medo do martírio. Parece calmo, mesmo agora. — Zawahiri pegou o AK do segurança. De maneira quase negligente, destravou o fuzil, colocando-o no automático. Apontou a arma para Wells.

— Todo homem teme o martírio. Aqueles que negam isso estão mentindo — disse Wells, lembrando-se dos homens que tinha visto morrer. Se estivesse errado a esse respeito, esperava, pelo menos, que Zawahiri lhe desse um tiro certeiro. Terminasse rápido.

— Então você está com medo? — perguntou Zawahiri. Puxou o ferrolho do fuzil e municiou a arma.

Wells não fez um movimento sequer. De qualquer forma, não lhe restava mais muito tempo.

— Eu confio em Alá e confio no Profeta — declarou.

— Está vendo? — disse Zawahiri ao homem de bigode. Puxou outra vez o ferrolho do fuzil, retirando a munição da câmara. Acionou a trava de segurança e devolveu a arma ao guarda.

— Se você confia no Profeta, eu confio em você — disse ele. — Tenho uma missão para você. Uma missão importante. — Zawahiri fez um sinal para um homem gordo que permanecera calmamente sentado no canto da sala durante aquele encontro.

— Esse é Farouk Khan. Com a graça de Alá, ele tem uma tarefa para você.

— *Salaam alaikum.*

— *Alaikum salaam.*

Em seguida Zawahiri apontou para um homem de bigode.

— E esse é Omar Khadri — disse. — Você vai se encontrar com ele de novo. Nos Estados Unidos.

Khadri usava roupas ocidentais, uma camisa de botões e jeans.

— Olá, Jalal — ele disse. Em inglês. *Inglês* britânico. Seu sotaque era de quem tinha acabado de chegar de Oxford. Khadri estendeu-lhe a mão, e Wells apertou-a, um típico gesto ocidental. Os homens árabes em geral cumprimentavam-se com um abraço.

— Estão prontos — disse Waleed do corredor.

— Traga aqui — disse Zawahiri.

Waleed entrou de novo na sala e entregou dois passaportes a Zawahiri.

— Ótimo — disse Zawahiri, e entregou os passaportes a Wells: um italiano e outro britânico, ambos com os retratos que Wells tirara alguns minutos antes e tão bem-feitos que enganariam até mesmo um agente de imigração experimentado.

— Hoje é sexta-feira — disse Zawahiri. — Na terça-feira tem um vôo da Pakistan Airlines para Hong Kong. Um amigo meu do serviço de inteligência paquistanês, o ISI, vai colocar você nesse vôo. Use o passaporte italiano na alfândega de Hong Kong. Espere uma semana e em seguida pegue um vôo para Frankfurt. De lá você não deve ter problemas para chegar aos Estados Unidos com o passaporte britânico.

— Afinal, a cor da sua pele é a cor certa — disse Khadri. Riu, um riso detestável que incomodou Wells. Ele teria se regozijado com a minha morte, pensou Wells.

— E depois, Muhajid? — ele perguntou a Zawahiri.

Zawahiri tirou do bolso da túnica uma pilha enorme de notas de cem dólares e uma carta de baralho cortada ao meio. Entregou as notas a Wells, presas por um elástico velho.

— Cinco mil dólares. Para chegar a Nova York. — Estendeu a mão com a carta de baralho, metade de um rei de espadas.

— Tem uma delicatessen no Queens — disse Khadri. — Entregue isso a eles lá. Eles vão lhe dar 35 mil dólares.

Hawala, pensou Wells. A destruição dos esforços americanos de fazer uma investigação profunda das finanças da al-Qaeda. O sistema bancário informal do Oriente Médio, usado por comerciantes havia séculos para fazer circular a moeda. A outra metade da carta havia sido enviada pelo correio do Paquistão para o bairro do Queens, ou talvez tivesse sido entregue pessoalmente. As duas metades funcionavam como um código único, uma retirada de 35 mil dólares esperando para ser feita. Posteriormente, as contas seriam compensadas; Zawahiri enviaria 35 mil dólares em barras de ouro, mais uma taxa, para o irmão do dono da delicatessen em Islamabad, ou diamantes para um primo em Abu Dhabi. O dono devia ser um integrante do jihad, ou apenas um homem que sabia como fazer o dinheiro circular no mundo inteiro sem deixar rastros.

Zawahiri entregou a carta a Wells. Ele examinou-a — uma carta de um baralho vermelho, comum — depois enfiou-a na pilha de notas.

— Vou tomar cuidado para não perder isso — disse. — Como é que vou saber qual é a delicatessen?

— Para isso, criamos um endereço de e-mail para você — JohnnySereno1234@gmail.com — Omar disse. — Uma palavra só.

— Johnny Sereno? — repetiu Wells. — Não estou certo disso, Omar. — Riu de maneira bem natural. É melhor entrar na deles e brincar. — E depois?

— Depois você se muda para Atlanta — disse Zawahiri.

— E aí espera. Pode levar alguns meses. Fique exercitando sua pontaria — disse Khadri. — Arranje um emprego. Fique longe das mesquitas. Se misture. Não deve ser difícil.

— É tudo o que vocês têm para me dizer?

Khadri fez que não com a cabeça.

— Na hora certa, Jalal.

— Boa sorte — disse Zawahiri.

Wells esperava que sua expressão não revelasse a fúria que sentia. Eles o haviam empurrado para a beira de um precipício de três mil metros e o fizeram ver a própria morte. E Wells conseguira passar no teste. Então, estava vivo, com cinco mil dólares no bolso e uma passagem para Hong Kong. Mas ainda não confiavam nele o bastante para lhe dizer o que haviam planejado.

Bom, pensou Wells. Na hora certa. Bateu no peito.

— Não vou decepcioná-lo, Muhajid — disse. — *Salaam alaikum.*

— *Alaikum salaam.*

Zawahiri e Khadri levantaram-se para partir. À porta, Khadri virou-se e olhou para Wells.

— *Alaikum salaam*, John. Como é que você se sente voltando para sua terra?

— Minha terra? — repetiu Wells. — Não consigo nem imaginar.

2

United Airlines vôo 919, sobre o oceano Atlântico

A MENINA NA 35A foi quem primeiro os avistou. Angela Smart, de Reston, Virgínia, voltando para casa da viagem de férias que fizera com a família para visitar os avós em Londres. Angela estava contente porque a viagem chegava ao fim. Sentia falta dos amigos, e seus avós, Josie e Richard, eram legais mas tinham um cheiro esquisito. Olhou pela janela de novo e ficou pensando quanto tempo ainda faltava para chegar em casa. Quando perguntou ao pai, que estava na poltrona de trás, ele simplesmente respondeu: "Já está quase chegando, Smurfete." E riu como se tivesse dito alguma coisa muito engraçada. Ela nem mesmo sabia quem era Smurfete. Seu pai às vezes parecia um bobo.

Pelo menos sua poltrona era a da janela. O céu de um azul límpido estava lindo; talvez fosse piloto quando crescesse. Devia ser divertido estar ali em cima o tempo todo. Então avistou algo, um ponto no céu, na linha do horizonte. Encostou o rosto na janela. Será que era? Era. Um avião. Dois aviões, bem longe, mas aproximavam-se e pareciam setinhas com asas. Cutucou a mãe, que dormia ao lado na 35B.

— Pare com isso, Angela — resmungou Deirdre Smart.

As setas estavam, sem dúvida, aumentando. Angela cutucou a mãe de novo.

— Mamãe. Olha.

— O que é?

— Olha.

Deirdre abriu os olhos. Estava aborrecida, e Angela percebeu.

— O quê, Angela?

— Lá fora. — A menina apontou.

A mãe olhou.

— Meu Deus — disse.

Segurou a mão de Angela.

— O que foi, mamãe?

— Nada, meu amor. Tudo bem.

O sistema de comunicação do jato deu sinal de vida.

— Aqui é o comandante Hamilton falando da cabine. Os senhores passageiros devem ter notado que temos companhia à esquerda e à direita. São caças F-16, o orgulho da força aérea americana. Eles vão nos escoltar até Dulles. Não há razão para alarme.

O comandante demonstrava muita segurança, como se fosse coisa rotineira caças escoltarem seus vôos até o pouso. Desligou o microfone por um momento, depois o ligou de novo.

— No entanto, vou ter que pedir aos senhores passageiros que permaneçam em seus lugares até o final do vôo. Sem exceção. Não há nenhuma razão especial. E, por favor, desliguem os laptops, CDs e todos os aparelhos eletrônicos. Se estiverem no banheiro nesse momento, por favor, retornem o quanto antes a seus lugares. Se notarem qualquer um dos passageiros a seu lado usando aparelhos eletrônicos ou se virem algo... estranho, não hesitem em chamar qualquer um de nossos comissários de bordo. Agradecemos a sua cooperação. Teremos um pouco de turbulência pela frente, mas deveremos estar pousando em uma hora e quarenta e cinco minutos.

— Estranho? Que diabos ele quer dizer com isso? — Angela ouviu alguém atrás comentar.

DEIRDRE SMART VIROU-SE na poltrona e esticou o pescoço para olhar para os outros passageiros. A maioria deles estava fazendo o mesmo, de olho uns nos outros. Teria ela visto alguma pessoa "estranha"? Obviamente aquele rapaz de barba, usando uma túnica, perto da cabine. Mas nenhum terrorista se vestiria daquela maneira, não é? Chamaria muita atenção. A menos, é claro, que achasse que os seguranças iriam pensar assim também. Um estratagema. O que quer que isso se chamasse. Como é que ela iria saber? Não era tarefa sua procurar terroristas, pelo amor de Deus.

Eu não quero viver dessa forma, pensou Deirdre. Quero poder levar meus filhos para visitar os avós sem me preocupar se o avião vai explodir a 35 mil pés de altitude. Ela achava que as outras pessoas pensavam assim também. Passados anos após o 11 de Setembro, seu medo de terrorismo havia diminuído. Claro, ela sabia que os terroristas continuavam lá fora. De vez em quando, ao passar pela inspeção de segurança no aeroporto, ou quando assistia à série *24 Horas*, pensava na possibilidade de um outro ataque. Mas na verdade não esperava que isso acontecesse, não nos Estados Unidos, e certamente não nos subúrbios da Virgínia.

Naquele momento estava tomada pelo mesmo sentimento de impotência que sentira no dia 11 de setembro. Minha família nunca lhes fez mal, pensou. O que vocês têm contra mim? Supunha que o sentimento de medo era o que eles desejavam fomentar, que a vida deles se resumia a isso. Havia lido em algum lugar que quando os aviões explodiam no ar, a força do vento estraçalhava o corpo todo. Um segundo de uma dor insuportável. Talvez as pessoas sobrevivessem durante a queda até o momento do impacto no mar quando então eram pulverizadas, transformando-se em isca para tubarão.

Deirdre olhou pela janela para os caças acompanhando o jato em que se encontrava. Meu Deus, sei que não temos ido à igreja todos os domingos, pensou. Mas se nos salvar desta vez, passaremos a ir. Seremos mais caridosos... Parou. Essa não era a maneira de rezar. Rezar não era negociar com

Deus. Lembrava-se do que o pastor dissera duas semanas antes: "Oramos para celebrar a grandeza de Deus e nossa crença Nele. Não para negociar." Bom. Não ia negociar. Repetiu em voz baixa:

— O senhor é meu pastor e nada me faltará. Ele me conduz pelas relvas verdejantes...

— Mamãe — choramingou a filha. — Estou com medo. — Angela estava chorando. — Eu não sei por quê, mas estou com medo.

— Me dê a mão, filha — Deirdre disse. — A gente já está quase chegando.

DAVID FEZ UMA linda jogada, passando a bola por entre as pernas do zagueiro e criando espaço para ele em campo. Quando os zagueiros se aproximaram, ele os driblou e correu em direção ao gol. Perfeito, pensou Jennifer Exley. Seu filho tinha 9 anos e era o melhor jogador da liga juvenil de Arlington. Pelo menos, ela assim o considerava, baseada em sua limitada experiência de mãe de jogador de futebol. Admitia que podia ser tendenciosa.

— Excelente jogada, David — gritou, sentindo-se uma verdadeira mãe pela primeira vez depois de um certo tempo. O filho lançou-lhe um olhar rápido, constrangido e orgulhoso.

O pager e o telefone celular tocaram ao mesmo tempo. Mau sinal.

— Jennifer? — Era Ellis Shafer. Um péssimo sinal. — Preciso de você.

— Porra, Ellis. — Mais um sábado com David e Jessica estragado. Mais uma chamada patética para Randy e sua noiva, perguntando se podiam pegar as crianças no fim de semana, quando era sua vez de ficar com os filhos.

— É prioridade, Jennifer. — Essa palavra significava algo importante. Shafer não devia sequer usá-la numa linha que não fosse segura.

— Vou ligar para meu marido...

— Ex-marido?

— Obrigada, Ellis. Eu tinha esquecido do divórcio. O David está jogando futebol. Vou ver se o Randy pode vir pegá-lo.

— A gente manda os rapazes... os agentes de segurança interna da CIA... para tomar conta das crianças se for preciso. Mas venha para cá.

— Fascinante, Ellis.

— Até já. — Ele desligou.

— Eu também te amo, querido — retrucou com o telefone já desligado. Ouviu gritos alegres ao redor. David corria pelo campo, agitando os braços finos acima da cabeça, gritando em comemoração, enquanto o goleiro do outro time, envergonhado, ia buscar a bola na rede.

— Você viu, mamãe? Viu o meu gol?

Claro que não.

— Claro que sim — disse ela.

A VISTA DO Potomac, do estacionamento do Memorial George Washington, geralmente a acalmava, mas não naquele dia. Enfiou o pé no acelerador na rua estreita, acendendo as luzes de alerta para todos aqueles que não lhe davam passagem, indo da pista da esquerda para a da direita como um caminhoneiro embriagado.

Deveria estar dirigindo uma Ferrari e não uma minivan Dodge verde com um adesivo da American Youth Soccer Organization colado no pára-choque, pensou. Não, a minivan era perfeita. Tornava completo o absurdo da situação. Mãe de jogador de futebol durante o dia, e burocrata da CIA à noite. Ou seria o contrário?

Passou por um desnível na pista a 140 quilômetros por hora. A van deu um solavanco, voou e caiu com impacto sobre o pavimento, as molas rangendo e os pneus cantando. Tinha havido uma tempestade forte pela manhã e a estrada estava escorregadia. Exley respirou fundo. Precisava relaxar. Enfiar a van numa árvore não seria bom nem para ela nem para os filhos. Tirou o pé do acelerador.

NO ESCRITÓRIO, ENCONTROU Shafer parado à porta, uma xícara de café numa das mãos e folhas de papel na outra. Ela entrou abanando a cabeça. Ele colocou a xícara na mesa e entregou-lhe os papéis.

— Um Splenda, como você gosta. Sinto muito pelo jogo de futebol.

— Ellis. Está arrependido? Atualizaram seu software?

— Muito engraçado.

Os documentos estavam com todas as marcas usuais de sigilo. Já havia muito que Exley duvidava dos cuidados da agência em tornar os documentos confidenciais. Dados Secretos, Muito Secretos, Triplamente Secretos, com uma cereja em cima — a maior parte era lixo, e o restante, procurando-se bem, geralmente encontrava-se no *Post* e no *Times*. Mas nem sempre.

— O Tick enviou isso uma hora atrás — disse Shafer. Tick era o Centro de Integração de Ameaça Terrorista, criado para reunir dados da CIA, do FBI, da Agência de Segurança Nacional, do Departamento de Defesa e de qualquer outro órgão do governo que tivesse informação de possíveis ataques. — O mais recente Echelon — completou.

Echelon: uma rede de espionagem global constituída de estações de satélite operadas pelos Estados Unidos, Grã-Bretanha e amigos. Montada durante a Guerra Fria para espionar os soviéticos, é agora utilizada para monitorar o trânsito das mensagens eletrônicas e da internet, bem como interceptar chamadas telefônicas e faxes. Os nomes das estações do Echelon — Sugar Grove, Menwith Hill, Yakima e outros mais — eram conhecidos pelos espiões bem informados e por aqueles envolvidos em teorias conspiratórias no mundo inteiro. Eles pareciam acreditar que a rede era uma espécie de deus eletrônico, que via e ouvia todas as conversas realizadas, e que rastreava todas as mensagens eletrônicas enviadas.

Seria bom se fosse verdade, pensou Exley. Para o objetivo original, o Echelon funcionara bem. No mundo atual, não tão bem. Havia informações em excesso na internet. Ninguém conseguiria ler todos os e-mails, mesmo que chegassem a ser captados. A Agência de Segurança Nacional — os craques em informática de Maryland que controlavam o Echelon — havia desenvolvido os filtros de linguagem mais sofisticados do mundo para detectar spam e outros e-mails sem valor entre aqueles interceptados. Os filtros permitiam que a agência de segurança, a NSA, descartasse a grande maioria do fluxo de correspondência que o Echelon captava sem que passasse pelos analistas. Ainda assim, milhões de e-mails suspeitos, em dezenas de idiomas diferentes, eram enviados diariamente. Ler todos eles era impossível. E o problema agravava-se cada vez mais. Na competição entre espiões e spamers, estes últimos venciam. Comprimidos para aumentar o pênis pareciam ser os favoritos de Osama.

A pilha de papéis que Shafer lhe dera continha cópias de mensagens eletrônicas interceptadas de Islamabad, Karachi e Londres, com alusões cifradas a um jogo importante... jogadores na cidade... o time se prepara para uma vitória gloriosa após o Eid — festival muçulmano que terminara uns meses antes.

Shafer estendeu o indicador em direção a Exley.

— O último é o que conta — disse ele, balançando nervoso a perna esquerda.

— Ellis — ela disse. — Calma.

Ele tinha uma mente irrequieta e brilhante, e o hábito de intuir conexões a partir dos mínimos indícios. Ela preferia trabalhar metodicamente, construindo os casos com base no real e não no invisível. Inteligência baseada em suposições havia colocado o país em risco mais de uma vez.

Entretanto, ela gostaria que a agência tivesse dado ouvidos a Shafer no verão de 2001, quando ele insistira que a al-Qaeda estava planejando algo estrondoso e, muito provavelmente, em solo americano. No ano seguinte, ele fora transferido do setor do Oriente Próximo da agência para a Força-tarefa Conjunta Antiterrorismo — a JTTF — que reunia os agentes da CIA, do FBI, do Departamento de Segurança Interna e de todas as outras agências governamentais responsáveis por deter o terrorismo. A JTTF tinha por função destruir as barreiras burocráticas que separavam as agências de modo que o escritório da CIA, em Langley, soubesse o que os Feebs, os agentes do FBI, estavam fazendo e vice-versa. Às vezes funcionava, às vezes não.

Oficialmente, Shafer era diretor-assistente da JTTF. Na verdade, ele era o que de mais próximo havia a um agente livre dentro do governo. Não dispunha de muitos analistas, mas tinha o que de fato queria: acesso a todo tipo de dados que a JTTF possuía. Funcionava como um leitor-B, que fornecia segundas opiniões. Seus memorandos iam direto para os vice-diretores de operações de inteligência da CIA. Se tivesse sorte, seus documentos seriam lidos. Shafer e Exley sabiam que a agência não gostava dele. Temia seu potencial para causar problemas; as manchetes seriam terríveis se ele fizesse uma declaração pública de que a agência o havia marginalizado: OFICIAL DA INTELIGÊNCIA QUE ADVERTIU SOBRE O POSSÍVEL ATENTADO DO 11 DE SETEMBRO DECLARA QUE A CIA IGNOROU MAIS UMA VEZ SINAIS DE PERIGO.

Exley transferira-se para a JTTF para trabalhar com Shafer, deixando para trás seus agentes de campo, que, de qualquer forma, nunca haviam correspondido a suas expectativas. Shafer lhe dissera que sua condição para aceitar o trabalho era tê-la a seu lado. Ela compreendeu por quê; pensavam de forma semelhante. Mas trabalhar com ele era, por vezes, exaustivo.

Tomou um gole do café, ignorou o balançar frenético da perna de Shafer e continuou lendo.

— Seis e sete — disse ela. A NSA classificava as mensagens interceptadas numa escala de 1 a 9, baseada na probabilidade de representarem correspondência real, originária da al-Qaeda. Ao que lhe constava, nenhuma mensagem eletrônica tinha ainda sido classificada como 9, isto é, certa. Apenas algumas já tinham recebido 8, extremamente prováveis.

— Eu não teria incomodado você se não achasse que era importante — disse Shafer.

Como qualquer instrumento de vigilância, o Echelon era mais útil quando direcionado ao alvo, selecionando um milhão de e-mails em vez de um trilhão. Portanto, a NSA concentrava sua atenção em meia dúzia de sites da internet afiliados à al-Qaeda, que recebiam correspondência anônima convocando para o jihad e dando informação sobre possíveis ataques. A CIA e a NSA não estavam particularmente interessadas no que dizia a correspondência. Todos sabiam que a al-Qaeda jamais divulgaria num site público uma operação em andamento.

O que os terroristas não sabiam, ou pelo menos as agências assim esperavam, era que os Estados Unidos tinham convencido a Jordânia e diversos outros países a permitir o acesso da NSA às empresas que hospedavam os sites da internet. Graças a essas interceptações, a NSA conseguia catalogar os endereços da internet de todas as pessoas que enviassem mensagens para aquelas páginas ou simplesmente as visitassem. O Echelon procurava e-mails enviados a partir de endereços visados e então investigava as pessoas que os recebiam, tentando localizar uma rede de conexões que se expandia cada vez mais. A NSA esperava encontrar ligações, contas de e-mails que fossem pontos focais de tráfego suspeito e vínculos secretos que pudessem revelar a origem das diretrizes da al-Qaeda.

A preocupação de Exley e Shafer era de que a al-Qaeda estivesse deliberadamente usando os endereços eletrônicos para enviar informações enganosas. As mesmas agências de inteligência árabes que haviam dado permissão à NSA para interceptar os sites poderiam ter informado aos terroristas o que os Estados Unidos estavam fazendo. Ainda assim, as escutas haviam revelado informações tão interessantes que a CIA e a NSA as levavam a sério. Na ausência de inteligência humana adequada sobre a al-Qaeda, o Echelon era a fonte de informações mais consistente de que os Estados Unidos dispunham.

COMO SHAFER TINHA advertido, a última mensagem era a mais importante, e a mais curta. Cinco letras e três números, nada mais. O Echelon a teria considerado spam, se não fosse por ser proveniente de um endereço visado. U 9 1 9 A L H R. United Airlines, vôo 919. Londres, Heathrow. A NSA a classificara entre 6 e 7, provável e altamente provável.

— O que você acha? — perguntou Shafer.

— Eu acho que se estivesse naquele vôo, eu não ia estar prestando muita atenção ao filme — ela disse. — Por que os ingleses deixaram o avião decolar?

— O número do vôo só foi enviado hoje. A NSA só conseguiu interceptar a informação duas horas atrás. — Shafer indicou o registro da hora do e-mail. — Eles já estavam no ar. — Entregou-lhe outra folha de papel, a lista de passageiros daquele vôo: 307 nomes. Não estava totalmente lotado.

— Quantos nomes coincidem? — perguntou Exley. Quantos passageiros no vôo tinham nomes incluídos na lista de suspeitos do Centro de Integração de Ameaça Terrorista?

— Dois. Talvez três. Você sabe como é isso.

Ela sabia como era. Os nomes árabes, em sua maioria, podiam ser transliterados para o inglês de diversas maneiras. Mohammed Abdul Lattif. Mohamad Abdullatiff. Mohamed Abdullatif. Muhammad Abdul Laitef. A

NSA ainda não encontrara uma forma segura de cobrir todas as possíveis traduções sem tornar a lista grande demais para ser de utilidade.

Para agravar a situação, todas as agências haviam feito listas independentes ao longo dos anos. Transformá-las numa lista-mestra era prioridade máxima para o centro de controle de ameaças terroristas. Mas o projeto, como tudo o mais na guerra contra o terror, caminhava muito lentamente. As agências tinham diferentes classificações para dados secretos, diferentes indicações para sua inclusão. Algumas usavam fotografias e impressões digitais quando disponíveis, outras não. Até aquela ocasião, cerca de metade dos nomes nas listas de suspeitos havia coincidido.

Mais uma vez, Shafer apontou o indicador em direção a Exley. — Tem algum que chame a atenção?

— Estou procurando — ela respondeu. Jim Bates... não... Edward Faro... pouco provável...

O que não se mencionou foi que as várias divisões do governo, inclusive a CIA, não queriam compartilhar todas as informações que detinham. Assim como o fato de a agência estar prestando atenção especial a diversos agentes secretos do FBI. Se os nomes dos informantes fossem encontrados numa lista combinada, os agentes do FBI poderiam dizer-lhes, acidentalmente-de-propósito, que eles estavam sendo vigiados. A história de tensão entre as duas agências era tão profunda que nem mesmo o terrorismo conseguia dissipá-la completamente.

Em momentos mais sombrios, Exley se perguntava se a lista dos suspeitos não era apenas uma justificativa burocrática. Afinal, que seqüestrador ou homem-bomba seria tão estúpido a ponto de fazer uma reserva em seu próprio nome? Exceto que os homens do 11 de Setembro tinham feito exatamente isso. A al-Qaeda nem sempre era brilhante.

Ela concentrou-se na lista. Yusuf Hazalia... Ellis provavelmente já estava começando a se irritar... David Kim... não, a menos que fosse norte-coreano... Mohammed al-Nerzi. Exley parou.

— Al-Nerzi. Esse nome não me é estranho — ela comentou.

— Os computadores também apontaram para ele — disse Shafer.

— Os egípcios não prenderam um homem chamado al-Nerzi há mais ou menos um ano? Dizem que ele estava planejando destruir um navio de um cruzeiro turístico no Nilo. Mas o nome dele não era Mohammed. Era Aziz. Aziz al-Nerzi.

— Eu vou pedir para entrarem em contato com o Mukhabarat, o serviço secreto do Egito, para verem se há alguma relação.

De qualquer forma, Mohammed al-Nerzi teria algumas perguntas a responder quando a aeronave aterrissasse. Se aterrissasse.

— Tinha mais um nome que coincidia e que, supostamente, devia estar nesse vôo, mas não apareceu — disse Shafer. — Nem cancelou. Não tem explicação.

— Há quanto tempo esse avião está no ar? — perguntou Exley.

— Decolou de Heathrow ao meio-dia, hora de Londres. Faz mais ou menos sete horas.

— Então está programado para aterrissar...

— Em Dulles. Quarenta e cinco minutos. Dois caças F-16 estão escoltando o avião.

— Dulles? Por que ainda não demos ordem para descer?

— Um pouso de emergência? Decidimos não fazer isso. A data não foi especificada. Somente o número do vôo.

— Ah, só o número do vôo.

— Foi por isso que mandamos dois jatos. Por isso eu chamei você.

A voz dela elevou-se um pouco:

— Se for uma bomba, os F-16 não vão ajudar em nada as pessoas naquele avião.

A verdade é que os caças não poderiam fazer nada pelos passageiros, nem mesmo se fosse apenas um seqüestro, ela pensou. Os jatos estavam ali somente para impedir que a Casa Branca fosse transformada em cinzas e não para salvar a aeronave. Eles a derrubariam se fosse necessário. Para as pessoas do vôo 919 da United Airlines, aqueles caças eram apenas má notícia.

— Se quisessem explodir, já teriam explodido. Sobre o Atlântico, para não deixar rastros. Isso deve ser somente um seqüestro, se é que é alguma coisa.

— Então deve ter pelo menos uns cinco seqüestradores a bordo, Ellis. E eles devem estar na primeira classe, não espalhados pelo avião. Na minha opinião, é uma tentativa de explosão. Talvez estejam planejando explodir na chegada. Só para mudar o estilo, entende...

— A agência não quer interferir com a aviação comercial sem uma boa razão.

— E essa não é uma boa razão?

Shafer suspirou.

— Será que tenho que explicar tudo a você, Jen? Quando esse avião chegar no horário, em Dulles, vai ser noticiado por trinta segundos na CNN... caças escoltando aeronave até a descida. Pode acontecer. Agora, um pouso de emergência? É um caso muito mais grave. Principalmente em Nova York. As companhias aéreas comunicaram à Casa Branca que as reservas diminuem sempre que isso acontece. Elas vivem nos implorando para evitarmos reações exageradas. Não estou dizendo que concordo. Mas é assim que as coisas acontecem.

— E se esse avião explodir, elas vão perder quantas reservas?

— A decisão não é minha.

— Se você quisesse, você podia mandar esse avião descer.

— Dessa vez.

Dessa vez. A influência de Shafer era verdadeira, mas não infinita. Sua previsão sobre o 11 de Setembro ainda o protegia, mas ele não era mais invulnerável. Após o relatório da Comissão sobre o 11 de Setembro, muitos dentre os agentes mais antigos da CIA haviam pedido demissão. Seus substitutos consideravam Shafer um resquício do passado. Vários deles gostariam de vê-lo fazer uma bobagem. Ele não jogava em equipe. Era inteligente demais. Podia lhes prejudicar a imagem.

Portanto, Shafer precisava ter cuidado para não dar alarmes falsos. *Aquele Ellis Shafer. Continuava dando alarmes falsos. Ficou paranóico. Queria ser um herói. Fomos obrigados a não lhe dar mais ouvidos.* Exley sabia de tudo isso, mas não podia se controlar. Se aquele 747 explodisse, eles teriam sangue nas próprias mãos.

— Bom, Ellis. Por que então você resolveu acabar com o meu sábado? Para eu lhe fazer companhia enquanto nós dois cruzamos os dedos?

— É, foi exatamente para isso.

— Sinto muito — ela disse.

— Sou eu que sempre tiro conclusões apressadas. Você tem que me segurar. Tudo o que sabemos é o número do vôo, e que tem alguns nomes incluídos na lista dos suspeitos. Isso acontece o tempo todo.

Como sempre, Shafer apontava para o verdadeiro problema, pensou Exley. Esse era o terceiro alarme sério desde janeiro. Claro que a agência estava ficando negligente. Vamos deixar que o avião siga para Dulles, em vez de fazê-lo descer imediatamente. Depois é só passar um rádio para o piloto: "Olá, cara, você pode ter aí alguns seqüestradores a bordo, não temos certeza, um bom dia para você." E deixar que fique por isso mesmo.

— Esse parece diferente. O número do vôo só foi dado quando o avião já estava voando. — Exley abanou a cabeça. — Detesto isso.

— O quê?

— A gente não pode errar nunca. Eles só precisam acertar uma vez.

— A vida não é justa — disse Shafer. Cruzou os dedos. — Vamos para o meu escritório, vamos ver quais são as últimas informações.

O VÔO 919 da United Airlines permanecera em um silêncio sepulcral desde o anúncio do comandante uma hora antes; a vibração do sistema de ventilação era o único som audível a bordo, salvo o fluxo contínuo do sussurro das ave-marias, vindo de algum lugar atrás de Deirdre Smart, na cabine de passageiros. O único movimento partia dos comissários de bordo, que andavam pelos corredores sem demonstrar falsa simpatia. Alguns minutos antes, um homem sentado em uma das fileiras à frente havia levantado a mão e pedido os formulários de imigração.

— Eles vão ser distribuídos assim que o avião pousar — disse um comissário. — Obrigado pela sua cooperação.

Lá fora, os caças F-16 continuavam a escoltar o avião. Mas com o passar do tempo sem nenhum incidente, os passageiros começaram a relaxar um pouco. Deirdre virou-se para o marido e o filho no assento de trás e deu um sorriso.

— Vai dar tudo certo — ela disse.

ENTÃO O AVIÃO trepidou e em seguida sofreu um baque numa velocidade extraordinária.

A filha de Deirdre, Angela, gritou, e junto com ela todos os outros passageiros, um coro doentio de gemidos e exclamações, invocando o nome de Deus. Uma comissária de bordo deu um grito estridente ao ser jogada de encontro à divisória da aeronave. Um homem sentado duas fileiras à frente de Deirdre vomitou, emitindo um som gutural que revirou o estômago dela. Logo em seguida, o cheiro de vômito lhe chegou ao nariz. Engoliu a bile que lhe subiu à garganta e esperou o mergulho da aeronave.

O jato então se estabilizou. Seguiram-se outros baques, mas não como o primeiro. Era só turbulência, Deirdre pensou. Só turbulência.

— Vai passar, meu amor. — Enxugou as lágrimas do rosto da filha.

— Está um cheiro ruim, mamãe.

— Faça de conta que não está sentindo nada.

Ouviu-se a conexão do sistema de comunicação.

— Aqui é o comandante Hamilton falando. Sinto muito o que aconteceu. Vamos ter um pouco de instabilidade pelo resto da viagem; o tempo não vai estar muito bom até Dulles. Tempestade de final de março. Normalmente teríamos tentado desviar o curso, evitando esse problema, mas nesse caso nossa prioridade é fazer vocês chegarem em casa o mais rápido possível. Mais uma vez peço desculpas. Devíamos ter avisado. Os próximos dez minutos serão os piores, portanto, mantenham os cintos afivelados para sua segurança. Mas não há razão para alarme. É apenas uma turbulência. Em meia hora estaremos seguros, em solo firme. Obrigado.

Ele continuava com a voz suave, pensou Deirdre. Se aterrissassem — *quando* aterrissassem, se corrigiu —, ela lhe daria um abraço de agradecimento e podia apostar que não seria a única.

O avião trepidou de novo, até mais fortemente dessa vez, sofreu uma série de abalos que acabaria com os nervos de qualquer um, em qualquer situação. Deirdre viu as asas do Boeing balançar. O jato de trezentas toneladas subia e descia como um nadador lutando para permanecer na superfície de um mar revolto. Deirdre não se lembrava de uma turbulência como essa, mas desde que fosse apenas isso, ela conseguiria suportar.

Todos em torno dela pareciam achar o mesmo. O avião estava em silêncio, 307 pessoas ansiosas para chegar em casa. Deirdre sentiu uma dor muito forte nas palmas das mãos e, baixando os olhos, percebeu que fechara os punhos com tanta força que as unhas penetraram-lhe a carne. Abriu as mãos devagar, os dedos tremendo. Olhou por cima da poltrona para o marido.

— No próximo ano vamos à Flórida — ela disse. — E vamos de carro. — Ele não sorriu.

Passaram-se os minutos. Lentamente os solavancos diminuíram e o 747 começou a descer. Em seguida, ouviu-se um som metálico na cabine enquanto o jato despencava dez mil pés, e o sistema de comunicação deu sinal.

— Comandante Hamilton mais uma vez. Estamos apenas a alguns minutos de Dulles e, como vocês podem ver, a turbulência diminuiu. Em circunstâncias normais, eu pediria a vocês para manterem todos os equipamentos eletrônicos desligados, mas eles já devem estar desligados, portanto, só preciso lhes dizer que se mantenham sentados com os cintos de segurança afivelados. Em poucos minutos estaremos aterrissando. Obrigado.

Deirdre alisou a mão da filha.

— A gente já está chegando — disse.

NO ESCRITÓRIO DE Shafer, o telefone tocou. Ele escutou por um momento, em seguida pôs o fone no gancho.

— Já estão chegando — disse, dirigindo-se a Exley. — Tudo parece normal. Nenhuma palavra dos egípcios... já são quase dez horas da noite no Cairo. Eu lhe disse que ia acabar tudo bem.

— Ainda não acabou — comentou Exley.

NA 42H, ZAKARIA Fahd — o homem de barba que durante os últimos noventa minutos esteve na mente coletiva dos passageiros da cabine principal — levantou-se e foi para o corredor. Um comissário de bordo correu em direção a ele.

— O senhor precisa se sentar.

— Por favor, eu tenho que ir ao banheiro — disse Fahd.

— Volte para o seu lugar!

Dois outros comissários aproximaram-se para bloquear a passagem.

— Por favor, eu tenho que ir ao toalete — disse Fahd.

— Se o senhor não se sentar depois de eu contar até três, vai ser preso. Há um oficial da polícia neste avião. Um... dois...

No meio da confusão, ninguém notou que Mohammed al-Nerzi, o homem quieto, de cabelos à escovinha, na 47A, tinha ligado seu celular, um modelo pré-pago que havia sido comprado em Nova York um mês antes. O telefone deu sinal e piscou pronto para ser usado. Al-Nerzi pressionou a tecla 4, discando automaticamente o número que havia programado no aparelho, na noite anterior.

O número discado era o de um outro celular, um telefone que, não por coincidência, também se encontrava no interior daquela aeronave. Ninguém podia atender o segundo telefone, mas não era necessário. Estava escondido numa mochila de lona vermelha no compartimento de carga. A mochila havia sido levada para aquele avião por Uday Yassir, um sírio que fora contratado três meses antes pela United Airlines para trabalhar na equipe de terra do aeroporto Heathrow depois de passar pela investigação rotineira, que nada encontrara lhe desabonando a conduta.

Diferentemente da bagagem dos passageiros, a mochila de lona não fora submetida ao sistema de segurança do aeroporto. Não teria passado. O telefone que se encontrava lá dentro estava preso a um detonador ligado a meio quilo de explosivo plástico C-4, o preferido dos exércitos e dos terroristas. O tijolo acinzentado sólido tinha capacidade para abrir uma cratera de três metros na fuselagem do avião, destruindo a integridade estrutural do Boeing e destroçando o 747 no ar.

No interior da aeronave o comissário disse:

— Três.

Zakaria Fahd sentou-se.

E Mohammed al-Nerzi olhou para seu celular. A chamada não havia sido efetuada. Não compreendeu o que tinha acontecido. Ele deveria estar morto. O avião deveria estar em mil pedaços. Alguma coisa dera errado. Em silêncio amaldiçoou a sorte e em seguida tentou discar o número duas vezes mais antes de desligar o telefone e colocá-lo de volta no bolso. O homem sentado na 47B nem sequer notou.

O que Al-Nerzi não sabia, que os investigadores descobriram somente depois que o 747 aterrissou e encontraram a bomba no compartimento de carga, era que a turbulência sobre Nova Jersey havia esmagado o segundo telefone, impedindo-o de receber a chamada que detonaria o C-4. Somente a violência repentina de uma tempestade de final de março havia salvado o vôo 919 da United Airlines da destruição.

— ESTAMOS NO FINAL da descida para o aeroporto Internacional Dulles de Washington. Peço aos comissários que se sentem para a aterrissagem — disse o comandante Hamilton.

Na 35A, Angela Smart esticou o pescoço enquanto o jato descia a três mil pés, dois mil. Atravessaram uma camada espessa de nuvens e ela avistou a floresta densa, o tráfego pesado nas estradas e as águas escuras do Potomac. A descida prosseguia suavemente. Mil pés. Quinhentos.

Aterrissagem. O jato quicou uma vez na pista e em seguida aterrissou de fato. Uma imensa alegria irrompeu no interior da aeronave, aplausos e gritos de satisfação. O capitão acionou o freio, e o enorme Boeing parou de forma suave. A comemoração continuou por um minuto completo até que finalmente se atenuou.

— Estamos felizes de tê-los trazido para casa — disse o comandante, e o aplauso teve início mais uma vez.

O TELEFONE DE Shafer tocou. Ele escutou por um momento, em seguida pôs o fone no gancho.

— Conseguiram descer — disse a Exley. — Mas alguma coisa aconteceu na chegada. Eles querem vasculhar o compartimento de cargas, falar com algumas pessoas.

Uma hora mais tarde, com o 747 ainda na pista em Dulles, um agente do FBI encontrou a mochila de lona vermelha, e a verdade sobre o que quase acontecera no vôo 919 da United finalmente veio à tona.

Encontrar os possíveis homens-bomba não foi difícil. Inexplicavelmente, Al-Nerzi nem sequer tentou se livrar do seu celular. E a cronometragem da farsa de Fahd pareceu uma estranha coincidência, assim como o fato de os dois homens terem comprado suas passagens no mesmo dia, por intermédio do mesmo agente de viagem. Exley não tinha a menor dúvida de que os dois homens terminariam em prisão federal, ou em Guantánamo. Ainda assim, não se sentia melhor. Somente um incrível golpe de sorte havia salvo a vida de 307 pessoas naquele dia.

ERA QUASE MEIA-NOITE quando Exley e Shafer se dirigiram desanimados e cabisbaixos para a garagem deserta do estacionamento no subsolo. Cinco xícaras de café não conseguiram esconder a exaustão que ela sentia; serviram apenas para disfarçá-la com alguns movimentos nervosos.

— Hoje faltou pouco — disse ela.

— Precisamos de um sistema de inteligência melhor — Shafer disse. — Turbulência não é proteção confiável. — Ele riu sem entusiasmo. — Onde está o John Wells quando se precisa dele? O grande Jalal.

Após seu bilhete criptografado em 2001, Wells permanecera em silêncio. A agência quase havia se esquecido de sua existência, mas em momentos especiais de estresse, Shafer gostava de invocar o nome de Wells. Ele dizia brincando que Wells era uma bala mágica, um talismã que reapareceria quando fosse necessário para sozinho salvar a agência. A brincadeira era um tanto sem graça. Shafer e Exley sabiam que a agência precisava desesperadamente de alguém como Wells, alguém que pudesse fornecer informações confiáveis do interior da al-Qaeda.

— Eu ainda acho que ele está vivo — disse Exley ao se aproximar da sua Caravan.

— Então prove.

— Você que prove o contrário.

— Aposto cem paus que nunca mais vamos ter notícias dele.

— Aceito — ela disse. Apertou o botão do alarme, e o Dodge piscou de forma amigável.

— Até amanhã — ele disse.

Amanhã. Domingo. Mais uma ocasião para decepcionar os filhos.

— Até amanhã — ela respondeu. — Maravilha.

Ellis tocou seu braço enquanto ela entrava no carro.

— Você acha que ainda vem coisa por aí, Jen?

— Esse foi um caso isolado. Do contrário, pelo menos mais um avião teria sido alvo de atentado hoje. Mas...

— Mas?

— Eu acho que eles estão tentando nos distrair — ela disse. — Alguma coisa está para acontecer. E grande. Eles estão despertando.

— Estranho, não é? — observou Shafer. — Nerzi nem precisava estar no avião. Ele podia ter feito aquela ligação de qualquer lugar. Ele queria estar lá. Queria morrer.

— Eu queria entender melhor essas pessoas.

— Será que dá para entender? — Ele começou a fechar a porta, então parou. — Sabe de uma coisa, Jennifer? Tira o dia de folga, amanhã. Dá um passeio com as crianças. Temos muita coisa ainda pela frente.

Ela não discutiu; simplesmente colocou a chave na ignição enquanto fechava a porta.

JANET E LORI estavam na rua naquela noite, Exley percebeu logo que a Caravan entrou na Thirteenth Street em direção a seu prédio. Mudara-se para Washington quando se separou de Randy, duplicando a distância que tinha de percorrer para o trabalho e submetendo-se aos impostos exorbitantes de Washington. Mas preferia manter distância entre eles e não se arrependera da escolha. Tinha comprado um apartamento logo na saída do Logan Circle, num bairro antes desvalorizado, mas que se tornara uma área nobre graças ao aquecimento do mercado imobiliário em Washington. Ainda assim, nos sábados à noite, algumas prostitutas às vezes circulavam pela Thirteenth, à caça dos mal-informados que desconheciam a revitalização da área. Veio a conhecê-las — ou pelo menos saber seus nomes — nas ocasiões em que punha gasolina no posto BP Amoco da esquina do prédio onde morava. Acenou-lhes com a mão, e em resposta Janet a cumprimentou com a cabeça.

Estacionou a Caravan na garagem subterrânea do prédio e dirigiu-se ao elevador arrastando os pés. Suas pernas estavam doloridas do tempo que passou sentada no escritório. Tudo que queria era um copo de vinho tinto, talvez dois, antes de ir para a cama. Na verdade, isso não era inteiramente verdade. Queria muito mais do que um copo de vinho. Uma massagem nas costas, talvez. Um namorado. Um trabalho que não a deixasse sempre exausta e tensa. Mas os dois primeiros não estavam à disposição, e sabia que não seria nada fácil deixar a agência, mesmo sentindo-se tão mal. Lutava pelos Estados Unidos. Não podia se imaginar trabalhando para uma empresa privada de gerenciamento de riscos, nem mesmo pelo dobro do salário e metade da carga horária. Talvez mais uns dois anos trabalhando dessa forma a deixassem tão desgastada que tivesse de abandonar aquele trabalho, mas não agora.

Não ia receber uma massagem nas costas, não tinha um namorado, nem um trabalho diferente. Em lugar disso, um copo de Shiraz.

Em casa, um pequeno apartamento bem-arrumado, em um dos cantos do terceiro andar do edifício, Exley colocou o CD de Ella Fitzgerald, abriu uma garrafa de vinho e estirou-se no sofá. Viu-se no espelho do outro lado da sala. Meu Deus, como estava cansada. Lembrava-se de ter sido bonita. Tinha retratos para provar isso. Mas a idade não era justa com as mulheres, a menos que fossem atrizes ou esposas ostentadas como troféus, com quantidades fantásticas de dinheiro para seus gastos pessoais. Continuava em boa forma, e seus olhos ainda conseguiam iluminar um ambiente, mas somente um pouco de botox faria as rugas e as linhas do pescoço desaparecerem, e ela não se imaginava fazendo cirurgia plástica. Imaginava se a maioria dos homens levava isso em consideração ou se sequer notavam. Provavelmente não. Mas o problema era pensar sobre isso. Tirava-lhe toda a confiança.

Isso e os retratos infindáveis de modelos de 20 e poucos anos em todas as revistas.

Bebeu o vinho e encheu de novo o copo. A ironia era que a noiva de Randy era uma moça sem graça, para ser franca, mesmo sendo mais jovem. E Exley sabia que ainda exercia atração sobre Randy. Não, ele apenas se cansara de a agência ser sempre colocada em primeiro lugar. Não o culpava. Mas o trabalho não dava margem para acordos. Como poderia ser diferente, se os terroristas estavam dispostos a atacar a qualquer momento?

Como naquela tarde. Se ao menos tivessem seguido o conselho dela...

— Merda! — disse bem alto para a sala vazia.

Shafer sabia, é claro. Pelo menos uma vez tivera tato e tinha ficado calado. Não era de admirar que lhe dera o domingo de folga. Ele sabia que mais cedo ou mais tarde ela entenderia. Se tivessem seguido o conselho dela naquela tarde, 307 pessoas teriam morrido. Porque, se tivessem feito um pouso em Boston ou Hartford antes da turbulência sobre Nova Jersey, o telefone celular no compartimento de bagagem teria funcionado e o 919 da United Airlines teria explodido.

— Meu Deus! — exclamou Exley. Tomou o vinho de um só gole e serviu-se de outro copo. Afundou-se no sofá e fechou os olhos. Claro que ela não podia ter previsto isso. Ninguém poderia. Mesmo assim. Ela quase matara 307 pessoas.

Que maneira perfeita de terminar a noite, pensou Exley. Bebeu o restante do vinho e foi direto para o armário de remédios procurar um calmante. Tinha ainda uma receita antiga, da fase crítica do divórcio.

Naquela noite precisaria de um comprimido para dormir.

3

APRENDER A SER UM AMERICANO novamente foi mais difícil do que Wells esperava.

O primeiro impacto ocorreu antes mesmo de seu avião pousar em Hong Kong, enquanto o A-310 da Pakistan Airlines circulava sobre as luzes da cidade. Fazia bastante tempo que Wells não via um sistema elétrico em funcionamento. Os anciãos tribais em sua cidade possuíam dois geradores a diesel, bestas ruidosas e fedorentas que proviam energia suficiente para algumas lâmpadas e umas poucas televisões. Nada que se comparasse ao mar de luzes alaranjadas que brilhavam sob a janela de Wells, os faróis piscando sobre as torres de rádio na ilha de Hong Kong, o brilho branco dos arranha-céus. Tinha esquecido que os humanos podem construir com a mesma facilidade com que destroem, pensou Wells.

O jato pousou. À sua volta os passageiros levantavam-se e pegavam suas bagagens. Não conseguia se mexer, tomado por uma emoção indescritível. Não era medo nem esperança, apenas uma sensação de que o tempo havia voltado a correr e de que havia envelhecido uma década em um instante. Sabia que deveria estar feliz. Estava livre. Mas simplesmente não estava. Havia apenas se deslocado para um novo campo de batalha com riscos ainda maiores. Permaneceu sentado, imóvel, dominado pela fadiga até a cabine esvaziar e um dos comissários de bordo lhe tocar o ombro.

— Tudo bem, senhor?

— Tudo. — Devia evitar chamar a atenção sobre si. Pegou sua bagagem e dirigiu-se para a saída.

Painéis reluzentes anunciando Hyatt, Gucci, IBM, Cathay Pacific e várias outras marcas estavam por toda parte no salão de desembarque refrigerado. A cada propaganda, uma mulher ainda mais bonita, mostrando uma parte do corpo, o que seria suficiente para ser açoitada ou algo ainda pior na Fronteira Noroeste. Wells desviou a vista dos anúncios e observou, à sua volta, o chão brilhante do salão. Havia várias mulheres em torno: chinesas, brancas, indianas e filipinas. Caminhavam sem que um homem as acompanhasse, com os rostos, os braços e as pernas descobertos. Algumas estavam até maquiadas. Uma linda adolescente japonesa, cabelos tingidos de um tom vibrante de vermelho, passou apressada, e Wells girou a cabeça para observá-la. Ao fazer isso, sentiu uma irritação inesperada. Será que essas mulheres não podiam ser um pouco mais recatadas? Não precisavam usar burcas, mas também não precisavam usar minissaias.

Sentado no salão de desembarque, do lado de fora de uma Starbucks, permaneceu intrigado com sua reação. Após uma década de celibato deveria estar encantado com o festival de corpos expostos diante de seus olhos. Nada acerca do Talibã o perturbara mais do que o modo como eles tratavam as mulheres. Percebeu que havia internalizado as crenças fundamentalistas muito mais profundamente do que imaginara. Ou talvez apenas precisasse transar. Tinha sido quase impossível fazer sexo no Afeganistão e no Paquistão; os nativos não queriam casar suas filhas com guerrilheiros da al-Qaeda, menos ainda com um americano. E sexo fora do casamento não valia o risco; os talibãs e os pashtuns não poupavam criatividade em punições contra a prostituição e o adultério. Wells havia presenciado um homem ser enterrado vivo, e alguns outros serem enforcados. Havia mantido a sua libido contida. Não conseguia sequer lembrar do cheiro de uma mulher.

Precisava mudar essa situação. Os muçulmanos deviam se resguardar sexualmente para o casamento, mas Wells sabia que não poderia permanecer casto para sempre. Havia decidido não pagar por sexo e nem procurar alguém para passar uma noite, mas se encontrasse a mulher certa, alguém de quem gostasse, não esperaria pelo casamento.

Olhou para uma loira alta que passava empertigada e desejou encontrar a mulher certa o quanto antes.

PASSOU A SEMANA seguinte num hotel desconhecido em Kowloon. Para distrair-se, caminhava pelas ruas apinhadas de Hong Kong todas as manhãs, e às tardes ia à biblioteca central da cidade, uma edificação enorme de pedra e vidro do lado oposto do Victoria Park. Ele folheou alguns jornais e revistas para pôr em dia os anos perdidos. Monica Lewinsky e Newt Gingrich. A febre da internet. O euro. Britney Spears. A eleição presidencial em 2000 e a recontagem na Flórida. Os anos anteriores ao 11 de Setembro eram calmos como um lago de Montana em um dia quente de verão.

E então ocorreu o ataque. Nos jornais amarelecidos de 2001, o choque ainda era tangível. Wells tomou conhecimento dos cartazes espalhados em Nova York pelas famílias dos desaparecidos, memoriais de papel, mais expressivos do que qualquer monumento. E também ficou sabendo da resposta de Rudy Giuliani, no primeiro dia, ao repórter que lhe perguntou quantas pessoas haviam morrido: "Mais do que podemos suportar."

O que virá depois?, Wells se perguntou. O que teremos de enfrentar?

Nesse ínterim, os Estados Unidos revidaram, invadindo o Afeganistão e o Iraque, na esperança de colocar seus inimigos na defensiva. Os soldados americanos haviam punido as forças do Talibã e Saddam Hussein. Mas Wells temia que os Estados Unidos tivessem difundido uma geração de ódio entre um bilhão de muçulmanos. Cada vez que um soldado americano pisava numa mesquita, formava-se um militante do jihad. E agora os Estados Unidos pareciam estar encurralados no Iraque. Ponderar as possibilidades o fez ficar com dor de cabeça. Por fim, retornou à segurança das páginas esportivas, comprazendo-se de saber que o Red Sox havia derrotado o Yankees e vencido a World Series. Theo Epstein era um gênio.

À noite, bebia Coca-Cola no bar do Peninsula Hotel, sob as luzes de Hong Kong, escutando os expatriados conversarem em seus telefones celulares. Todos falavam sem interrupção, com um inglês tão carregado que Wells mal podia acompanhar.

— Acho bom que seja essa semana, ou não vai ser nunca mais...

— Isso, Bali essa semana, voltamos para cá, e depois São Francisco...

— Esses chips novos da Intel são inacreditáveis...

Sentiu como se fosse o único em toda a cidade a não fazer sexo nem ganhar dinheiro. Ou pelos menos falar sobre isso. Para essas pessoas, a globalização era uma promessa, não uma ameaça. Sabiam como surfar pelo mundo, e não eram pagas para se preocupar com as que se afogavam na corrente contrária.

Apesar disso, Hong Kong lhe fez bem. A energia da cidade o inundou e sentiu o sangue pulsar nas veias. Encontrou uma dentista para obturar-lhe o molar destruído. Ela franziu a testa ao examinar sua boca. "Não existem escovas de dente nos Estados Unidos?" Passou a tomar três banhos por dia para compensar as semanas que ficara sem banho na Fronteira Noroeste e a assistir às corridas na pista Sha Tin. Não jogava, mas apreciava a pompa do lugar, os multimilionários circulando com mulheres bem mais novas do que eles, os puros-sangues lustrosos quase empinados ao se aproximarem dos portões. E o clamor da multidão quando os cavalos aceleravam na chegada.

Certa manhã viu-se diante do consulado americano em Garden Road e foi tomado por um sentimento de culpa. Já devia ter entrado em contato com os oficiais da agência. Mas não conseguia abrir mão de sua liberdade assim tão cedo. Logo que se apresentasse à agência, passaria a ter seus passos vigiados. Seriam semanas de prestações de contas, perguntas intermináveis: Onde esteve durante todos esses anos? Por que não entrou em contato antes? O que exatamente tem feito?

Por trás dessas perguntas todas haveria uma dúvida ainda maior: Afinal, por que razão devemos confiar em você?

Não. Não estava pronto. Ele se apresentaria quando retornasse aos Estados Unidos. Nada aconteceria antes disso mesmo. Seguiu adiante, deixando o consulado para trás.

SUA PASSAGEM POR Frankfurt e depois por Nova York ocorreu tranqüilamente. Não sentiu o entusiasmo que esperava sentir quando o 747 da Lufthansa aterrissou no aeroporto Kennedy, apenas a certeza de que não mais poderia se ausentar de suas obrigações.

O agente da imigração mal olhou para seu passaporte, e Wells passou sua primeira manhã em Manhattan perambulando como tinha feito em Hong Kong. Não conseguia evitar olhar para a cidade com os olhos de Khadri, como um grande alvo: os túneis, as pontes, a Bolsa de Valores de Nova York, os teatros da Broadway, o metrô, as Nações Unidas.

E Times Square, naturalmente. A última vez que a vira, a praça — na verdade uma interseção em forma de gravatinha no encontro da Broadway com a Sétima Avenida — estava em decadência. Naquele momento fazia jus a sua fama de ser a encruzilhada do mundo. Na 44 com a Broadway, ele observava os turistas e a multidão amontoando-se como formigas num piquenique confuso. Painéis de néon gigantescos brilhavam nas novas torres de escritórios. As notícias circulando sem cessar nos anúncios digitais, o mundo reduzido a um duelo entre listras laranjas e verdes. Motoristas debruçados sobre as buzinas e vendedores ambulantes tentando gritar ainda mais alto, oferecendo chaveiros da Estátua da Liberdade e desenhos do Tupac. Uma enorme loja da Toys 'R' Us ocupava a esquina na qual ele se encontrava, uma prova de que o local havia se tornado uma atração para todas as idades. Wells lembrou-se do que alguém — não sabia quem — supostamente dissera sobre o Times Square: "Deve ser linda para quem não sabe ler." Os negócios eram realizados ali também. Os escritórios da Morgan Stanley, Ernst & Young e Viacom ficavam num raio de cerca de duzentos metros. Além disso, era possível atravessá-la com um caminhão. Se o World Trade Center era o Marco Zero, Times Square era o Marco Um.

Wells podia sentir um relógio em contagem regressiva em algum lugar por ali. Dirigiu-se ao metrô e procurou a linha para o Queens. Oito horas mais tarde, estava dentro de um ônibus da Greyhound dirigindo-se a Charleston, com 20 mil dólares no bolso. Havia depositado os outros 15 mil num cofre em Manhattan, por precaução.

DOIS DIAS DEPOIS, Wells estava no aeroporto de Minneapolis, com uma carteira de motorista da Carolina do Sul novinha, no bolso, graças às leis liberais para a emissão de carteiras. Estava indo para Boise e, de lá, seguiria pelo interior de Idaho até Missoula. Faria duas paradas, três pessoas para visitar: sua mãe, o filho e a ex-mulher. Sua última tarefa antes de se apresentar.

Não dissera a ninguém que estava chegando. Queria fazer uma surpresa à mãe, aparecer em Hamilton e sentar-se na cozinha enquanto ela preparava um bule de café e fazia alguns ovos mexidos. Beijaria seu rosto e lhe pediria desculpas por ter ficado tanto tempo longe. Ela o perdoaria assim que o visse. As mães são assim. Pelos menos a dele era. Quanto a Evan e Heather... teria de descobrir.

Dispunha de duas horas livres antes do vôo para Boise. Encontrou então um TGI Friday's e sentou-se no bar para assistir à final do NCAA de basquete masculino, Duke contra Texas. Depois de alguns minutos, o homem no banco ao lado virou-se em sua direção. Quarenta e poucos anos, pele desbotada, cabelos à escovinha, com uma corrente fina de ouro no pulso.

— Duke ou Texas?

— Duke — disse Wells. Não estava muito disposto a falar, mas o sujeito parecia inofensivo.

— Eu também. Para onde está indo?

Wells deu de ombros e dirigiu o olhar para a televisão. O cara não notou a deixa.

— Eu estou indo para Tampa. Não suporto o noroeste. Voei 120 mil milhas ano passado. Eles nem mesmo me promoveram para fora de Tampa. Não acreditei. Eles me *devem* uma promoção.

— É. — Wells resmungou. O sujeito devia ser um vendedor. Não que estivesse interessado em saber.

— É casado? — perguntou o homem. — Eu sou. Tenho cinco filhos.

— Meus parabéns.

— Bebe uma comigo?

Wells não sabia como mandar o cara cuidar da própria vida. O homem parecia um pouco triste, e Wells não conversava sobre amenidades com um americano havia muito tempo. Pesquisa de campo, que seja.

O homem sorveu metade da cerveja em um único gole.

— Acho que vou tomar é uma boa tequila. Eu te pago uma cerveja. Ah, sim, meu nome é Rich.

— Eu não bebo — disse Wells.

Rich olhou para o barman.

— Uma dose dupla de Cuervo para mim e uma cerveja para o meu amigo.

— Eu já disse que não bebo.

— Foi mal, cara. Só estou querendo ser legal. Uma Coca, então. — Rich fez um sinal com a cabeça para o barman. — Sabe que eu não me importava de andar de avião antes do 11 de Setembro. Mas desde essa época, fico com isso na cabeça toda vez que viajo. Até hoje.

Wells pensou novamente se não deveria sair do bar. Não estava com vontade de falar sobre o 11 de Setembro. Já havia pensado muito sobre isso sozinho. Mas acreditava que os aeroportos eram um lugar em que naturalmente se falava sobre o assunto.

— Às vezes, fico aqui pensando como é que eu ia reagir se aparecesse um cara com uma arma — observou Rich. — Você quer saber? Eu enfrentava. Ia virar herói, como aqueles do vôo 93.

— Herói? — Wells não pôde evitar o tom de descrença em sua voz.

O barman colocou uma dose generosa de Cuervo diante de Rich.

— Você não acha que aqueles caras foram heróis? — Rich parecia insultado.

Wells não tinha muito conhecimento sobre o que havia ocorrido no vôo 93, mas sabia do seguinte: tentar salvar a própria pele não tornava ninguém um herói. Todos querem viver. A pessoa se tornaria um herói se arriscasse a própria vida para salvar outra pessoa. Normalmente. Às vezes, era pura estupidez. Já vira diversos homens desperdiçarem suas vidas só para provar que eram fortes.

Ainda assim, algumas batalhas famosas eram lembradas pela coragem de uma facção lutando contra chances esmagadoras de vitória do inimigo. Veja a investida de Pickett em Gettysburg, os confederados aglomerando-se em Cemetery Hill contra as tropas da União. O ataque foi um desastre, mas os rebeldes seriam sempre conhecidos por sua bravura. Eram heróis ou tolos? O fato de estarem lutando a favor da escravidão influenciava essa resposta?

Mas Wells não estava disposto a debater acerca de heroísmo com Rich, o vendedor.

— Claro. Eles foram heróis.

Rich ergueu o copo diante de Wells.

— *Salud.* Vamos lá. Você sabe o que é estranho?

Aposto que estou prestes a descobrir, pensou Wells. Rich virou o Cuervo de um só gole e bateu com o copo no balcão.

— O meu casamento é uma zona.

Wells tentou parecer solidário.

— A minha esposa, a Barbara, me pegou transando com a empregada. A Consuelo. Ela está furiosa. A Barbara, quer dizer. A Consuelo nem se importa.

Wells fez um esforço mental para encontrar uma resposta adequada. Não conseguiu encontrar nenhuma. Os americanos pareciam ter ficado bem mais conversadores em sua ausência. Lembrava-se vagamente de talk-shows na televisão, como o *Jerry Springer*. Parecia que agora todo o país estava fazendo testes para um desses reality shows. Que tipo de pessoa contava a um estranho que sua esposa o havia flagrado com a empregada?

Rich olhou para ele e prosseguiu.

— Quer dizer, não era para a Barb chegar em casa. Ela entra e começa a gritar: "Vai se foder! Vai se foder!" Berrando mesmo...

Agora chega de boa educação, pensou Wells.

— Você ainda tem alguma dignidade? — Wells encarou Rich, um olhar que havia assustado homens em lugares muito mais perigosos do que aquele. — Você por acaso sabe o que essa palavra significa? Contar para um cara que você nunca viu na vida como traiu sua esposa e foi pego. Eu não te conheço e nem quero. Obrigado pela Coca. — Wells pegou a mochila.

— Você não entende — disse Rich. — Eu estou sofrendo muita pressão. Você sabe o que é ter que sustentar duas casas e três carros? Eu não consigo me lembrar da última vez que dormi com minha mulher. Estava precisando conversar com alguém. A minha vida é uma droga...

— Você sabe o que é uma droga? — perguntou Wells. — Uma droga é pisar numa mina terrestre e perder a perna. Com 4 anos de idade. Dirigir um Humvee por aí, esperando ser queimado por uma bomba que você nem sequer pode ver, como nossos rapazes estão fazendo em Bagdá nesse momento.

— Eu sei...

— Você não sabe merda nenhuma. Não faz nem idéia. Não pode nem imaginar como a maioria das pessoas vive nesse mundo. E nenhuma delas nunca reclamou tanto da vida como você nesses últimos cinco minutos. Pede o divórcio. Pára de transar com a empregada. Eu não estou nem aí.

— E que merda você sabe sobre os problemas do mundo? — Rich retorquiu. — Você está sentado aqui, assistindo televisão do mesmo jeito que eu.

— Não mais — disse Wells. Jogou uma nota de dez dólares no balcão para a Coca e dirigiu-se ao portão de embarque.

WELLS ESTAVA NO hall do portão C-13, furioso consigo mesmo. E se o cara tivesse investido contra mim? Precisava ser mais discreto. Porém Wells não entendia mais seus compatriotas. Eles me *devem* uma promoção, Rich dissera. Não. Eles não lhe devem nada.

Wells sabia que precisava relaxar. Rich, o vendedor, era um alcoólatra com um péssimo casamento. Ele resolveria sua vida. Ou não. Isso não dizia respeito a Wells. Porém, ao olhar ao seu redor e ver aquele aeroporto claro e limpo, imaginou se algum dia pertenceria novamente àquele país.

ENTRETANTO, QUANDO ACORDOU no dia seguinte em Boise sentiu-se quase alegre. Não esperava estar de volta a Montana nem ver sua mãe novamente. Poderia ter voado direto para Missoula, mas queria dirigir, estar sozinho nas Montanhas Rochosas. Lembrou-se de quando viajava de carro com o pai para as pescarias dos fins de semana. Costumavam ir a Boise para ver o Hawks, o time de beisebol Classe A da segunda divisão, e comprar um presente para a mãe na joalheria no centro da cidade. "Não conte nada", seu pai sempre lhe dizia. "É surpresa."

Seu pai trabalhava como cirurgião no hospital de Hamilton, no sul de Missoula. A mãe era professora. Seu pai queria ter uma família grande, Wells sabia. Mas sua mãe quase havia morrido em seu nascimento — ficara hospitalizada em Missoula por um mês — e os médicos disseram que não poderia engravidar novamente. Portanto, eles eram três: Herbert, Mona e John.

Wells sempre respeitara o pai, um homem taciturno e rígido, cuja habilidade como cirurgião era reconhecida por todo o oeste de Montana. Quase todos os dias, Herbert gastava sua energia na sala de operações; quando chegava em casa, sentava-se em sua poltrona de couro na sala de estar, sorvendo, aos poucos, seu uísque e lendo o jornal de Missoula. Ele não tinha mau gênio, nem também era exatamente o que se pode chamar de ausente. Sempre torcia por Wells nos jogos de futebol. Porém Herbert tinha regras, tanto dentro como fora da sala de cirurgia, e esperava que tais regras fossem cumpridas.

Quanto a sua mãe, ela era uma pessoa especial. Praticamente todas as crianças que Mona ensinava apaixonavam-se um pouco por ela. Era alta e linda, e estava sempre sorrindo. Fora criada em Missoula, fruto de uma louca união. Em 1936, o avô de Wells, Andrew, serviu na marinha. Durante seus dias de licença em Beirute, Andrew apaixonou-se por Noor, a filha de um comerciante libanês. Andrew conseguiu convencer Noor — e sua família — de que deveria viver com ele em Montana. Os cabelos negros de Wells e sua tez morena, ele os herdara de Noor. Essa fora também a razão pela qual Wells teria adquirido conhecimento sobre o islamismo muito antes de estudar a religião em Dartmouth. Recebera influência muçulmana da avó. Noor havia desistido de sua crença religiosa ao ir para os Estados Unidos, mas lhe havia ensinado o suficiente para deixá-lo intrigado.

Não que ele tivesse tido a oportunidade de ver o Islã em ação durante a infância e a juventude. Hamilton era apenas uma cidade do interior, com apenas poucas quadras, quando Wells era criança. Ele sempre se orgulhou de ter sido criado lá, pedalando sua bicicleta para todos os cantos, aprendendo a lidar com cavalos e fazer fogueiras. As coisas mudaram quando atingiu a puberdade. A MTV apareceu para mostrar a ele e aos seus amigos como eram caipiras. As crianças perderam a autoconfiança e começaram a ficar entediadas. As drogas iam de Seattle a Spokane, seguiam para Missoula pela U.S. 93, chegando ao posto de gasolina Sinclair nos limites da cidade. Ele temia que tal infestação só tivesse piorado desde que fora embora.

AO DEIXAR BOISE, Wells observou algumas nuvens encobrindo as montanhas. Mesmo assim, havia decidido ir pelo caminho mais curto até sua casa, pelas montanhas, seguindo a Idaho 21. Naquele momento, ia na direção nordeste, passando pelos subúrbios de Boise abarrotados de loteamento como vacas reunidas diante de uma tempestade que se aproxima. Dirigiu-se em seguida para o norte, margeando um riacho de águas rápidas e tendo diante de si as nuvens. A floresta de *Pinus ponderosa*, a árvore-símbolo de Montana, ficou mais cerrada, e a neve começou a cair. À medida que Wells subia o desfiladeiro de Mores Creek, a uma altitude de cerca de 2 mil metros, uma neblina cobria a estrada. Árvores mortas entulhavam as encostas; Wells lembrou-se vagamente de um enorme incêndio que havia devastado a área décadas antes. Mesmo naquele momento a floresta parecia não ter se recuperado de todo. A neblina ficou tão densa que não era mais possível distinguir a estrada das montanhas. Em geral, não se considerava supersticioso, mas de repente sentiu como se estivesse entrando no outro mundo e que nada do outro lado seria igual. Ainda assim, fora longe demais para recuar. Ele desacelerou até que seu Dodge estivesse quase parado e desceu lentamente a montanha até Lowman. Levou quatro horas para percorrer cem quilômetros.

A partir de Lowman o tempo melhorou. A estrada tomou a direção leste e seguiu o rio Payette por um vale cerrado de abetos. Wells balançou a cabeça num momento de fraqueza. Desde quando o clima ditava seu estado de espírito? Ao sul, as montanhas Sawtooth cortavam as nuvens, pontiagudas e ameaçadoras, sem dúvida, como os dentes de uma serra. Nós ocidentais temos uma mente prosaica, pensou Wells. Com uma terra tão linda como essa não é necessário florear.

Em Stanley, ele pegou a Idaho 75, ao longo do rio Salmon. O dia clareou quando o sol dissipou as nuvens. A paisagem passou de rochas avermelhadas para montanhas cobertas de arbustos amarelados que brilhavam sob a luz. Ao longo da estrada, homens de botas impermeáveis lançavam linhas no rio, na esperança de pescar trutas. Wells sentiu o coração inchar no peito. Não se sentia livre assim desde que se juntara à agência dez anos antes. Por pouco não encostou o carro e pediu uma linha emprestada por alguns minutos, mas em vez disso acelerou em direção a Hamilton.

Quando chegou em Salmon, a última cidade de tamanho razoável antes de Hamilton, o sol já havia se posto. Wells parou no Stagecoach Inn e alugou um quarto por 42 dólares. Ainda faltavam quase três horas para chegar em Hamilton e não queria acordar sua mãe.

Salmon era uma cidadezinha do oeste, sua rua principal não passava de uma fileira de casas velhas de tijolo. Quando deu por si, Wells estava no Supper Club and Lounge, um bar frio e úmido com uma máquina de karaokê e cabeças de bois penduradas nas paredes.

— Quer beber alguma coisa? — perguntou o barman.

Wells sentiu a boca salivar com o cheiro de gordura de carne na chapa.

— Um hambúrguer — disse ele.

A carne certamente não era *halal* — abatida segundo as leis do Alcorão, que exigiam a drenagem de todo o sangue do animal — mas Wells não se importava. Não conseguia se lembrar do último hambúrguer que comera e essa lembrança perdida parecia simbolizar tudo o que ele havia deixado para trás durante a década que passara na guerra.

O sanduíche chegou rápido. Mastigou lentamente, deliciando-se com cada mordida, e ouviu uma mulher de seus 40 e tantos anos, sentada dois bancos depois do dele, brincar com um senhor que usava um boné do Minnesota Timberwolves.

— Pescar é quase melhor do que saltar de pára-quedas — ela disse. — E é bem melhor do que sexo! Principalmente na minha idade! — Ela riu, e Wells se pegou sorrindo.

Ela percebeu que ele a observava e ergueu a sobrancelha. Tinha cabelos louros com mechas e um sorriso largo e belo. Deslizou para o banco ao lado e lhe estendeu a mão.

— Evelyn.

— John.

— Você sabe cantar, John?

— Não, senhora. — Wells respondeu com um leve sotaque sulista.

— Não me diga que você não sabe cantar, bonitão.

— Minha voz é péssima.

Ela deu batidinhas na mão dele e voltou-se para o barman.

— Vai lá, aperta a "You Are So Beautiful".

Ele não tinha a menor intenção de cantar para aquela mulher. Felizmente, não foi preciso. Em vez disso, Evelyn cantou a música bem alto, sua voz deslizando pelas notas como um carro em uma pista com gelo. O que lhe faltava em técnica era compensado por sua atuação; ela balançou os quadris ao se inclinar na direção de Wells, finalizando com o microfone entre as mãos. "You-are-so-beautiful-to-me..." A meia dúzia de freqüentadores do local aplaudiu quando ela terminou, e Wells sentiu o rosto abrindo-se num sorriso, o primeiro riso franco depois de um tempo longo demais. Ela inclinou-se diante dele em agradecimento e voltou para seu banco.

— Você estava maravilhosa — ele disse.

— Você é o próximo.

Ele fez que não.

— Talvez mais tarde, então — ela disse, mudando de assunto. — O que te traz a Salmon?

— Estou só de passagem — disse Wells. — Estou indo para Missoula.

— De onde você é?

Era isso que ele temia. Talvez ela estivesse apenas sendo amigável, ou talvez estivesse entediada, procurando alguma diversão para sua noite de terça-feira. Ele não precisava se sentir tão intimidado. Seria muito fácil mentir, talvez até ir com ela para casa. Mas não queria mentir. Não na véspera da visita a sua família.

— Preciso ir — ele disse.

— Ei, eu não mordo. — Ela piscou o olho e colocou a mão no braço dele. — E eu gosto muito mais de sexo do que de pular de pára-quedas, a qualquer hora.

Wells percebeu que se ruborizara e ficara agitado ao mesmo tempo. Havia se esquecido do quanto as mulheres americanas podiam ser despudoradas.

— Preciso acordar muito cedo, amanhã de manhã.

— Tudo bem. — Ela se afastou.

Wells deu a última mordida em seu hambúrguer e dirigiu as três quadras até o Stagecoach. No estacionamento do motel, quase deu meia-volta para retornar ao bar. Não conseguia esquecer a sensação da mão de Evelyn em seu braço. Sua pele parecia queimar onde ela o havia tocado. Desligou o motor e arrastou-se subindo para o quarto. Havia esperado muito tempo por uma mulher e achava que poderia esperar mais. Porém não para sempre.

O TELEFONE TOCOU precisamente às seis da manhã, arrancando-o de um sono sem sonhos. Tomou banho, vestiu-se rapidamente e fez sua prece levando a cabeça ao chão e recitando o primeiro verso do Alcorão. "*Bismallah rahmani rahim al hamdulillah rabbi lalamin...*" Do lado de fora, o sol nascia e as estrelas desapareciam conforme o céu migrava do preto para o azul.

A estrada era toda sua, ao se dirigir para o norte, pelo Lost Trail Pass, um desfiladeiro entre Idaho e Montana. Lewis e Clark haviam seguido essa rota a caminho do Pacífico, e as montanhas não tinham mudado quase nada desde então. No alto do desfiladeiro, Wells desceu de seu Dodge desfrutando a tranqüilidade do lugar e admirando as montanhas de Montana à sua frente. Pareciam mais suaves e arredondadas do que as que haviam ficado para trás.

Chegou a Hamilton cerca de uma hora depois. A cidade era maior do que a que mantinha gravada na memória, e os supermercados e restaurantes de fast-food — um Taco Bell, um Pizza Hut — estendiam-se por toda a 93. Virou à esquerda na Ravalli Street. Lá estava ela. South Fourth, 420. A casa cinza grande na esquina da Ravalli com a Fourth.

Exceto que a casa não era mais cinza. Era azul. E havia um triciclo no jardim da frente.

Dirigiu-se à porta:

— Mãe! — ele gritou.

Ninguém respondeu. Tocou a campainha.

— Quem é? — uma voz de homem.

— Sou eu, John.

— John de quê?

Wells desejou estar em outro lugar. Qualquer lugar. Teria preferido ver o chão abrir-se e o engolir por inteiro.

— John Wells. Estou procurando a minha mãe.

A porta entreabriu-se e de dentro da casa surgiu Ken Fredrick, que, na época em que freqüentaram o colégio, estava dois anos à frente de Wells. Penny Kenny, era como as crianças mais levadas o chamavam, porque sua família estava sempre sem dinheiro. Entre ele e Wells havia uma certa amizade. Kenny era o dirigente do time de futebol durante os dois primeiros anos em que Wells fizera parte do time, e fora muito maltratado, principalmente nas longas viagens de ônibus quando havia jogos em outros lugares. O pior momento aconteceu numa noite de sexta-feira, perto do final da primeira temporada da qual Wells participava. Três atacantes abriram a saída de emergência e, com o ônibus em alta velocidade, penduraram Kenny do lado de fora do veículo, com o rosto a poucos centímetros de distância do asfalto, na estrada interestadual 90. Wells ainda se lembrava de Kenny berrando; talvez tenha sido a primeira vez em que sentira pânico de verdade. Depois disso, Wells convidara Kenny para sentar-se junto a ele. Já no primeiro ano, Wells era jogador da defesa, fundamental no time, e por isso Kenny passou a sofrer menos represálias.

— John Wells? O Triturador de Ossos?

Wells não ouvia aquele nome fazia muito tempo. Ganhara o apelido pelo jeito como detinha o avanço do outro time, com lances extraordinários, fazendo voar capacetes e deixando os adversários estatelados no chão. Os jogadores dos times rivais detestavam ter de enfrentá-lo. Wells não era especialmente grande, mas era rápido e conhecia o segredo, aqueles que os treinadores não ensinam: *Não esmoreça.* Os zagueiros, em sua maioria, ficavam nervosos. Era natural. Mas Wells nunca afrouxava o passo.

— Cara, que bom te ver — Kenny disse. — Há quanto tempo. — Penny Kenny abriu a porta e lhe estendeu a mão.

— O que você está fazendo aqui? — Wells não queria admitir para si, nem mesmo naquele momento.

— Eu moro aqui, John — disse Kenny. — Eu e minha mulher compramos a casa da sua mãe há muitos anos. Sou vice-presidente do Ravalli County Bank. As pessoas agora me chamam de Ken. — O orgulho em sua voz era indisfarçável.

— E onde está minha mãe?

Kenny engoliu em seco.

— Você não sabia? Ela faleceu, John. Câncer de mama.

Wells se viu olhando fixamente para os dentes perfeitos de Kenny, que eram tortos e irregulares quando eles eram crianças. Ele poderia fazer um comercial de pasta de dentes, Wells pensou. Nada de dentistas afegãos. E o que está fazendo na minha casa?

Wells desejou fazer jus a seu apelido. Cerrou o pulso enquanto olhava para Kenny e seus dentes brancos. Mas nada disso era culpa de Kenny. Ele era um menino bacana.

— Ela está em Lone Pine — disse Kenny. — Junto com seu pai.

— Eu sei onde minha família está enterrada, Kenny. Ken.

— Eu sinto muito, John — Kenny disse. — Não sei o que dizer. Vamos entrar? Quer um café?

Wells, porém, já havia se afastado.

LÁGRIMAS SILENCIOSAS ESCORRIAM por seu rosto enquanto seguia para o cemitério Lone Pine, em Darby. Não se recordava da última vez em que chorara, nem mesmo quando havia sentido vontade, mas estava chorando naquele momento. Não se permitira considerar que sua mãe pudesse ter... falecido. Morrido. Partido para o Paraíso. Ah! Essa é boa, John.

Ela não podia ter morrido. Ele tinha ido para o fim do mundo e não havia morrido. Tudo o que ela fazia era jogar bridge com as amigas e cuidar das flores no jardim da casa velha e grande. Não podia ter morrido. Mas tinha, e a prova estava no túmulo de granito diante de Wells, na parte de trás do cemitério. Mona Kesey Wells, 1938-2004. Esposa querida, mãe estimada, honorável professora. Uma cruz incrustada na pedra. Seu pai estava ao lado dela, Herbert Gerald Wells, 1930-1999. Wells ajoelhou-se diante deles e fechou os olhos, na esperança de sentir a presença de ambos, sentir qualquer coisa que fosse. Ele repetiu em voz baixa a sura 82 do Alcorão, uma invocação do Dia do Juízo Final:

> Quando o céu se fender
> Quando as estrelas se dispersarem
> Quando os oceanos transbordarem
> E os túmulos se abrirem
> Então cada alma saberá o que deu e o que deixou para trás...

Mas tudo o que conseguia ouvir era o trânsito fluindo na 93 e as bandeiras americanas dos túmulos balançando na brisa matinal. Wells sabia que não devia culpar a Deus pela solidão que sentia, mas não se conteve. Deus, Alá — qualquer que fosse Seu nome, Ele o havia abandonado naquele momento, quando mais precisava Dele.

Wells andou até o final do cemitério. Nenhuma cerca marcava seus limites. As sepulturas simplesmente iam até poucos metros antes de o terreno entrar em declive em direção à linha férrea. Dirigiu o olhar para o sol a leste até seus olhos começarem a arder. Podia quase ver sua fé esvair-se e flutuar vento afora. Ouviu ao longe o silvo de uma locomotiva. Wells esperou, mas não apareceu nenhum trem. Voltou para o carro. Nunca antes sentira um vazio tão grande.

ENTROU EM MISSOULA lentamente, tentando livrar-se da sensação de que teria de desistir de sua viagem tola e dirigir-se a Washington. Missoula havia crescido ainda mais rápido do que Hamilton. Lotes invadiam os morros onde Wells e sua família haviam andado a cavalo. Sua mãe adorava cavalgar. Sua mãe. Sentiu as lágrimas aflorarem aos olhos novamente, mas dessa vez as conteve. Havia sacrificado aqueles anos por um motivo. Ninguém na al-Qaeda confiaria nele se tivesse voltado para os Estados Unidos sozinho. Sua mãe nunca questionara sua decisão de se tornar um soldado. Naquele momento precisava controlar as emoções e fazer o que era necessário. Não sabia outra forma de honrá-la.

Dirigiu-se ao centro. Ao menos sabia que Heather não estava morta — tinha ligado para ela de Nova York. Desligou quando ela atendeu, sentindo-se um tanto sórdido.

Estacionou do lado de fora da casa de Heather, uma bela casa branca de dois andares. Ao observar o lugar, sabia que não seria bem recebido. Seguiu devagar para a porta da frente e tocou a campainha. Um menino abriu a porta.

— A sua mãe está? — perguntou Wells.

— Mãe! — o menino se afastou correndo.

Ouviu as passadas dos pezinhos de Heather aproximando-se.

— Pois não. — Ela deslizou a corrente e abriu a porta. Continuava linda, uma moça do campo, com cabelos cor de mel e olhos castanhos profundos, pequenina e perfeita. Ele era bem mais alto do que ela, adorava levantá-la e levá-la para a cama. Viveram momentos arrebatadores juntos. Mas sempre houve uma parte nele que ela não conseguia alcançar, e a relação desintegrou-se após seu ingresso na agência. Quando disse que trabalharia como agente secreto e não poderia garantir quando voltaria, ela lhe deu um ultimato: o trabalho ou eu. O trabalho ou Evan, que naquela época tinha acabado de completar 2 anos. Ela lhe disse que não esperaria. E não esperou. Não podia culpá-la.

Quando o viu, arregalou os olhos e deixou escapar um som grave — meio suspiro, meio resmungo. Abriu a boca, como para falar, e em seguida a fechou novamente.

Ele aproximou-se de Heather. Ela hesitou e então lhe deu um meio abraço, mantendo os quadris para trás, de modo a não tocar nele.

— John — ela disse.

— Posso entrar?

Ela o conduziu para dentro. A sala de estar era agradavelmente mobiliada, Wells observou. Uma meia dúzia de livros infantis estavam sobre uma mesinha. Nas paredes, pinturas do século XIX de homens usando becas e perucas. Uma vida que não tinha nada em comum com a sua. Ele mordeu o lábio e pensou em algo para dizer.

— O que quer dizer isso? — E apontou para as pinturas. Então, percebendo ter dado uma mancada, tentou ser menos hostil. — Quer dizer, eles são bonitos.

— Howard é advogado.

— Howard?

— Meu marido. — Apontou para a foto: Heather, um belo homem barrigudo, que deveria ser Howard, Evan e duas crianças pequenas, um menino e uma menina. — Esses aqui são o George e a Victoria. Howard tem uma queda pela realeza britânica.

— E você?

Ela balançou a cabeça negativamente. Aquela não era uma resposta a sua pergunta.

— Pensei que estivesse morto, por não ter vindo ao enterro de Mona.

— Não tive essa sorte.

— Ela sentiu sua falta, John. Ela achava que você ia voltar.

— Eu não sabia.

— Eles não lhe comunicaram pelo rádio do superespião ou coisa desse tipo? Não lhe deram o "bat-sinal" para que você pudesse voltar para casa?

Wells tentou não pensar em sua mãe no leito de hospital, esperando e morrendo. E depois apenas morrendo.

— Desculpa, John. Não quis dizer isso. Você sempre foi o filhinho da mamãe, é só isso. Pensei que se estivesse em algum lugar no planeta, você voltaria.

— Eu nunca me achei um filhinho da mamãe. — Mas não podia negar que algumas de suas lembranças mais queridas eram de Mona fazendo assados na cozinha, enquanto Herbert trabalhava no hospital ou lia em seu escritório. Wells sorriu. — Talvez eu fosse. Então, essa é a sua vida?

Um olhar que ele não conseguiu decifrar passou pelo rosto dela.

— Essa é minha vida. Casada. Três filhos. Um saco.

— Heather...

— O que quer que você ia dizer, não diga, por favor, não faça isso.

— Posso ver Evan?

— Ele está no treino da liga infantil, na YMCA.

— Ele joga beisebol?

— Terceira base. Ele nem sequer sabe quem você é, John.

Wells sentiu como se ela o tivesse esbofeteado.

— Olha só, fica aqui um ano, faz papel de pai dele e aí você vai poder ver Evan. Aí você vai poder ensinar a ele todas aquelas coisas de espião.

— Heather...

— Seis meses? — Pausa. — Um mês? Será que o seu filho vale um mês seu, John?

Wells permaneceu em silêncio. Ela estava certa. Não poderia começar a contar ao filho o que havia feito, onde havia estado. E se o menino o aceitasse e ele sumisse novamente? Como seria, então?

O rosto de Heather suavizou-se ao vê-lo concordar.

— O que você disse para ele?

— Que você é um soldado. Que está lutando uma guerra que temos que ganhar. A verdade.

Ela sorriu ao dizer as duas últimas palavras, e ele se perguntou se ela ainda o amava. Não que isso importasse.

— Você se lembra... — ela começou a perguntar. Interrompeu bruscamente quando o telefone tocou, um som agudo que se repetiu seis vezes e depois parou.

— Não tem secretária eletrônica? — ele perguntou.

— Caixa postal.

Huh. Caixa postal era bem menos popular antes de ele ir embora. Um breve pensamento sem sentido, mas por um momento lhe desviou a mente daquele dia terrível.

— O que é que você ia me perguntar? — ele disse.

O sorriso de Heather, entretanto, havia desaparecido e Wells sabia que ela não diria. O telefone a havia trazido de volta à realidade de sua vida, e não havia lugar para ele nela.

— É melhor você ir embora, John.

Ele olhou ao redor da sala, tentando registrá-la na mente para que tivesse alguma coisa de Heather para guardar na memória. De repente, ela jogou a cabeça levemente para trás, um tique que ele conhecia bem.

— Por que você voltou?

— O quê?

— Você ainda trabalha para a agência. — Não era uma pergunta. Ele ficou pensando se não haviam pedido, ou dito, para ela ligar caso o visse. — Então, por que você está aqui? Por que agora?

— Você sabe que eu não posso dizer.

— Eles sabem que você está aqui? Nos Estados Unidos?

— Claro que sim.

Mas nunca tinha conseguido mentir para ela, e era visível que ela notara que estava mentindo naquele momento. Seu rosto demonstrou a incerteza. Ele gostaria de poder explicar, contar-lhe que estava ali naquele momento sem ninguém no mundo em quem pudesse confiar. Em vez disso, dirigiu-se à porta. Ao atravessá-la, sentiu sua mão encostar no braço dela. Virou-se, e ela o abraçou — de verdade, dessa vez. Ele fechou os olhos e a abraçou ainda mais forte.

Depois ela o deixou ir.

WELLS SENTOU-SE NO Dodge alugado e tentou tirar da cabeça a imagem de seu filho. Finalmente passou a marcha no carro e deu partida, dirigindo lentamente em direção à YMCA. Mas ao chegar no campo, não reconheceu Evan.

HEATHER O OBSERVOU partir. Quando o Dodge havia desaparecido, ela tirou da carteira um cartão comercial e pegou o telefone para fazer uma ligação que deixaria os Estados Unidos mais próximo do ataque terrorista mais mortal da história. Discou os números. O telefone tocou duas vezes.

— Jennifer Exley? — Heather perguntou. Fez uma pausa. — Jennifer? Aqui quem fala é Heather Murray... sim. A ex-mulher de John Wells.

4

ÀS DUAS DA MADRUGADA, viajantes exaustos lotavam os terminais de desembarque do Aeroporto Internacional de Miami. Omar Khadri ficou satisfeito ao ver que não destoava das pessoas; todos ali tinham tez semelhante à sua ou até mais escura. Entrou numa longa fila de estrangeiros, carregando uma pasta de couro preta, que continha uma cópia de *Dom Quixote* em espanhol para combinar com seu passaporte.

Uma hora depois, continuava esperando. Enquanto isso, as filas dos cidadãos americanos prosseguiam num fluxo suave. Khadri estava indignado. Vocês demonstram seu desdém antes mesmo de chegarmos, pensou. Talvez, se manifestasse sua alegria por ter chegado aos Estados Unidos, presente de Alá ao universo, fosse conduzido para o início da fila. Enfim chegou a uma agente. Ela examinou rapidamente seu passaporte e depois dirigiu-lhe o olhar.

— Veio a negócios ou a passeio, Sr. Navarro?

— Negócios — disse Khadri. Sem dúvida, a negócios.

— Onde vai ficar?

— Miami. — Com uma visita rápida a Los Angeles.

— Por quanto tempo?

— Duas semanas.

Entregou-lhe o passaporte.

— Preciso apenas de suas impressões digitais e de uma foto, e então pode ir.

— Como? — Khadri perguntou.

— Suas impressões digitais e uma foto. É procedimento padrão.

Khadri não queria suas impressões digitais e fotografia arquivadas pelo governo americano. Tanto quanto se lembrava, nenhum serviço de inteligência jamais tirara seu retrato. Passava tão despercebido quanto era possível: altura e peso médios, cabelos pretos lisos, tez clara para um paquistanês e extraordinária habilidade para imitar sotaques, um verdadeiro dom nesse seu tipo de trabalho. Podia passar por egípcio, iraniano, filipino e talvez até mesmo italiano. Entretanto, ao registrar suas impressões digitais, ficaria preso a esse passaporte todas as vezes que entrasse nos Estados Unidos. Preferia poder trocar de nome.

— Senhor? Algum problema?

— É regulamento? — Khadri desejou não estar tão cansado. O cansaço o deixara confuso, e ele sentiu um medo súbito, não por si, mas pela operação da semana.

— O mesmo para todos, senhor. — A agente esboçou um sorriso malicioso. Mas se não gostar, ela não chegou a dizer. Pode voltar para casa.

Khadri controlou a irritação enquanto fitava o rosto negro da agente. Não gostava de negros, sobretudo dos norte-americanos. Aquela mulher era um macaco treinado, uma combinação de arrogância americana com selvageria africana. Mas Khadri decidiu ser educado; não queria que o macaco treinado examinasse cuidadosamente seu passaporte.

— Ah, sim, claro — retrucou.

O procedimento levou apenas alguns segundos. Colocou o dedo indicador no leitor digital e olhou para uma pequena câmera fotográfica. Alguns segundos depois o computador da agente emitiu um bipe e ela liberou Khadri.

— Bem-vindo aos Estados Unidos.

— É um prazer estar aqui — disse Khadri.

NO VÔO PARA o Aeroporto Internacional de Los Angeles, na manhã seguinte, em silêncio, Khadri teve raiva de si mesmo. Deveria estar a par do novo regulamento sobre impressões digitais, que havia sido anunciado publicamente. Não podia cometer erros desse tipo. Em sua paranóia, os americanos pareciam achar que a al-Qaeda era uma poderosa máquina assassina. Mas Khadri conhecia muito bem os pontos fracos do grupo.

Era verdade, a al-Qaeda não corria o risco de quebrar. O xeique Bin Laden havia espalhado dezenas de milhões de dólares pelo mundo inteiro durante os anos 1990, e a moeda continuava a ser distribuída secretamente. Mas dinheiro apenas não era suficiente. O maior problema da al-Qaeda era encontrar bons agentes secretos. Muitos homens desejavam morrer pela causa. Entretanto, somente uns poucos haviam entrado nos Estados Unidos antes de o país começar a exercer controle violento sobre os imigrantes de países muçulmanos. Em missões difíceis, podia-se confiar em um número ainda menor de pessoas. Uma decisão errada, ou um momento de pânico, poderia destruir um plano arquitetado durante muitos anos.

Uma comissária de bordo aproximou-se com o carrinho.

— Café? Chá?

— Café. Açúcar e leite. — Naturalmente, Khadri não bebia nem tomava drogas mas — como muitos muçulmanos devotos — gostava de coisas doces e tinha o sério hábito de tomar café.

Deu um gole no café e ficou imaginando como a história o julgaria. Tinha grandes esperanças de um dia ter seu nome conhecido no mundo inteiro, seu verdadeiro nome. Biógrafos e historiadores investigariam sua vida. Mas se estivessem procurando um acontecimento traumático, algo a que pudessem atribuir o motivo de seus "crimes", ficariam decepcionados, pensou.

Fora criado em Birmingham, Inglaterra, filho mais velho e único homem entre cinco irmãs. Seu pai, Jalil, era um engenheiro que emigrara do Paquistão, homem amargo e temperamental. Sua mãe, Zaineb, havia recebido treinamento de auxiliar de enfermagem, mas nunca trabalhara. Jalil e Zaineb eram profundamente religiosos, e rígidos. Khadri apanhara do pai, que lhe batia com o cinto, várias vezes quando criança, e aprendera rápido a não discordar. Tinha sido uma criança solitária; seu pai jamais lhe dera permissão para brincar fora da escola com os descrentes, e a definição de "descrente" para Jalil incluía a maioria dos muçulmanos. Portanto, Khadri refugiara-se nos livros de matemática e de ciências, e no Alcorão. Na biblioteca da escola, longe da vista do pai, lia sobre filosofia, tentando compreender o conceito de poder, buscando interpretações em Nietzsche, Maquiavel e Hobbes. Todos eles infiéis, mas lhe haviam mostrado como os homens fortes impunham sua vontade sobre os fracos. Um dia ele provaria sua força ao mundo, e ao pai.

Com o passar dos anos, seu ódio à Inglaterra e ao Ocidente tornava-se mais feroz. Diferente de alguns soldados da al-Qaeda, ele não conseguia apontar um incidente específico que o tivesse feito voltar-se contra os *kafirs* e seguir o caminho da retidão. Evidentemente, como todas as pessoas de pele morena na Inglaterra, fora insultado por desordeiros na rua. Mas nunca fora seriamente ameaçado, nem tratado com desprezo. Não, ele apenas se cansara da corrupção moral a seu redor, do consumo de drogas, da homossexualidade e da busca de prazeres a todo custo. E os *kafirs* não se contentavam em se contaminar. Queriam impor ao resto do mundo sua maneira de viver, enquanto fingiam disseminar com devoção a liberdade.

Ainda assim, o fervor religioso de Khadri tinha limites. Sim, ele acreditava em Alá, acreditava que Maomé era o último e verdadeiro profeta. Fazia suas preces cinco vezes ao dia. Nunca poluíra seu corpo com álcool nem drogas. Esperava alcançar o paraíso quando morresse. Mas quando seus companheiros cantavam lendas de virgens de olhos negros que lhes dariam prazer por toda a eternidade, Khadri lhes dava as costas para disfarçar o constrangimento. O paraíso não era um parque de diversões, e somente os tolos ansiavam a própria morte. Khadri não buscava construir sua fé prometendo a si mesmo o êxtase. O jihad era uma obrigação, não um jogo. O paraíso poderia estar à espera no outro mundo, mas o Islã precisava triunfar aqui e agora. Como sempre, Maomé dera o exemplo, pensou Khadri. Fora um comandante, não somente um profeta. Seus exércitos varreram a Arábia e, embora fosse um líder sábio e justo, na batalha sua ferocidade não conhecia limites. Visava a conquista e tinha o martírio como um instrumento para esse fim, não um fim em si.

Khadri aproveitava-se dos fanáticos. Homens dispostos a morrer poderiam tornar-se guerreiros perigosos. Mas não lhes depositava confiança total. Eram irracionais, e era preciso homens racionais como ele para ganhar essa guerra. Os Estados Unidos, a Inglaterra e o resto do Ocidente podiam estar desintegrando-se, mas continuavam inimigos ferozes, nenhum tão feroz quanto os Estados Unidos. Milhares de agentes americanos sonhavam enviá-lo, e a seus homens, para Guantánamo ou para a câmara de morte. Possuíam instrumentos e armas difíceis até de imaginar. Portanto, ele precisava ser perfeito. Porque ele e a al-Qaeda falavam por um bilhão de muçulmanos. Por cada iraquiano morto por um soldado americano, por cada palestino desmembrado por um míssil israelense. Falamos pelo Islã, pensou. E no 11 de Setembro falamos em alto e bom som. O ataque daquele dia fora obra de mestre. Usando as próprias armas do inimigo para destruir seus edifícios mais altos. Não lhe importava o fato de os alvos terem sido torres de escritórios da população civil e de os mísseis terem sido aviões de passageiros. Somente levando a guerra para o solo americano poderia a al-Qaeda ter sucesso. Algum dia, exércitos de soldados muçulmanos enfrentariam os cruzados em toda parte, como já haviam feito no Iraque. Enquanto isso, a al-Qaeda lutaria com as armas de que dispunha, e se fossem jatos como aquele, melhor ainda.

Khadri arrependia-se apenas de uma coisa em relação ao 11 de Setembro. Queria ter atingido o Capitólio e a Casa Branca, não o Pentágono, mas o xeique havia insistido para que fizessem uma investida direta contra os militares americanos. Infelizmente, o Pentágono era grande demais para ser atingido seriamente, até mesmo por uma aeronave. Destruir o Capitólio teria matado centenas de deputados e senadores. O governo americano teria virado um verdadeiro caos.

Entretanto, os ataques haviam sido um triunfo estratégico. Depois do desastre, os Estados Unidos tinham enviado os cruzados cristãos para dois países muçulmanos. O mundo inteiro podia presenciar a batalha entre o Dar al-Islam e o Dar al-Harb, o lugar de paz e o lugar de guerra. Mas o 11 de Setembro começava a fugir da memória do mundo. A al-Qaeda precisava lembrar os *kafirs* de seu poder. Khadri queria acertar esse país excessivamente rico na cara dezenas de vezes, até o sangue jorrar pelos olhos, nariz e boca. Depois o atacaria cem vezes mais, até que recolhesse seus exércitos e suplicasse a paz. Mostraria aos americanos tanta misericórdia quanto a que eles haviam manifestado pelos japoneses que vaporizaram em Hiroshima, e pelos vietnamitas que queimaram-se nas selvas. Nem mais. Nem menos.

Temos de vencer, pensou Khadri. E vamos conseguir. Pois Alá está do nosso lado. Tomou o último gole de café. Sentiu-se revigorado, revitalizado. A idéia de atacar os Estados Unidos sempre o estimulava.

EXLEY ESTAVA NO seu escritório examinando os arquivos de Wells, à procura de algo novo, já sabendo que não encontraria nada ali. Girou a cabeça, tentando relaxar a tensão que se acumulara desde que Heather Murray ligara no dia anterior. O telefonema havia causado frisson por toda a CIA ou, mais precisamente, entre uma meia dúzia de agentes para quem o nome John Wells significava algo. Vinny Duto, chefe da Direção de Operações, havia despachado de imediato alguns agentes da segurança interna para interrogar Heather e Kenny, mas eles não haviam conseguido muito de nenhum dos dois.

Exley examinou de novo o teste do polígrafo e a entrevista com o psiquiatra feita com Wells quando ele ingressou na agência, dez anos antes. Ele havia fumado maconha, mas nada mais forte do que isso, dissera. Bebia de vez em quando. Nunca tivera uma doença sexualmente transmissível. Jamais fizera sexo com outro homem, embora tivesse se envolvido num *ménage a trois* na faculdade. Apesar da insistência do examinador, Wells se recusara a ser mais específico. Fez bem, pensou Exley. Coisas desse tipo espalhavam-se rapidamente em Langley, com ou sem acordo de sigilo.

Informações adicionais sobre o teste do polígrafo: além da maconha e de duas multas por dirigir em alta velocidade, Wells nunca infringira a lei. Achava que a discordância era um direito americano essencial. Pediria demissão para evitar cumprir uma ordem que considerasse imoral. Nunca fora a um psiquiatra. Raramente tinha pesadelos. Acreditava em Deus, mas não se considerava cristão. Na época em que jogava futebol em Dartmouth quebrou a perna de um jogador do Yale. Não sentira remorsos. A falta fora limpa, e a violência fazia parte do jogo. A única ocasião em que Wells respondeu de forma duvidosa foi quando lhe perguntaram se amava a mulher. É claro, teria respondido, mas o polígrafo acusara o contrário.

O psiquiatra da agência havia ressaltado os pontos óbvios de sua avaliação. Wells tinha alta tolerância a riscos. Era dado à auto-reflexão, mas não era emocional em demasia. Demonstrava bastante autoconfiança. Não tinha tendência à pedofilia nem à psicopatia, mas parecia capaz de violência extrema. Em suma, era um extraordinário candidato ao Grupo de Operações Especiais, braço paramilitar da agência, os agentes mais secretos.

Nada disso era novidade para Exley. Olhou para a foto de Wells e lembrou-se de quando o vira pela primeira vez. Ela havia voltado a Langley depois de um trabalho frustrante em Islamabad. Não havia recrutado ninguém importante; apesar de seu grande esforço, os agentes da inteligência paquistanesa recusaram-se a levá-la a sério. Se ela tivesse se prostituído em troca dos favores dos generais que a apalpavam nas festas da embaixada, poderia ter tido sucesso, mas se recusara.

Após três longos anos, Exley decidiu voltar para casa, casar-se e ter filhos. Havia solicitado, e conseguido, uma transferência para o Setor de Operações. Julgava-se sempre com muita severidade. Ficara decepcionada com o período que passou em Islamabad, mas seus chefes diziam-lhe que era uma estrela em ascensão; recrutara mais agentes no Paquistão do que qualquer outra pessoa.

Isso mostrava o quanto a CIA se fossilizara desde o final da Guerra Fria, Exley pensou. Apesar da mística de arrojada, a agência tornara-se mais um mero serviço burocrático de Washington. Como todos os burocratas, seus funcionários mais velhos só conseguiam ver ação nos escritórios, não no trabalho vulgar e tedioso de espionagem. Com satisfação trouxeram-na de volta ao país, onde lia os cabogramas vindo dos oficiais de campo que, por alguma razão, não percebiam que o Paquistão estava desenvolvendo armas nucleares debaixo de seu nariz.

ENTÃO SHAFER CONVENCEU a Direção de Operações de que a agência precisava de alguém para recrutar integrantes do Talibã. Escolhera Wells, e Exley compreendeu por que no momento em que o viu de viagem para os campos de treinamento da agência em Camp Peary, Tidewater, na Virgínia. Wells tinha a pele morena e lembrava vagamente um árabe. Era alto e forte, com cerca de um metro e oitenta de altura e noventa quilos, mas não tinha postura de soldado. Em vez disso, demonstrava no olhar uma autoconfiança inabalável. Na verdade — mesmo após uma década a lembrança trouxe-lhe um rubor ao rosto — a primeira impressão que tivera dele tinha sido a de um homem muito bom de cama. E que sabia disso. Muitíssimo inapropriado, admitia. Totalmente inapropriado, em especial para uma profissional e uma mulher bem casada. Mas lá estava a lembrança.

Mais relevante ainda, Wells falava árabe, estava aprendendo pachto e tinha estudado o Alcorão. Concordara prontamente em fazer uma visita de reconhecimento a Cabul e a Kandahar. Exley seria sua treinadora, embora, na verdade, não tivesse muito a fazer, restando-lhe apenas esperar que o desempenho de Wells correspondesse a seu pedigree.

Wells desaparecera no Afeganistão durante seis meses, um mês a mais do que deveria, e retornara a Langley sem um único agente. Recrutar pessoas era impossível, disse. O Talibã não aceitava estrangeiros. Exley estava frustrada, mas não surpresa. Então Wells falou sobre Bin Laden. A agência o monitorava como um financista do terrorismo; Wells insistia que ele representava muito mais. Bin Laden estava construindo campos de treinamento no Afeganistão e planejava um jihad contra os Estados Unidos e a Arábia Saudita, disse Wells. Mas não deu detalhes. Não vira os acampamentos. Sua informação era de ouvir dizer. Exley lembrou-se do momento com clareza.

— Todo mundo nos odeia — ela dissera. — O que faz com que esse homem seja diferente?

— Uma vez eu fui levado à presença dele em Cabul — Wells disse. — Ele tem uma coisa estranha no olhar. Ele precisa ser levado a sério.

— Uma coisa estranha no olhar? — Shafer não escondeu o sarcasmo. — Você não chegou nem a entrar nos acampamentos, filho. Tudo que você sabe é que eles estão assando marshmallows e cantando "Kumbaya" por lá.

Wells resmungou como se tivesse sido atingido. Nunca falhara como dessa vez, Exley pensou. A condescendência dela era limitada. Ninguém estava certo o tempo todo, e quanto mais cedo Wells aprendesse a lição tanto melhor. Bem-vindo ao mundo real. Wells inclinou-se sobre a mesa de conferências onde ela estava ao lado de Shafer.

— Eu vou voltar. Eu vou entrar lá.

— Você não pode.

— Dê uma autorização, assine a licença. Vou entrar lá.

— Está bem — disse Shafer. Ele estava todo o tempo esperando que Wells dissesse isso, Exley percebeu mais tarde.

WELLS ENTROU DE fato. Nunca disse como, e Exley nunca perguntou, já que a resposta sem dúvida incluiria violação dos regulamentos da agência e da lei americana. Langley não sabia o que fazer com Wells; a maioria dos agentes de campo procurava informantes nos jantares. Wells estava simplesmente tentando conquistar a confiança da al-Qaeda, enquanto enviava informações sobre a estrutura do grupo e seus planos.

Em 1998, após meses de silêncio, Wells informou que a al-Qaeda planejava atacar alvos americanos — mais provavelmente uma embaixada — no leste da África. Mas desconhecia detalhes, e a agência não conseguiu fazer qualquer correlação com sua advertência. Sem muito interesse, a CIA, zelosamente, informou o Departamento de Estado sobre o relatório, e o Estado, zelosamente, arquivou o processo. Duas semanas depois, homens-bomba explodiram duas embaixadas americanas no Quênia e na Tanzânia. Mais de duzentas pessoas morreram. A agência começou a levar Bin Laden, e Wells, mais a sério.

Um pouco antes da virada do milênio, Wells ajudou a desbaratar um ataque a bomba a dois hotéis no Cairo, planejado para a véspera de Ano-novo. A conspiração estava nos seus estágios finais; a agência acreditava que teria sido bem-sucedida não fosse por Wells. Em seu último contato com

Exley, Wells dissera que estava indo para a Chechênia. Havia se oferecido como voluntário para a missão a fim de restabelecer a confiança que lhe depositavam; após o fracasso do plano no Egito, um oficial da al-Qaeda levantara a suspeita de ter sido ele o responsável. Tenho de provar-lhes a minha sinceridade todos os dias, disse ele; não confiam em mim plenamente, e não tenho certeza de que um dia o farão. Exley nem podia imaginar as pressões que ele sofria.

Desde então, silêncio. A conexão de Wells com a agência era estritamente em uma única direção; Exley não tinha como alcançá-lo. Ainda assim, depois da conspiração do milênio, Langley o considerava a carta mais alta do baralho, a única garantia, caso tudo o mais desse errado. Excetuando-se o 11 de Setembro, o ás transformara-se num trunfo. Ou pelo menos era assim que os antigos fãs de Wells pensavam, principalmente quando ele desapareceu depois de mandar um bilhete cifrado, no outono de 2001. Exley tinha a nítida impressão de que Vinny Duto desejava vê-lo morto. Desse modo, Wells seria um herói, um agente que teria feito o sacrifício máximo. Vivo, ele seria no mínimo um fracasso, na pior das hipóteses, um traidor. Claro que Duto tinha bastante discernimento para não apontar Wells como bode expiatório por seu fracasso no 11 de Setembro. Mas se algum dia Wells aparecesse, não lhe daria trégua.

Olhando uma vez mais para o arquivo de Wells, Exley se perguntava se Duto não teria razão. Não compreendia por que Wells tinha voltado aos EUA sem avisar a agência. Sem lhe dar notícias. Folheou todas as informações do polígrafo.

P: Você sentiu remorso de ter quebrado a perna do rapaz?
R: Foi uma falta limpa. A violência é parte do jogo.
P: Então você não se arrependeu?
R: De jeito nenhum.

E se Wells tivesse virado agente duplo? E se tivesse chegado à conclusão de que a violência contra os Estados Unidos era parte do jogo? Exley balançou a cabeça. Se Wells quisesse permanecer escondido, não teria contatado a ex-mulher. Ainda assim, Exley esperava que ele se apresentasse. E logo. Antes que alguma coisa explodisse.

JOSH GOLDSMITH NÃO queria ficar nervoso, mas não conseguia evitá-lo. Era quinta-feira de manhã. Faltavam apenas dois dias para seu *bar mitzvah* e, antes disso, teria de falar na sexta-feira à noite. Pelo que lhe pareceu a milésima vez, olhou para a cópia do trecho da Torá que teria de ler, para certificar-se de tê-lo memorizado.

Uma batida na porta o assustou.

— Está pronto para a escola, querido?

Sacudiu a cabeça, aborrecido.

— Eu estou estudando, mamãe.

— Assim você não vai ter tempo de tomar café.

— Eu só preciso de mais uns minutos. — Sua voz oscilou. Deus do céu, era patético. Será que não conseguiria passar pela puberdade como um garoto normal?

— Pelo menos calce as meias...

— Está certo, está certo.

Como a maioria dos judeus reformistas, os Goldsmith não eram particularmente religiosos. Mas Josh era um menino estudioso e havia se preparado bastante para o seu *bar mitzvah*. Ainda assim, estava nervoso, tanto por causa da cerimônia no sábado de manhã como pela festa logo em seguida. A maioria das crianças da escola havia recusado o convite. Josh tentou não dar importância a isso. De qualquer forma, seus verdadeiros amigos estariam lá. Olhou para o pôster de Shawn Green — jogador de beisebol de primeira base, que jogara no Dodgers, seu time querido, mas que fora comprado pelo Arizona — pendurado por trás de sua cama.

— Pense azul — Josh repetiu baixinho, o lema dos Dodgers, letras garrafais visíveis no morro por trás do estacionamento do estádio dos Dodgers. — Pense azul, azul, azul. — Pense azul. Levantou o braço de punhos fechados e deu uma batidinha em Shawn Green. Sabia sua fala com perfeição. Ia sair-se bem.

OS BARRIS DE aço tinham um brilho apagado sob a luz interna da van. Segurando um lenço sobre a boca para não engolir muita poeira, Khadri entrou no compartimento de carga do veículo. Levantou a tampa enferrujada do barril que estava próximo à porta traseira e passou os dedos pelas cápsulas esbranquiçadas que preenchiam cerca de três quartos do barril. A van continha 12 recipientes semelhantes, cerca de mil e duzentos quilos de nitrato de amônio no total. Khadri já havia verificado a primeira bomba, que era ainda maior e estava escondida numa camionete estacionada num galpão em Tulare, oitenta quilômetros ao norte.

Khadri deu um sorriso. Ninguém jamais consideraria Aziz ou Fakhr brilhantes, mas construir uma boa bomba de ANFO não requeria muita inteligência, apenas paciência e mãos firmes. E isso seus homens tinham. Como aprenderam nos acampamentos, Aziz e Fakhr haviam ligado os barris a cargas de dinamite, que detonariam a explosão inicial, e haviam configurado os barris de nitrato de modo a maximizar a força da explosão. Khadri verificou os fios de novo. Tudo estava em ordem. Precisavam apenas adicionar o óleo combustível, misturar e detonar.

A ANFO era o sonho dos especialistas em bombas, pensou Khadri. Os governos podiam tomar medidas severas contra o uso de mísseis antiaéreos e de metralhadoras. Mas enquanto os fazendeiros precisassem de fertilizantes, e os caminhoneiros tivessem que dirigir, os ingredientes para a bomba de nitrato de amônio, acionada a óleo combustível, estariam disponíveis em toda parte. Melhor ainda, a ANFO não era volátil. Depois de misturada, podia ser transportada por centenas de quilômetros sem muito risco de detonar acidentalmente. O que era conveniente quando seus alvos se encontravam numa cidade grande — digamos, Los Angeles. E a ANFO era extraordinariamente eficaz. Um caminhão cheio dessa mistura destruiria um prédio de escritórios, como Tim McVeigh e Terry Nichols haviam provado na cidade de Oklahoma. Durante os anos 1970, o exército norte-americano a havia usado para simular explosões nucleares.

Khadri não se arrependia de ter gasto um certo tempo para examinar as bombas, assim como havia feito, ele próprio, o reconhecimento do alvo na noite anterior. Após os problemas do vôo da United, pretendia garantir o sucesso dessa operação. Esses bombardeios serviriam para desviar as atenções do mega ataque que viria em seguida, e ele não podia permitir mais nenhum outro erro.

Planejara o ataque com cuidado. A camionete e a van não podiam ser rastreadas; haviam sido pagas em espécie e compradas sob nomes falsos. De forma similar, Fakhr e Aziz haviam construído, clandestinamente e evitando chamar atenção, a bomba de nitrato de amônio, cinqüenta quilos de cada vez. Até duas semanas antes, haviam trabalhado como taxistas e morado num apartamento de subsolo em Rampart, um bairro violento ao norte do centro de Los Angeles. Eles alugavam apartamentos mês a mês, sempre pagavam em espécie e na data certa. Era seu quinto apartamento; Khadri insistia para que se mudassem a cada ano, evitando assim amizade com os vizinhos. Não que Rampart fosse conhecido como um bairro acolhedor.

Naquela ocasião, Fakhr e Aziz estavam hospedados num motel barato em Sunset Boulevard, que não exigia identificação. Tinham quartos separados e fingiam não se conhecer. Ainda assim, para garantir o máximo de segurança, Khadri ficara apenas alguns minutos com eles. Faria somente uma visita antes da missão da noite, para se certificar de que estavam prontos. Depois da explosão, não sobrariam vestígios deles.

— ... DOZE... TREZE... QUATORZE!

Daunte Bennett levantou a barra de metal até o peito, os braços trêmulos pelo esforço.

— Mais uma vez. Sem ajuda — disse ele com dificuldade a Jarvis, seu supervisor. Bennett baixou a barra, depois a levantou de novo, gemendo sob o peso. Quinze repetições, levantando cem quilos, não era brincadeira.

— Quase lá — disse Jarvis.

Finalmente Bennett estendeu os braços a seu limite máximo e emitiu um grunhido de triunfo. Devolveu a barra ao suporte metálico com um tinido.

— Um-zero-zero.

— Os treinadores vão implorar para que você se inscreva.

Bennett tinha 20 anos, jogara como zagueiro no Cougars da Crenshaw High School e era um pouco mais lento e mais baixo do que o ideal para ser aceito no futebol universitário. Havia tentado adquirir massa muscular depois que se formara, no ano anterior, com esperança de aumentar trinta quilos e se tornar atacante. Mas sabia que aquelas eram palavras vazias de Jarvis. Apesar dos coquetéis de proteínas e exercícios diários, ele continuava com 110 quilos, dez a menos. Sem os esteróides, não teria chances, e recusava-se a enfiar agulhas no próprio corpo para jogar na terceira divisão da UCLA.

Para pagar as contas enquanto planejava seu próximo passo, Bennett havia encontrado um trabalho como segurança no Paradise Club, em Hollywood. Podia ser muito baixo para a primeira divisão do futebol, mas no mundo real, ele intimidava bastante. E tinha temperamento equilibrado, um traço útil para um leão-de-chácara. Gostava do trabalho. A remuneração era boa — cento e cinqüenta dólares por noite, em espécie, mais vinte, de vez em quando, de rapazes brancos bêbados que queriam furar a fila —, e ele gostava de observar as pessoas que tentavam entrar e as que percebiam que não conseguiriam. Uns ficavam calmos, outros, alterados. Tudo isso pela oportunidade de pagar um couvert de vinte e cinco dólares para escutar uma música tão alta que não dava sequer para ser ouvida. As pessoas eram tolas, às vezes.

Mas ele não queria ser um segurança durante toda sua vida. Vinha pensando em alistar-se no exército, uma oportunidade para entrar na universidade sem depender de uma bolsa de estudos por jogar futebol. Além disso, de certa forma sentia falta da disciplina de quando era jogador. Alguém para gritar com ele, fazê-lo trabalhar duro. A guerra não era divertimento, ele sabia — um garoto do Cougars tinha perdido uma perna numa explosão no Iraque — mas já presenciara muitos tiroteios para saber que, mais cedo ou mais tarde, todos terminariam morrendo. Melhor então morrer lutando.

KHADRI OUVIU A televisão velha ligada na CNN no quarto 202 até mesmo antes de abrir a porta. Lá dentro, Aziz e Fakhr estavam sentados na beira da cama, a um metro da TV, o brilho do aparelho refletido em seus olhos.

Pareciam zumbis, pensou Khadri. Os mortos-vivos. Quando fechou a porta, Fakhr teve um sobressalto. Seus olhos foram de Khadri para a televisão antes de se fixar no Alcorão, que se encontrava aberto sobre uma mesa no canto do quarto. Manchas de suor eram visíveis embaixo dos braços, na camisa azul de botões. O medo não surpreendeu Khadri. Vislumbrar a morte não era de todo agradável, mesmo quando a causa era justa e o paraíso estava à espera. Depois de terem apanhado os veículos e se desfeito das roupas, Fakhr e Aziz não tinham muito a fazer senão contemplar sua mortalidade.

Khadri virou-se para Fakhr e lhe deu um abraço rápido e forte.

— Fakhr.

— Abu Mustafa. — Eles não sabiam seu nome verdadeiro e nunca viriam a saber.

Aziz levantou-se, e Khadri o abraçou também.

— Irmãos — disse Khadri em inglês. Fez sinal para que Fakhr e Aziz se sentassem. — Irmãos — disse de novo. — O próprio xeique estará à espera hoje à noite. — Fez um sinal para a televisão. — Hoje os infiéis terão novidades. Hoje eles vão ver nosso poder com os próprios olhos.

A mão esquerda de Fakhr tremia incontrolavelmente.

— Fakhr...

— E se a gente não conseguir, Abu Mustafa?

— Vamos conseguir — disse Khadri.

Durante vinte minutos estudaram o plano e suas contingências: se um dos veículos atrasar, ou for parado, ou se uma bomba não explodir? Khadri concentrou-se nos detalhes para garantir o sucesso do ataque. Depois de discutirem todas as possibilidades, pegou o Alcorão e abriu-o na sura 87: "O Altíssimo."

— Vamos ler juntos — disse.

— *Bismallah rahmani rahim...* — recitaram. — Em nome de Alá, o Compassivo, o Misericordioso....

Os três sabiam a sura de cor. Como muitos garotos muçulmanos, quando ainda crianças haviam memorizado os versos importantes do Alcorão antes mesmo de aprenderem a ler. Eram mais vagarosos à medida que chegavam ao ápice da prece, os versos que Khadri queria que eles lembrassem.

> É vitorioso aquele que cresce
> Que se lembra do nome do Senhor e faz suas preces
> Mas vocês preferem a vida mundana
> Embora a outra vida seja melhor e mais duradoura
> Sim, isso está escrito nos pergaminhos de nossos antepassados
> Nas tábuas de Abraão e Moisés.

Khadri apertou as mãos de seus homens. Percebeu que o medo abandonara os olhos de Fakhr.

— A outra vida é melhor e mais duradoura — repetiu Khadri. — Sinto inveja de vocês, irmãos. Em breve estarão no Paraíso. Como está escrito na sura 22: Louvado seja Alá, pois Ele é a verdade.

— Ele dá vida aos mortos e tem o poder de realizar todas as coisas — disse Aziz completando verso.

— *Nam* — disse Khadri. — Agora mandem os *kafirs*... os infiés... para o inferno.

A CERIMÔNIA PARECIA não ter fim, pensou Josh Goldsmith. Estava sentado na *bimah*, plataforma elevada situada na parte anterior da sinagoga Templo Beth El, tentando não olhar para os pais. Estava ansioso, embora não tivesse razão para isso. Todos ali no santuário, naquela noite, eram parentes, amigos, ou freqüentadores assíduos do templo. Josh vestia um terno cinza novo, uma camisa branca e uma gravata vermelha com coelhinhos azuis, escolhida por ele. Procurava conter o nervosismo. Olhou para o relógio: 9h35. Logo seria sua vez.

A VIAGEM TOMARA exatamente o tempo que Fakhr havia calculado — sem surpresas, já que fizera aquele percurso dezenas de vezes no mês anterior. Conduziu a van Dodge branca pela Walton Avenue em direção a Wilshire, no sul. Queria passar pelo cruzamento em velocidade. O sinal à frente mudou de vermelho para verde, e Fakhr pôs o pé no freio para deixar mais espaço entre a van e o carro da frente. Poucos segundos mais tarde, arrancou. A van seguiu em alta velocidade.

— CHAMO JOSHUA GOLDSMITH, nosso *bar mitzvah*, ao microfone, para nos conduzir — disse o rabino Nachman. Josh sentiu as pernas tremerem quando se levantou. Na fileira da frente, sua irmã Becky olhou para ele e fingiu meter o dedo no nariz antes de sua mãe chamar-lhe a atenção, cutucando-a com força. Sorriu para a irmã e sentiu o estômago descontrair. As pessoas ali eram todas da família ou amigos. Pense azul.

FAKHR SUBIU COM a van os degraus do lado noroeste do templo. Um guarda de segurança de meia-idade mal teve tempo de fazer um movimento; a van o derrubou e deitou abaixo o hall de entrada no exterior da sinagoga. Fakhr conduziu o veículo até as portas do edifício. Não conseguiria entrar no santuário, mas isso não importava.

Não tenha medo, Fakhr repetiu baixinho. Faça o que tem de ser feito com rapidez.

— *Allahu akbar* — disse em voz alta.

Ele havia fixado o detonador, uma caixinha de plástico conectada a um fio preto grosso, no banco do carona para que não balançasse enquanto subia os degraus. Arrancou-o do banco, fixou os olhos nele por um momento e pressionou o botão no meio da caixa.

JOSH HAVIA QUASE alcançado o microfone quando ouviu uma explosão do lado de fora. A congregação virou-se, e três homens levantaram-se para investigar.

OUVIU-SE O CLIQUE do botão. Uma corrente elétrica atravessou o fio condutor, atingindo as cápsulas explosivas conectadas à dinamite, na parte traseira da van. A dinamite explodiu, e em seguida a ANFO detonou.

DENTRO DA SINAGOGA o mundo acabou.

A explosão em nada se assemelhava à versão hollywoodiana de um carro-bomba — uma bola de fogo fumacenta que sai pelas janelas, mas deixa a estrutura do carro intacta. Essas detonações são produzidas por explosivos de baixa velocidade, como pólvora preta, que queimam em explosões pequenas e brilhantes. Explosivos potentes, como a dinamite, não queimam; detonam, passando do estado sólido para o gasoso instantaneamente e gerando, durante o processo, um calor extraordinário.

Numa fração de segundo, Fakhr e a van deixaram de existir, enquanto o gás produzido pela explosão deslocava-se para fora e criava uma onda de pressão gigantesca, que empurrava o ar para a frente a uma velocidade de três quilômetros por segundo. A bomba efetivamente desencadeou um furacão na sinagoga, furacão com ventos cinqüenta vezes mais fortes do que aqueles que ocorrem na natureza.

A onda de pressão e os fragmentos da bomba produzidos destruíram a parede dos fundos da sinagoga e estraçalharam as pessoas que se encontravam no fundo do templo. Outros presentes foram carbonizados pela bola de fogo provocada pela explosão, que chegou a uma temperatura de milhares de graus. Ninguém conseguiu correr, esconder-se ou se proteger. A sobrevivência era uma questão de sorte e de distância; os pais de Josh, na primeira fileira, tinham mais chance do que o primo Jake, seis fileiras atrás. Seu tio Ronnie, que se encontrava próximo à parede, não teve a menor chance.

Em seguida, a onda de pressão mudou de direção e preencheu o vácuo deixado pelo lugar onde havia estado a van. A explosão separou o teto das paredes. Quando o telhado cedeu, as paredes — então enfraquecidas e fora de alinhamento — não conseguiram mais suportá-lo. O teto desmoronou, progressivamente, começando pelo fundo da sinagoga até cair toda a frente, fazendo ruir toneladas de concreto, madeira e ferro sobre os sobreviventes do impacto inicial.

Para Josh Goldsmith, o colapso do teto veio como um alívio.

Josh teve a má sorte de estar de pé quando ocorreu a explosão, de modo que foi atingido por uma enorme quantidade de fragmentos da bomba. Estilhaços de metal da van transformaram seu rosto numa massa sangrenta.

Um pedaço grande atravessou seu estômago e dividiu-lhe o fígado ao meio. Seu corpo foi dilacerado. Felizmente, a agonia não durou mais do que alguns segundos, quando um pedaço de concreto do teto esmagou-lhe o crânio.

NO HOLLYWOOD BULEVAR era apenas mais uma sexta-feira à noite. Conversíveis e picapes incrementadas desfilavam lentamente, o som grave ligado no mais alto volume. A noite estava excepcionalmente quente para o mês de abril e moças de saias curtas flertavam com rapazes que exibiam os músculos em camisetas sem manga. Um Lamborghini Diablo vermelho disputava a atenção com um Cadillac Escalade preto de aros cintilantes de dez centímetros. Os turistas tiravam fotos do Teatro Chinês de Grauman. Próximo à esquina de Hollywood e Ivar, dezenas de jovens faziam fila para entrar no Ivar, um restaurante e clube que atraía uma multidão vinda do Valley. Do outro lado do *boulevard*, barreiras policiais continham centenas de fãs que haviam ido para a estréia de *Number*, filme de horror burlesco, sobre um contador maníaco, no Cinespace, um cinema no mesmo prédio do Ivar.

De um Nissan Altima, estacionado a dois quarteirões de distância, Khadri observava a van de Aziz aproximar-se lentamente da Hollywood Boulevard pelo lado oposto. Aziz estava alguns minutos atrasado, embora Khadri achasse que não devia ter havido nenhum problema. A polícia e os bombeiros estariam chegando à sinagoga. Precisariam de alguns minutos para compreender que estavam diante da cena de um crime, e sua resposta imediata seria fechar todas as outras sinagogas da cidade, não procurar por uma bomba em Hollywood. Ainda assim, Khadri esperava que Aziz se apressasse.

Khadri havia estacionado fora da zona da explosão, porém próximo o suficiente para sentir o impacto da bomba. Sabia que já devia ter deixado Los Angeles, mas não se conteve. Queria ser o primeiro a ver o produto de seu trabalho. Já tinha a rota de fuga delineada, claro: leste para Phoenix, Arizona. Ficaria lá alguns dias — não precisaria apressar-se — então deixaria o Altima no Aeroporto Internacional Sky Harbor e pegaria um avião para a cidade do México. Ninguém perceberia o carro durante semanas, e, de qualquer forma, não havia como associá-lo a ele.

Khadri olhou para os homens e as mulheres que passavam por seu carro. Aqueles que se dirigiam para o leste permaneceriam vivos; os que caminhavam para o oeste poderiam morrer. A sorte deles lhe importava tanto, pensou, quanto importava aos generais americanos o destino dos habitantes das cidades que atacavam. Estavam em guerra, e às vezes a guerra matava indivíduos que não se consideravam combatentes. Essas pessoas não eram inocentes, embora preferissem achar que fossem; ninguém nos Estados Unidos era inocente.

Tamborilou nervosamente sobre o volante, ansioso para sentir a explosão.

BRAÇOS CRUZADOS, BENNETT encontrava-se do lado de fora do Paradise Club, a meio quarteirão da esquina de Hollywood e Ivar. Era mais difícil entrar no Paradise do que no Ivar, por isso, as filas eram menores, mas igualmente desorganizadas. Naquela noite uma multidão se aglomerara cedo.

— Puta!

— Imbecil!

Quase no início da fila, dois rapazes de aproximadamente 20 anos, um branco e outro hispânico, desentenderam-se. Bennett deu um passo à frente.

— Calma — disse Bennet. Os dois dirigiram-se a ele ao mesmo tempo.

— Esse *maricón* me empurrou — disse o rapaz hispânico.

— Ele estava dando em cima de minha namorada.

— Aquela vaca?

Num piscar de olhos o rapaz branco lançou-se contra o outro. Bennett agarrou-lhe o braço antes que ele desferisse um golpe. Essa confusão geralmente só começava mais tarde. Bennett ouviu sirenes dirigindo-se a oeste. Muitas sirenes.

O rapaz branco tentou desvencilhar-se das mãos de Bennett.

— Como é o seu nome? — perguntou Bennett.

— Mitch.

— Mitch, siga por ali — disse Bennett, e apontou para o oeste. Virou-se para o rapaz hispânico. — E como é o seu?

Ricky.

— Ricky, por esse lado. — Apontou para o leste.

— Cara...

Bennett fez um gesto com a cabeça.

— Andando.

Eles olharam para os braços enormes de Bennett e saíram andando. O segurança acompanhou os rapazes com o olhar até que buzinas insistentes em todo o quarteirão lhe atraíram a atenção. Hollywood Boulevard era sempre barulhento às sextas-feiras à noite, mas aquilo beirava o ridículo.

UM VENTO FRIO saía pela ventilação do painel do Mitsubishi, mas Aziz continuava suando. O rapaz exalava um fedor acre provocado pelo medo, que se sobrepunha à fragrância suave de água de rosas com que se havia aspergido ao preparar-se para realizar a jornada ao paraíso. Nove e quarenta e cinco, cinco minutos atrasado, e ele ainda não havia chegado lá. Pior ainda, sentiu seu ânimo esmorecer. Enquanto estava no hotel permanecera forte, mas à medida que o momento se aproximava não conseguia controlar o terror. Sofreria quando empurrasse o botão? E se não fosse para o paraíso? Sabia que iria, é claro. Estava escrito no Alcorão. Abu Mustafa disse isso. Ele seria um *shahid*, um mártir, cercado das mais belas virgens, beberia a água mais pura e comeria as tâmaras mais doces.

"Alá comprou, daqueles dotados de fé, a vida e as riquezas, porque deles é o reino dos céus", diz a nona sura. "Eles lutarão como manda Alá e destruirão e serão destruídos."

Portanto, sabia que iria para o paraíso.

Mas e se não fosse?

O sinal luminoso abriu, porém ninguém se moveu. Aziz enfiou a mão na buzina, e finalmente os carros à sua frente deram partida. Olhou para a rua a seu redor. Aquelas pessoas andavam sem rumo, enquanto seus soldados estupravam prisioneiros no Iraque. Acabavam com o petróleo do mundo e viviam como reis, enquanto as crianças muçulmanas morriam de fome. Tratavam os próprios corpos com desrespeito. Acreditavam num falso deus. Eram porcos na lama. Tudo que faziam era *haram*, proibido. A raiva aflorou em Aziz. Não tinha razão para medo. Elas mereciam morrer. Era a vontade de Alá.

O sinal mudou para verde, e Aziz aproximou-se da esquina de Hollywood e Ivar. Multidões lotavam as calçadas. Aquele era o local. Aziz parou a picape. Apanhou o detonador e virou-o de um lado para o outro em sua mão.

Eu não consigo, pensou. Alá me perdoe, não consigo.

DENTRO DA PICAPE, o tempo passava muito lentamente. Aziz sabia que teria de tomar uma decisão. As pessoas estavam olhando para ele, e logo um policial mandaria que seguisse em frente. Mas estava paralisado. Passou o polegar pelo detonador, fazendo uma leve pressão no botão, sentindo a tensão sobre o dedo. Olhou pelo pára-brisa e repetiu mentalmente a primeira sura.

"Em nome de Alá, o Compassivo, o Misericordioso..."

Agora, disse a si mesmo. Agora ou nunca.

Apertou o botão.

A SEGUNDA BOMBA foi ainda mais devastadora do que a primeira. A explosão abriu uma cratera de cinco metros de profundidade e dez de largura, e lançou, a uma altura de cem metros, uma nuvem de fumaça, fragmentos e fogo. Sem paredes para reduzir o impacto, a onda de pressão matou todos os que se encontravam num raio de 25 metros. As pessoas mais próximas à picape foram despedaçadas e carbonizadas; a uma distância maior, os corpos humanos podiam ser identificados como humanos, embora muitos deles estivessem sem braços e pernas. Alguns dentre os mortos pareciam nada ter sofrido; a explosão deixara seus corpos intactos, mas reduzira seus cérebros a uma geléia.

A explosão derrubou parcialmente quatro prédios, inclusive o do Ivar-Cinescape, que ficava do outro lado da rua. Dentro do restaurante, teve início um incêndio, e com apenas uma saída de emergência, estabeleceu-se o pânico. Outras 85 pessoas foram esmagadas ou queimadas até a morte.

DURANTE ALGUNS SEGUNDOS depois da explosão, um silêncio aterrador tomou conta da rua, uma falsa paz separando o antes do depois. Em seguida o caos: alarmes de carros soando, línguas de fogo crepitando, gritos. Muitos gritos, a maioria quase irreconhecível como humana: gemidos lancinantes eram ouvidos e em seguida silenciados ao acaso.

Bennett viu-se estendido no chão. Levantou-se e correu em direção aos escombros, sem sequer perceber o sangue que lhe escorria pela face. Não sabia para onde se dirigir, nem o que fazer; desejou ter assistido às aulas de primeiros-socorros em Crenshaw.

Desacelerou o passo, esmagando vidro sob os pés, em seguida quase tropeçou no que, à primeira vista, pareceu ser um saco de brim azul. Olhou de novo e percebeu que o saco era uma perna, uma perna que não estava mais ligada a um corpo, não mais. Inferno. Aquilo era o inferno sobre a terra.

Alguns metros à frente, havia um homem preso por baixo da ferragem de um Jetta preto, gemendo baixinho. Ricky, o rapaz da fila. Oh, Deus, pensou Bennett. Eu o mandei seguir nessa direção.

Ricky fez um leve movimento.

— Droga, me ajudem.

Bennett tentou levantar o Jetta com o ombro. Não conseguiu movê-lo um milímetro. Tentou de novo.

— Alguém me dá uma mão aqui! — gritou.

Ricky começou a tremer, Bennett percebeu.

— Fica calmo — disse Bennett. Um homem branco forte juntou-se a ele. Os dois levantaram o Jetta alguns centímetros. Um terceiro agarrou Ricky pelos braços e começou a puxá-lo para fora.

Ricky gritava em agonia, o som mais tenebroso que Bennett já ouvira. O Jetta havia mascarado sua dor esmagando-lhe os nervos dos quadris. Agora eles podiam tentar de novo, e Ricky começava a tomar consciência de seus ferimentos.

— Ricky, Ricky — Bennett disse. O grito transformou-se num lamento. Segurou a mão do rapaz, apertando-a. — Logo logo uma ambulância vai estar aqui. Somente...

A mão de Ricky caiu inerte ao lado do corpo, e ele ficou inconsciente. Bennett olhou para os outros dois homens e, sem uma palavra, eles decidiram abandonar o rapaz e ver se podiam ajudar mais alguém. Ajudar? Bennett nunca se sentira tão impotente.

Naquele momento, decidiu que se alistaria no exército, na manhã seguinte. Mataria quem quer que tivesse feito isso. Era só o que podia fazer.

PELO ESPELHO RETROVISOR, Khadri viu a picape desaparecer. Logo em seguida, a explosão abalou seu carro.

Deu partida e seguiu com cuidado para não acelerar. Ele e seus homens haviam desfechado um grande golpe contra os Estados Unidos naquela noite. A KNX já divulgava uma explosão gigantesca na sinagoga de Westwood. Porém, mesmo antes de chegar à estrada, sua alegria diminuiu. Ainda tinha muito trabalho pela frente.

E sua próxima missão faria com que essa se tornasse insignificante.

RICKY GUTIERREZ PODERIA ter sobrevivido se tivesse chegado ao hospital em tempo, mas as explosões gêmeas deixaram a polícia e o corpo de bombeiros de Los Angeles desnorteados. Haviam sido informados de uma bomba, não de duas explosões a quilômetros de distância uma da outra. Quando as ambulâncias chegaram ao local do atentado em Hollywood, Ricky e dezenas de outros que haviam sobrevivido ao impacto inicial estavam mortos.

Duas semanas mais tarde, quando a última vítima morreu no Cedars-Sinai, e cessaram as notícias de pessoas desaparecidas, haviam sido registradas 336 mortes nas explosões de Los Angeles: 132 na sinagoga e 204 em Hollywood. Foi o pior ataque desde o 11 de Setembro, e ninguém se surpreendeu quando a al-Qaeda assumiu a responsabilidade.

EXLEY ACORDOU QUANDO o telefone tocou pela primeira vez. Não havia mesmo conseguido dormir bem. O limiar entre o estado de vigília e o de sono, antes tão fácil de atravessar, naqueles dias parecia cercado de arame farpado e cacos de vidro. Pegou o fone e ouviu a voz de Shafer.

— Jennifer. Venha para cá.

No escuro, a luz do relógio de cabeceira marcava uma hora e quinze da manhã.

— Houve uma explosão. Em Los Angeles.

Sua mente parecia um turbilhão.

— Muito grande. Duas bombas.

A caminho de Langley, ela ligou o rádio e ouviu o prefeito de Los Angeles declarar que um toque de recolher de emergência começaria em uma hora. "Somente os veículos da polícia, do corpo de bombeiros e do hospital têm autorização para entrar na zona de emergência. Todos os outros serão barrados. A zona de emergência é limitada pela Santa Monica Freeway ao sul..."

Desligou o rádio, olhou para a estrada silenciosa e escura à sua volta e tentou compreender por que razão alguém detonaria uma bomba contra jovens que haviam saído para se divertir numa sexta-feira à noite. Mas não conseguiu. Compreendia racionalmente, claro: conhecia a assimetria da guerra, a relação entre terroristas e estados falidos, as motivações financeiras e religiosas dos homens-bomba. Mas no final, essas palavras eram tão sem sentido como papel de embrulho para uma caixa vazia. Nada justificava essas bombas. Só achava que aqueles assassinos eram bárbaros, um grau inferior ao humano.

Que era, Exley tinha certeza, exatamente como eles viam os americanos.

EM LANGLEY, NINGUÉM precisava declarar o óbvio: a inteligência e as agências de segurança dos Estados Unidos haviam falhado terrivelmente. Outra vez. Centenas de americanos haviam morrido, e até aquele momento os indícios eram muito poucos. Os homens-bomba não falariam; haviam se desintegrado de tal forma que o FBI não conseguiria tecido suficiente para amostras de DNA. Seja como for, até aquele momento, não tinham nenhuma pista.

Tinham, no entanto, um suspeito, como Exley percebeu quando chegou a seu escritório e encontrou um dos assistentes de Duto aguardando-a para exigir que ela lhe entregasse o arquivo de Wells, que se encontrava no cofre dela.

— Para Vinny — disse o assistente. Ela não disse nada, simplesmente abriu o cofre e entregou-lhe o arquivo.

Estava analisando as primeiras notícias quando Shafer apareceu.

— Qual é o seu palpite?

Ela não precisava perguntar o que Shafer estava querendo dizer.

— Não foi ele.

— Então, explique.

— Primeiro, ele estava em Montana. Uma coisa dessas não pode ter sido montada em um só dia.

— Segundo?

— Segundo, se fosse ele, por que se arriscaria a estragar tudo indo visitar a ex-mulher?

— Terceiro?

— Terceiro, mesmo que tivesse enlouquecido, nunca atacaria alvos civis.

— Ele é violento.

— Não contra civis. Ele ia achar injusto.

— Quarto?

— Era isso.

Shafer estendeu o polegar e o indicador a uma distância de mais ou menos dois centímetros.

— Falta somente isso para que Tick envie um boletim sobre ele a pedido de Duto. — Um boletim para a polícia e o FBI sobre Wells.

— Baseado em quê? — perguntou Exley.

— Baseado no fato de que ele está apavorado com a possibilidade de um de seus homens ter matado trezentas pessoas e ele quer se antecipar. Se foi mesmo Wells, uma demissão é o mínimo. Você e eu podíamos ir para a cadeia. Em princípios gerais.

— *Ele não fez isso.* — A convicção em sua voz surpreendeu-a.

— Vamos, temos que falar com Vinny.

Ao se levantar, o telefone tocou.

— Alô?

— Jennifer Exley? — um homem perguntou.

Ela reconheceu a voz imediatamente.

— Onde você está?

— Aqui. Em Washington.

Ela não conseguiu se conter.

— Graças a Deus, John.

— Eu acho que tenho que ir para aí.

— Tem, sim — ela disse. — Tem que vir.

5

— Foi um erro — Wells repetiu: — Foi erro meu.

Exley, Shafer e Duto sentaram-se diante dele na mesa de conferências numa salinha sem janelas, que não era bem o ambiente de um escritório. Por exemplo, não havia relógios. Além disso, havia câmeras em todos os lados, deliberadamente deixadas à vista, e um revestimento acústico nas paredes. Em teoria, o objetivo do revestimento era anular tentativas de escuta de conversas que se passassem dentro da sala. Na realidade, tanto o isolamento como as câmeras eram sinais, Wells sabia: este é um lugar sombrio e você está em maus lençóis. Um homem de paletó achava-se próximo à parede mais distante. Não se apresentara, mas Wells deduzira ser ele um advogado. Não tinha de fazer conjecturas sobre o segurança à paisana que estava à porta, com a mão apoiada numa Glock que levava à cintura.

Ninguém sequer fingiu ser amigável. Os guardas do portão o haviam revistado da cabeça aos pés antes de deixá-lo entrar. Fora revistado de novo antes de receber permissão para falar com Exley e Shafer, que o receberam com apertos de mão em vez de abraços, como se ele estivesse voltando de uma viagem comercial de três dias a Detroit. Nada disso lhe causara surpresa.

— John — disse Shafer. — Temos algumas perguntas a lhe fazer. — Wells havia percebido algo no olhar de Exley assim que o vira, mas logo aquele olhar desaparecera. Se estava feliz em vê-lo, procurou escondê-lo.

Depois que deixou a YMCA, ele havia comprado uma passagem de ônibus da Greyhound, de Missoula para Washington, a última chance de estar sozinho antes que o mundo começasse a girar de novo. Planejara ligar para a agência quando chegasse em Washington Havia tido um encontro com Zawahiri em Peshawar duas semanas antes. Gozar duas semanas de liberdade parecia-lhe justo, depois de todos esses anos no fim do mundo.

No ônibus Wells sentiu-se bem e tranqüilo, como se seu sangue tivesse sido substituído por algo mais fresco, se suas veias tivessem sido preenchidas com fluidos balsâmicos. Folheou seu Alcorão e catalogou tudo que tinha perdido durante o tempo que passara fora. A mãe. A ex-mulher. O filho, embora não para sempre, esperava. Mas ainda tinha a chance de proteger seu país contra homens que acreditavam que Alá lhes dera licença para destruí-lo.

NAQUELE MOMENTO ESTAVA furioso consigo mesmo. O mundo havia girado durante todo esse tempo, e ele não percebera. Três horas depois que o Greyhound chegou à estação rodoviária decadente de Washington, ouviu a notícia sobre Los Angeles. Compreendeu de imediato que deveria ter entrado em contato assim que chegou em Hong Kong. O ataque faria emergir as suspeitas que a agência tinha sobre ele.

Prometeu a si mesmo permanecer calmo diante do que lhe dissessem. Teria de convencê-los a confiar nele, ou jamais lhe dariam outra oportunidade. Assim, fez uma breve descrição de todos os anos que passou na Fronteira Noroeste, os fez seguir seus passos, semana a semana, desde que deixara Islamabad: onde se hospedou, como viajou, o nome que usou para passar pelo serviço de imigração no aeroporto Kennedy. Contou-lhes sobre seu encontro em Peshawar com Zawahiri, Farouk e Khadri, e como eles o tinham enviado aos Estados Unidos sem uma missão específica.

— E não foi Los Angeles — Duto disse.

— Não.

— Nem você sabia nada sobre Los Angeles.

— Claro que não.

No tom mais firme que conseguiu manter, desculpou-se. Por ter chegado ao país sem lhes dar notícias. Por não ter entrado em contato quando estava no Paquistão. Por não ter matado Bin Laden. Explicou-se da melhor maneira possível. Mas sabia que não tinha o que eles realmente queriam: informações sobre o último ataque, ou o próximo.

DO OUTRO LADO da mesa, Exley sentiu o estômago apertar. Duto jamais tivera contato com Wells, portanto não sabia o quanto Wells havia mudado. Mas ela sabia. Não eram só as linhas no rosto ou a cicatriz no braço. A confiança em seus olhos não havia desaparecido, mas estava misturada com algo mais, uma humildade que ela nunca vira antes.

E a história de Wells fazia sentido. Ele queria visitar a família, ficar sozinho por uns dias. Talvez Duto não compreendesse isso, mas ela compreendia. Isso não era crime. Ela teve vontade de agarrar o braço de Duto e dizer: será que você não vê que ele está do nosso lado? Mas ficou calada. Essa seria a maneira mais rápida de perder a pouca influência que tinha. Duto havia claramente decidido que Wells não tinha o menor valor, mesmo que ainda permanecesse leal. Ele não havia sido capaz de impedir o 11 de Setembro, ou o atentado em Los Angeles, portanto que se ferrasse.

Dizer a Duto que enxergava a verdade estampada nos olhos de Wells seria garantir sua transferência direta para Ottawa, para a magnífica função de fiscalizar o Parlamento canadense. Portanto, ficou calada e deixou Duto disparar. Em seguida a porta abriu, e o assistente de Duto entrou e lhe murmurou algo ao ouvido.

— Volto já — disse Duto, e saiu.

NA AUSÊNCIA DE Duto, Wells olhou para Exley e Shafer. Gostaria de saber se eles o odiavam tanto quanto Duto. Mas não ia perguntar isso naquele lugar, com as câmeras ligadas, e o advogado com lápis e papel na mão. Não queria comprometê-los. Além disso, podia não gostar da resposta.

Exley inclinou-se em sua direção.

— John — murmurou.

Isso foi tudo. E bastava. Wells sentiu um nó soltar-se dentro de si.

DUTO VOLTOU CARREGANDO um saco plástico, um saco transparente de provas, fechado e com identificação. Jogou-o sobre a mesa.

— Que droga é essa?

O Alcorão de Wells.

Então haviam vasculhado seu quarto. Dera o nome do hotel onde se hospedara naquela noite, claro.

— Vocês entram com mandado de segurança ou simplesmente arrombam a porta? — perguntou Wells com voz firme.

Duto apontou para o livro.

— Eu sou muçulmano — disse Wells. — Esse é o meu Alcorão.

Shafer colocou as mãos na cabeça.

— Você virou muçulmano? — Duto perguntou. — E quando foi isso?

— John — disse Exley. — Está lá no seu arquivo que você passou a estudar a religião...

— Cala a boca, Jennifer — disse Duto, sem tirar os olhos de Wells. Duto inclinou-se sobre a mesa, quase cuspindo as palavras: — Você se converteu? Quando?

Wells deu a Exley um segundo para que se defendesse, mas ela deixou passar a oportunidade.

— Não aconteceu de repente.

— Você admite que é muçulmano.

— Sou — disse Wells calmamente. Não ia perder o controle diante daquele idiota. — Eu sou culpado de ser muçulmano.

— Seu babaca.

— Pode me xingar à vontade. — Sua voz continuava calma.

— Eu faço o que bem entender.

— Calma, Vinny — disse Shafer.

Duto olhou para Shafer, mas não disse nada. Wells ficou imaginando se os dois homens estariam representando uma farsa diante dele, a rotina de sempre, o bom policial e o mau policial.

— Conte o que aconteceu — disse Shafer.

— Vocês conhecem a história da minha avó — disse Wells. — Eu fingi acreditar para entrar nos acampamentos. Mas quanto mais eu aprendia, mais me identificava.

— Então você se converteu?

Cansaço e vazio, o mesmo vazio que sentiu quando se ajoelhou diante do túmulo da mãe, sobrecarregaram Wells. Mas não demonstraria fraqueza, sentado àquela mesa. Sua fé podia estar oscilando, mas não ia dizer isso a Duto.

— Me converti. Aceitei. Não sei como se chama isso. O islamismo é mais holístico do que o cristianismo; não é somente uma religião, é um estilo de vida.

— É, se seu estilo de vida não inclui liberdade e democracia — disse Duto.

— A Turquia é uma democracia — disse Wells.

— Não se seus meninos fizerem o que bem entenderem.

— Eu tenho o mesmo ódio que você tem por eles — disse Wells. — Eles perverteram o Alcorão. Olhe, o cristianismo também não é perfeito. Matem todos e deixem que Deus escolha entre eles. Você sabe de onde vem isso?

— Me diga você, sabichão.

— Oitocentos anos atrás, um exército católico atacou uma seita cristã, os cátaros, numa cidade francesa chamada Béziers. Mas o exército teve um problema. Havia católicos em Béziers junto com os cátaros. Então os soldados perguntaram ao abade que os comandava: "O que vamos fazer quando entrarmos? Como vamos saber quem é católico e quem é cátaro?" Sabe o que o abade respondeu?

— Por favor, continue. — O sangue subiu à face de Duto.

— Ele disse: "Matem todos. O Senhor reconhecerá os Seus."

Duto ficou de pé e inclinou-se por cima da mesa, seu rosto a poucos centímetros do de Wells.

— Cala a droga dessa boca — disse em voz baixa. — Você me chega aqui com histórias, com parábolas ridículas na noite em que seus camaradas explodiram Los Angeles? Se eu quiser que me dê aula de história, eu peço. Qual é a sua, hein? Quer converter a gente, é? Você deve ser ainda mais estúpido do que eu pensava. O que seria difícil.

Dessa vez Duto não escondia a raiva, pensou Wells. Ficou imaginando se teria ido longe demais.

— Vinny... — disse Shafer.

— Se eu fosse você, Ellis, eu ficava calado — disse Duto, sem tirar os olhos de Wells.

— A maioria dos muçulmanos não quer a vitória de Bin Laden — disse Wells. — Eles só toleram esse homem porque se sentem muito afastados de nós.

— Como você.

Wells se perguntava se Duto realmente achava que ele era um traidor.

— Não foi isso que eu quis dizer.

— Mais algum sermão, John?

Wells não disse nada.

— Ótimo — disse Duto. — Pela última vez. Você sabe alguma coisa sobre ontem à noite?

— Não. Mas tem alguma coisa para acontecer — disse Wells. — Talvez não imediatamente, mas tem alguma coisa no ar.

— Grande dica — disse Duto.

— Acho que todos nós estamos precisando dormir — disse Shafer. — Temos um quarto para você, John.

Wells assentiu com a cabeça. Dormir parecia uma boa idéia.

— Queremos você na máquina hoje à tarde — disse Duto.

WELLS PRECISOU DE um segundo para lembrar-se do que aquilo significava. Um polígrafo. Olhou para o outro lado da mesa para seus inquisidores. Duto deixara claro seus sentimentos. Shafer: camisa amassada, cabelo desgrenhado. Tudo nele estava em desordem, exceto seus olhos parados, encarando Wells como se ele fosse um experimento que tivesse dado errado. E Exley. Jenny. A preocupação lhe deixava o cenho franzido. Aqueles belos olhos azuis. Achou ter visto neles compaixão. Mas talvez estivesse errado.

Ela então falou em voz baixa:

— Você não tem escolha, John. Nem nós. — E calou-se, esperando ser cortada por Duto outra vez.

Jennifer estava certa, ele sabia. O uso do polígrafo explicava-se tanto pela necessidade da agência de cobrir sua retaguarda como pela confiança que tinha no poder desse instrumento. A CIA queria acreditar que aquelas linhas pretas irregulares do polígrafo revelavam a verdade, a jóia mais preciosa de todas. Se não concordasse em fazer o teste, jamais voltariam a ter confiança nele. Talvez o prendessem. Embora Wells não soubesse por quê. Por portar documentos falsos, talvez. Poderiam apenas jogá-lo num canto qualquer. Mas jamais voltariam a acreditar nele.

Claro, provavelmente não acreditariam nele mesmo se passasse no teste. Sabiam que ele conseguia vencer o polígrafo. Haviam-no treinado exatamente para isso.

— É meio kafkiano, não é? — perguntou Wells.

— Na verdade eu acho que é mais *Catch 22* — respondeu Shafer.

Wells não conteve o riso.

— Isso não tem graça nenhuma — disse Duto.

— Jenny está certa — retrucou Wells. — Podem me testar.

Duto levantou-se para sair e pegou na mesa o Alcorão de Wells.

— Você quer isso de volta, John?

— Isso é algum tipo de teste? — perguntou Wells. — Quero, sim.

Duto jogou com raiva o livro sobre a mesa.

— Estou entendendo — disse. — É um livro especial para você.

EXLEY FICOU SOZINHA à mesa de conferências, a cabeça entre as mãos, lembrando-se do momento em que Duto a fez enxergar seu lugar. Ele não queria apenas criticá-la ou xingar Wells. Queria que Wells soubesse que ali ele era o mais alto na hierarquia. Era uma estratégia errada — Wells não se intimidaria —, mas Duto resolveu tentar. Havia deixado isso claro ao provocar o elo mais fraco. Ela. Os homens eram uns babacas intuitivos. E nenhum deles se dignou a defendê-la, nem mesmo Wells, a quem ela estava tentando ajudar. Porque dentro de um tanque de tubarões, você procura se salvar primeiro. Provavelmente os outros nem perceberam direito o que havia acontecido, não depois da maneira como Duto tratara Wells, mas ela não conseguia deixar de pensar nisso.

Onde estava sua autoconfiança? Ela sabia muito bem. O divórcio, o trabalho infindável... e o sentimento de que nada disso fazia qualquer diferença. Ela se viu invejando a convicção da al-Qaeda. Sempre errava, mas nunca hesitava.

O QUARTO DE Wells tinha uma cama de casal, um banheiro privativo, com chuveiro e vaso sanitário de aço, e até uma janela estreita com vista para todo o complexo verde luxuriante em que ficava a agência. Exceto pelas câmeras nos cantos, mal se notava que era uma cela.

— Primeiríssima qualidade — ele disse a Dex, o guarda da sala de conferências.

— Eu faço apenas o que me mandam.

— Você e todos os outros.

— Vê se dorme. Eu volto ao meio-dia. — Dex saiu. A porta fechou-se com o barulho surdo do controle eletromagnético, que fez Wells perceber que estava trancado.

Entre o Greyhound e o interrogatório, Wells quase não dormira desde Missoula. Mas antes de deitar-se abriu seu Alcorão e recitou a sura 94, versos belíssimos:

> Em nome de Alá, o Compassivo, o Misericordioso
> Fizemos o seu peito relaxar
> E o livramos da carga
> Que pesava sobre seus ombros
> E exaltamos sua fama
> Mas — em verdade — com a dificuldade vem o consolo
> Em verdade, com a dificuldade vem o consolo
> Portanto, quando estiver aliviado, siga trabalhando
> E se esforce para agradar a seu Deus

Deitou-se e adormeceu imediatamente.

WELLS ESCONDEU-SE atrás de um rochedo ao avistar um homem de túnica preta aproximando-se com um chicote na mão. Craque! O homem brandiu o chicote em sua direção. O ar era insalubre e pesado. Morcegos guinchavam acima de sua cabeça. Estava perdido numa caverna; uma luz suave distante indicava o mundo lá fora. Mas o homem de túnica preta bloqueava sua passagem. Quem era ele? Khadri? Duto? Bin Laden? Wells estaria a salvo se soubesse responder a essa pergunta. Encolheu-se ainda mais atrás da pedra.

Crack! A caverna desintegrava-se, as paredes desmoronavam. Uma pedra pesada caiu do teto e espatifou-se a seu lado. Fumaça queimava-lhe os olhos. O homem desapareceu e Wells tentou correr para a entrada da caverna. Mas à medida que corria a luz retrocedia, e o chão sob seus pés se transformava num lodaçal. Tropeçou e caiu no pântano, que o cobriu, penetrando-lhe pelo nariz e boca, impedindo-o de respirar...

Acordou com Shafer sacudindo-o.

— Desculpe — disse Shafer. — Fui entrando. Você parecia estar tendo um pesadelo.

— Eu não tenho pesadelos — disse Wells. Pelo menos esse era fácil de interpretar. Sentia-se preso numa armadilha. Que choque!

— A maioria das pessoas teria, se passasse pelo que você passou. Bom, mas também, a maioria das pessoas não teria sobrevivido ao que você passou.

— Eu não sou a maioria das pessoas.

— Não fique ofendido.

Imediatamente Wells sentiu o sangue ferver nas veias.

— Você está querendo dizer que eles me pouparam porque eu apareci?

— Eu quis somente fazer um elogio, John. Você pode até não acreditar.

— Claro. Cada um tem seu papel, Ellis — disse Wells. — Duto é o durão, e você é meu verdadeiro amigo.

— Duto nem sabe que eu estou aqui. Não sei se ele ia gostar disso. Temos opiniões diferentes.

— Ah, é? — observou Wells. — Como o quê, por exemplo?

— Bem! Eu acho que ele é um idiota de primeira classe. Ele se acha de segunda classe.

Wells riu.

— Desde que você não me venha com a conversa de que será muito mais fácil se eu contar tudo agora mesmo.

— Se a gente realmente achasse que você tinha mudado de lado, estava tratando você muito pior do que isso. — Shafer deu um passo atrás e apontou para uma camisa e um jeans colocados numa cadeira. — Para você, do hotel.

— Ellis... — Wells calou-se. Queria perguntar a Shafer sobre Exley, qual era a posição dela, mas teria essa conversa diretamente com ela.

— Diga.

— Não é nada — respondeu Wells.

Shafer olhou para o relógio.

— O polígrafo é daqui a uma hora.

— Eu sou um prisioneiro, Ellis?

— Isso quem vai decidir são os advogados. Digamos que você seja um hóspede.

— Como em "Hotel Califórnia"?

— Você está mostrando bem sua idade, John. — Shafer abriu a porta.

— Não está trancada?

— Para mim, não — respondeu Shafer. E saiu, fechando a porta.

WELLS NÃO fazia um teste de polígrafo desde os tempos do treinamento na agência e ficou surpreso quando percebeu que um monitor de tela plana na escrivaninha do examinador substituíra a caixa com papel e agulhas. Fora isso, a sala não havia mudado: paredes beges, uma cadeira bem acolchoada e um espelho falso evidente na parede distante.

— Senta aí — disse o examinador, um sujeito forte, de uns 50 anos, com braços grossos e um olhar hostil de sargento da artilharia naval. Colocou o aparelho de medir pressão arterial no braço de Wells, apertou tubos de borracha em torno de seu tórax e conectou eletrodos a seus dedos. — Levante a perna da calça.

Wells hesitou, mas logo dobrou seu jeans. O examinador ajoelhou-se do lado esquerdo de Wells. Arriou-lhe a meia e tirou do bolso um barbeador.

— Fique quieto. — Raspou uma parte da perna de Wells e conectou outro eletrodo naquele ponto. Deu um passo atrás para consultar o monitor.

— Qual é seu nome? — Seu tom era duro, como se Wells fosse um prisioneiro.

Wells controlou a raiva e visualizou o alto do Lost Trail Pass nas montanhas de Montana.

— Vai devagar, valentão — disse. — Qual é o seu?

— Pode me chamar de Walter. Qual é seu nome?

— Walter de quê?

— Qual é o seu nome?

Wells sabia que não conseguiria vencer essa luta. Podia resolver arrancar os eletrodos e ir embora — e começar tudo de novo — ou responder às perguntas de Walter.

— John Wells.

— Onde você nasceu?

— Hamilton, Montana.

— Quando?

— Em 6 de julho de 1969.

— Tem irmãos?

— Não.

Walter aos poucos foi entrando em detalhes da vida de Wells: o nome da sua primeira professora, a marca e o modelo de seu primeiro carro. Algumas vezes ia rápido, outras, devagar, tomando um gole de água de uma garrafa enquanto considerava, ou fazia de conta que considerava, a sua próxima pergunta. O ar na sala se tornava pesado e viciado, e Wells se perguntava se o ar-condicionado havia sido desligado para lhe causar desconforto. Mas manteve a paciência, sabendo que Walter queria irritá-lo e distraí-lo, para que as verdadeiras perguntas viessem quase como um alívio. Finalmente começaram.

— Quando foi a sua primeira viagem para o Afeganistão?

— Em 1996.

— Tem certeza?

— Não dá para esquecer, não é?

— Tem certeza?

— Tenho.

— Quer dizer, não por intermédio da agência.

— Quer dizer, quando Osama bin Laden me convidou depois que eu terminei a faculdade dizendo que tinha um trabalho para mim. Naquela ocasião? Pára com isso, Walter.

Walter não disse nada.

— Eu nunca tinha ido ao Afeganistão antes de 1996 — disse Wells pausadamente. — Nunca fui ao Afeganistão a não ser por ordem da CIA.

— Como foi que você entrou lá?

— Fui de avião para Islamabad e então peguei uma carona até a fronteira. O caminho normal.

— Qual era sua cobertura?

— NOC. — Cobertura não-oficial, a expressão usada pela CIA para um agente sem vínculo direto com o governo americano, diferente daqueles que supostamente trabalham para o Departamento de Estado ou para qualquer outra agência federal. — Nem um pouco oficial. Eu era um mochileiro, um viciado qualquer.

— Você ficou nervoso?

Wells riu.

— Eu era idiota demais para ficar nervoso.

— Tinha alguém em Cabul que sabia que você estava indo.

— Já não passamos por isso?

— Você estava em contato com a al-Qaeda mesmo antes da sua primeira missão.

— Eu nunca tinha nem ouvido falar em Osama bin Laden antes dessa primeira viagem.

A resposta pareceu satisfazer Walter. Ele foi conduzindo Wells por detalhes da sua primeira viagem a Cabul e a Kandahar. Wells respondeu de forma mecânica, visualizando o Afeganistão. O cheiro forte e doce de carneiro assando no espeto, o relincho de um cavalo exausto sendo chicoteado até a morte porque não conseguia mais puxar a carroça. Os afegãos, tão hospitaleiros e tão cruéis.

Walter estalou os dedos, despertando Wells de seu devaneio.

— Preste atenção.

— Pode me dar um pouco d'água? — Wells não queria pedir mas estava com muita sede. Walter tirou uma garrafa da sua mochila, e Wells bebeu sofregamente. Pela primeira vez, viu algo em comum entre os dois. Ambos eram profissionais, fazendo apenas seus trabalhos. Claro, Walter queria que ele pensasse assim.

— O QUE VOCÊ foi fazer em Cabul pela primeira vez?

— Tentar recrutar alguém. Não consegui.

— Que foi que deu errado?

— Por onde começo? Eu quase não falava pachto. De acordo com a lei americana eu não podia recrutar nenhum elemento de ficha suja. Lembra-se daquele golpe de mestre, Walter? Eu, um porra-louca de 27 anos, ia fazer homens que vivem mentindo uns para os outros há milhares de anos virar a casaca?

— Você não conseguiu recrutar um único agente.

— Nem tentei. Eu seria descoberto e morto.

Walter andou em direção a Wells.

— Quando lhe contaram sobre o 11 de Setembro?

Mudar abruptamente uma linha confortável de interrogatório era um truque antigo mas eficiente. O pulso de Wells acelerou.

— Eu só descobri depois, como todo mundo.

— Por que você não avisou a agência com antecedência?

Fazer de conta que não tinha ouvido a negação do interrogado era um outro truque antigo.

— Eu já lhe disse que não soube com antecedência.

— Então você fracassou.

— Fracassei.

— Qual foi o seu papel no ataque em Los Angeles?

— Eu não estava envolvido.

Walter deu um passo atrás e olhou para o monitor.

— Você está mentindo.

— Não.

— O instrumento diz que você está mentindo.

— Então está errado.

— Quando você entrou nos Estados Unidos?

— Faz uma semana.

— Você está mentindo de novo.

Wells balançou a cabeça.

— Não.

— Quantas pessoas você matou?

— Umas quinze.

— Umas? — Walter deu um riso sarcástico.

— Eu não guardei a conta exata.

— Americanos?

— Não.

— Quantos americanos, John?

— Nenhum. Nunca.

As perguntas ficavam mais rápidas.

— Mas você quer matar americanos.

— Não.

— Por que não?

— O quê?

— Isso é o que a al-Qaeda faz, não é? E você é um agente da al-Qaeda.

— Eu me infiltrei na al-Qaeda por ordem desta agência.

— Esta agência mandou você se converter ao islamismo?

— Não.

Walter inclinou-se em direção a Wells.

— A al-Qaeda tem armas de destruição em massa?

— Eu acho que não.

— Você *acha* que não? — Walter falou como se Wells fosse uma criança de 5 anos e rebelde, mas não muito inteligente. Wells teve vontade de pular da cadeira e partir Walter ao meio, mas manteve a voz calma.

— Conseguir aquelas armas era uma prioridade, mas eu nunca vi nada que provasse que eles tivessem conseguido.

— Você se infiltrou na al-Qaeda todos esses anos e não sabe se eles têm armas de destruição em massa? Como agente você não é grande coisa, é?

— Acho que não.

— Ou talvez você esteja fazendo um jogo duplo.

Wells levantou-se e arrancou os eletrodos e o aparelho de medir a pressão. A porta se abriu e Dex entrou carregando uma 9 mm.

— Relaxe — disse Dex.

Wells sentou-se.

— Diga a Vinny que o show acabou — disse. — Pode me perguntar o que quiser, pode me chamar de burro, mas pare de dizer que eu sou um traidor.

Dex sentou-se numa ponta da escrivaninha, a mão na arma, e Walter saiu da sala.

— Vou tentar adivinhar — disse Wells. — Está só cumprindo ordens.

NA SALA AO lado, Exley e Shafer observavam o teste através do espelho falso junto a Regina Burke, uma outra examinadora, que estava analisando os dados do teste, apresentados em tempo real.

À medida que o interrogatório prosseguia, Regina, uma mulher pequena de cabelos grisalhos curtos, inclinava-se, aproximando-se da tela. De vez em quando ela clicava o mouse para marcar uma das linhas que passavam pelo monitor. Exley desejou saber ler os gráficos de resposta. Mas não precisava ser uma especialista em polígrafo para ver que Walter tinha conseguido enfurecer Wells.

Quando Wells explodiu, Regina pegou o telefone.

— Pode informar ao Sr. Vinny Duto que o interrogado interrompeu o teste? — Fez uma pausa. — Obrigada. — Desligou o telefone. — A secretária de Duto disse que ele está vindo para cá.

Walter entrou.

— E então? — perguntou Shafer.

— Ele está dizendo a verdade — respondeu Regina.

— É — concordou Walter.

— Qual o seu grau de certeza? — perguntou Exley.

— Nunca se pode ter cem por cento de certeza — disse Regina. — Mas as respostas dele são fisiologicamente consistentes. Ele não sucumbiu sob estresse, que é o que devia ter acontecido se ele estivesse tentando mentir.

— Se ele estiver fingindo, ele é muito bom — disse Walter. — Eu acho que ele está sendo sincero.

Exley olhou para Wells, que fitava o espelho falso com rosto firme e sério. De vez em quando ele andava pela sala, indo de um canto a outro com passadas longas e lentas sob o olhar de Dex. Umas semanas antes, Exley havia levado os filhos ao zoológico de Washington. Naquele momento, observando Wells, reconheceu a fúria contida de um tigre, andando de um lado para o outro da jaula. Se não tivessem cuidado, Wells talvez não controlasse aquela fúria por muito mais tempo, ela pensou.

DUTO CONTRAIU O rosto de forma ameaçadora quando ouviu a avaliação de Walter.

— Você permitiu que ele parasse? Você deixa que os caras naquela cadeira lhe digam o que fazer?

— Não é isso — disse Walter. — Ele não está mentindo.

— Talvez ele seja duro demais para você. Talvez ele esteja precisando de um ambiente mais coercivo.

Coercivo. A palavra mágica. Coercivo significava semanas sem dormir, dentro de uma célula minúscula, sem aquecimento e sem água corrente, privação sensorial num quarto escuro sem janelas até que começassem as alucinações. Coercivo não era bem tortura, mas chegava perto.

Exley decidiu que se não dissesse alguma coisa naquele momento seria melhor pedir demissão.

— Vinny, você não pode fazer isso. — Manteve a voz firme.

— E eu lhe pedi permissão?

— Você se esquece de que ele é um cidadão americano e que isso é ilegal. Ele pode nos ajudar.

— Deixe eu lhe explicar uma coisa — disse Duto. — Até agora, ele não trouxe nada de novo, e já teve muito tempo para isso. E essa sandice de Islã foi a gota d'água.

— Ele é o único agente que colocamos dentro da al-Qaeda — disse Exley.

— Ele não está mais lá dentro. Você sabe muito bem que ele estava mentindo quando disse que encontrou Zawahiri. E mesmo se fosse verdade, o que foi que ele conseguiu? Uns trocados e uma carona de volta para casa? Eles confiam em Wells tanto quanto eu.

Duto acabara de revelar a verdadeira razão pela qual estava sendo tão duro com Wells, pensou Exley. Não ligava a mínima para a lealdade dele. A seus olhos, Wells havia fracassado, e Duto faria qualquer coisa para se manter longe do fracasso.

— Vinny. Coerção é inaceitável — disse Shafer.

— Inaceitável para quem?

— Esqueça isso.

— A quem você vai contar, Ellis? — perguntou Duto com raiva. — A seus amigos no Senado? Ao *Washington Post*? — Olhou à sua volta, como se estivesse vendo Regina, Walter e Exley pela primeira vez, imaginando o que eles poderiam dizer se fossem chamados para testemunhar. — Muito bem — disse Duto. — Ele volta para o polígrafo.

— Ele já passou no teste — disse Shafer. — Por que não temos uma boa conversa com ele amanhã? Pegamos mais informações sobre esses caras, Khadri e Farouk. Quem sabe o Wells consegue fazer uma descrição? Talvez ele saiba mais do que pensa.

— Eu duvido. Essa é a sua recomendação oficial, Ellis?

— Pode dizer que sim.

— Escreva isso, e eu considero. Na verdade, talvez a gente não deva nem sequer deter o Sr. Wells de forma alguma. O que acha de deixar que ele fique livre para ir e vir a seu bel-prazer?

Shafer ficou surpreso, Exley percebeu.

— Desde que fique sob vigilância — disse Shafer. — Talvez com um dispositivo de monitoração.

— Um dispositivo de monitoração. Ele vai adorar. Escreva isso em suas anotações também. — Duto voltou-se para Walter. — Eu quero um relatório completo do resultado do polígrafo hoje à tarde. Obrigado. — Duto saiu.

Exley estava meio impressionada, meio irritada. Esses homens faziam um jogo burocrático tão duro que era fácil esquecer o verdadeiro inimigo. Shafer reassumira o controle sobre Wells, mas Duto havia forçado Shafer a se arriscar para fazer isso. No fundo, aquela disputa interna não fazia qualquer diferença para os jovens que haviam morrido em Los Angeles.

— Vamos lá buscar o nosso rapaz — disse Shafer.

NO CORREDOR QUE ligava as salas, Shafer parou e inclinou-se em direção a ela.

— Quando a gente entrar ali, não diga a John que ele passou no teste do polígrafo. Não mostre muita simpatia.

— Por quê?

— Confie em mim. Eu não quero que ele fique muito à vontade.

Então por que se deu o trabalho de tirá-lo de Duto?, pensou Jennifer. Mas Shafer não iria dizer, então ela não perguntou. Alguma coisa importante acabara de acontecer. Ela queria saber do que se tratava.

NAQUELA NOITE SHAFER transferiu Wells para um refúgio seguro da agência em Capitol Hill, Washington. Visto de fora, o lugar parecia apenas mais uma casa velha. No seu interior, havia câmeras e alarmes em cada cômodo. Ainda assim, a vigilância era discreta. Dois guardas vigiavam a casa durante a noite, e Wells passou a usar uma pulseira eletrônica no tornozelo, que transmitia sua posição.

Diariamente Dex o conduzia para falar com Shafer e Exley. Eles o tratavam bem, mas eram pouco amistosos. Ninguém mencionou o polígrafo, e ele não perguntou. Passava a maior parte do tempo explicando a estrutura da al-Qaeda e tentando identificar os membros a partir de fotos tiradas pelo sistema de vigilância. Tinha certeza de que não lhe mostravam nada de novo ou de valor. Depois que mencionou o sotaque de Khadri, uma mistura de inglês de Oxford e de Cambridge, Shafer lhe entregou fotos de todos os estudantes árabes que haviam freqüentado uma universidade britânica importante nos últimos vinte anos. Nenhuma correspondia. O nome de Omar Khadri também não aparecia nos bancos de dados da Agência Nacional de Segurança, informaram-lhe. Quem quer que fosse Khadri, permanecera fora de alcance. O que o tornava muito perigoso.

No íntimo, Wells sentia-se incomodado por permanecer no limbo. Nunca mencionou ou verificou a conta de e-mail que Khadri criara para ele, temendo que se Khadri enviasse uma mensagem, a agência imediatamente tentaria capturá-lo. Isso jamais funcionaria. Khadri não confiava em Wells, ou não teria sido tão reservado sobre seus planos. Wells teria de conquistar a confiança de Khadri, embora não quisesse imaginar quais poderiam ser as conseqüências. E Khadri certamente havia planejado o ataque seguinte — qualquer que fosse —, de modo a funcionar mesmo sem sua presença. Eles teriam de atingir a rede de comunicação de Khadri de uma só vez, e somente alguém de dentro poderia fazer isso. Para vencer Khadri, Wells precisava de um certo espaço para manobra, exatamente o que não tinha.

Exley e Shafer também não informaram Wells sobre a investigação do atentado em Los Angeles, mas ele não precisava perguntar. Ao ler o *Times* e o *Post*, via que a averiguação não estava indo bem. Os jornais publicavam vários comentários de agentes anônimos do FBI sobre as dificuldades de descobrirem um caso em que os criminosos não eram identificados, menos ainda questionados. Na CNN e na Fox, os comentaristas usuais culpavam o FBI e a agência por não terem conseguido evitar os ataques, e debatiam sobre se eles significavam uma nova onda de terrorismo ou um evento isolado. Wells achava saber a resposta a essa pergunta. Entretanto, depois de uma semana de choque e de uma série de homenagens espontâneas, a maioria das pessoas — principalmente as de outras áreas fora do sul da Califórnia — parecia já ter esquecido os ataques.

"Podia ter sido pior", afirmou um homem num artigo no *Times*. "Esse é o preço que temos de pagar por sermos americanos." O homem não desdenharia tanto se tivesse conhecimento do que realmente se passava dentro da CIA e das outras agências que tinham o dever de protegê-lo, pensou Wells. O desperdício, a burocracia, a ineficiência... Esses ataques não eram para acontecer. Poderiam ser evitados. E em vez de ajudar a impedi-los, ele estava encerrado num refúgio seguro, sem fazer nada, porque não havia bajulado Vinny Duto.

Depois de duas semanas infrutíferas, ele decidiu fugir. Talvez estivesse cometendo um erro, mas que escolha tinha? E se Khadri já tivesse entrado em contato com ele e um outro ataque estivesse na iminência de acontecer?

ESTAVAM EM MEADOS de abril, e as cerejeiras floresciam por toda a cidade. As tempestades já eram comuns em Washington, como prenúncio de um verão tórrido que se aproximava. Mas aquela noite de sexta-feira estava extraordinariamente agradável. Wells vestiu uma jaqueta e saiu, caminhando em direção ao Capitólio. Na mão carregava um saco de papel que continha um martelo e uma chave de fenda que comprara no dia anterior. Um sedã preto Ford, estacionado a uma distância de três casas, o seguiu, como sempre fazia todas as vezes que ele saía. Um quarteirão à frente, surgiu um outro Ford.

Wells caminhava pelas redondezas todas as noites desde que Shafer o colocara naquela casa, e tinha certeza de que a vigilância acabava ali — não havia agentes a pé, carros disfarçados, nem tampouco atiradores ou vigilantes. Sentiu-se quase ofendido. Pareciam não saber como seria fácil para ele escapar, ou talvez não estivessem preocupados com isso. Numa lojinha de conveniências na rua A, comprou uma Coca-Cola, depois voltou para casa com os Fords seguindo-o.

Quase dez horas. Wells parou na varanda e esperou pelo táxi certo. Capitol Hill não parecia urbanizada completamente nesse extremo leste; viu uma pessoa que caminhava com um cachorro, mas a rua estava quase toda deserta. As televisões refletiam seu azul lúgubre nas janelas do outro lado da rua. Wells tomou um gole de sua Coca-Cola e sorriu para a equipe de vigilância no Ford, que se controlou para não acenar. Sentia-se como um adolescente pronto para sair para uma noitada pela primeira vez no verão.

UM TÁXI DE vidros escuros aproximava-se. Perfeito. Wells fez sinal para que parasse.

— Posso sentar na frente?

O motorista, um negro de seus 50 anos, mediu-o de cima abaixo. O rádio do carro transmitia um jogo entre o Orioles e o Red Sox.

— Claro. Cuidado com o meu chapéu. — Um chapéu fedora marrom estava sobre o banco.

Wells entrou.

— Qual o destino?

— East Cap. Benning Road.

— Pode descer. — East Cap, três quilômetros a leste, do outro lado do rio Anacostia, era uma das áreas mais pobres de Washington, quase toda de conjuntos habitacionais. Os motoristas de táxi não gostavam de ir até lá nem mesmo durante o dia.

Wells entregou ao homem uma nota de vinte dólares.

— E pagarei mais.

O homem lançou-lhe um olhar desconfiado.

— Está atrás de crack?

— Não.

— Porque eu não vou te ajudar com isso.

— Não quero droga, eu garanto.

— Mulher?

— Também não.

Seguiram em frente.

— Qual é o seu nome? — perguntou Wells.

— Walter.

Wells riu involuntariamente, um riso explosivo e curto.

— Qual é a graça?

— Eu acabei de conhecer outro Walter. Ele também não confiava em mim.

— Você é estranho, cara.

No rádio um rebatedor do Orioles chegou à segunda base.

— Você gosta mais do Orioles do que do Nationals? — perguntou Wells.

— É meu time já faz muito tempo, já, para mudar agora. E você?

— Vou ter que lhe contar, mas meu time é o Red Sox. Só que eu gosto de uma boa jogada em qualquer time.

— Melhor do que o Yankees.

Eles passaram pelo estádio RFK e subiram o viaduto que atravessava o Anacostia e a 295, uma rodovia movimentada que seguia paralela ao rio. Os Fords foram atrás. O tráfego sexta-feira à noite na East Cap era pesado nas duas direções, Wells observou com satisfação.

— Você está sabendo que tem um carro seguindo a gente?

Wells deu a Walter outra nota de vinte.

— Dois. Eles são amigos. Isso aqui é um jogo.

— Jogo? — Walter olhou para Wells.

— É. E se chama faça o homem sumir.

— Eu não quero me meter nessa encrenca.

— Nem por outra nota de cem?

Walter abriu o casaco e mostrou a Wells um revólver velho.

— Você está começando a encher o saco.

Wells fez apenas um gesto com a cabeça.

— E se eu lhe der duzentos? É tudo o que eu tenho.

Saíram do viaduto e subiram uma ladeira. Walter dirigiu a Wells um olhar de censura.

— Cara... você entra no meu táxi... — Em seguida balançou a cabeça. — Você não é um tira.

— Se quiser, eu desço aqui.

Walter contraiu os lábios. Parecia estar mentalmente lançando uma moeda. Acabou concordando.

— Cem está bom. E agora?

— Você conhece bem East Cap?

— Melhor do que você, eu acho. Fui criado aqui.

Desceram em direção ao sinal no cruzamento da Benning com a East Capitol. Mais à frente, uma outra subida conduzia à área dos conjuntos habitacionais mais pobres da cidade. À direita avistava-se ao longe, como num pesadelo, um parque de vegetação fechada, na verdade uma floresta urbana. Ali haveria dragões.

— Certo. Fique na East Cap. Quando o sinal abrir, saia rápido. Chegando no alto da ladeira, ache uma brecha por entre o trânsito para que eles não possam acompanhar. *Só faça isso quando tiver certeza.* Dobre de repente à esquerda no meio dos carros. Assim que eles perderem a gente de vista, eu pulo fora. Isso deve levar uns três segundos. Quando eu sair, feche a porta e vai embora. Se eles alcançarem você, espere que mandem o carro parar, mas não dê mole.

— Você vai pular fora.

— Não tem problema.

Esperaram no sinal, e os Fords se mantiveram alguns carros atrás. Wells apanhou a chave de fenda. Enfiou-a por baixo da pulseira presa ao tornozelo e torceu. O plástico cedeu e arrebentou. Voltar atrás não seria mais possível.

— O que está acontecendo? — perguntou Walter.

— Conhece aquela música? Acho que dos anos noventa, não me lembro — disse Wells, mais para si mesmo do que para Walter. — "Tempo é a sorte de que você precisa."

Walter abanou a cabeça irritado.

— Passa a grana, cara.

Wells lhe entregou o dinheiro. O sinal mudou. Walter seguiu.

WELLS PULOU FORA do táxi, saco de papel na mão. Caiu suavemente sobre o ombro, apoiou-se sobre os joelhos, levantou-se depressa e escondeu-se atrás de um Cherokee preto, bem velho. O táxi desapareceu. Walter já havia fechado a porta, Wells percebeu. Os dois Fords aproximaram-se, piscando as luzes de emergência, sem ativar as sirenes. Em seguida, eles também desapareceram.

O Cherokee serviria. Não tinha alarme. Com o martelo, Wells quebrou o vidro da frente, do lado do passageiro, sem muito barulho. Aumentou um pouco o buraco e enfiou a mão para destravar a porta do motorista. Em seguida, contornou a traseira do carro até o outro lado e se enfiou no veículo. Abriu a coluna da direção com a chave de fenda e fez uma ligação direta. O motor funcionou na segunda tentativa. Wells olhou para a estrada à frente. Os Fords haviam desaparecido de vista. Saiu em seguida.

LIGOU PARA A casa de Exley de um telefone público na Massachusetts Avenue.

— Alô — ela atendeu na segunda chamada. Sua voz era calma e um pouco rouca do cigarro; ela fumava quando Wells a viu pela última vez, mas já devia ter parado. Um tremor agradável percorreu seu corpo.

— Sou eu — disse.

— John?

— Fique na entrada da sua casa dentro de cinco minutos. — Desligou. Ligar para ela era um erro. Ele já deveria estar a caminho de Nova York. Lá abandonaria o Cherokee, pegaria o dinheiro que havia escondido e tomaria um ônibus da Greyhound que o levaria para Atlanta, sem atravessar Washington. Ela poderia impedi-lo com um telefonema de dez segundos. Mas ele precisava dizer-lhe adeus. Precisava acreditar que havia pelo menos uma pessoa em quem podia confiar.

ELA ANDOU DEPRESSA em direção ao Cherokee. Ele abriu a porta e estendeu-lhe a mão.

— Cuidado com o vidro. — Tentara jogar os cacos para o chão mas não tinha conseguido limpar tudo. Ficou surpreso de vê-la usando uma saia até os joelhos. Devia usar saia mais vezes, pensou. Até mesmo os talibãs aprovariam. Bom, talvez não.

Ela limpou alguns fragmentos da janela e acomodou-se no banco. Ele seguiu pela Thirteenth Street na direção norte.

— Você roubou esse carro?

— Peguei emprestado. — Mostrou-lhe o documento do carro. — Eu acho que devo uma grana a Elizabeth Jones.

— Para onde a gente está indo?

— Não estamos indo a lugar nenhum. Eu só queria ver você. Um minuto.

— Para onde você vai?

— Embora.

— John...

E DE REPENTE Exley compreendeu. Shafer armara tudo, da mesma forma que, anos antes, arquitetara a viagem de Wells para os acampamentos. Sabia que Duto, por pura estupidez, ou por despeito, impediria Wells de fazer o que quer que fosse. Logo, Shafer resolveu assumir a responsabilidade por ele. Deixaria então que se atormentasse até achar que não tinha outra escolha senão fugir. Essa fora a razão por que não lhe disseram que havia passado no teste e por que o mantiveram sob controle. Por que Shafer o colocara naquele refúgio em vez de em um lugar mais seguro. Era a única forma de dar a ele liberdade para tentar fugir.

— É muito arriscado — disse Exley em voz alta. E se Duto o perseguisse? Mas ele não faria isso. Não considerava Wells perigoso e ficaria satisfeito de deixar Shafer atormentar-se com a perda do seu animalzinho de estimação.

— Eu sei o que eu estou fazendo — disse Wells.

Sabe mesmo, John?, Exley se perguntou. Pôs a mão no braço de Wells.

ÀQUELE TOQUE, WELLS desejou parar o carro e possuí-la ali, em plena rua. Que os vizinhos vissem. Que chamassem a polícia. E então Langley os livraria sob fiança, pensou. Ela retirou a mão do braço dele.

— John? Tem uma coisa que não me sai do pensamento.

— O que é?

— Por que você foi ver Heather?

— Não era Heather que eu queria ver. Era Evan.

Permaneceram em silêncio por uns instantes, e Wells se perguntou se havia entendido a pergunta corretamente: você ainda a ama? Então Exley pôs a mão de novo no seu braço, e ele achou que estava certo.

— Me conte uma história — ele disse. Queria se distrair. Ouvir um pouco mais a voz dela, antes de desaparecer.

— Que tipo de história?

— Qualquer uma. Não importa. Alguma coisa pessoal.

ELA FICOU PENSANDO no que contar a ele. Tudo o que fazia era trabalhar. Será que devia contar que o filho havia gritado com ela da última vez que o vira e que lhe dissera que gostava mais de Randy do que dela? E que ela mantinha o rádio do quarto na estação de esportes não porque desse importância ao Nationals mas porque, se acordasse às três da manhã, poderia ligá-lo e ter a certeza de ouvir a voz de um homem?

— Você quer uma história — ela disse. — Está bem. — E antes que pudesse se conter disse: — Então, a da noite em que perdi minha virgindade. Eu tinha 15 anos...

— Quinze? — Wells pareceu surpreso, ela pensou. Ele não sabia em que havia se metido. Ela também não tinha certeza se sabia. Nunca contara essa história a um homem antes, nem mesmo ao marido.

— Você quer que eu continue? — Ela estava disposta a prosseguir.

— Por favor. — A voz dele estava firme de novo.

— Bom, eu tinha 15 anos. Minha família estava passando por um período difícil. Meu pai, sempre bebendo, mas naquela ocasião começava a perder as estribeiras. Levou cinco anos para ele chegar ao fundo do poço, mas lá em casa todo mundo via para onde ele estava se encaminhando. E meu irmão, Danny, tinha acabado de ser expulso da UCLA, no primeiro ano da faculdade. Ele andava ouvindo vozes e jogou um vidro de Tabasco na cabeça do rapaz que dividia o quarto com ele.

— Um vidro de Tabasco?

Ela riu, um pouco nervosa.

— Eu sei que parece ridículo, mas não era um desses vidros de pimenta que você vê em restaurantes. Foi uma garrafa daquelas grandes que machucam. Ele foi acusado de agressão e danos intencionais. Teria ido para a cadeia se minha família não tivesse convencido o juiz de que ele era esquizofrênico. E ele era.

— Eu nem sabia que você tinha um irmão, Jenny.

— Ele se matou alguns anos depois. Eu nunca falo sobre isso.

Wells diminuiu a velocidade, colocou a mão sobre o ombro dela.

— Exley.

— Muitos deles fazem isso, sabe? Os esquizofrênicos. Ele não agüentou. — Ela afastou a mão dele do seu ombro. Eles continuavam na Thirteenth Avenue seguindo em direção ao norte. Os prédios de apartamentos haviam se transformado em casas de dois andares, indistintas à noite.

— Já, já você vai ter que me deixar em algum lugar — ela disse. — Eles vão ligar para o meu celular para dizer que você fugiu e vão estranhar se eu não atender. Então, você quer ouvir o resto da minha história ou não?

— Você ainda quer continuar?

— Quero. É estranho, mas é a pura verdade. — Ela não sabia por quê, ou talvez soubesse. Porque passaria a ser dele depois que ela lhe contasse, um presente que não daria a mais ninguém, de certa forma mais íntimo do que qualquer outro. — Então, eu era uma garota de 15 anos, que matava aula, fumava maconha, aprontava. Só usava preto. Essas coisas. Meu irmão era pirado, meu pai, um bêbado, e eu não estava nem aí para a minha mãe, que fazia o melhor que podia. Daí eu decidi, umas semanas antes do meu aniversário, que perderia a virgindade quando fizesse 16 anos. Um plano e tanto, não é, John?

— Sorte do seu namorado.

— Só que não. Eu não tinha namorado na época. E eu não queria um garoto da escola. Queria um homem. Alguém que me comesse. Embora eu nem soubesse direito o que era isso, minhas novas amigas, aquelas que matavam aula comigo, falavam dos homens que transavam com elas, que trepavam. Muitas dessas histórias eram pura invenção, talvez a maioria, eu sabia disso. Mas outras, não. Aí, uma semana antes do meu aniversário, Jodie, que era um pouco mais velha que eu, a mais legal de todas, me falou sobre uma festa que ela ia em Oakland, do outro lado da baía, com alguns rapazes da universidade. Ela me chamou para ir. E, então, no dia seguinte, me falou que ela não podia ir, mas eu fiz ela me dar o endereço. Aí eu disse a minha mãe que ia para um show... eu me lembro que fiquei muito feliz porque estava enganando a pobrezinha da minha mãe... e aí eu me enfeitei toda e fui.

Ele reduziu a velocidade.

— Pega mal se eu imaginar como você estava naquele dia?

— Eu estava *gostosa*. Quer dizer, agora posso falar, porque estou velha e decrépita: eu estava sexy. E estava usando uma saia no meio da coxa e uma bota... A minha mãe devia estar com muitos problemas na cabeça, senão não teria me deixado sair de casa.

— Você não é velha, Jenny.

— Bondade sua. Aí, continuando, eu pego o trem para Oakland, porque eu ainda não tinha idade para dirigir, não esqueça. E começo a andar por aquele bairro miserável, porque isso aconteceu antes de cada quadra na Bay Area valer um milhão de dólares, e aí eu começo a ficar nervosa, mas finalmente acho o lugar. É muito barulhento, o som altíssimo, uma superfesta num casarão velho. Tinha alguns alunos de Berkeley, mas tinha também alunos de pós-graduação, e alguns rapazes da área que tinham ido, e até mesmo alguns motoqueiros, porque esse era o retrato de Oakland naquela época. Se você desse uma festa ali, era melhor chamar os vizinhos. As garotas eram um pouco mais jovens, mas todas elas estavam pelo menos na faculdade. Então eu pego uma cerveja e dou uns tragos num narguilé que devia ter mais ou menos um metro de comprimento. E começo a procurar meu homem ideal.

— Jenny...

— Tarde demais. Deixa eu terminar.

Ela sabia que tinha de contar tudo. Para provocá-lo, para excitá-lo, não sabia muito bem.

— Aí eu vejo um louro, tipo surfista, alto, lindo. Nada brutamontes. Talvez de uns 20 ou 22 anos. Começo a me dirigir a ele, mas, antes de chegar lá, um cara de camiseta preta agarra meu braço. Um cara todo tatuado. Ele me puxa para junto dele, me pergunta se eu quero uma cerveja ou talvez algo mais forte e praticamente enfia a língua na minha garganta enquanto diz isso. Mas eu me livro e corro atrás do surfista. O louro se interessa e, em menos de meia hora, consigo que ele vá para um quarto lá em cima comigo. Então a gente começa a se agarrar, e ele é gostoso, está excitado e eu digo uma coisa estúpida como "bota tudo dentro de mim, garanhão". Ele olha para mim e pergunta: "O que você disse?" E me olha de novo e diz: "Quantos anos você tem, afinal?" E sai porta afora mais rápido do que o tempo que me leva para dizer: "Mas eu *quero* que você me coma. Eu não quero mais ser virgem."

— Então você não perdeu a virgindade naquela noite, no final das contas.

— Deixa a garota terminar, John. Então eu desço e encontro o tatuado. E digo: "Aquele drinque ainda está de pé?" E dez minutos depois, ele está transando comigo em cima de uma mesa de bilhar no porão, com uma toalha embaixo de mim, porque essa era a sua maior preocupação, a minha virgindade; ele não queria que eu sangrasse no feltro, porque conhecia os caras que alugaram a casa. Não durou mais do que cinco minutos, mas pareceu um *longo* tempo. Eu tive a sorte de ainda estar um pouco molhada do surfista, porque senão tinha doído mesmo.

— Jenny...

— E o mais engraçado de tudo é que, quando ele termina, e eu já sangrei a toalha toda, ele joga a camisinha do meu lado, veste as calças, dá meia-volta e vai embora sem dizer uma única palavra.

WELLS PAROU O carro no acostamento. Uma chuva leve acabara de cair, embaçando o pára-brisa, criando um halo nas luzes da rua. Os carros passavam devagar, dirigidos por homens e mulheres que trabalhavam no comércio ou em hospitais, ou em escritórios no centro da cidade e tinham vidas tranqüilas e decentes. Pessoas que ele jamais conheceria.

Por quê, Jenny, ele quase perguntou em voz alta. Por que você fez isso? Mas não disse nada. Ela havia feito aquilo porque queria, e lhe contou porque queria, e quem era ele para julgar? A escolha de carreira que fizera não exatamente lhe conferia autoridade moral.

— Então você ficou satisfeita por ter feito isso? — perguntou por fim.

Ela aproximou-se dele no banco, e ele percebeu que tinha feito a pergunta certa.

— Fiquei. Embora nunca mais tenha feito uma coisa dessas. É como uma gota de ácido. Um pouquinho faz um grande efeito. Mas a verdade é que eu estava dando alguma coisa ao cara, mesmo que ele achasse que estava tomando de mim. Eu fiz da maneira que eu queria. Talvez pareça loucura, mas é como eu me senti. Eu nunca mais falei com ele. Nunca soube seu nome. Embora tenha quase certeza de ter visto o cara alguns anos mais tarde em Berkeley, quando eu estava voltando da faculdade. Felizmente eu estava no meu carro e segui em frente. Então, aí está sua história, John, espero que ela sirva para manter você aquecido onde quer que você vá. — Ela deu seu riso baixo e grave.

ELE OLHOU PARA ela, desviou os olhos, depois voltou a olhar.

— Posso perguntar uma coisa? — disse finalmente, sua voz tão baixa que ela quase não conseguiu escutar.

— Desde que não me peça outra história.

— Você não apareceu naquela noite, na véspera da minha viagem, apareceu?

— Não, e eu sabia que você também não ia. A gente fica deixando passar as oportunidades. Agora, a não ser que você queira passar mais algum tempo com Vinny Duto, é melhor ir.

— Jenny. Jennifer... — E ela sabia o que ele ia perguntar antes mesmo que as palavras saíssem de sua boca. Talvez até antes de o pensamento ter se formado na mente dele.

— Sim. Claro.

— Sim, o quê?

— Eu confio em você, John. Claro. Por que você acha que lhe contei tudo isso?

Ele parecia querer dizer alguma outra coisa, mas não disse. Inclinou-se em direção a ela e por um momento ela pensou que ele a beijaria. Ficou quieta, sem se aproximar ou se afastar, hipnotizada, com desejo, com raiva e com medo, tudo ao mesmo tempo. Porém, mais com desejo do que qualquer outra coisa. E então ele a beijou, após quilômetros e anos. Um beijo casto, lábios nos lábios, que se transformou num beijo profundo, caloroso e doce até que ela finalmente buscou forças para interromper.

— Vá embora — ela disse.

— Escuta, você conhece aquele parque em Kenilworth, o Aquatic Gardens? — ele perguntou. O Aquatic era um parque nacional pequeno na margem leste do rio Anacostia, próximo ao conjunto habitacional onde Wells roubara o carro.

— Em East Cap?

— Se eu precisar de você, deixo uma mensagem com as palavras "tudo tranqüilo". É lá que eu vou estar.

— E se eu precisar de você?

Ele não disse nada. Jennifer passou a mão pelo rosto dele. Wells levantou o queixo como se estivesse recebendo uma bênção.

— Vá com cuidado, John.

Ele ficou calado. Finalmente, riu, um riso triste.

— A gente se vê.

Ela desceu do carro. Ele hesitou, mas deu partida e saiu. Ela ficou olhando o Cherokee ir embora, olhando até que não pudesse mais avistá-lo, e continuou olhando. Como se pudesse trazê-lo de volta simplesmente por estar parada. Mais do que tudo, desejava estar naquele carro.

A gente se vê, John.

Por favor.

6

Bagdá, Iraque

NO RÁDIO DO BATALHÃO, a Companhia A usava o código "Mad Dog". Como em "Mad Dog 6 para Bushmaster 6, câmbio". As outras companhias do batalhão Cav 2-7, a unidade blindada que cobria a região noroeste de Bagdá, haviam encontrado códigos cujas iniciais correspondiam a suas letras. A Companhia B se identificava por "Bushmaster". A Companhia C decidira-se por "Commando", depois de haver tentado por algum tempo "Crusader".

Mas na Companhia A ninguém havia conseguido achar uma palavra adequada que começasse por A, a não ser "Anarchist" quê? como "Crusader"? passava a mensagem errada. Durante algum tempo, a Companhia A se denominara Angry Dogs, o que soava idiota. Em seguida, passou a se chamar Angry Mad Dogs, o que era ainda pior. Depois de algum tempo, Jimmy Jackson, o capitão da Companhia A, desistiu da aliteração e disse que a Companhia seria identificada por Mad Dog. Bem melhor, pensou o especialista J. C. Ramirez. Ouvir no rádio "Angry Mad Dog 6 para Angry Mad Dog 2" deixava-o louco.

Na torre do jipe militar Humvee do capitão Jackson, J. C. enxugou o suor do rosto. Achava o Texas quente, porém os verões do Iraque eram insuportáveis. O sol já quase se escondera por completo, mas a temperatura permanecia nos 38°C. O colete à prova de balas não ajudava. Ele bebia quase 4 litros de água por dia e não precisava urinar, porque suava até a última gota. E, embora se fartasse de comida, havia perdido quase dez quilos em nove meses. A dieta de Bagdá. O uniforme sambava em seu corpo de um metro e oitenta de altura.

"Eles não lhe dão comida lá?," perguntou-lhe a mãe quando ele foi para casa, em El Paso, no mês de julho, durante licença de duas semanas. "Estão deixando você morrer de fome para economizar, é isso?" Ele respondeu que a comida era boa, mas ela não acreditou no filho. Foi preciso acalmá-la para que não enviasse uma carta ao presidente. Ele compreendia. A comida dava a ela algo em que se concentrar, alguma coisa insignificante que mantivesse sua mente desviada do problema real. Talvez fosse somente uma mãe mexicana procurando uma desculpa para empanturrá-lo de enchiladas.

De qualquer forma, em breve voltaria para perto da mãe e da namorada. Mais alguns meses e não precisaria voltar a ver esse lugar... até o próximo revezamento. Essa era sua primeira vez ali, porém muitos rapazes do 2-7 já estavam na segunda viagem. Como a maioria dos soldados, J. C. achava que aquela guerra continuaria por algum tempo, independentemente do que diziam os políticos.

Quase sete e meia. Esperavam a ordem de partida já havia uma hora. J. C. estava entediado. Um típico falso alarme. Planejavam quatro ataques para cada um que ocorria.

— Quer apostar que foi cancelado? — ele gritou para o cabo Mike Voss, motorista do veículo. Voss fez que não com a cabeça.

Então J. C. viu o capitão Jackson dirigir-se ao Humvee, passo rápido e forte, dizendo-lhe que iam sair naquela noite.

O HUMVEE SEGUIU em direção aos portões de aço de cinco centímetros de espessura que serviam de entrada ao Acampamento Graphite. J. C. ajustou bem o colete sobre os ombros e tirou a pistola do coldre de perna. Ele a limpara na véspera, mas resolveu conferir o ferrolho, como sempre fazia antes de deixar a base. O metal deslizou suavemente. Ótimo. Carregou a pistola e a pôs de volta na perna. Não que esperasse ter de usar uma 9 mm. Era uma simples espingarda de ar comprimido se comparada ao calibre 50 no teto do jipe, ou mesmo aos canhões dos Bradleys, ou às metralhadoras de 120 mm dos tanques. Se alguém se visse diante de tudo isso, estaria numa enrascada, com ou sem pistola. Mas um poder de fogo extra era sempre mais garantido.

Atravessaram o portão, e a seus pés J. C. escutou o refrão "Who Let the Dogs Out" pela centésima vez:

Who let the dogs out
Woof, woof, woof, woof

Naturalmente, os Mad Dogs usavam a música como seu lema; tocavam-na sempre que deixavam a base. J. C. tentou lembrar-se de quando fora lançada. Teria sido quando estava na oitava série? Provavelmente na sétima. Sorriu com o canto da boca. Aquela música idiota significava boa sorte. Nenhum dos Mad Dogs havia morrido ali. As outras companhias do 2-7 não haviam tido a mesma sorte. Um carro-bomba explodira um dos jipes militares da Bushmaster e um atirador de tocaia havia disparado contra o tenente Poley da Companhia Commando. O desgraçado escapara ileso. Talvez os Mad Dogs o pegassem naquela noite.

O Humvee passou pelo obstáculo de barreiras de concreto que protegia o portão da frente, em seguida acelerou por uma avenida larga a oeste do zoológico destruído de Bagdá. J. C. concentrou sua atenção nas áreas desertas do zôo, um esconderijo natural para alguém lançar uma granada-foguete. Ele aprendera, da maneira mais difícil, que, em qualquer lugar, a qualquer momento, poderia se defrontar com uma emboscada.

J. C. era um atirador. Seus companheiros diziam que tinha o pior trabalho do exército: permanecer num buraco no teto do jipe, manejando uma metralhadora com um giro de 360°. Em dias quentes — o que significava todos os dias — ele tostava ao sol. Quando pegavam a estrada, engolia poeira e fumaça de diesel e voltava à base cuspindo bolas pretas de muco. E os atiradores tinham a reação de medo mais forte. Como aquela na qual há uma contração anal quando se está lutando contra o terror. Os tanques e os Bradleys tinham uma blindagem grossa. Até mesmo os Humvees tinham placas de aço e vidros grossos à prova de balas. J. C. usava apenas um capacete e um colete, que não seriam suficientes para protegê-lo de um tiro de bazuca.

No entanto, gostava do trabalho. Não queria ficar preso dentro de um tanque. Lá em cima, podia detectar emboscadas e bombas. Tinha muito a observar, porém não podia ansiar por apertar o gatilho. Um artilheiro da Companhia C matou um garoto que segurava um revólver de brinquedo, erro que J. C. prometera a si mesmo nunca cometer. Sabia como fazer uma multidão recuar sem disparar um tiro, e conseguia distinguir o forte estrondo de um morteiro do silvo mortal de uma granada. Até mesmo os oficiais admitiam que ele era o melhor artilheiro da companhia, talvez de todo o batalhão. Por isso, ele sempre ia no veículo do capitão Jackson.

O Humvee virou à esquerda na Santa Fé, uma das principais avenidas do centro de Bagdá, que seguia na direção leste-oeste. Os iraquianos não chamavam a avenida de Santa Fé, claro. Tinham seu próprio nome haji para ela, avenida Maomé ou algo assim. J. C. não tinha certeza. Nenhum dos soldados falava árabe; logo, por questão de conveniência, o batalhão dera às ruas nomes de cidades americanas.

Forçando a vista diante do pôr-do-sol, à medida que o comboio seguia na direção oeste, J. C. arrependia-se de não ter adquirido mais conhecimento sobre o Iraque. Havia aprendido algumas palavras em árabe com Salim, o intérprete do capitão Jackson, um adolescente que os Mad Dogs chamavam de Harry, porque usava óculos pequenos e redondos como Harry Porter. Salim lhe ensinara que *abu* significava pai, e *umm*, mãe. Sabia contar até dez: *wahid*, *ithniem*, *thalatha*... Salim lhe dissera até que *haji* — a palavra que J. C. e todos os outros soldados usavam para descrever qualquer coisa local — não era uma palavra aleatória. Significava alguém que havia feito a hajj, a peregrinação a Meca, uma grande realização para aqueles rapazes.

Ainda assim, J. C. sentia-se como se estivesse na lua. Não compreendia aquele lugar. Por que os homens tinham de usar túnicas longas que pareciam vestidos? Por que se davam as mãos? E o que acontecia com as mulheres? Ele havia estado em casas iraquianas com o capitão Jackson, e era como se as mulheres nem sequer existissem. Uma única vez serviram chá, mas em geral escondiam-se no interior das casas. Não que J. C. tentasse encontrá-las. O subtenente Holder da Commando, o mais antigo integrante do batalhão, tinha deixado isto claro. Não olhem para as mulheres, não falem com as mulheres e jamais, jamais, toquem nelas.

De qualquer forma, os iraquianos eram bastante hospitaleiros. Até aqueles cujas casas eram quase desprovidas de mobília faziam questão de oferecer chá e Coca-Cola ao capitão Jackson quando ele os visitava. Mas não se podia confiar muito neles. J. C. vira o capitão perder o controle após uma longa reunião com o xeique local. "Simplesmente, não minta para mim. Me diga a verdade", Jackson dissera. O xeique riu abertamente quando ouviu Salim traduzir. "A verdade?," repetiu. "Eu guardo a verdade para Alá."

O HUMVEE PAROU num cruzamento. O trânsito estava congestionado. Todos queriam chegar em casa antes do anoitecer, quando seqüestradores e guerrilheiros dominavam as ruas, e vigaristas passavam em seus sedãs BMW pretos de vidros escuros. J. C. xingou ao ver um caminhão Mercedes velho emitindo fumaça pelo cano de descarga. Detestava ficar parado no trânsito. Qualquer um poderia disparar contra eles. E detestava o crepúsculo, quando as sombras ofereciam proteção mas ainda havia claridade demais para usar óculos de visão noturna.

À sua volta o convite para as preces noturnas ecoava pelas ruas, um cântico lúgubre, amplificado, que J. C. sabia permaneceria em seus ouvidos por mais distante que estivesse daquele lugar. O som de Bagdá.

Posicionou a metralhadora para baixo e passou a observar os homens nas calçadas, procurando pelo brilho de metal sob alguma veste. O veículo deu um solavanco para a frente e em seguida parou de novo.

— Anda, não pára — gritou J. C. para Voss.

— Quer dirigir? — Voss respondeu gritando.

— Não, cacete.

— Então cala a boca.

Enquanto seguiam, J. C. se perguntava o que teria acontecido com aquele país. Dava para ver que já havia sido próspero. A base americana havia sido um dos palácios de Saddam, um prédio gigantesco, com um hall de entrada de uma altura de três andares, piso de mármore e paredes de ouro. O aeroporto de Bagdá parecia ser mais novo do que o de El Paso. A estrada para Falluja, um buraco fétido, tinha seis faixas, boa como qualquer uma do Primeiro Mundo. Bagdá tinha hotéis de vinte andares e mesquitas grandes com belas cúpulas azuis. J. C. vira até cartazes rasgados e empoeirados de propaganda da Air France e da Japan Airlines. As pessoas um dia desejaram visitar aquele lugar; os iraquianos no passado tinham dinheiro suficiente para viajar.

Hoje não. Agora o lugar era um desastre, desaparecendo aos poucos a cada dia. Nas ruas, os homens andavam devagar, de ombros curvados e rostos raivosos. Não apenas infelizes. Desanimados, como se a vida estivesse piorando há tanto tempo que não mais conseguiam sonhar com dias melhores. E o ressentimento em seus olhos era patente.

Em algumas das áreas patrulhadas pelo 2-7, o cheiro de esgoto e lixo queimado alastrava-se pelas ruas. Meninos descalços pediam doces sempre que o veículo parava. Depois da explosão de um carro-bomba, meses antes, os Mad Dogs haviam terminado no hospital Kindi, na parte oeste de Bagdá. O local estava coberto de sangue, e J. C. tinha visto moscas, na sala de cirurgia, voando sobre uma menina com o rosto dilacerado. Até mesmo os rapazes que aproveitavam qualquer ocasião para uma brincadeira haviam ficado calados naquele dia. Bagdá era mais pobre do que Juárez, mais pobre do que qualquer cidade do México que ele conhecia. J. C. não conseguia compreender. Aquelas pessoas tinham todo aquele petróleo e viviam dessa maneira.

J. C. sabia que estava pensando demais. Seus companheiros atinham-se a uma regra simples: depositem seus cheques, protejam-se e esperem que as namoradas mantenham as pernas fechadas em casa. E tinham razão. Seu trabalho era manter-se vivo, a si mesmo e a seus camaradas Mad Dogs. Os hajis que se cuidassem. Mas às vezes, jogando dominó depois do jantar, no palácio, a dúvida surgia: como é que esse lugar se tornou tão caótico? Seria culpa nossa?

DENTRO DO HUMVEE, o capitão James Jackson Jr. contava com a sorte. A informação chegara três dias antes, vinda do melhor informante do batalhão, um universitário chamado Saleh que queria um visto americano para juntar-se a seus primos em Detroit. Ainda não dera uma informação errada a Jackson. Na verdade, o capitão preocupava-se por Saleh estar dando informações demais ao batalhão; sua expectativa de vida se reduziria a horas se seus amigos percebessem que ele os enganava. Mas Jackson calculou que Saleh, melhor do que qualquer outra pessoa, estava ciente dos riscos que corria.

De qualquer forma, se esse ataque desse certo, Saleh estaria bem perto de Detroit. Ele afirmara que vários "488s" — gíria militar para alvos valiosos — planejavam encontrar-se naquela noite numa barbearia em Ghazalia, bairro do subúrbio de Bagdá que se tornara um centro da resistência. Saleh não fornecera nomes, mas garantia que eles não eram os criminosos habituais, nem os desordeiros de rua. Um deles era um estrangeiro apelidado de "o Doutor", que acabara de chegar ao Iraque, ele disse.

Se a inteligência militar tivesse confirmado a história, o ataque teria sido passado para a Força-tarefa 121, grupo de operação das forças especiais da CIA responsável pelos alvos de maior importância no Iraque e no Afeganistão. Mas "o Doutor" não aparecia em nenhum dos bancos de dados de que dispunham. Assim, as forças especiais, que não podiam se dar o trabalho de perseguir ninguém menos importante do que elas, recusaram a missão. O que era ótimo para Jackson. Os Mad Dogs tinham cinco tanques, seis Bradleys e quatro jipes Humvee blindados, poder de fogo suficiente para destruir uma cidade pequena. Ele não esperava problemas na captura de uns poucos guerrilheiros. Só desejava que o trabalho valesse a pena. Até aquele momento, as informações de Saleh tinham sido corretas, mas para tudo sempre havia uma primeira vez.

JACKSON NÃO PRECISAVA ter se preocupado. O verdadeiro nome do Doutor era Farouk Khan, o gordão que se encontrara com John Wells no apartamento em Peshawar, cinco meses antes. Embora tivesse recebido aquele título, Farouk não era médico. Era um físico, primo em terceiro grau de A. Q. Khan, que supervisionara o desenvolvimento das armas nucleares no Paquistão. Farouk também havia trabalhado para o programa, até o dia em que foi despedido por ter freqüentado uma mesquita em Islamabad, cujo imã pregava a derrubada do governo paquistanês.

Um ano mais tarde, Farouk se viu a caminho da base de operações de Osama bin Laden na Fronteira Noroeste. Naquele lugar, o xeique lhe ofereceu o título honroso de "diretor de projetos atômicos", e Farouk empenhou-se em conseguir uma bomba do arsenal paquistanês. Mesmo com suas antigas conexões, Farouk achou a missão difícil. Os generais paquistaneses sabiam que se a al-Qaeda explodisse uma bomba atômica paquistanesa em Nova York, os Estados Unidos poderiam retaliar bombardeando Islamabad. Um ataque em Nova Délhi seria ainda mais perigoso, provocando inevitavelmente uma guerra nuclear de ampla escala que reduziria a cinzas a Índia e o Paquistão. Farouk teria de agir com cautela.

Apesar disso, depois de algum tempo ele conseguiu encontrar três técnicos de baixo escalão, cuja simpatia pela al-Qaeda não fora detectada pelo sistema de segurança do governo. Eles não poderiam entregar uma bomba completa, mas conseguiriam fornecer equipamentos que Farouk considerou muito úteis. Em seguida, descobriu Dmitri Georgoff, um cientista nuclear russo desempregado e interessado em muito dinheiro. Farouk e Dmitri realizaram seu primeiro encontro com muita cautela, Farouk porque temia uma operação policial da CIA, Dmitri porque preferia que sua cabeça ficasse presa ao corpo. Mas os dois homens consideraram a reunião satisfatória, e, após algumas negociações, Dmitri concordou em fornecer a Farouk duas caixas de aço forradas de chumbo e cheias de material precioso. Custo: 675 mil dólares. Esta quantia representava um investimento alto demais para Farouk. O próprio Bin Laden teria de aprovar a negociação.

A al-Qaeda ainda não possuía nada semelhante a uma arma nuclear que pudesse vaporizar uma cidade. No entanto, não era preciso uma arma nuclear para deixar o inimigo em pânico. Uma bomba convencional com material radioativo — bomba suja — daria cabo dos infiéis. A radiação assustava as pessoas. Não podia ser vista nem percebida pelo olfato ou pelo tato; ainda assim, matava por anos após atingir o alvo. Alguns isótopos radioativos podiam contaminar uma área durante décadas, tornando-a inabitável, mesmo se os prédios permanecessem de pé. No lugar adequado — centro de Manhattan, digamos — uma bomba suja causaria prejuízos de centenas de bilhões de dólares e mataria milhares de *kafirs*. E, diferentemente de uma arma nuclear, uma bomba suja era fácil de fabricar. A parte difícil era encontrar o material para isso, mas Farouk havia solucionado o problema. Já havia enviado material radioativo suficiente para os Estados Unidos para a fabricação de pelo menos uma bomba.

Agora esperava mais. Três semanas antes, o homem que atendia pelo nome de Omar Khadri dera a Farouk uma nova missão. Habitantes iraquianos do deserto ao sul de Falluja haviam encontrado uma construção subterrânea secreta numa base militar abandonada. Acreditavam que o prédio continha material radioativo. Esperavam comunicar sua descoberta ao xeique Bin Laden.

Farouk fez, portanto, uma viagem extremamente perigosa, de três mil e duzentos quilômetros para o oeste, do Paquistão ao Afeganistão, dali para o Irã, e depois atravessou a divisa montanhosa entre o Irã e o Iraque. Durante o percurso, ele teve de evitar tanto as tropas infiéis no Afeganistão como a polícia secreta iraniana, que não via a al-Qaeda com bons olhos. Farouk poderia ter ido de avião para a Jordânia e dali de carro até Bagdá, porém, numa missão tão delicada como essa, preferiu evitar deixar rastros em qualquer lista de passageiros de uma companhia aérea. Além disso, teria sido difícil explicar o equipamento que estava carregando aos agentes da alfândega.

Farouk se controlara para não ficar muito animado. Os homens que ia encontrar naquela noite eram combatentes, não físicos. Tudo o que ele vira até o momento eram imagens pouco nítidas de varetas e barris de aço que pareciam promissores mas que não provavam nada. Ainda assim, tinha grandes esperanças. Se eles realmente tivessem encontrado um material novo... e bem debaixo do nariz dos americanos!

Os americanos eram uns tolos, pensou Farouk. Décadas antes, os judeus haviam explodido os reatores nucleares de Saddam e destruído os esforços iraquianos para fabricar uma bomba atômica. O material que ele veria naquela noite, se Alá permitisse, eram os restos daquele programa, desenterrados de uma cova no deserto. Na melhor das hipóteses, seria lixo nuclear, iodo e césio que jamais poderiam ser transformados em uma arma atômica de verdade. Nenhum governo se preocuparia com aquele material. Mas serviria muito bem aos propósitos da al-Qaeda. E a al-Qaeda jamais teria tido aquela oportunidade se os Estados Unidos não tivessem invadido o Iraque. Pois Saddam nunca compartilhou seus segredos com o xeique Bin Laden. Ele era um demônio ateu, o mais inútil de todos os líderes árabes infiéis. Mas os Estados Unidos haviam tomado conta de Saddam. As portas do Iraque haviam sido abertas para os guerreiros sagrados da al-Qaeda.

Sim, os americanos eram uns tolos. Vocês invadiram o Iraque porque disseram que estava cheio de "terroristas", pensou Farouk. Bom, agora está. Alá age de maneiras misteriosas.

O SOL JÁ se pusera quando os Mad Dogs se aproximaram do muro de concreto destruído, que bloqueava a entrada da delegacia de polícia de Khudra, um prédio de dois andares, esburacado e marcado por uma bandeira do Iraque esfarrapada. Carros-bomba suicidas haviam atingido a delegacia três vezes. Agora, a maioria dos policiais não se afastava da delegacia, nem para patrulhar, e muito menos para prender alguém. Mas alguns policiais ainda trabalhavam com o Cav 2-7; Jackson não sabia se eles eram corajosos ou loucos. De qualquer forma, conheciam as ruas de Ghazalia muito melhor do que ele. Esperava levar alguns deles consigo naquela noite.

Jackson caminhou até os portões da frente da delegacia, onde o tenente-coronel Ghaith Fahd se encontrava, com um cigarro na mão. Os dois homens deram umas batidinhas no peito, em seguida deram-se as mãos. Fahd era o único oficial em Khudra em quem Jackson realmente confiava.

— *Salaam alaikum* — Jackson disse.

— *Alaikum salaam.*

— Você ouviu quando estávamos chegando?

— *Nam.*

Jackson não se mostrou surpreso. Seus tanques funcionavam com motores gigantescos, turbinas de jato modificadas, que anunciavam sua presença muito antes de eles chegarem. O barulho era o seu maior ponto fraco tático. Mas naquela noite ele esperava aproveitar-se desse ponto fraco.

— Cigarro? — Fahd perguntou, oferecendo a Jackson o seu maço.

— Dunhills? Sofisticado, coronel. — Jackson virou o maço na palma da mão e pegou um cigarro.

— Recebi meu aumento — disse Fahd, e riu.

Jackson acendeu um cigarro e tragou prazerosamente. Embora não fumasse. Pelo menos nunca fumara antes de chegar naquele lugar.

— Você sabe que isso acaba matando — disse a Fahd.

— Tanto como qualquer outra coisa, capitão.

Jackson admirou-se da frieza de Fahd. Para um oficial iraquiano naquela área, até mesmo ser visto com um americano era um ato de suprema coragem. Ainda assim, Fahd nunca parecia cansado nem tenso, e muito menos temeroso. Caminharam até a rua para não serem ouvidos na delegacia.

— Tem algum plano para hoje à noite? — perguntou Fahd.

— Tenho. Um ataque.

— De quantos homens precisa?

— Somente aqueles em quem você realmente confia.

Fahd fez um gesto de aprovação.

— Cinco... não, quatro. Ehab está em casa hoje.

— Somente quatro homens? — Cinqüenta oficiais estavam de plantão.

— Só.

— Isso é mau, hein?

— Péssimo, capitão. — Fahd entregou os cigarros a Jackson. — Pegue mais um Dunhill. Vou reunir os homens.

DEZ MINUTOS MAIS tarde Fahd estava de volta, trazendo consigo quatro homens.

— Como queira, capitão. — Expressão iraquiana que significava: quando estiver pronto.

Jackson olhou para o relógio. Oito e quarenta. Saleh tinha dito que a reunião deveria começar às 9 horas e durar uma hora. Mas também tinha avisado a Jackson que os guerrilheiros em geral se atrasavam. E Jackson sabia que não podia se arriscar indo observar a barbearia — qualquer presença americana seria detectada. Decidira atacar às 9h45 e torcer para tudo dar certo.

— Temos algum tempo. Onde está seu colete à prova de balas, coronel?

— Não tenho.

— Distribuímos coletes suficientes para todos os oficiais de Khudra. — Jackson não escondia a frustração na voz.

Uma risada estridente escapou dos lábios de Fahd.

— Vou lhe contar uma história. — Acendeu outro cigarro. — Vai acabar antes de eu terminar esse Dunhill.

— Conte.

— Meu pai era dono de uma loja em Sadr City. Conhece Sadr City, é claro.

— Claro. — Sadr City era um bairro gigantesco no nordeste de Bagdá, do outro lado do rio Tigre, um lugar extremamente pobre.

— Minha família não era rica. Ninguém em Sadr City é rico. Mas tínhamos um certo conforto — disse Fahd. Deu uma longa tragada no cigarro. — Infelizmente meu pai, Mohammed, gostava de contar piadas. Às vezes gracejava com Saddam. Em 1987, o Mukhabarat, a polícia secreta de Saddam, invadiu a loja dele. Levaram meu pai e meu irmão Sadiq para Abu Ghraib. Pode imaginar o resto.

— E você viu seu pai e seu irmão depois disso?

— Sadiq sobreviveu, por um tempo. Morreu dois anos depois.

— Ele lhe disse o que tinha acontecido?

— Ele nunca mais falou depois que foi solto.

— Nunca contou o que eles tinham feito?

— Ele nunca mais falou. — Fahd apontou para sua boca. — Ficou sem língua.

Jackson sentiu a própria língua dobrar dentro da boca, enquanto pensava em alguma coisa para dizer.

— Sinto muito.

— Eles devem ter encarado um agente Mukhabarat muito mau — disse Fahd. — As piadas de meu pai não eram tão fortes.

— E você escapou?

— Eu não estava lá. Eles nunca voltaram para me buscar. Não sei por quê. Talvez eles fossem... como é mesmo a palavra?... preguiçosos.

— Inshalá.

— Inshalá — respondeu Fahd. — Em vez disso, me mandaram para lutar contra o Irã. Eu sobrevivi. A guerra já estava quase no fim. E depois, de alguma forma, consegui entrar para a academia de polícia. Agora sou um tenente-coronel da polícia do Iraque, respeitado e amado por meus homens. — Fahd riu. — Uma vida maravilhosa, não acha, capitão? — Levantou o cigarro, ainda aceso. — Agora a história acabou, como eu prometi. — Fahd deu uma última tragada no cigarro, depois apagou-o na palma da mão e atirou-o no asfalto.

— Então você não usa colete à prova de balas — disse Jackson.

— Se Alá quiser que eu viva, eu vivo. E se ele quiser que eu vá ao encontro de meu pai, eu vou. De qualquer maneira, eu sempre agradeço por suas bênçãos.

CONDUZIDO PELO VEÍCULO blindado de J. C., o comboio dos Mad Dogs seguiu na direção norte pela Dodge, avenida larga que se estendia até o centro de Ghazalia. A estrada havia sido esburacada pelas bombas. As patrulhas naquele lugar eram atacadas quase todas as noites, embora nenhum soldado tivesse sido morto. Ainda.

Com as ruas vazias, a estrada era praticamente deles. A patrulha se estendia por oitocentos metros do início ao fim, e o Land Rover de Fahd entre os Bradleys e os tanques parecia um brinquedo.

Através dos óculos de visão noturna de J. C., o mundo adquiria um brilho amarelo e preto. Assomando ao longe, nos campos daquela região, via-se a mesquita Mãe de Todas as Batalhas, uma monstruosidade de concreto com minaretes projetados de forma a lembrar torres de metralhadoras. Saddam a construíra para comemorar sua guerra de dez anos contra o

Irã, guerra que causara dois milhões de mortes. Quando a energia elétrica estava ligada, os minaretes emitiam um brilho infernal durante a noite. Mas naquela noite a força fora desligada. A mesquita e suas redondezas estavam no escuro, embora geradores fornecessem eletricidade a umas poucas casas afortunadas. O blecaute era um bom momento de alívio, como também o era a lua nova. Quanto mais escura fosse a noite, melhor funcionariam os óculos de visão noturna.

Um projétil luminoso atravessou a noite, um único disparo quando a patrulha passou. Eles estavam lá, pensou J. C. Observando nossos passos. Esperando que um erro fosse cometido. Ótimo. Deixe que esperem. Seu dedo ajustou-se ao gatilho da metralhadora.

O Humvee parou assim que o comboio chegou ao extremo norte da estrada de Ghazalia, no local onde uma ponte estreita conduzia a Shula, um bairro pobre densamente povoado. A patrulha deveria parecer mera atividade de rotina, dissera Jackson aos Mad Dogs. Eles não podem suspeitar que estamos nos dirigindo para lá. O comboio fez um retorno em velocidade lenta e se dirigiu ao sul.

NA SALA ESTREITA dos fundos da barbearia em Ghazalia, oficialmente conhecida como Al-Jakra para Cortes e Lavagem de Cabelo, Farouk Khan sentou-se com desconforto na beira de um sofá azul barato. Caixas de frascos de xampu velhos espalhavam-se pelo chão, e três AK-47 haviam sido deixados de maneira descuidada sob uma escada, próximos à parede dos fundos. Um gerador barulhento num canto do prédio alimentava uma lâmpada no teto e um fogareiro elétrico com água fervendo para o chá. Olhou de novo para o relógio. Nove e vinte. Por que não haviam chegado ainda? Farouk não era um covarde; covardes não duravam muito como espiões nucleares. Ainda assim, detestava riscos sem sentido.

A porta se abriu, mas era apenas Zayd, o iraquiano magrelo que conduzira Farouk de Islamabad até Bagdá. Farouk não agüentava mais Zayd. Os modos do iraquiano eram abomináveis. Cuspia e enfiava o dedo no nariz sem cerimônia, e nunca se lavava. Além disso, Farouk não confiava em pessoas tão magras. Comer era um grande prazer; quem se recusaria a fazê-lo?

Mas Farouk reconhecia que Zayd chegara em boa hora. Falava árabe, farsi, urdu, pachto e inglês. Na verdade, Farouk ainda não ouvira falar de uma língua que Zayd não compreendesse. Além disso, ele conhecia metade dos líderes tribais entre aquele lugar e o Paquistão. Por isso, Farouk aceitava os hábitos pessoais medievais daquele homem.

— Engraçado, não é, Zayd? — disse Farouk. — É fácil reconhecer a riqueza de um país quando se vai a um hospital ou a um supermercado. Mas as barbearias têm o mesmo aspecto em todos os lugares em que estive. Aqui, no Paquistão, na Europa. Cadeiras pretas giratórias, com balcões em frente, lotados de frascos misteriosos e pôsteres de homens jovens de cabelos bem curtos.

— Hum. — Zayd meteu o dedo no nariz. Farouk se perguntava se aquele gesto significava uma resposta. Para um homem que falava tantas línguas, era surpreendente que Zayd tivesse tão pouco a dizer. Talvez grandes conversas se passassem dentro de sua cabeça.

Farouk recostou-se no sofá, sentindo-o estalar sob seu peso. Do lado de fora ouvia o ruído surdo dos tanques americanos à distância. Balançou o contador Geiger em seu colo e tentou controlar o nervosismo.

— Será que ainda vão demorar muito, Zayd?

Seu companheiro deu de ombros e serviu dois copos de chá, colocando neles dois tabletes de açúcar com os dedos sujos. Farouk fez uma careta e bebeu. Então ouviu os carros aproximarem-se e pararem.

O PLANO DO capitão Jackson era simples. A barbearia ficava no extremo oeste de Ghazalia. Quando seu comboio chegasse à rua da barbearia, os Humvees e o Land Rover seguiriam na direção oeste. Os tanques e os Bradleys iriam atrás. Com um pouco de sorte, os guerrilheiros só perceberiam o que estava acontecendo quando os jipes Humvee tivessem chegado à barbearia. O blindado mais pesado delimitaria o perímetro de ação quando chegasse.

A estratégia oferecia riscos. Jackson tinha 15 soldados nos jipes militares, além dos cinco oficiais iraquianos no Land Rover. Eles deveriam conseguir eliminar quatro guerrilheiros. Mas se a barbearia tivesse sido fortificada, eles poderiam ter de enfrentar uma luta. Principalmente antes que os Bradleys chegassem com reforços. Via de regra, Jackson colocava seu poder de fogo maior à frente e mantinha os veículos mais leves na retaguarda, mas, dessa vez, ele não podia arriscar alertar seus alvos.

Mesmo depois de seus homens entrarem no prédio, seus problemas não estariam terminados. Jackson não conhecia a planta do local, nem sabia se existia uma segunda saída. Suas patrulhas haviam passado pela barbearia duas vezes nos três últimos dias, pois ele temia que um reconhecimento maior pudesse afugentar o alvo. Ainda assim, não tinha dúvida de que seus homens conseguiriam completar a missão. Já haviam enfrentado situações piores.

Jackson olhou pela janela blindada para os prédios desertos. Estava na hora de dar aos chefes a última chance para recuarem. Pegou o rádio do seu batalhão e chamou a Central de Operações Táticas no Acampamento Graphite.

— Mad Dogs Seis para Knight Seis, câmbio. — Knight Seis era o comandante do batalhão, tenente-coronel Steve Takahashi.

— Aqui fala Knight Seis.

Jakson olhou para o relógio. Nove e trinta e três. Os Humvees deveriam chegar à barbearia em poucos minutos.

— Horário estimado de chegada: Nove Quatro Tree. — "Tree" era o jargão do Exército para "três".

— Nove Quatro Tree — disse Takahashi. — Entendido. Liberado para decolagem.

— Entendido — disse Jackson. Ele foi tomado por um entusiasmo contido quando pôs o fone na mesa.

FAROUK PASSOU O contador Geiger por cima de uma cápsula de aço de 15 centímetros de comprimento. Seus fones de ouvido estalaram rapidamente, cada estalo, um sinal de que a cápsula emitia radiação. Passou o detector por cima de uma segunda cápsula de aço e ouviu outro estalido.

Mazen, o comandante mujahid, era um gigante, o árabe mais alto que Farouk conhecera. Falava na linguagem rude dos camponeses árabes e carregava um AK-47 e uma espada presa à cintura. Depois que entregou as cápsulas a Farouk permaneceu quieto, próximo à escada no fundo da sala, observando nervoso Farouk manipular o contador Geiger. Temia ter trazido puro lixo, pensou Farouk.

— Quantos são aí? — perguntou Farouk.

— Milhares — disse Mazen. — Demais para contar.

E com essa resposta Farouk sabia que os riscos corridos durante a viagem tinham valido a pena. Milhares de cápsulas de cobalto. Naquela noite, Alá dera um grande presente a seus guerreiros. Khadri ficaria contente.

O toque de um celular o assustou.

— *Nam* — disse Mazen, e desligou o telefone. — Um de nossos irmãos está vigiando a estrada principal, caso os americanos venham nessa direção — ele disse a Farouk e a Zayd. — Mas eles nunca vêm por aqui. Têm medo de Ghazalia de noite.

— E aí? — disse Zayd a Farouk. — O que você acha?

Mas Farouk não estava pronto para compartilhar sua grande alegria.

— Me mostre o metal amarelo.

Mazen lhe entregou um saco de lona, surpreendentemente pesado e cheio de cápsulas amarelas. Farouk passou o detector por cima delas, e o contador Geiger mais uma vez despertou, dando estalos altos e rápidos. As cápsulas eram de óxido de urânio, pensou. Metal amarelo. Levemente enriquecido, dois ou três por cento, embora nem sequer próximo ao grau necessário para armas nucleares. Farouk levantou o saco de lona.

— Você encontrou isso aqui num barril.

— *Nam* — disse Mazen. — Estava muito pesado. A gente quase não conseguiu levantar.

— Era o único barril?

— Tinha quatro, doutor.

Quatro barris de óxido de urânio? Farouk tentou conter sua satisfação. Isso era apenas o começo, pensou. Precisavam coletar o material e levá-lo para os Estados Unidos. Transportariam as cápsulas de urânio e de cobalto por caminhão até a Jordânia. Dali para Dubai, ou Turquia. Para o Paquistão, ao leste, e então Cingapura. Nigéria, a oeste, e depois atravessariam o Atlântico para o Brasil. Desconhecia os detalhes; isso era atribuição de Khadri. Mas sabia que sempre se achava um meio.

— Meus irmãos — disse Farouk. — Vocês responderam às nossas preces.

— *Allahu akbar*! — gritou Mazen. Então seu celular tocou de novo.

POUCOS SEGUNDOS ANTES, os Humvees dos Mad Dogs seguiram no sentido oeste da Dodge, desligaram os faróis e aceleraram em direção à barbearia. Os jipes militares não tinham motores de turbinas de jatos como os tanques mas, por outro lado, não pesavam setenta toneladas. Seguiram pela avenida escura e silenciosa a 120 quilômetros por hora, o vento empurrando para trás o rosto de J. C. Ele esquadrinhava a estrada com seus óculos de visão noturna, procurando algum movimento, mas não percebeu o homenzinho discando desesperado no seu celular de um sedã Opel.

Quando estavam se aproximando, J. C. se perguntou o que poderiam encontrar ali. Provavelmente nada. Esperava que se houvesse alguém lá dentro fosse inteligente o bastante para não reagir. Os primeiros segundos de um ataque eram os mais perigosos. Os Mad Dogs tinham de esperar para abrir fogo somente quando fossem capazes de distinguir entre amigos e inimigos.

MAS NAQUELA NOITE isso não seria problema. O alerta de Qusay falhara. Quando conseguiu completar a ligação, os Mad Dogs já estavam bem próximos à barbearia. Os integrantes do jihad — oito ao todo, incluindo Farouk e Zayd — tiveram tempo apenas de pegar as armas e correr para seus carros.

O HUMVEE BATEU no meio-fio e entrou no estacionamento estreito. J. C. viu três homens com fuzis AK saírem correndo da barbearia. Colocou-os sob a mira da metralhadora.

— Parem! — gritou.

Eles se voltaram e dispararam freneticamente. Projéteis foram lançados contra o Humvee, e J. C. sentiu o calor de um deles próximo a sua cabeça.

Fogo hostil, pensou automaticamente. As regras de combate permitem força letal. Antes mesmo de as palavras serem completadas em sua mente, ele já havia dirigido a metralhadora ao alvo e apertado o gatilho.

A boca de sua arma rompeu em chamas. À curta distância, uma metralhadora de calibre 50 produz efeitos devastadores sobre o corpo humano. A cabeça de um homem explodiu como uma abóbora madura; os outros dois foram quase divididos ao meio. Antes de seus corpos atingirem o chão J. C. já havia dirigido a arma para a porta da frente da barbearia, onde se encontravam outros dois homens disparando desesperadamente. Dessa vez, um deles sobreviveu à descarga inicial. Mas não o outro.

Cinco mortos. J. C. não sentiu nenhuma emoção. A missão não estava terminada ainda.

MAZEN CORREU PARA o quarto de depósito, a camisa ensopada de sangue.

— Você contou a eles — gritou para Farouk. — Espião. Espião judeu. — Mazen dirigiu seu fuzil a Farouk que se abaixou, recebendo o tiro no ombro direito. Uma dor lancinante espalhou-se pelo braço.

— Juro por Alá — Farouk disse com voz rouca, sentindo o intestino afrouxar.

— Idiota — disse Zayd a Mazen. — Olha para ele. Está com mais medo do que você.

Zayd tirou uma granada do cinto, correu para a porta e lançou-a na barbearia sem olhar para fora.

— Inshalá, espero que isso nos dê algum tempo — disse. O prédio tremeu quando a granada explodiu na sala da frente.

— Fique aqui — disse Zayd a Mazen. — Mate todos que puder. Venha, Farouk.

Farouk tentou pegar seu contador Geiger.

— Deixa isso pra lá.

Farouk fez que não com a cabeça. Parecia ter perdido a fala.

— Gordo idiota — disse Zayd. — Isso de nada vai adiantar agora. — Mas Farouk agarrou-se ao contador como se fosse um amuleto. Não ia morrer ali, naquela noite. Alá não permitiria. Não depois do que havia encontrado.

Zayd virou-se e subiu depressa a escada. Farouk foi atrás, respirando com dificuldade a cada passo. Mas quando chegaram no alto da escada, Zayd xingou com veemência. Um cadeado de aço mantinha a porta fechada.

EM QUALQUER OUTRO lugar, o capitão Jackson teria procedido com mais tranqüilidade, trazido os tanques, reduzido a barbearia a escombros e depois deixado os policiais iraquianos fazerem a limpeza. Mas não em Ghazalia, não naquela noite. Já havia homens na rua apontando para a barbearia e seus Humvees.

Depois da troca de tiros inicial, houve um breve período de silêncio no prédio. Jackson dirigiu-se devagar à barbearia, na esperança de terem eliminado todos os que estavam lá dentro. Então, da janela da frente, explodiu uma granada, lançando-lhe um pedaço de vidro na face e fazendo escorrer um fio de sangue pelo seu rosto. Ele estava mais irritado do que ferido; não devia ter-se exposto daquela forma.

Parou atrás da porta blindada do Humvee, orelha grudada ao rádio da companhia, enquanto mandava os Mad Dogs invadirem o local. O tenente-coronel Fahd esperava a alguns metros de distância, Dunhill na mão. Não dissera nada, mas Jackson percebeu a ansiedade em seus olhos.

Os tanques da companhia ficaram em posição nas esquinas do quarteirão, isolando as lojas para que ninguém entrasse ou saísse. Três carros estavam estacionados em frente à barbearia, e J. C. já havia, sozinho, eliminado cinco homens. Provavelmente restavam apenas alguns integrantes do jihad, calculou Jackson. Ligou o rádio da companhia.

— Blue Seis para Blue Tree — disse ele. — Tree, é seu perímetro. Vamos entrar.

— Entendido, capitão.

Jackson desligou o rádio e olhou para Fahd.

— Está pronto, coronel?

Fahd jogou fora o cigarro.

— Como queira, capitão.

SEGURANDO COM CUIDADO SEU M-16, J. C. contornou o prédio cautelosamente em direção à porta da barbearia. O cabo Voss, motorista do capitão Jackson, escondia-se a poucos metros de distância, do outro lado da janela da frente estourada. Os policiais iraquianos o seguiram de perto, o que desagradou J. C. Eles não teriam como se comunicar se alguma coisa desse errado. Mas a ordem viera do capitão Jackson.

A barbearia estava em silêncio desde a explosão da granada. Porém, a menos que tivesse explodido sozinha, haveria ainda homens vivos lá dentro. J. C. enfiou a cabeça pelo canto de uma porta para verificar o que havia lá. Parecia que um furacão havia passado por ali: espelhos espatifados, cadeiras de barbeiro de cabeça para baixo e dois corpos caídos no chão. Avistou então a porta dos fundos do salão, entreaberta, e uma sombra tremulando por detrás. Olhou para Voss para ter certeza de que ele também vira a mesma coisa. Voss apontou para J. C. e em seguida para si próprio. J. C. balançou a cabeça afirmativamente e, numa fração de segundo, eles tinham um plano.

Voss levantou três dedos. Dois. Um.

Na frente da barbearia, J. C. atravessou correndo em direção a Voss, um movimento que garantia atrair fogo. E de fato a porta se abriu, e um homem saiu com um fuzil AK na mão. Voss disparou, atingindo-o — um homem enorme com um tipo de *espada* presa ao cinto, J. C. viu enquanto ele corria — no ombro antes que ele conseguisse atirar. O homem girou e caiu morto, enquanto J. C. procurava cobertura por trás de Voss.

— Vão! — Jackson gritou para os iraquianos. Os policiais invadiram o salão, atirando freneticamente, escorregando nas poças de sangue e nos fragmentos de ossos espalhados pelo chão. O primeiro policial, o tenente-coronel, entrou na sala dos fundos. O segundo foi atrás e — BUM! A barbearia tremeu quando uma granada explodiu em algum lugar nos fundos, jogando estilhaços de metal por sobre a cabeça de J. C. O policial que estava à porta foi lançado para trás pela explosão. Caiu no chão de costas e não se levantou.

J. C. entrou com cuidado no salão, e Voss seguiu logo atrás. Ouviu apenas um leve gemido vindo da sala dos fundos e achou que ninguém poderia ter sobrevivido à segunda granada em condições de lutar. Mas não ia arriscar-se. Tudo que se movesse seria derrubado. Em seguida, o capitão Jackson passou por ele e, em passos rápidos, foi em direção à porta.

— Senhor — disse J. C. Tarde demais. Jackson estava lá dentro.

FAHD ESTAVA MORTO. Jackson percebeu assim que entrou na sala dos fundos. A granada despedaçara-lhe o peito; seu uniforme, que já fora azul, tinha manchas vermelhas de sangue. Até mesmo um colete à prova de balas não o teria salvo. Suas pernas foram arrancadas, a esquerda explodira na altura do joelho. Somente seu rosto estava intacto, a expressão estranhamente pacífica. Ele parecia ter tido morte instantânea. Mas no canto, embaixo da escada, um outro homem não parara de se mexer, um integrante do jihad gigantesco, que conseguira evitar o pior da granada.

Jackson sabia que tinha de chamar um paramédico para o rapaz, fosse ele insurgente ou não. Em seguida olhou de novo para Fahd e decidiu esperar. Alguém tocou no seu braço. Virou-se, assustado, e viu J. C.

— Senhor, não é seguro — J. C. apontou para a escada.

J. C. tinha razão, pensou Jackson. Não deveria ter sido o primeiro homem naquela sala. Sua morte não seria de grande ajuda para os Mad Dogs. Apontou para a escada.

— Você e Voss — disse. — Vão.

FAROUK E ZAYD esgueiraram-se pelo telhado, tentando encontrar uma forma de descer, enquanto permaneciam escondidos dos soldados americanos que cercavam o quarteirão abaixo deles. Da rua, as lojas pareciam fazer parte de um único prédio grande, mas vistas de cima, percebia-se claramente que cada loja fora construída separadamente. Muros separavam o telhado da barbearia dos prédios vizinhos. Em um canto, dentro de um buraco no concreto do telhado, alguém havia jogado um maço de cigarros vazio e um invólucro de camisinha sem marca. Ambos haviam amarelado após meses ao sol.

Zayd galgou o muro seguindo em direção ao norte. Farouk se esforçava para acompanhá-lo. Ao aproximar-se de Zayd, percebeu que ele forçava uma porta trancada. A partir daquele local o telhado era plano, sem escadas para descer.

Um estrondo grave de granada veio da barbearia. Mazen deve ter feito sua última defesa, pensou Farouk. Zayd permaneceu impassível. Virou-se e percorreu de volta o muro que eles haviam acabado de galgar. Mas Farouk sentiu seu ânimo arrefecer. Não conseguiriam sair daquele lugar a menos que o próprio Alá lhes mandasse uma carruagem.

J. C. SUBIU A escada em passos largos e chegou ao topo onde uma porta para o telhado encontrava-se pendida, com o cadeado arrebentado por um tiro. Voss o seguiu. J. C. abriu a porta com um chute e deu um salto para a direita. Voss foi atrás e posicionou-se à esquerda. J. C. viu dois homens escalando um muro, dez metros à frente. Ao iniciarem a perseguição, Voss tropeçou numa granada que Zayd tinha deixado presa à porta como armadilha improvisada. A alça da granada permaneceu encaixada.

— Abaixe-se! — gritou Voss. Chutou desesperadamente a granada. J. C. jogou-se no telhado e cobriu o rosto. O mundo virava de cabeça para baixo enquanto ele ouvia uma explosão tão alta que parecia sair de dentro da sua cabeça.

J. C. arrastou-se por trás da porta em direção a Voss, mas ele parecia não estar mais ali. Pelo menos, não por inteiro. Algo mais também estava errado. O mundo ficara em silêncio.

— WHO LET THE DOGS OUT? — J. C. gritou. Ou imaginou ter gritado. Quem? Quem soltou os cães?

J. C. levantou-se e tentou atirar nos homens que tinham pulado o muro, mas seu fuzil não funcionou. Que merda, J. C. pensou. Pegou a pistola e disparou contra o muro, enquanto mais dois Mad Dogs subiam a escada. Eles gritaram mandando-o parar, mas J. C. não conseguiu ouvi-los. Mesmo se tivesse ouvido, continuaria correndo.

ESTAVAM ENCURRALADOS, Farouk percebeu. Um soldado americano louco correu na direção deles carregando apenas uma pistola, enquanto Zayd fazia sua última defesa, seu AK no dispositivo automático, cápsulas jorrando, e a arma pulando descontrolada em suas mãos e espalhando projéteis pela noite.

Farouk deu um passo atrás. Queria render-se, mas Zayd o mataria se tentasse. Esperaria até que Zayd fosse atingido e, então, se ainda estivesse vivo levantaria os braços rendendo-se como vira no cinema. Achava-se, no final de contas, um covarde. Mas preferia uma cela na prisão de Guantánamo a morrer naquele telhado.

O americano tropeçou, mas depois continuou aproximando-se, atirando para todos os lados. Uma bala atingiu Zayd no ombro. E, numa fração de segundos, o americano estava sobre o muro. Zayd virou-se em sua direção e continuou atirando. Farouk não acreditava que ele tivesse errado a mira. Mas o soldado parecia invulnerável. Levantou a pistola e disparou, atingindo Zayd no peito, e em seguida apertou o gatilho repetidas vezes.

Farouk deixou cair o contador Geiger e levantou os braços. O soldado já se voltava em sua direção.

— Eu me rendo — disse Farouk. — Eu me entrego. Me entrego.

O HOMEM GORDO estava dizendo alguma coisa, mas J. C. não conseguia ouvi-lo. Ele apontou a pistola para o peito do homem e puxou o gatilho.

A ARMA FEZ um clique, e Farouk esperou o peito explodir e a escuridão — ou o que quer que viesse depois — levá-lo embora. Deveria sentir-se próximo a Alá naquele momento. Em vez disso, sentiu-se muito distante.

Mais um clique. Nada aconteceu. Farouk caiu de joelhos e compreendeu que ainda estava vivo.

J. C. OLHOU INCRÉDULO para o homem, depois para sua pistola, que parecia não estar mais funcionando. Acabara a munição. Era isso. Toda a adrenalina em seu corpo evaporou-se imediatamente. Em vez de ir recarregar a pistola, largou-a e inclinou-se para frente até que seu rosto estivesse a poucos centímetros do rosto do outro homem, o homem gordo que tremia e repetia palavras que J. C. não conseguia nem ouvir nem compreender, perdigotos espalhando-se por seu uniforme. Ele queria dizer alguma coisa àquele homem, mas não conseguia lembrar o quê.

Ficaram nessa posição até que o capitão Jackson puxou J. C para trás.

O COLETE À prova de balas poderia não ter salvado o tenente-coronel Fahd, mas certamente salvara J. C. Ramirez. Protegera-o contra dois projéteis. Porque tivera os tímpanos estourados, J. C. pôde voltar para casa mais cedo, embora quisesse desesperadamente permanecer com seus companheiros. Por ter matado seis rebeldes e enfrentado fogo inimigo à queima-roupa, foi condecorado com a Cruz por Distinção em Serviço, a segunda maior condecoração militar depois da Medalha de Honra do Congresso.

Na opinião de Jackson, J. C. merecia a maior. O rapaz era o melhor soldado que ele conhecia. Mas Takahashi, o comandante do batalhão, disse que alguns oficiais do alto comando queriam manter sigilo sobre o ataque. Uma medalha de honra chamaria muita atenção. Jackson não se surpreendera, tendo em vista como os homens da Força-tarefa 121 apareceram rapidamente depois que ele transmitira pelo rádio a informação de que sua companhia havia capturado um homem portando um contador Geiger e um passaporte paquistanês. Tinham enfiado o homem em um dos Humvees e dito a Jackson para carregarem os corpos e os veículos dos terroristas de volta ao Acampamento Graphite para inspeção. Como se ele fosse um maldito garoto de recados.

— Vamos fazer de tudo para que você consiga o crédito por isso — disse um deles, um oficial das forças especiais que se dizia coronel, embora seu uniforme não tivesse nenhum distintivo. Como se crédito fosse tudo que interessasse a Jackson, e Fahd e Voss não importassem. Jackson detestava perder um de seus soldados. Dois, dependendo de como as coisas fossem encaradas.

Mas quando desabou na cama, na manhã após o ataque, com o sol já no alto e o calor subindo, Jackson teve de admitir que sentia orgulho de sua companhia. Todos aqueles homens da Força-tarefa 121 em ação, e foram os Mad Dogs que tinham vencido. Ia fazer o possível para que seus soldados compreendessem o que haviam feito, mesmo sem terem permissão para falar sobre isso. Missões como essa eram a razão pela qual eles tinham viajado para aquele buraco infernal. Haviam desbaratado a al-Qaeda, atacado os terroristas, e não o contrário.

Jackson cruzou as mãos atrás da cabeça e fixou o olhar no teto. Por mais ansioso que estivesse, sabia que precisava dormir. No dia seguinte, teria que dar conhecimento do ataque a alguns generais-de-brigada. Nada mal para um capitão de 29 anos. *Só espero que a inteligência saiba o que fazer com esse homem que capturamos*, Jackson pensou, quando finalmente caiu no sono. *E espero que não seja tarde demais.*

7

Atlanta, Georgia

HOMENS DE PELE MORENA usando gorros baratos aglomeravam-se no gigantesco estacionamento com olhares ansiosos. Apesar de fazer apenas uma hora que o sol havia despontado no horizonte, o ar estava quente e abafado, e os homens moviam-se lentamente, conservando sua energia para o longo dia à frente. Mas essa aparente letargia era enganadora. Quando uma picape entrou no estacionamento, em segundos todos apinharam-se a seu redor.

Um homem de rosto vermelho, em mangas de camisa, inclinou-se para fora da picape, afastando a multidão.

— Calma, *chicanos*. — O bando resmungou, mas manteve-se à distância. O homem na picape mostrou quatro dedos. — Preciso de quatro. O dia todo — disse ele. — Oitenta paus para cada um. Alguém aí fala inglês?

John Wells irrompeu por entre a multidão.

— Eu falo.

— Você — disse o homem. — Aqui na frente. — Apontou para outros três trabalhadores. — Você. Você. Você. Lá atrás.

O grupo se dispersou, e Wells apressou-se para entrar na picape, um Chevy vermelho com anúncios e um slogan pintado em branco: LEE PAISAGISMO, EMBELEZANDO ATLANTA DESDE 1965.

— Qual é seu nome? — o cara perguntou.

— Jesse.

— O meu é Dale. Você fala espanhol?

— Um pouquinho — respondeu Wells. — *Poquito.*

— Mantenha essa turma na linha e você ganha mais vinte.

— *Si, señor.*

Dale riu.

— *Si, señor*? Essa é boa.

A picape saiu do estacionamento e entrou na Buford Highway, Rota 13, uma via de seis faixas, de trânsito intenso, que ia de Atlanta aos subúrbios Chamblee e Doraville, no nordeste da cidade. Wells não tinha a menor idéia de como era Atlanta quando ali chegou em abril. Salvo pelo breve período em que serviu no exército, nunca fora ao sul. Tinha uma vaga idéia de Scarlett O'Hara e Martin Luther King. Atlanta o surpreendera. A cidade era maior do que esperava, fundindo-se aos subúrbios que se espalhavam pelos morros baixos da Georgia em todas as direções, por quilômetros. E o lugar não era apenas preto e branco como imaginara, e sim cheio de hispânicos e asiáticos, até mesmo alguns árabes.

Principalmente ali, na Buford Highway, uma mescla de estabelecimentos comerciais com anúncios em vietnamita, japonês e línguas que Wells nunca vira. Restaurantes mexicanos, saunas coreanas e o First Intercontinental Bank — "*Tu banco local*" — situavam-se ao lado de um Comfort Inn e uma Waffle House, relíquias de uma América mais familiar. Cerca de dois quilômetros ao norte havia o Mercado do Produtor de Buford que, apesar do nome bucólico, reunia imigrantes da América Central vendendo rabos e testículos de boi, embrulhados em plástico, por 2,99 dólares o quilo.

Os habitantes locais chamavam Chamblee de "Chambodia", mas esse termo não descrevia bem sua variedade. A Buford Highway era a América pós-americana, os Estados Unidos no que tinham de mais feio e deselegante, aceitando — ou acolhendo com prazer — imigrantes de todas as etnias, pensou Wells. Na prática, era um bom lugar para se esconder. Qualquer pessoa disposta a trabalhar encontraria serviço ali, e os proprietários de imóveis não exigiam documentos legalizados para os contratos de alu guel. Aceitavam qualquer pessoa que pagasse em dia e se mantivesse discreta, como Wells.

Assim, durante quatro meses, ele morou num apartamento mobiliado de quarto e sala, à beira da estrada. Todos os dias de manhã assumia seu posto entre os guatemaltecos e nicaragüenses esperando, no estacionamento, por um trabalho. No início suspeitaram que ele fosse um agente de imigração ou um policial e recusavam-se a falar com ele, mas depois relaxaram um pouco. Ainda assim, não gostavam dele; recebia mais ofertas de trabalho do que os outros porque era branco e falava inglês.

Wells, entretanto, sabia comportar-se como um forasteiro. Um outro nome falso, uma identidade nova, um esperar sem-fim por ordens. Às vezes imaginava como pessoas como Dale, o paisagista, reagiriam se lhes revelasse sua verdadeira identidade. Provavelmente ririam — "Essa é boa" — e diriam que voltasse ao trabalho.

SEGUIRAM PARA O oeste, na I-285, estrada que circunda Atlanta, deixando Doraville para trás ao passarem pelo gigantesco Perimeter Mall, um shopping do tamanho de uma cidade pequena. Wells ainda não se acostumara à riqueza ostensiva dos Estados Unidos, a opulência e o brilho dos carros e dos edifícios comerciais. Na saída 24, Sandy Springs, deixaram a 285, e minutos depois, Dale entrou numa rua sem saída com quatro casas recém-construídas, onde se lia na placa: HIDDEN HILLTOP LANE: RUA PARTICULAR. Um caminhão cheio de mudas de árvores os aguardava e ao lado viu um adolescente usando um boné Jeff Gordon.

— Kyle — Dale dirigiu-se ao garoto.

— E aí, Dale? — Cumprimentaram-se com um complicado aperto de mão.

— Eu trouxe alguns mexicanos — disse Dale. — Esse aqui é o John. Ele fala espanhol e vai dizer aos outros o que devem fazer.

O coração de Wells disparou. Como Dale podia saber seu verdadeiro nome?

— Jesse — corrigiu Wells.

— Tanto faz — retrucou Dale. — Desde que você saiba cavar um buraco.

Wells conseguiu apenas balançar a cabeça. Esse sujeito tinha acabado de lhe dar o maior susto em meses.

Dale apontou para as árvores no caminhão.

— Kyle vai mostrar onde colocar essas mudas — disse ele. — As raízes precisam ficar bem enterradas.

INTERROMPERAM O TRABALHO para o almoço por volta do meio-dia, protegendo-se do sol ao lado da casa. Os guatemaltecos desembrulharam seus *tamales* feitos em casa e garrafas de cerveja quente. Wells pegou uma embalagem do Kentucky Fried Chicken, seu vício secreto. Mordeu uma coxa de frango salgada e gordurosa e soltou os ombros cansados, tentando relaxar. O trabalho era pesado, mas não se importava. Depois de meses cavando e socando a terra, seus músculos, que haviam desaparecido na Fronteira Noroeste, se fortaleceram novamente.

Wells estendeu a embalagem de frango aos guatemaltecos.

— Alguém quer?

Um dos homens levou a mão em direção à embalagem, em seguida parou.

— Pega uma — disse Wells. — Pode pegar.

O homem apanhou uma coxa de frango.

— *Gracias.*

— *Quien es tu nombre?*

— *Eduardo. Tú?*

— Jesse.

— Você trabalha todo dia?

— *Sí* — Wells respondeu.

— Mas você branco.

— Pareço branco — disse Wells.

O esboço de um sorriso surgiu no rosto de Eduardo, em seguida desapareceu.

— E você, não *inmigración*?

— Não.

Eduardo pareceu confuso ao tentar compreender por que um norte-americano se submetia a trabalhar com eles. Wells tivera essa conversa, ou uma semelhante, diversas vezes. Sempre terminava ali. Esses homens respeitavam a privacidade e, de qualquer forma, a maioria deles não sabia inglês suficiente para continuar. Foi o que aconteceu. Eduardo acabou de comer a coxa de frango em silêncio.

— *Gracias* — disse de novo, e voltou-se para os outros guatemaltecos.

Wells recostou-se à parede e olhou para as casas à sua volta, grandes e altas, com garagens para três ou quatro carros. Cada uma delas teria provavelmente 15 cômodos. Para uma única família. Incrível, pensou. As pessoas provavelmente gostavam de morar ali, ou pelo menos deveriam.

TERMINARAM POR VOLTA das cinco horas, com nuvens escuras no céu, prenúncio de fortes pancadas de chuva de verão.

— Alguém quer um cigarro? — perguntou Kyle. Dirigiu-se a sua picape e, de súbito, pulou para dentro do veículo e deu a partida. — Tchau, seus merdas — disse ele. Saiu em fração de segundos. Os guatemaltecos foram atrás correndo, mas desistiram quando o veículo desapareceu na Mount Vernon.

— *Maricón* — gritou Eduardo inutilmente da estrada. — Filho-da-puta.

Wells já havia passado por isso uma vez. A maioria dos empreiteiros mantinha sua palavra, porque eram honestos ou porque a notícia se espalharia se não o fossem. Mas alguns eram verdadeiros canalhas. Wells teve vontade de jogar uma pedra na janela de uma daquelas casas luxuosas. Mas Dale poderia aparecer no estacionamento com a polícia, e ninguém podia se arriscar. Muito menos Wells. Jogou a embalagem de frango na grama — talvez o cheiro atraísse os guaxinins.

Andaram por quilômetros, descendo a Mount Vernon na chuva, que se transformou num temporal. Wells forçou-se a ficar junto de Eduardo e dos outros, embora temesse que algum policial os apanhasse. Sandy Springs era o subúrbio mais rico de Atlanta e a polícia local não parecia muito tolerante com homens de pele morena perambulando pelas ruas. Em trechos longos, a estrada não tinha acostamento nem calçada, e duas vezes eles foram forçados a pular para dentro dos arbustos para evitar os SUVs que passavam em alta velocidade.

Finalmente chegaram à 285 e esperaram interminavelmente um ônibus. Daquele dia em diante, Wells ia passar a levar consigo uns vinte dólares e seu telefone celular para os locais de trabalho, para poder chamar um táxi se fosse passado para trás. Já sentira mais fome e mais frio muitas vezes, mas não se lembrava de ter ficado tão furioso. Esperava mais de seu país. A seu lado, os guatemaltecos não paravam de conversar até que, por fim, Wells deu um tapinha nas costas de Eduardo.

— Você fala inglês? — perguntou.

Eduardo sorriu.

— Da mesma maneira que você fala espanhol.

— Então posso perguntar uma coisa? Você gosta daqui?

— Todo mês eu mando setecentos dólares para minha família. Eles estão construindo uma casa em Escuintla; eu sou de lá — Eduardo disse. — Assim que ficar pronta, eu volto.

— Não quer ficar aqui?

— Quer mesmo saber?

— Eu perguntei, não foi?

Eduardo olhou para Wells, refletindo.

— Então vou te dizer, cara. Eu sabia tudo sobre a América antes de "vim" para cá. Muito grande, e muito rica. E também que vocês têm demo-cra-cia e li-ber-dade. — Ele podia não falar a língua direito, mas sabia muito bem ironizar, pensou Wells.

Eduardo tossiu e cuspiu na estrada.

— Você só faz esse tipo de coisa aqui; é o único lugar do mundo. E todo mundo fica querendo "vim" para cá. Para mim foi bom, cara. Agora eu vi a América com meus próprios olhos. Não vou sentir falta daqui. Esse lugar para mim é só trabalho. Só isso.

JÁ HAVIA ESCURECIDO quando Wells finalmente chegou a seu apartamento. Apesar do cansaço, lembrou-se de verificar o pedaço de fita adesiva que colara na parte superior da soleira da porta e o fio de linha preta na base; ambos estavam intactos. Havia escapado de seus perseguidores por mais um dia. Se é que alguém se preocupava em persegui-lo.

Mais do que nunca aquela sala lhe inspirava tédio. Um futon velho e uma mesinha de madeira marcada por queimaduras de cigarro. Uma estante de livros e um aparelho de televisão com DVD integrado e alguns filmes, principalmente de faroeste, como *Shane*. Um pôster de uma águia voando por cima de uma paisagem de montanhas que lhe servia de motivação. Exceto pelos DVDs e alguns livros, o apartamento estava quase da forma como Wells o havia alugado. Sem quadros e sem ornamentos. Sem roupas no chão e sem louça na pia. Nenhum toque humano que o diferenciasse de um lugar habitado por um robô. Bom, uma coisa: algumas semanas antes, Wells havia comprado um aquário e um casal de peixes ornamentais.

— Oi, Lucy — ele disse para o aquário. — Oi, Ricky. — Ele não tinha nenhuma predileção por peixes, mas estava feliz de ter algo vivo em seu apartamento. Meio vivo, pelo menos; os peixes andavam nadando cada vez mais devagar nos últimos dias.

Ajoelhou-se no seu tapete de orações e sem entusiasmo abriu o Alcorão na primeira sura.

— Em nome de Alá, o Compassivo, o Misericordioso — murmurou em árabe. — Louvado seja Alá, o Senhor dos mundos, o Compassivo, o Misericordioso...

Wells interrompeu a leitura e pôs o Alcorão de lado. Tentava fazer as preces pela manhã e à noite, mas não podia negar o fato de que sua fé esvaziara-se como um pneu furado, desde o dia em que se ajoelhou desanimado no túmulo dos pais. Ainda acreditava — ou pelo menos desejava desesperadamente acreditar — em Deus, na caridade e na fraternidade. Mas dissera a verdade a Duto quando afirmou que o Islã era tanto um estilo de vida quanto uma religião para ele. Ser muçulmano significava orar cinco vezes ao dia, freqüentar a mesquita ao lado de outros toda sexta-feira, e não necessariamente acreditar que Maomé havia subido ao céu num cavalo branco. Agora fazia as orações sozinho e, sem o conforto da *umma*, a fraternidade, o Alcorão parecia cada vez mais estranho.

De certa forma, a distância o contentava. Sabia que quando chegasse o momento de deter Khadri, não hesitaria. Ainda assim, gostaria de acreditar em *alguma coisa*. Não tinha país, nem religião, nem família. Tentara escrever para o filho, mas o que poderia dizer ao menino? "Querido Evan, você não me conhece, mas eu sou seu verdadeiro pai, e não aquele advogado legal que toma conta de você há todos esses anos..." "Querido Evan, eu sei que desapareci de sua vida quando você tinha 2 anos..." "Meu querido Evan, quem está lhe escrevendo é o papai. Não posso lhe dizer onde estou, o que ando fazendo, nem mesmo revelar minha nova identidade, mas aqui estão cinqüenta dólares. Compre um videogame para você e pense em mim quando estiver jogando." Após diversos esforços patéticos, desistiu.

Nunca poderia imaginar que viesse a se sentir mais sozinho nos Estados Unidos do que na Fronteira Noroeste. Achava que acreditava em Exley. Jenny. Sonhava com ela quase toda semana. Às vezes estavam os dois de volta no jipe. Outras vezes, estava a seu lado na noite em que ela perdeu a virgindade. Sempre acordava com uma ereção, sentindo a pressão sob a cueca. Não tinha uma foto dela, mas quase conseguia ver seus olhos azuis e sua pele branca translúcida. Seu jeito de andar. Tinha certeza de que seria capaz de localizá-la no meio de uma multidão a cem metros de distância. E tinha certeza também de que ela sentia o mesmo por ele.

Mas o que ele realmente sabia sobre ela? Exley poderia ter inventado aquela história, fingido aquele sentimento por ele, por ordem de seu superior. A agência havia usado o sexo como arma antes. Wells fez um gesto negativo com a cabeça. Se aquela história fosse falsa, ela deveria estar em Hollywood, não em Langley. Teria que confiar em seus instintos, ou terminaria vendo agentes do FBI em cada esquina. Não, Exley o desejava tanto quanto ele a ela. Eles se encontrariam de novo. Por enquanto, teria que fazer seu trabalho, o que significava estar pronto para o momento em que a al-Qaeda finalmente o procurasse.

Com essa idéia em mente, deixou Exley de lado e pela centésima vez tentou adivinhar por que Khadri o enviara a Atlanta. O Centro de Prevenção e Controle de Doenças de Atlanta — o CDC — ficava a uma distância de poucos quilômetros ao sul de seu apartamento, com freezers repletos de varíola e Ebola. Porém o campus do CDC era uma fortaleza, com sensores de movimento, guardas armados e portas com controle bioeletrônico. Khadri estava enganado se pensava que eles podiam entrar ali. E na concepção de Wells, Khadri não era nenhum burro. Um sádico idiota, com certeza. As explosões em Los Angeles provaram isso. Mas não burro.

Então o que Khadri queria ali? O Centennial Park, local das Olimpíadas de 1996? Ninguém dava importância às Olimpíadas de 1996. O Federal Reserve Bank regional? Idem. O prédio da Coca-Cola? Claro, esse prédio, sim. A Coca-Cola representava o imperialismo americano. Ou talvez Khadri tivesse planos ambiciosos para o Fort Benning, a 160 quilômetros dali. Na verdade, Wells não tinha idéia dos planos de Khadri, nem se algum dia Khadri faria contato com ele novamente. De dois em dois dias ia à biblioteca de Doraville para verificar seus e-mails e sempre encontrava a caixa vazia.

Wells girou o pescoço, um velho hábito. Ficar ali de mau humor junto com os peixes moribundos não ia adiantar nada. Dirigiu-se à porta.

— Desculpe, Lucy — disse, olhando para o aquário. — Desculpe, Ricky. Vocês pelo menos têm um ao outro.

Os peixes não disseram nada.

O FORD RANGER de Wells já vira dias melhores; o ar-condicionado quase não funcionava, e alguém havia destruído o porta-luvas. Mas a picape passaria totalmente despercebida, uma picape branca, como centenas de outras na Georgia. Mesmo se fosse parado por um policial, não haveria problema; o nome no documento e no registro de seguros, Jesse Hamilton, era o mesmo que constava em sua carteira de habilitação. Tinha também uma motocicleta Honda CB500 velha, comprada três meses antes, no Tennessee. Havia pago à vista e não passara para seu nome, portanto, não podia, de forma alguma, ser associada a ele. Só para garantir.

Wells deixou a Buford Highway e entrou no pequeno estacionamento do Rusty Nail, um restaurante que tinha à entrada um revólver preto de quase dois metros, que era, na verdade, uma churrasqueira. O Nail era conhecido por seu churrasco, e dia e noite o cano do revólver lançava uma fumaça azul fina. No interior, o lugar parecia estranhamente uma estação de esqui, um prédio de madeira, octogonal, com um bar no centro e balcões à volta. O jogo do Braves estava sendo transmitido em televisores suspensos nos cantos, e o cheiro de cigarro e churrasco era forte. Em qualquer outro dia, o odor desagradável de fumaça o teria afastado do local, mas naquela noite parecia perfeito.

Wells dirigiu-se ao bar, próximo a um console com máquinas caça-níqueis, cujas telas piscavam o tempo todo. Havia pouca gente no local, apenas alguns fregueses habituais, assistindo com olhos alcoolizados ao nono *inning* do jogo, e mais alguns garotos da Emory, que buscavam bebida barata. Wells já tinha ido ao Rusty Nail uma vez, numa noite como aquela, quando o silêncio de seu apartamento se tornara insuportável. Gostaria de poder comer ali mais vezes, jantar e assistir a um jogo uma vez por semana, mas fregueses habituais não passavam despercebidos.

"Sempre que puder, seja o homem invisível", Bill Daley, de Knoxville, o instrutor-chefe de contravigilância da agência, lhe dissera durante o treinamento. "Agora as pessoas vêem você quando entra numa sala. Tente ser o homem de quem ninguém se lembra."

Desde então, Wells fazia o possível para não ser notado e para manter a boca fechada. Claro que não tinha mantido a discrição no Afeganistão onde, pelo simples fato de existir, já se destacava. Mas, mesmo lá, ficar calado ajudava. Às vezes Wells pensava se não teria seguido a recomendação de Bill Daley muito ao pé da letra, se não havia se retraído de tal forma que não sabia mas quem era. Não que a resposta a essa pergunta necessariamente importasse.

Quando morava na Fronteira Noroeste, queria voltar para casa. Mas agora que retornara, não tinha a menor idéia do que iria fazer nem do que viria a ser, uma vez encerrada essa missão. Se fosse encerrada. A guerra ao terror não dava sinais de trégua. Ele nunca mais precisaria de um outro trabalho. Poderia continuar a ser o homem invisível para sempre.

O comentário de Bill, em Knoxville, tinha sido a parte mais importante de seu treinamento. Fora da CIA, nunca apanhara encomendas sigilosas em lugares públicos, nem desafiara agentes inimigos. Lamentava não ter sido um espião durante a guerra fria. Naquela época, o jogo tinha uma certa elegância formal. A CIA e a KGB existiam quase fora do âmbito governamental, jogando um xadrez tridimensional num tabuleiro que somente elas conseguiam ver. Nenhum dos dois lados esperava que o outro realmente explodisse o mundo, e os soldados convocados na África e na América Central enfrentavam as piores batalhas. Alguns agentes secretos soviéticos sem sorte haviam sido executados, mas não os espiões. A maior penalidade para o fracasso era a expulsão, talvez um interrogatório desagradável feito pelo Comitê Especial de Inteligência.

Não mais. Se capturado pelas pessoas erradas, hoje em dia terminaria morto, com um vídeo mostrando sua decapitação na internet para o mundo todo ver. E os terroristas realmente explodiriam o mundo, se pudessem. Tinta invisível e câmeras minúsculas eram truques engenhosos de dias mais fáceis.

A GARÇONETE SE APROXIMOU, uma mulher magra e alta, meio desajeitada, com olhos azuis simpáticos, usando uma argola no nariz e uma camiseta de mangas compridas do Braves.

— Quer beber alguma coisa?

Ela inclinou-se em sua direção, e Wells por um triz não caiu do banco. Após quase uma década de celibato, chegar tão perto de uma mulher o desequilibrou. Sobretudo aquela mulher. Ela parecia... bom, parecia uma versão mais jovem de Exley. Mais alta. Mais desleixada. Não era de admirar que ele tivesse voltado ao Rusty Nail.

Ela sorriu. Ele esforçou-se para corresponder ao sorriso.

— Hambúrguer e fritas, ao ponto.

O sorriso dela se tornou malicioso.

— Ao ponto pode ser um pouco difícil para nosso "chef". — Ela fez o sinal de entre aspas com os dedos para que ele entendesse a sua provocação. — Eu escolheria mal ou bem-passado. Não sei muito bem qual é a língua que ele fala, mas não é inglês.

— Bem-passado, então — disse Wells.

— Boa escolha.

— E uma Coca.

— Coca?

— Não, uma cerveja — respondeu Wells, para sua própria surpresa. Um prazer culpado correu-lhe nas veias. Não tomava uma cerveja havia muito tempo. Imaginou que era assim que os viciados se sentiam quando saíam para a primeira dose do dia.

Ela deu de ombros de forma quase imperceptível, indicando que a sobriedade dele não lhe dizia respeito.

— Qual marca?

— Budweiser — disse Wells. — Traga junto com o hambúrger.

— Claro. Qual é seu nome?

— Jesse.

— O meu é Nicole.

Antes de poder se controlar, Wells já havia estendido a mão. Ela olhou para a mão dele por um momento, em seguida a apertou.

— Muito prazer — disse Wells.

— Oi. — Ela voltou para a cozinha, e Wells observou cada um de seus passos, sentindo-se enrubescer. Muito prazer? Um aperto de mão? Ela era uma garçonete, não uma agente de seguros. Mas ele não sabia o que dizer. Queria apenas que ela voltasse para poder olhar mais para ela.

WELLS COLOCOU UM dólar na máquina e jogou Entertainment Trivia, um jogo de perguntas e respostas sobre trivialidades. Logo começou a rir de sua falta de conhecimento. "O filme com a maior arrecadação de todos os tempos é: A) *Guerra nas estrelas* B) *Titanic* C) *Shrek* D) *Homem-Aranha*." Wells escolheu *Guerra nas estrelas;* quase não tinha ouvido falar nos outros três. A resposta certa era *Titanic*.

Do bar Nicole passou-lhe a cerveja e o hambúrguer e colocou a mão de leve no ombro dele.

— Você realmente não sabia que era o *Titanic*?

— Não. — Wells tomou um gole e esforçou-se para não dizer nenhuma besteira. A cerveja estava gelada, deixando um gosto ligeiramente amargo em sua língua. Perfeito. Sentiu-se em casa.

— Esse filme foi maravilhoso.

— Não vi.

— Não? Onde é que você andava, num buraco?

— É, mais ou menos.

— Deixa ver seus braços. — Ela pegou as mãos de Wells e girou seus braços para um lado e outro. — Nenhuma tatuagem. Você não estava preso.

— Não — observou Wells. — Parece que eu saí de uma prisão?

— Mais ou menos — ela respondeu. — E que também não bebe cerveja há muito tempo.

— Nisso você tem razão.

Ela apertou o botão da máquina caça-níqueis.

— Jogue, senão ela engole seu dólar.

Wells selecionou a pergunta seguinte: Esta celebridade foi a primeira vencedora do programa de televisão *American Idol*: A) Jessica Simpson B) Kelly Clarkson C) Ruben Studdard D) Justin Timberlake.

— Quem são essas pessoas? — Wells perguntou.

— Jessica Simpson. Loura, peituda, não lembra? — A garçonete tocou na tela B e ganhou 900 pontos. — Você tem cara de quem gosta de ouvir Ruben. Garoto do interior, de Birmingham.

— Como Garth Brooks?

— É, só que Ruben é gordo e negro, e canta baladas. Não vem com essa, você nunca ouviu falar de nenhum deles? Está brincando comigo.

— Eu deixei de gostar de música desde a época em que Kurt Cobain morreu.

Ele não tinha deixado de gostar, pensou. Mas nos lugares por onde andou não se tocava muito rock. Wells não podia dizer que seu gosto para música fosse refinado; quando adolescente na escola, adorava Springsteen e

Zepellin, como também um tipo de música um pouco mais refinada como a de Prince. Depois, já na faculdade, ele passara a gostar de música alternativa e de grunge, como todo mundo. No Afeganistão e na Fronteira Noroeste ele havia sentido falta de música mais do que esperava, embora tivesse gravado mentalmente dezenas de músicas e ainda trouxesse algumas delas à memória de vez em quando.

— Por onde você andou? — perguntou Nicole. — Na lua?

— Pior. Canadá.

— Posso ter ficado presa na Georgia a minha vida inteira, mas sei que lá no Canadá eles têm televisão. — Dirigiu-lhe um olhar crítico e em seguida abanou a cabeça. — Então tá, Canadá.

— Ei, Nicole — um rapaz chamou-a do outro lado do bar. — Será que o homem aqui tem direito a um drinque, ou você vai passar a noite toda azarando?

— Que homem? Ah, você... — ela disse.

— Você não é tão engraçada como pensa — o rapaz retrucou.

— É, sim — desafiou Wells. Já estava na segunda cerveja e sentia-se meio tonto.

— Estou indo, Freddie. — Inclinou-se para Wells e disse: — Eu podia deixar ele mesmo se servir, mas ia virar a garrafa inteira.

— Eu ouvi isso...

— Você sabe muito bem que é verdade — disse por cima dos ombros a Freddie. Piscou para Wells e saiu.

Wells deu um gole na cerveja e tentou desviar o olhar do traseiro da moça. Não conseguiu.

QUATRO HORAS MAIS tarde, Wells entrou com o Ford no estacionamento de um salão de sinuca, à beira da mesma estrada do Rusty Nail, onde imigrantes ilegais assistiam a um jogo de futebol do México e bebiam cervejas baratas. Olhou pelo retrovisor. Como previra, a Toyota dela estava fazendo a mesma manobra.

Sabia que estava cometendo um erro, que se envolver com aquela mulher — mesmo que somente por uma noite — lhe traria complicações desnecessárias. Sabia também que Nicole, embora tivesse seu charme, não era uma substituta à altura de Exley. Mas naquele momento, não se importou muito. Precisava de uma mulher, e a dura verdade era que possivelmente não veria Exley de novo. Deu um peteleco no ombro, imaginando nele um anjo que desaparecia numa nuvem de fumaça.

O rapaz no balcão cumprimentou-os com um movimento de cabeça pouco amigável quando entraram. Salvo um filme de vez em quando, jogar sinuca era um dos únicos passatempos de Wells; ele fora àquele lugar duas vezes antes.

— Vai fechar daqui a uma hora, cara.

— É muito pouco tempo para eu te dar uma surra — disse Nicole. — Venha.

PARA SUA SURPRESA, ela não estava brincando. Começou fria e perdeu a primeira partida, mas ganhou as duas seguintes, e teria ganho a terceira se não tivesse perdido a bola 8.

— Eu devia prever que uma garçonete sabe jogar — ele disse, observando-a encaçapar suavemente uma bola.

— Detesta perder para uma mulher, não é?

— Você ainda não me venceu. Está dois a dois.

Ela quase perdeu uma jogada e circulou a mesa, indo em direção a Wells. Mesmo depois de alguns drinques, ela ainda caminhava sem dificuldade.

— Você é engraçado — disse ela. — Finge que não liga, mas detesta perder.

Wells deu de ombros.

— É verdade — respondeu.

— E você está sempre olhando. Não pára de olhar. O que você tanto olha, Jesse?

Mesmo depois de todos esses anos sozinho, Wells sabia a resposta para essa pergunta.

— Você.

Ela riu.

— Demorou demais. Você parece um robô que é quase humano, mas nem tanto. O Exterminador.

Wells de repente sentiu como se tivesse feito uma consulta de cinco dólares a uma cartomante e tivesse ficado sabendo não somente que morreria, mas exatamente quando, onde e como. Ela não tinha idéia de como estava com a razão. Para disfarçar sua inquietação, ele deu um riso amarelo.

— Isso não foi legal — disse. Inclinou-se sobre a mesa para alinhar o taco. Ela foi para trás dele e colocou seu braço no dele. Wells sentiu o cheiro dela, de uísque e cigarro. Virou-se para beijá-la mas ela afastou a boca. Por um momento tirou-a completamente da cabeça e pensou em Exley, deitada numa mesa, num porão sujo em Oakland. Em seguida voltou a si.

— Pára, eu estou só te ajudando. Fica mais perto da mesa — ela disse. — Se concentra. Olha o ângulo. — Ela riu de novo. — Eu detesto quando os caras começam a me agarrar na mesa. É por isso que eu sempre perco a primeira partida, para ficar de olho neles.

— Me dá um beijo — disse Wells.

— Se acertar essa bola eu dou.

Ele errou feio.

— Eu não devia ter tomado cinco cervejas.

— Assim você nunca vai ser um Exterminador — disse ela.

— Eu não sou o Exterminador — retrucou Wells. — Eu sou o mocinho. Tentando acabar com ele. Como é mesmo o nome dele?

Ela pegou o taco e mirou a bola.

— Que pena. Eu sempre tive uma queda por Arnold Schwarzenegger.

— É mesmo?

— É... bom, faz uns dois anos mais ou menos, eu estava falando com Britney, minha melhor amiga, sobre os homens, sabe? Sobre o equipamento deles.

— Pênis? — disse Wells. — Por que você não fala?

— Sim, professor.

— E...?

Ela enrubesceu.

— Eu não acredito que estou lhe contando isso.

— Desde que não venha me contar como você perdeu a virgindade — disse Wells.

— O quê?

— Uma piadinha particular. Coisa minha.

— Ah... Então, eu e Britney achamos que não tem como saber... o tamanho do negócio. A não ser por uma coisa. — Ela deu a tacada e errou. — Isso está me distraindo.

— Foi você que começou — disse Wells. Ficou surpreso de descobrir que sua inquietação diminuíra e que estava se divertindo. Talvez ela já tivesse feito isto umas cem vezes, flertado num bar com a promessa de mais alguma coisa. Ele não. — Deixa eu adivinhar... pela altura?

— É o que você acha. Não.

— É mesmo? Que tal, pé grande, ou mão grande... — Wells levantou as mãos e ela fez o mesmo. Encostaram as palmas. Os dedos dela mal alcançaram a sua primeira articulação.

Ela deu um risinho nervoso.

— Eu ia até gostar se esse fosse um bom sinal, mas não é.

— Então o que é?

— Está bem. Bom, olha, eu não tenho tanta experiência assim...

— Você quase me enganou.

Ela cruzou os braços.

— Brincadeira — disse Wells. — Então, o que é?

— Sangue alemão.

— O quê?

— Descendência alemã. Os homens alemães são muito... bem-dotados.

— É mesmo?

— Você acha que eu ia inventar isso?

— Quanto de sangue alemão? Tem que ser totalmente alemão?

— Olha, eu não fiz nenhuma pesquisa, Jesse. — Ela riu.

Wells desejou poder dizer-lhe seu verdadeiro nome.

— Então é por isso que você gosta de Arnold Schwarzenegger?

— Bom, não. Eu sempre achei que ele era muito engraçado. Quer dizer, dava para ver que ele era bom em comédia naqueles filmes. Mas a coisa alemã me deixava ainda mais intrigada.

— Você sabe que ele é austríaco.

— Não faz nenhuma diferença. Sua vez.

Wells pegou o taco e inclinou-se sobre a mesa.

— Por que você não erra para eu terminar esse jogo e a gente sair daqui?

Foi o que ele fez.

SUBIRAM A ESCADA para o apartamento dela, parando de dois em dois degraus para se beijar, Wells passando as mãos em seus quadris, levantando a blusa dela e tocando sua barriga macia. Quando chegaram à porta, ela se afastou dele.

— Você não pode ficar aqui. Não pode mesmo.

Ele a beijou no pescoço.

— Cinco, dez minutos. Só isso. Você tem que prometer que não vai reparar. Está quase um chiqueiro, pelo menos do ponto de vista de uma mulher. — Ela abriu a porta, e Wells a seguiu. Havia roupas espalhadas sobre o sofá e pilhas de copos na pia.

Wells folheou um livro que estava sobre a mesinha da sala — *Introdução à enfermagem 1*.

— Você não me disse que fazia enfermagem.

— Senta aí. Você está me deixando nervosa mexendo em tudo.

Wells se sentou.

— Quer beber alguma coisa? — ela perguntou.

— Não, obrigado.

Ela ligou o rádio. Uma balada melosa tomou conta do apartamento.

— Ei, Exterminador. Esse aí é o Ruben Studdard.

— Onde é que você estuda?

Ela colocou dois copos de água sobre a mesa e sentou-se ao lado dele.

— Você tem dez minutos. Vai querer me interrogar ou me beijar?

Ele a beijou e alisou seu rosto, enquanto ela percorria o corpo dele com as mãos. Sentiu o gosto de cigarro na boca de Nicole e uma leve culpa por ela não ser Exley. Mas sentiu sobretudo um desejo tão intenso que a sala pareceu encolher ao seu redor até que ela era tudo que conseguia enxergar e sentir. Empurrou-a sobre o sofá e enfiou a mão sob a blusa...

Toque-toque-toque! Três batidas fortes na porta. Ela afastou-se dele.

— Quem é?

— Merda — ela disse.

Toque! Toque! A batida ficou mais forte.

— Eu sei que você está aí dentro, sua puta — disse alguém do lado de fora com voz engrolada. — Abra a porta.

— Meu ex-namorado — disse ela.

— Como é o nome dele, Heinrich?

— Não tem graça. A gente terminou em julho. E ele não quer aceitar. — Toque! Toque! — Ele já veio atrás de mim algumas vezes. É que... ninguém tinha vindo aqui antes.

Wells foi perdendo a ereção e seu desejo se transformou em raiva.

— Manda ele se foder — disse. — Eu vou dar um jeito nele.

— Deixa que eu resolvo.

— Abra a porta!

Nicole foi até a porta. Wells a seguiu, escondendo-se atrás da porta para que o rapaz não o visse. Ela fez um sinal com a cabeça e apontou em direção ao quarto, mas ele colocou o dedo nos lábios e não se mexeu. Ela entreabriu a porta.

— Craig.

— Nicole...

— Vai para casa. Por favor.

— Você não pode me trair.

Para Wells ele pareceu patético, um homenzinho chorão.

— Craig, a gente terminou já faz dois meses.

— Eu sei que você está com um homem aí dentro. — A porta foi aberta um pouco mais.

— Não estou.

— Eu vi você, do estacionamento.

Nicole se desequilibrou quando Craig a empurrou.

Wells não tentou controlar a fúria que crescia dentro do peito. Já tinha visto o bastante. Não tolerava mais homens que tratavam as mulheres como sua propriedade. Chegava de machismo nesta vida. Abriu a porta e foi em direção a Craig. O rapaz não era tão pequeno assim, talvez pesasse uns noventa e poucos quilos. Exalava raiva e uísque por todos os poros.

— Eu sabia. — Craig parecia triunfante ao dizer isso, como se a presença de Wells ali justificasse a sua.

— Vá para casa — disse Wells com calma, sabendo que o rapaz não iria. — Eu não brigo com bêbados.

— Foda-se. — Craig pulou para cima e desfechou um golpe, do qual Wells se livrou facilmente.

— Por favor, não me faça bater em você — disse Wells. — Vá para casa. — O rapaz ameaçou de novo. Mais uma vez, Wells esquivou-se do murro. Seus olhos se injetaram. Já praticamente sentia o cheiro do sangue de Craig. Muita solidão. Muito desejo não correspondido.

— Eu pedi direito — disse Wells, suplicando tanto por si mesmo como pelo rapaz.

— Direito. — Os lábios de Craig curvaram-se em desprezo. — Você agora anda com bicha, é, Nicole? — Craig lançou-se contra Wells de novo dando um golpe violento de bêbado.

Wells segurou o braço de Craig e revidou, atingindo-o no estômago, desfechando um golpe com a direita que fez Craig se dobrar em dois. Depois um soco rápido no rosto. Em seguida mais um, com a direita, no estômago; os braços de Craig penderam e o rapaz passou a respirar com dificuldade.

— Jesse... — disse Nicole. — Deixa eu chamar a polícia.

Wells atingiu Craig no queixo dessa vez, dando um passo à frente e colocando todo o seu peso naquele golpe. A boca de Craig se fechou com o impacto, e ele caiu para trás no lance da escada do segundo andar. Wells foi atrás e esperou. Como previra, Craig agarrou-se ao corrimão e tentou se levantar. Wells lhe deu um chute nas costelas. Craig rolou para o lado, gemendo, colocando as mãos no peito e cuspindo sangue e dentes, enquanto Wells considerava em que ponto iria atingi-lo da próxima vez.

Nicole pulou nas costas de Wells, gritando:

— Pára com isso, pára com isso, seu louco psicopata, pára.

— Nicole...

— Você vai matar ele! — Ela largou Wells e ajoelhou-se ao lado de Craig.

Wells deu um passo atrás. Nicole olhou para ele.

— Seu louco. Vai embora. — Apontou para a escada. — Vai. Não volte ao Nail nunca mais. Eu vou chamar a polícia.

Ele levantou os braços e foi descendo a escada lentamente.

WELLS NÃO VIU nenhum outro carro na Buford Highway enquanto seguia para casa. Sentiu-se tão vazio quanto a estrada que se desdobrava à sua frente. Não entendia o que acabara de fazer. Em primeiro lugar, ele teria grandes problemas se Nicole e Craig chamassem a polícia. Não devia de jeito nenhum tê-la levado para o salão de bilhar. Alguns rapazes do lugar o tinham visto no estacionamento. Droga. Já não era mais o homem invisível.

Eles não chamariam a polícia. Craig não iria admitir que tinha levado uma surra tão feia. Nicole iria querer que os dois desaparecessem. A polícia não era o problema. *Ele* era o problema. Não foi a violência que assustou Nicole. Não apenas a violência. Ela com certeza já tinha visto brigas no Nail. Mas sua frieza e sua eficiência a deixaram aterrorizada. Essas pessoas, esses civis, eles não conseguiam entender. E estaria perdendo seu tempo se tentasse explicar. Ele tinha de se lembrar que não estava numa guerra. Estava na América.

PAROU O CARRO no acostamento e pegou o celular, um modelo pré-pago que comprara no Tennessee. Jogaria aquele fora e compraria outro no dia seguinte.

— Alô? — atendeu Exley com voz sonolenta.

— Jennifer?

— Quem é? — Logo reconheceu a voz. — John?

— Sou eu.

— Ah, meu Deus. Onde você está?

— Eu preciso ver você.

— Vamos combinar.

— Vamos combinar? Quem?

— Quer dizer... só eu e você. Ninguém mais.

— Esqueça.

— Você está com algum problema?

— Não, eu não estou com problema. Mas me diga uma coisa. Como vou saber se estou indo longe demais?

— Você vai saber, John. — A voz dela mostrava uma confiança que ele não esperava. — Eu confio em você.

— Porque eu não sei quanto tempo mais vou agüentar fazer isso.

— Isso o quê?

Ele ficou em silêncio.

— Por que você não vem até aqui para a gente conversar?

— Você não ia me deixar ir embora.

— John...

Ele desligou.

NO DIA SEGUINTE, ele foi até a biblioteca de Doraville para verificar sua conta de e-mail. E pela primeira vez encontrou uma mensagem em sua caixa de entrada, enviada por BigBoyK2@hotmail.com. "Hartsfield. 11h45, 19/9. DL561. Confirme nesse endereço." Wells imediatamente respondeu. Sentiu uma gratidão estranha por Khadri. Pelo menos tinha algo por que esperar. E uma maneira de canalizar seu ódio.

8

Montreal, Quebec

A CASA ERA COMO QUALQUER outra, pequena, dois andares, estrutura de madeira, a tinta cinza descascando nos cantos após anos sem retoque. Ficava numa rua calma próxima ao Saint-Laurent Boulevard, o centro da comunidade islâmica de Montreal, separada de seus vizinhos por uns poucos metros de grama bem aparada.

Um bom observador teria notado que a casa cinza era menos movimentada do que as vizinhas. Sem crianças. Apenas um homem e uma mulher, ambos árabes de pele clara. No entanto, não ter filhos não era crime. O observador se perguntaria então por que as persianas da casa estavam sempre abaixadas, até mesmo nas noites quentes de verão, perfeitas para receberem a brisa do rio Saint Lawrence. Mas o fato é que as persianas ficavam fechadas em várias casas da vizinhança. As mulheres muçulmanas prezavam a privacidade.

Um observador mais detalhista aventaria a hipótese de as pessoas daquela casa terem algum negócio ilegal. O homem costumava arrastar caixas de papelão de sua van até a porta da frente. Normalmente descarregava-as logo após o nascer do sol, quando a rua estava deserta. Mas assim como não ter filhos, começar a trabalhar cedo era perfeitamente lícito.

De qualquer modo, tudo o que um observador pudesse notar era irrelevante, apenas conjectura, pois ninguém vigiava a casa. Tarik Dourant podia trabalhar sem ser perturbado.

COMO MUITOS DOS árabes em Montreal, Tarik viera da França. Havia crescido no lado norte de Paris, em Saint-Denis, um dos muitos subúrbios pobres para onde o governo francês mandava os imigrantes muçulmanos que não queria, e nem podia, mandar de volta a seus países.

Até mesmo para os padrões áridos de Saint-Denis, Tarik teve uma infância infeliz. Sua mãe, Khalida, era uma enfermeira argeliana. Seu pai, Charles, um encanador francês, perdeu o desejo por Khalida no dia em que a engravidou. Quando ela se recusou a fazer um aborto, Charles deu-lhe uma surra para provocar a interrupção da gravidez. Não conseguiu, mas a surra deixou Khalida praticamente cega. Ela perdeu o emprego e, pelo resto da vida, ela e Tarik sobreviveram com a aposentadoria por invalidez que recebia. Ao longo dos anos, a mãe desenvolveu uma dependência de analgésicos, primeiro para dormir, depois para tocar a vida. Morreu quando Tarik tinha 17 anos, de uma overdose de morfina, que foi oficialmente considerada acidental. Enquanto isso, o sistema judiciário francês tratava Charles com uma indulgência previsível. Em dois anos estava fora da prisão.

As crianças da vizinhança nunca deixavam Tarik em paz por conta do destino terrível de sua mãe. Muito pelo contrário. Embora ele não houvesse conhecido seu pai, elas o escarneciam por ele ser francês. O fato de ser pequeno e de preferir ler a jogar futebol também não o ajudava. A enfermeira e o encanador haviam gerado uma criança inteligente e sua aptidão para ciências era notória desde o jardim-de-infância. Fato que não passou despercebido à burocracia educacional francesa. Na adolescência, Tarik freqüentou o Lycée Louis-le-Grand, uma das melhores escolas secundárias da França, no qual se sobressaiu em física e biologia. Quanto melhores suas notas, porém, maior sua desventura. Os alunos brancos e ricos do Louis-le-Grand não disfarçavam o desprezo que sentiam pelos árabes pobres com os quais conviviam. Enquanto isso, as crianças de Saint-Denis o chamavam com escárnio de vendido, referindo-se a ele como "o cérebro" e "o pequeno príncipe", e rasgavam os seus deveres de casa. O pior momento aconteceu em seu aniversário de 14 anos. Ninguém, nem mesmo sua mãe, teve o trabalho de lembrar-se da data.

Uma semana depois, Tarik inscrevia-se em um curso de árabe em um centro comunitário muçulmano a alguns quarteirões de distância de casa. Para sua surpresa, todos no centro o encorajaram. Em poucos meses, já freqüentava uma mesquita local todas as manhãs. Depois outra mesquita, essa mais radical. E descobriu que, onde quer que fosse, os seguidores aceitavam suas preces. Pela primeira vez na vida sentia-se aceito.

Quando Khalida morreu, Tarik já havia se dedicado de corpo e alma ao islamismo. Odiava o pai, a França e o Ocidente pelo que haviam feito a sua mãe, e sua mãe pelo que havia feito com ele. Queria mais do que qualquer outra coisa viajar para o Afeganistão e juntar-se ao jihad. Mas os imãs não o deixavam ir. Precisava continuar estudando, justificavam.

Tinham soldados suficientes. Precisavam de cientistas.

TARIK SEGUIU A orientação recebida. Obteve um diploma universitário em biologia molecular pela Universidade de Paris e, em seguida, partiu da França para o Canadá. Esforçava-se agora para obter um Ph.D. em microbiologia pela McGill, no centro de Montreal. Seus orientadores o consideravam um aluno aplicado, embora reconhecessem que seu segundo ano tinha sido menos promissor do que o primeiro. Acontece. Nem todos conseguiam dar o salto para um programa de doutorado. E... talvez os professores de Tarik na Europa tivessem superestimado seu potencial, uma vez que os árabes não eram muito bem representados na área científica.

Mas os professores da McGill estavam enganados. Tarik era tão inteligente quanto mostravam suas notas. Infelizmente, não podia dedicar toda a sua atenção aos laboratórios. No anonimato do porão de sua casa cinza, tinha seus próprios projetos.

PESTE.

Para os leigos, essa palavra traz à mente visões do fim do mundo, doença e morte além do suportável. Para os biólogos, no entanto, a palavra tem um sentido mais específico: *Yersinia pestis*, o nome científico do agente causador da doença chamada peste, ou, por vezes, peste negra. Durante a Idade Média a peste era a doença mais temida, mais terrível ainda do que a varíola. Em meados do século XIV, milhares de europeus, um terço da população do continente, morreram após serem picados por pulgas de ratos infectadas com a peste.

"Ver a condição em que se encontravam as pessoas era angustiante", escreveu um italiano, referindo-se à devastação. "Muitos morriam no meio das ruas, outros em casa, suas mortes descobertas apenas pelo fedor dos corpos em decomposição." Outra epidemia teve início na China na década de 1890 e durou toda uma geração, matando doze milhões de pessoas.

Desde então, a peste foi praticamente erradicada na Europa e nos Estados Unidos, graças a medidas sanitárias melhores e a esforços drásticos para exterminar ratos e pulgas. No entanto, a bactéria *Y. pestis* permanece espalhada em focos naturais, infectando milhões de pessoas todos os anos. Vírus exóticos como o ebola recebem muita notoriedade através da mídia, mas a peste já matou muito mais pessoas.

Nos seres humanos, a *Y. pestis* pode causar diversos tipos de infecção. A mais conhecida é a peste bubônica. Começa com calafrios e tremores, seguidos de um pico de febre que pode atingir quarenta graus centígrados. Os nódulos linfáticos inchados — chamados bubões — chegam ao tamanho de bolas de beisebol à medida que o sistema imunológico tenta desesperadamente eliminar a *Y. pestis* do corpo. Uma enorme fadiga se estabelece, tão grave que muitas vítimas já não sabem mais o que é pior: viver ou morrer. Nos estágios terminais da doença, a explosão de *Y. pestis* na corrente sangüínea causa um choque séptico. Ocorre uma hemorragia sob a pele, e os braços e pernas assumem uma coloração preto-arroxeada, o sintoma característico da peste negra.

AINDA ASSIM, A peste negra não é a forma de peste mais perigosa. A peste bubônica não pode ser transmitida de uma pessoa a outra, e algumas vítimas se recuperam sem tratamento. Não, o verdadeiro terror é a peste vermelha, uma peste pneumônica, resultante da infecção do pulmão por *Y. pestis*. Em ambiente tépido e úmido, a bactéria se multiplica com extrema rapidez.

O que uma pessoa infectada nota primeiro é febre, dor de cabeça e uma leve tosse — transtornos corriqueiros. Em algumas horas, porém, a *Y. pestis* toma conta de todo o corpo. A dor de cabeça evolui de perturbadora para agonizante. A tosse transforma-se em uma pneumonia arrasadora. Uma dor esmagadora comprime o peito à medida que as bactérias tomam conta dos pulmões, e o coração luta para bombear sangue. A vítima produz um catarro meio aguado e solto no início, que depois se torna grosso com coágulos de sangue.

Depois de 48 horas, as pessoas infectadas com a peste vermelha têm menos de cinqüenta por cento de chance de sobreviver, mesmo com o auxílio de um respirador e de doses intravenosas de antibiótico. Sem tratamento, morrem em poucos dias de choque ou insuficiência respiratória, sufocadas até a morte, à medida que o sangue invade os pulmões. Sobreviver à peste pneumônica sem tratamento é quase tão provável quanto ganhar na loteria.

Pior, as pessoas infectadas cospem nuvens da bactéria *Y. pestis* cada vez que tossem, de modo que a doença facilmente se propaga de uma pessoa para outra. E apesar de os antibióticos modernos conseguirem combater a peste quando é detectada com rapidez, não existe vacina contra o germe. De certa maneira, a *Y. pestis* é seu próprio pior inimigo. Assim como o ebola, a peste pneumônica mata suas vítimas tão rapidamente que não consegue se propagar com velocidade sob circunstâncias normais, limitando o perigo de epidemias em focos naturais.

Tal condição não se aplica, no entanto, se a peste for propagada deliberadamente como uma arma terrorista. Disseminar a *Y. pestis* no ar sobre uma cidade de grande porte poderia resultar de imediato em milhares de centenas de infecções, sobrecarregando hospitais e gerando um pânico de dimensões mundiais. A Organização Mundial da Saúde (OMS) estima que a propagação da *Y. pestis* em uma área metropolitana com cinco milhões de habitantes, o tamanho de Washington, poderia resultar em cento e cinqüenta mil casos de peste pneumônica e matar 36 mil pessoas. A OMS não se arriscou a estimar o que a peste poderia causar numa cidade ainda maior, como Nova York.

TARIK DOURANT TINHA meia dúzia de frascos de *Yersinia pestis* armazenados em seu porão.

Não precisara atacar os escritórios do Centro de Controle de Doenças para obtê-los, nem infiltrar-se na Vector, a enorme fábrica de germes na Sibéria, onde a União Soviética escondia sua pesquisa sobre armas biológicas durante a guerra fria. Não precisara ir a lugar nenhum. Bastou apenas estar em casa quando o caminhão de entrega da FedEx passou, para que pudesse assinar o pacote proveniente do Centro Médico Muhimbili, em Dar es Salaam.

A Tanzânia registrava casos de peste todos os anos, e seu governo trabalhava com afinco para conter epidemias. Médicos que descobrissem casos potenciais eram orientados a colher amostras de sangue para serem testadas no laboratório de doenças infecciosas de Muhimbili, o mais sofisticado da África Oriental. Lá, as amostras ficavam sob os cuidados de um discreto técnico paquistanês que havia se mudado para a Tanzânia para procurar emprego em Muhimbili — seguindo as ordens de um homem que se autodenominava Omar Khadri. Khadri concluiu que um muçulmano paquistanês teria mais chance de conseguir um emprego na Tanzânia do que no Centro de Controle de Doenças. Estava certo.

Assim, a peste chegou às mãos de Tarik, que na tenra idade de 23 anos era o cientista mais sofisticado a trabalhar para a al-Qaeda. Inshalá. Era a vontade de Deus. Por isso, Tarik não podia dedicar toda a sua atenção aos estudos na McGill.

A CASA CINZA estava em silêncio quando Tarik destrancou a porta da frente e entrou.

— Fatima? — ele chamou. — Fatima?

Não houve resposta. Ela já deveria estar em casa a essa hora, fazendo o jantar. Uma ardência queimou seu estômago. Sua esposa havia se atrasado duas vezes na última semana. Seu respeito por ele parecia estar desaparecendo.

Tarik havia conhecido Fatima em Paris durante a primavera de seu último ano na universidade. Era a filha mais velha de um imã em Bruxelas, uma moça miúda, de 18 anos, cujo *hijab* — o pano usado na cabeça pelas jovens muçulmanas devotas — emoldurava seus grandes olhos castanhos. Tarik encantou-se de imediato. Ficou extasiado ao saber que ela também havia gostado dele, mesmo com as marcas de espinha e os óculos grossos. Casaram-se quatro meses depois, um pouco antes de ele se mudar para o Canadá. Ela mudou-se no ano seguinte. Durante alguns meses, ela pareceu ser uma esposa perfeita, carinhosa e compreensiva. Não se queixava das longas horas que ele trabalhava na McGill ou passava no porão. Mas depois começou a reclamar por Tarik não a deixar trabalhar. Estava entediada de passar o dia todo em casa, dizia. Na primavera, havia conseguido um emprego como secretária numa firma de advocacia no centro da cidade. Ele tentara proibi-la de aceitar, mas ela apenas riu.

"Então eu quero o divórcio", ela dissera. Sabia que ele jamais faria isso. Era a única mulher com quem já havia estado. Ele às vezes sentia medo por desejá-la tanto. O emprego dela havia aumentado a distância entre os dois. Ela quase não lhe dava mais atenção. Ele não entendia esse seu outro lado. Ela parecia ter esquecido seu lugar desde que viera para o Canadá. Talvez nunca tivesse se importado com ele. Ou talvez vira nele apenas uma chance de escapar do pai.

Um mês antes, havia batido nela pela primeira vez, numa noite em que tentara ter relações e ela se afastara. Levantou o pulso, sem a intenção de espancá-la. Ela então sorriu. Estava zombando dele, pensou. Zombando de sua fraqueza, de seus braços magricelas e de seu tórax cavado, do mesmo jeito como faziam as crianças de Saint-Dennis. Podia ser fraco, mas ainda era um homem. Ela precisava lembrar-se disso. Enfiou o punho na barriga dela. Fatima gritou, apenas uma vez, e ele sentiu vontade de confortá-la e dizer-lhe o quanto estava arrependido. Mas segurou a língua.

Quando a procurou mais tarde naquela noite, ela se entregou sem reclamar. Na verdade, nunca mencionou o acontecido. Durante alguns dias, Tarik achou que ela havia aprendido a lição. Mas nas últimas semanas, andava misteriosa. Certo dia, ouviu-a por acaso falando baixinho ao telefone, na cozinha. Ao vê-lo, desligou e fingiu que não estava falando. Tarik levantou a mão para ela novamente, mas Fatima apenas abanou a cabeça, e ele então abaixou a mão, afastando-se humilhado.

TARIK TENTOU AFASTAR Fatima de seus pensamentos. Conversariam quando ela chegasse em casa. Enquanto isso, precisava trabalhar. Destrancou a porta que levava ao porão, deixando à mostra uma escada estreita, fechada dos lados, que dava em outra porta trancada. Tarik sabia que usar dois cadeados poderia levantar suspeitas, mas não podia correr o risco de deixar alguém descer lá. Além da peste, tinha antraz e tularemia em seus refrigeradores lá embaixo, todos classificados pelo Centro de Controle de Doenças como agentes patogênicos de grau A, todos provenientes de Muhimbili.

Para garantir sua privacidade, Tarik mantinha-se afastado dos outros alunos da McGill e só aceitava os convites sociais se sua ausência ficasse muito evidente. Dizia aos colegas de classe que sua esposa era uma muçulmana devota que não saía, e a Fatima que os outros alunos eram preconceituosos e que nunca o convidavam para nada. Não podia impedi-la de se encontrar com os vizinhos, mas a desencorajava de trazer qualquer pessoa para casa, um dos motivos pelos quais ela insistia em trabalhar. Talvez isso tivesse sido um erro; talvez devesse tê-la deixado ter mais amigos.

Tarik colocou a chave no cadeado ao pé da escada. Precisava parar de pensar em Fatima. Agora. Qualquer distração poderia resultar em erro, e qualquer deslize poderia matá-lo. Respirou profundamente, fechou os olhos e tirou Fatima da cabeça.

Quando teve certeza de que estava pronto, abriu a segunda porta e entrou.

HAVIA PASSADO A maior parte dos últimos dois anos apenas montando o laboratório. O equipamento era caro, e era difícil instalá-lo sem chamar atenção, especialmente porque fazia tudo sozinho. Mas naquele verão, bem na hora de receber a *Y. pestis*, ele havia finalmente colocado o local em ordem.

Dividira o porão em duas áreas de trabalho. O cômodo era quase todo aberto, com o chão e as paredes cobertos por uma camada dupla de plástico transparente e pesado, para evitar sujeira. Alguns bancos de laboratório estavam alinhados junto à parede, servindo de suporte ao seu precioso equipamento: um microscópio de potência 1.000, um espectrômetro a gás e meios de cultura para reproduzir bactérias em solução. Um freezer e um refrigerador. Gaiolas de ratos, autoclaves, bicos de Bunsen e bandejas com lâminas e pipetas. Em um canto ele havia instalado um armário de segurança selado, conectado por meio de um filtro ao sistema de ventilação da casa. Mantinha óculos de segurança, luvas, aventais e um respirador portátil em um armário perto da porta, ao lado de um chuveiro pequeno. Luzes florescentes no teto davam ao ambiente um brilho claro e um ar de instituição.

O espaço era basicamente um equivalente rudimentar a um laboratório de nível 2 de biossegurança como o da McGill e de todas as universidades no mundo. Laboratórios desse tipo são adequados ao trabalho com bactérias e vírus de risco moderado e agentes patogênicos infecciosos que podem ocasionar uma febre alta em suas vítimas, mas que dificilmente seriam letais. Ironicamente, a peste pode ser por vezes manuseada em laboratórios de nível 2, porque a *Y. pestis* não é uma bactéria resistente. Cresce devagar e é facilmente destruída pela luz do sol, pela chuva, e até mesmo pelo vento. Apenas no corpo humano a peste torna-se monstruosa.

Tarik, porém, precisava de um laboratório com um nível de biossegurança mais alto para seus experimentos. Não estava apenas cultivando peste e antraz; pretendia transformá-los em aerossol, em partículas aéreas que poderiam ser facilmente inaladas. Por conseguinte, deveria estar trabalhando num laboratório de nível 3 de biossegurança ou, melhor ainda, num laboratório de nível 4, como o do Centro de Controle de Doenças.

Os procedimentos a serem seguidos em um laboratório de nível 4 são descritos em centenas de páginas. É obrigatória a existência de suprimento próprio de ar, de duas câmaras de compressão que não devem ser abertas simultaneamente e filtros para limpar o ar que delas escapa. Os cientistas não podem de maneira alguma usar suas roupas de trabalho fora do laboratório. Precisam sempre tomar um banho antes de saírem, e a água do banho deve ser tratada quimicamente. As bactérias só podem ser transportadas se colocadas em um conjunto duplo de recipientes inquebráveis. E para projetos delicados, os cientistas devem trabalhar em uma "cabine de segurança", um cômodo especial onde usam macacões com suprimento próprio de oxigênio, de modo que nunca respirem acidentalmente o ar que os circunda.

Tarik conhecia tais procedimentos. Havia visto fotografias de vítimas de varíola e de peste, com os rostos contorcidos de agonia, corpos inchados por conseqüência da morte. Respeitava o poder dos frascos em seu refrigerador. E teria preferido conduzir seus experimentos no CDC.

Mas tal instituição teria ficado intrigada com seu trabalho. Desse modo, Tarik construiu sua própria cabine de segurança. Selou um canto de aproximadamente um metro e meio do porão com Plexiglas do chão ao teto, em seguida cobriu o Plexiglas com um plástico grosso, formando uma bolha de plástico cujo ar não podia circular no resto do ambiente, exceto por um sistema de influxo e exaustão protegido por filtros HEPA.

Dentro da bolha, Tarik precisava do seu próprio suprimento de ar selado. Como o Canadá, do mesmo modo que alguns outros países, restringe a venda de roupas de peça única com pressão positiva, Tarik não tinha como encomendar uma. Em vez disso, usava um respirador e tanques de oxigênio como os usados por mergulhadores. Para evitar a contaminação da parte aberta do porão, ele instalara uma passagem de Plexiglas que ia da porta até a bolha, criando uma câmara de compressão rudimentar. Sempre colocava o respirador e o retirava dentro da câmara. No interior da bolha instalou uma cabine de segurança independente que continha uma gaiola de rato e um nebulizador, máquina que soprava ar através de líquidos para produzir sprays aerossóis. No chão de plástico da bolha, colocou um refrigerador pequeno e uma gaiola com espaço suficiente para um gato ou um cachorro pequeno. Ainda não havia usado a gaiola, mas esperava usá-la em breve.

O espaço não era ideal. Tarik só podia trabalhar ali dentro por períodos curtos, até seus tanques ficarem sem oxigênio. E seu respirador não era tão confiável quanto uma roupa de nível 4 legítima. Ainda assim, a bolha estava funcionando até aquele momento. Não havia ficado doente, e nem tampouco os ratos na metade aberta do porão, um modo grosseiro, mas eficaz de medir a exposição. Era uma pena não poder mostrar a seus professores — ficariam impressionados.

TARIK ACENDEU AS luzes e inspecionou os bancos, os béqueres e as placas de ágar, para certificar-se de que estavam exatamente como os havia deixado. Ali embaixo, a rua e o mundo pareciam muito distantes. Apenas o ruído fraco de seus ratos atrapalhava o silêncio. Ele os contou, para ter certeza de que não faltava nenhum.

Despiu-se e colocou as roupas dobradas sobre uma cadeira. Normalmente trabalhava primeiro com os germes menos perigosos e em seguida entrava na bolha. Mas naquela noite queria estar perto de seus "especiais", a *Y. pestis* e o *Bacillus anthracis* — antraz. Abriu a primeira porta da bolha — a porta da câmara de compressão — e entrou. Vestiu a camisa, a roupa de baixo e a calça de moletom que usava dentro da bolha, e colocou um avental sobre as roupas. Empurrou a porta para fechá-la e ajeitou a folha de plástico na porta, selando a bolha. Pegou o respirador, colocou o tanque de oxigênio nas costas e cobriu o rosto com a máscara. Respirou profundamente, para ter certeza de que o oxigênio fluía adequadamente e em seguida interrompeu o fluxo para preservar o tanque. Colocou a touca, as botas e as luvas.

Por fim, abriu a porta interna da câmara de compressão e entrou na bolha.

Lá dentro, ele poderia estar debaixo d'água ou na lua. Sua respiração era a única coisa que interrompia o silêncio perfeito. Passou em silêncio para a cabine de segurança. Uma semana antes havia cultivado a *Y. pestis* pela primeira vez, colocando as bactérias em placas de Petri a 28 graus Celsius, cerca de 82 graus Fahrenheit. Dois dias depois, colônias brancas de bactéria salpicavam o ágar vermelho, com bordas granuladas e irregulares. Pareciam minúsculos ovos fritos, o formato indicador da *Y. pestis*. Eram feias, Tarik admitiu internamente, pequenas e feias. Mas quem não as respeitasse seria surpreendido. E era ele quem controlava tal poder. Essa constatação lhe trazia um imenso prazer.

APÓS CULTIVAR A peste, Tarik a injetou em seis ratos. Apenas um sobreviveu por mais de dois dias. Agora, esse também estava deitado de lado na cabine de segurança. Tarik colocou o corpo inerte do rato em um recipiente de vidro, enchendo-o em seguida com ácido hidroclórico para destruir os restos mortais. Na McGill teria feito a autópsia do animal para descobrir como exatamente ele havia morrido, mas ali isso não tinha importância. Queria apenas provar a si mesmo que era capaz de cultivar uma cepa de *Y. pestis* boa e virulenta. E era exatamente o que havia feito.

Tarik, no entanto, sabia que dera apenas o primeiro passo em direção a seu objetivo final. Infectar pessoas com uma peste pneumônica era muito mais difícil do que enfiar uma agulha em um rato de laboratório. Precisava descobrir uma maneira de projetar o germe em forma de spray, numa fina névoa que pudesse ser inalada e absorvida pelos pulmões. Precisaria testar soluções distintas, concentrações diferentes da peste, químicos capazes de fazer com que a névoa se dispersasse com mais facilidade, sem matar as bactérias em seu interior.

Tal desafio preocupara cientistas em laboratórios muito mais sofisticados do que aquele porão. Aum Shinrikyo, uma seita japonesa com ideais apocalípticos, gastara milhões de dólares nos anos 1990 tentando desenvolver armas biológicas e chegara até a usar sprays em Tóquio com botulismo e antraz. Aum, no entanto, não conseguiu infectar ninguém. O único ataque bem-sucedido que conseguiu realizar foi com gás sarin, que é muito mais fácil de produzir do que armas biológicas.

Além disso, os cientistas militares não publicavam os relatórios de seus experimentos com a peste. Tarik teria de cometer seus próprios erros. Desejava poder conversar com alguém sobre as dificuldades técnicas. Mas seu único confidente era Omar Khadri. Khadri era um típico não-cientista. Parecia achar que desencadear uma epidemia seria tão fácil quanto cultivar germes em um béquer e depois lançá-los em estações de metrô. Havia ficado amargamente decepcionado quando Tarik lhe explicou que não seria tão fácil.

— Recebeu meu presente? — Khadri lhe perguntara da última vez que conversaram, alguns dias antes de a peste chegar. Tarik estava em um telefone público em um posto de gasolina em Longueuil, do outro lado do rio Saint Lawrence, a quilômetros distante de casa.

— Recebi. Obrigado, tio. — Sempre falavam em francês e nunca mencionavam nomes ou detalhes.

— Então, quanto tempo ainda demora?

— Não sei, tio.

— Qual é seu melhor palpite? Um mês? Alguns meses?

— Para o que o senhor quer, alguns meses no mínimo.

— Você sabe que estou ansioso para ver seu trabalho.

Tarik passava ansiosamente de um pé para o outro. Detestava desapontar Khadri.

— Desculpe, tio, mas não posso apressar esse tipo de trabalho.

— Vai precisar de mais dinheiro?

— Vou.

— Quanto?

— A mesma quantia de janeiro. — Eram 200 mil dólares. Tarik havia gastado com parcimônia, mas o equipamento necessário era inevitavelmente caro.

— A mesma? — Khadri riu, mas sua voz parecia um pouco irritada. — Você pensa que seu tio é assim tão rico?

Tarik permaneceu em silêncio.

— Vou tomar as providências necessárias — disse Khadri finalmente. — E como vai sua esposa?

— Tio, não sei mais o que fazer.

— Não deixa ela te distrair, meu sobrinho.

Falar é fácil, Tarik pensou.

— Quando é que vem me visitar? Queria vê-lo.

— Gostaria de poder — disse Khadri. — Mas tenho andado muito ocupado. Tem certeza de que não tem nenhum concorrente?

— Estou tendo muito cuidado.

— Bom, sobrinho. Estou em suas mãos. — Khadri suspirou, como se achasse doloroso admitir aquilo. — Continue trabalhando. Você sabe que toda a família tem muitas esperanças em você. Logo a gente se fala novamente.

— Não vou te decepcionar, tio.

Clique.

TARIK DESEJAVA QUE Khadri pudesse ver o porão agora. Tinha certeza de que seu "tio" ficaria impressionado. Dois dias antes, Tarik havia passado colônias de *Y. pestis* das placas de ágar para os béqueres com o caldo Brain-heart Infusion. Naquele momento Tarik viu que a transferência tinha sido bem-sucedida. O caldo dentro dos frascos permanecia translúcido, mas havia anéis brancos de bactéria nas paredes de vidro — um sinal certeiro de uma colônia de peste. Ao contrário de muitos germes, a *Y. pestis* não se dispersa de imediato em solução, preferindo permanecer agrupada.

Tarik despejou o caldo em uma placa de vidro para misturas, retirando com cuidado as colônias de *Y. pestis* das paredes dos béqueres. Com um fio, misturou gentilmente as colônias até que as bactérias se espalhassem pelo caldo. Faria então o teste de aerossolização das bactérias. Conectou uma simples mangueira de borracha a uma pequena bomba elétrica. Colocou a ponta livre da mangueira na placa e ligou a bomba. Um pouco depois, o caldo começou a borbulhar, como se fosse um cozido primordial a ponto de transbordar durante a fervura.

Tarik sabia que essa era a maneira mais básica de transformar bactérias em aerossol, mas queria ver se a *Y. pestis* conseguiria sobreviver ao ser removida dos béqueres para a placa, e se esse aerossol básico poderia causar infecção. No jargão científico, esse era um experimento de prova de conceito. E assim Tarik colocou mais seis ratos numa gaiola ao lado da placa de mistura. Eles se arrastaram calmamente dentro da gaiola metálica, indiferentes a sua sorte.

Tarik trabalhou por mais meia hora dentro da bolha, transferindo colônias de peste das placas de ágar para béqueres com caldo. Tinha planejado outros experimentos e precisaria de muito mais *Y. pestis*. Fez anotações detalhadas, registrando a temperatura e a umidade na gaiola, o número de bolhas que subiam da placa a cada segundo. Coisas simples, só por garantia. Os leigos, entretanto, não compreendiam que centenas de horas de tédio em um laboratório abriam o caminho para as grandes descobertas. Um passo de cada vez, e ele atingiria seu objetivo.

9

EXLEY ENTROU NO HOTEL JEFFERSON, seus sapatos ressoavam no piso de mármore do saguão e o ar-condicionado amenizava-lhe o calor úmido daquela noite de verão. O recepcionista a saudou com um aceno do boné.

— Boa noite, Sra. Exley.

— Como vai, Rafael?

— Tudo bem, senhora.

Ela virou à direita e entrou num salão tranqüilo, de paredes vermelhas, cujas mesas de madeira escura pareciam destinadas a políticos e lobistas. Em vez disso, o local estava quase vazio. O Jefferson nunca se igualara em glamour ao Hay-Adams, e o surgimento do Ritz-Carlton e de outros hotéis de cinco estrelas o reduziram permanentemente a uma posição de segunda categoria, um refúgio garantido para aqueles que não encontravam vagas nos outros hotéis locais.

Exley, no entanto, gostava da antiga elegância — o buquê de flores no saguão, a familiaridade demonstrada pelo recepcionista. Além disso, o Jefferson ficava na Fifteenth Street, bem próximo a seu apartamento. Depois de alguns drinques, podia voltar a pé para casa. Naquela noite estava ali para uma ocasião especial, uma reunião do Clube M. D., cinco mulheres, altamente qualificadas, que se encontravam para uns drinques algumas vezes por mês. Uma delas era repórter do *Washington Post*, outra, advogada na firma Williams & Connoly. Eram todas divorciadas, ou solteiras, de meia-idade ou mais velhas. Exley detestava admitir ser de meia-idade. Argh. Mas era, de acordo com qualquer padrão sensato. Em breve estaria entrando na menopausa. Bom, talvez não tão em breve assim, mas, de qualquer forma, dentro em pouco.

O Clube M. D. não tinha estatutos, nem mensalidades, nem tampouco um propósito verdadeiro, exceto o de dar a suas cinco integrantes uma oportunidade de falar sobre o trabalho e a família, e aproveitar para fumar uns cigarros fora da vista dos filhos. Exley havia conhecido Lynette, a líder informal do grupo, numa festa interminável de um 4 de Julho, três anos antes.

As cinco eram amigas, mas não faziam parte da vida umas das outras. Dessa forma, podiam falar abertamente sobre os pais irritadiços e os filhos complicados. Sobre os ex-maridos que haviam se casado novamente e decidido não pagar mais escolas particulares para os filhos. Sobre pequenos triunfos no trabalho e em casa, vitórias burocráticas, premiações especiais conquistadas pelos filhos. Na verdade, isso era o que havia de melhor naquele clube. Não se esperava que as mulheres se vangloriassem, mas ali Exley tinha a chance de comemorar um pouco quando as coisas davam certo. Esperava ansiosa por essas reuniões, mesmo — e principalmente — quando o trabalho se tornava opressivo, como andava acontecendo nos últimos meses. Mas naquela noite ela estava com a cabeça em outro lugar.

AS AMIGAS ESTAVAM num canto do salão, como de praxe, e Exley, atrasada, como sempre. Sentou-se na última cadeira e já havia um copo de vinho servido para ela.

— Às "Mulheres Determinadas" — todas disseram, brindando.

— Às "Mulheres Determinadas". — Tim. Tim.

Uma piada um tanto de mau gosto. As iniciais também podiam representar "Mulheres Detestáveis". Será que elas realmente se detestavam? Provavelmente não. Mas Exley sempre escutava uma vozinha dentro de sua cabeça e presumia que as outras mulheres também a ouviam: seus filhos nem sequer a consideram mais sua verdadeira mãe. Você vai ficar sozinha pelo resto da vida. Pior ainda, palavras que sabia que as amigas não ouviam: existe um padrão recorrente nas mensagens interceptadas. Alguma coisa está para acontecer, e sua burrice não lhe permite enxergar.

Precisava parar de fazer conjecturas naquele instante antes de se destruir. Não havia nenhum padrão. Ela não podia analisar informações que não existiam. Aquela voz idiota. Os homens não ouviam aquela voz. Sempre esperavam ser bem-sucedidos, mesmo quando fracassavam; as mulheres esperavam o fracasso mesmo depois de terem alcançado o sucesso.

Lynette, uma mulher negra magra, que era produtora da NBC, fitou Exley nos olhos.

— Tudo bem, querida? Você parece estressada.

— Tudo. — Exley tentou sorrir.

— Já encontramos Osama? — Todas sabiam que Exley trabalhava para a CIA, mas não o que ela fazia.

— Está perguntando à pessoa errada — Exley respondeu. — Eu sou apenas uma secretária.

— Eu sei que você dirige aquele lugar.

— Se eu dirigisse aquilo lá, as coisas seriam diferentes. — A piada foi quase automática, mas mesmo assim Lynette sorriu, e logo em seguida Exley também.

— Ah, isso é verdade. — Lynette brindou mais uma vez.

A CIA E a Força-tarefa Conjunta Antiterrorismo haviam trabalhado ininterruptamente nos meses que se seguiram aos atentados de Los Angeles. Mas os investigadores ainda não haviam identificado os responsáveis, e muito menos descoberto como eles haviam armazenado três toneladas de nitrato de amônio sem ninguém perceber. Eles tinham conseguido passar o material pela alfândega ou o haviam juntado pouco a pouco durante os anos que moraram nos Estados Unidos. Exley não sabia dizer qual das duas conjecturas era a pior. A sua preocupação era a de que os atentados tivessem sido programados para distrair a atenção. Até mesmo o governo americano não dispunha de recursos infindáveis. O FBI havia escalado alguns de seus melhores agentes para averiguar o caso da explosão, desobrigando-os de outras investigações. Exley compreendia a decisão; as famílias dos mortos queriam respostas e prisões a qualquer custo. Ela só esperava que o custo não incluísse um outro ataque.

Ela e Shafer olhavam mais à frente. Haviam passado a primavera e o verão estudando cuidadosamente os bancos de dados da Força-tarefa Conjunta Antiterrorismo, usados para seguir os movimentos e as comunicações de todos os membros conhecidos da al-Qaeda, procurando padrões que os analistas de elite haviam deixado de reconhecer. Até aquele momento, não tinham encontrado muita coisa. Ao longo dos anos, os serviços de inteligência haviam acumulado evidências de que a al-Qaeda tinha pelo menos uma rede à espreita em algum lugar dentro dos Estados Unidos. Rede X, como algumas pessoas da agência a chamavam. Duas ou três células, entre seis e vinte agentes, no total. Organizada antes do 11 de Setembro. Arma secreta da al-Qaeda. Esperando ordens para lançar um ataque grande, supostamente químico, biológico ou radiológico. Ou nuclear, Deus nos livre. E no mês anterior a Agência de Segurança Nacional havia interceptado um e-mail indicando que a al-Qaeda conseguira, de alguma forma, introduzir material nuclear nos Estados Unidos. Mas a mensagem não havia sido confirmada, e ninguém sabia como — nem mesmo se — esse material estava ligado à Rede X.

Não que Exley fosse mencionar qualquer desses fatos no Clube das Mulheres Determinadas. Menos ainda o telefonema que recebera de manhã cedo, duas semanas antes. Serviu-se de mais um copo de vinho e decidiu tentar relaxar.

— Meninas — disse. — Que bom encontrar vocês!

Gretchen, uma mulher miúda, de cabelos grisalhos, inclinou-se.

— E como foi...

— Como foi o quê?

— Não se faça de boba com a gente, Jennifer. Como foi o seu encontro?

Exley não estava disposta a falar sobre isso de novo.

— Não é mesmo de admirar?

— O quê? — perguntou Gretchen.

— Nós cinco, todas mulheres atraentes. Todas com estabilidade financeira, e todas razoavelmente sãs.

— Só se for você — disse Lynette, dando uma boa risada.

— Não, é sério. E ainda temos sorte de conseguir, o quê... dois encontros por mês? Não dois para cada uma de nós. Dois, para nós cinco.

— Olha — disse Ann, a advogada. — Eu recebi uma proposta de casamento a semana passada, naquela conferência em Atlanta. Quer dizer, ele era casado, mas tirou a aliança antes de me pedir em casamento. Eu achei uma gracinha.

Dessa vez o riso era nervoso. As Mulheres Determinadas recebiam muitas propostas de casamento de homens casados, em bares, ou, pior ainda, no trabalho. Recebiam convites para festas de homens solteiros e que, provavelmente, eram os que ainda não haviam saído do armário. O que não conseguiam eram convites verdadeiros de homens divorciados da idade delas. A menos que não quisessem mais filhos, aqueles homens terminavam sempre com mulheres pelo menos dez anos mais jovens.

— Chega de reticências — disse Gretchen a Exley. — Como foi?

Em geral Exley se deixava interrogar sem muita resistência, embora particularmente ela preferisse que passassem menos tempo falando sobre homens. Nada jamais mudava, então de que adiantava? Mas naquela noite ela não estava a fim das perguntas de Gretchen. Queria sentar-se e beber vinho.

— Deve ter sido bom — disse Ann. — Você parece cansada.

— Deixa ela em paz — disse Lynette. — Pelo menos deixa a mulher terminar de beber o vinho.

EXLEY REFEZ MENTALMENTE o telefonema de Wells uma centena de vezes. Havia rastreado o número — uma operadora em Nashville, um telefone celular, o que significava que a ligação podia ter sido feita de qualquer lugar. Ela poderia facilmente telefonar para um amigo no FBI para descobrir de onde vinha. Mas não estava certa de querer dar esse passo.

Nem tampouco passara a informação para o pessoal da agência, nem mesmo para Shafer, sobre o telefonema. Temia perder o controle se o fizesse.

Eles grampeariam seu telefone, monitorariam seu apartamento. Afinal, Wells era um fugitivo. Duto colocara alguns homens para procurar Wells nos Estados Unidos sem informar ao FBI — embora os estatutos da agência deixassem claro que isso era proibido em solo americano. De alguma maneira, Duto havia convencido o procurador de que a CIA poderia ir em busca de Wells com base na exceção aos seus regulamentos, que permitia investigações limitadas em caso de violação da segurança interna.

Exley acreditava que o esforço na procura de Wells era pequeno, para manter as aparências, para que Duto se visse protegido, caso alguma coisa acontecesse a Wells. Não achava que Duto de fato o considerasse uma ameaça. Na verdade, ele deveria estar contente de saber que Wells se achava à solta. Dessa forma, o crédito ainda seria dele, se Wells conseguisse deter um ataque, enquanto, ao mesmo tempo, poderia incriminar Shafer, caso Wells se metesse em encrenca ou aparecesse morto. Mas não tinha certeza, já que Duto não lhe dera, nem a Shafer, qualquer detalhe sobre a busca — apesar de ter exigido que ela lhe informasse sobre qualquer contato que viesse a ter com Wells.

— Eu quero saber *pessoalmente* — ele lhe dissera. — Está entendido, Jennifer?

Desobedecer a ordens expressas de Vinny Duto era uma má idéia. Mas Exley não se importou. Tinha certeza de que Wells não havia enlouquecido. Queria protegê-lo da melhor forma possível, evitar que fosse trancafiado numa cela qualquer. Se descobrisse alguma coisa importante, ele daria notícias.

Enquanto isso, ela fazia conjecturas sobre o paradeiro dele naquele momento, sobre o que poderia estar fazendo, ou o que achava dos jogos da agência. Qual a sua opinião sobre os Estados Unidos, depois do tempo que passou fora? E sobre ela? Será que ele pensava nela da mesma maneira que ela pensava nele? Wells era uma presença constante em sua mente, e seu telefonema a fez crer que ele sentia o mesmo, mas não havia como saber. Talvez a tivesse contatado somente porque não tinha ninguém mais a quem fazê-lo. No entanto, quando ela desligou o telefone, percebeu que a chamada não a havia surpreendido; inconscientemente, esperava por isso.

O desejo intenso que sentia por Wells a perturbava. Ela era essencialmente lógica e ainda assim, de alguma forma, havia se apaixonado por um homem que, nos últimos dez anos, vira apenas, no máximo, duas semanas no total, um homem que provavelmente tinha perdido a sanidade mental em algum lugar nas montanhas do Afeganistão. Mas ele não pareceu louco no Cherokee; seus olhos castanhos aparentavam calma. De qualquer forma, era diferente de qualquer outro que ela conhecera.

Em seus momentos mais céticos, ela se perguntava se não estava perdida numa fantasia que servia de escape. Um homem forte e tranqüilo que a levasse embora. Por ser um agente renegado, era melhor ainda. Ela gostaria muito de poder falar sobre essa situação com as Mulheres Determinadas. Apreciariam a ironia. Exley sempre se orgulhara de não misturar vida sentimental com trabalho. As mulheres eram muito facilmente taxadas de choronas, não-confiáveis quando se encontravam sob pressão. Até durante o período do divórcio, só compartilhou seu sofrimento com Shafer. Agora abria mão de suas regras por um homem que provavelmente jamais veria de novo. Se os riscos não fossem tão altos, riria de si mesma.

Por enquanto resolvera tomar aquela ligação por um sonho. Dessa forma, não teria que reportá-la.

Umas batidinhas nas costas dadas por Betty a tiraram daquele devaneio.

— Anda, Jennifer. Fala para a gente.

Certo. Ela lhes contaria sobre seu encontro.

— Não tenho nada para contar. O nome dele é Charles Li, um cardiologista de Georgetown. Divorciado. Saímos juntos a semana passada.

— Foram para onde?

— Para o Olives.

— Maravilha.

E tão previsível, Exley pensou. O Olives era um restaurante caro na Sixteenth com a K, com um chef famoso e uma carta de vinhos sofisticada. Ela sabia que Wells jamais a levaria a um lugar como aquele.

— E aí... como é que foi?

— Foi tudo ótimo. Aprendi muito sobre lipídios e triglicerídios. Vocês todas deviam checar o colesterol. Vocês sabiam que problemas cardíacos matam mais mulheres do que qualquer outra doença, inclusive o câncer de mama?

Lynette fez que não.

— É sério assim?

— Dá para ver, não é, que eu não tive muita chance de falar.

— Você sabe, a gente tem que deixar os homens falarem sobre eles mesmos no primeiro encontro — disse Gretchen. — E ele telefonou?

— Ah, sim. — Telefonou, enviou flores, telefonou de novo. O Dr. Li foi persistente. Tão persistente que ela até considerou lhe dar uma segunda chance, apesar da barriga e do cabelo atravessado na careca. Pelo menos o bom doutor estava fazendo um esforço.

— Bom, isso já é alguma coisa... — disse Gretchen, enquanto o telefone celular de Exley tocava. Ela atendeu.

— Faça uma maleta com roupa para clima quente e venha para cá. — Era Shafer. Clique.

A DESCULPA PARA ir embora viera a calhar. Despediu-se rapidamente e uma hora depois chegava a Langley; Shafer a esperava, sentado à mesa de seu gabinete, com uma maleta aos pés.

— Por que demorou tanto?

— Ellis. Eu vim em velocidade recorde.

— Tenho uma coisa muito especial. Vamos. — Pegou a maleta e saiu do escritório, deixando que ela o acompanhasse. Estava claro que Exley não era a única que estava enlouquecendo.

Na melhor das situações, Shafer não era um motorista confiável. Naquela noite ele dirigia mudando de uma faixa para outra, em alta velocidade, colado ao carro da frente; seguiram para o sul, depois para o leste na estrada de contorno, em direção à base aérea de Andrews.

— Para onde estamos indo, Ellis?

— Você é a analista. Analise a situação.

A irritação fez o sangue subir ao rosto de Exley. Shafer devia estar nervoso. Não costumava ser tão pueril.

— Ellis. Essa não é a porra de uma excursão de colégio.

— Calma, calma.

— Tudo bem — disse Jennifer. — Parece que estamos indo para Andrews. Mas você me disse para colocar roupa para clima quente. Meu palpite é Gitmo.

— Guantánamo? — Shafer riu. — Ora, os repórteres estão sempre indo àquela base. Você acha que temos alguém importante lá?

— Então, para onde?

— Muito longe daqui.

— Kuwait? Omã?

— Um lugar que não existe.

— Diego Garcia — ela disse.

— Acertou.

Diego Garcia era uma base naval americana numa ilha britânica no oceano Índico, a mil e seiscentos quilômetros do extremo sul da Índia e ainda mais distante da África. A base não era segredo, mas também não era muito divulgada. O Pentágono sempre negava que detinha membros da al-Qaeda lá, principalmente para evitar provocar a suscetibilidade britânica. O Pentágono estava mentindo, Exley sabia; muitos integrantes da al-Qaeda eram mantidos cativos naquele lugar.

— Posso perguntar por quê? — indagou Jennifer. — Ou vou ter que fazer o jogo das vinte perguntas de novo?

— Há um mês capturamos uma pessoa em Bagdá. Um cientista nuclear paquistanês.

— Por que você não me contou?

— Estou contando agora.

— E aí?

— E aí que ele tem umas informações interessantes. Eu achei que seria bom averiguarmos pessoalmente.

ACOMODARAM-SE NA CABINE superior de um Galaxy C-5, na base aérea de Andrews, à frente de dois homens circunspectos, cujos crachás os identificavam apenas como Sr. Smith e Sr. Jones. Abaixo deles, uma corporação de soldados encontrava-se no compartimento de cargas da aeronave, junto aos carregamentos de refeições, à munição e até mesmo a alguns jipes blindados Humvee.

— Essa coisa consegue realmente voar? — perguntou Shafer.

— Está com medo?

— É que não dá para acreditar no tamanho. Você sabia que esse avião consegue carregar dois tanques M-1? É o maior pássaro da força aérea.

— Desde quando você chama avião de "pássaro"?

— A gente teve sorte de conseguir um lugar. Em geral esses aviões não transportam civis. Eu tive que mexer os pauzinhos.

— Eu achava que você já não tinha tantos pauzinhos de reserva.

Shafer inclinou-se em direção a Exley, enquanto os motores do C-5 começavam a roncar.

— Não tenho — retrucou calmamente, no meio do barulho do motor. — Não se esqueça disso, Jennifer.

Exley não soube o que dizer. Estaria Shafer exagerando, ou será que realmente estava com problemas? O ronco do motor se tornou ensurdecedor e sua vibração abalou toda a aeronave. Exley percebeu o C-5 movendo-se na pista, mas sem janelas não conseguia ver o jato mover-se.

Shafer lhe entregou os fones de ouvido e uma pequena pílula branca.

— O que acha de um pouco de vitamina A?

— Vitamina A?

— Ambien. Até amanhã!

Ele tomou uma pílula. Minutos depois, Jennifer fazia o mesmo, seguindo-o para o mundo dos sonhos.

O CELULAR DE Exley tocou várias vezes; ela sabia que era Wells chamando, mas não conseguiu atender. Um terremoto abalou sua cama e durou mais do que qualquer tremor de terra deveria, e todas as vezes que tentava pegar o telefone, ele lhe escapulia das mãos.

Então parou de tocar, e ela foi dominada pelo medo. Havia perdido o contato com Wells...

Acordou. Por um breve momento de pânico, perdeu a noção de onde estava. Alguém tocou seu braço, e ela gritou assustada.

— Está tudo bem?

Ao ouvir a voz de Shafer, o mundo entrou em foco de novo.

— Por quanto tempo eu dormi?

Shafer olhou para o relógio.

— Dez horas. Ainda falta um pouco. Você perdeu o filme.

Ela precisou de alguns segundos para compreender que Shafer estava brincando. Achou que o efeito do Ambien ainda não havia passado. O avião trepidava; isso explicava seu sonho.

Shafer inclinou a cabeça em direção a ela. Uma expressão indecifrável refletia-se em seu rosto.

— O que é?

— Você e Wells são idênticos quando estão tendo pesadelos, sabia disso?

Exley piscou os olhos. Como Shafer podia saber o modo como Wells se comportava num sonho? Estaria insinuando que tinha conhecimento do que se passara no Cherokee? Do telefonema? Ou estava apenas tentando adivinhar?

— Você anda dormindo com ele também? — perguntou Exley.

Shafer riu.

— Eu o vi dormindo uma vez em Langley, é só.

— Será que esse pássaro carrega alguma comida?

— Eu guardei seu jantar. — Entregou-lhe uma refeição: um saco plástico marrom lacrado cujo rótulo indicava que continha espaguete e almôndegas. Ela olhou para a comida com desconfiança.

— Não é tão ruim assim. Mas é melhor aquecer. E você precisa esticar as pernas.

— Acredite ou não, já andei de avião antes.

Ele lhe entregou uma pilha de papel.

— Antes de aterrissar você precisa assinar isso.

Ela folheou os papéis.

— Um acordo de sigilo? Ellis, eu tenho todas as qualificações possíveis.

— Não para isso aqui. Ninguém está nessa categoria.

Exley sentiu o estômago revirar de novo. Dessa vez não era por causa da turbulência. O Hotel Jefferson ficara muito para trás.

— O que exatamente vamos fazer com esse indivíduo?

FAROUK KHAN ESTAVA num péssimo dia. Não que o dia ou a noite ainda significassem alguma coisa para ele; seu conceito de tempo desaparecera desde o momento em que as forças especiais colocaram um capuz em sua cabeça e o levaram para uma cela subterrânea em Camp Victory. Embora o passaporte de Farouk fosse falso, seu contador Geiger era bastante real, e a Força-tarefa 121 imediatamente compreendeu a sua importância.

Em poucas horas espalhou-se a notícia de sua captura entre a cúpula da CIA e do Centcom — Comando Central dos Estados Unidos, que controlam as operações militares americanas em todo o Oriente Médio. Na manhã do dia seguinte em Washington, a Casa Branca já havia sido informada. Antes do meio-dia o presidente assinara uma portaria declarando Farouk combatente inimigo C-1.

Os Estados Unidos usaram a classificação C-1 apenas seis vezes desde 2001, quando começou a excluir os prisioneiros da al-Qaeda da proteção que a Convenção de Genebra oferecia aos prisioneiros de guerra tradicionais. Em termos legais, a classificação significava que o governo dos Estados Unidos concluíra que Farouk devia ter conhecimento de ataques terroristas iminentes (Categoria C), e em larga escala (Categoria 1). Como resultado, Farouk estaria excluído tanto das regras de Genebra quanto dos direitos que a Suprema Corte concedia aos prisioneiros mantidos em Guantánamo.

Em termos menos legais, a classificação deixava Farouk atolado na merda até o pescoço.

O governo norte-americano, claro não aprovava a tortura, nem mesmo em detentos como Farouk. Os países civilizados não torturam seus prisioneiros. Mas a tortura havia sido mal definida no manual que especificava as técnicas de interrogatório permitidas para prisioneiros C-1 como Farouk. O manual, denominado Livro Branco por causa da cor de sua capa, determinava que os inquisidores deveriam calcular o dano causado aos prisioneiros proporcionalmente ao perigo potencial de atos terroristas. Assim, o

Livro Branco estabelecia que os inquisidores poderiam tomar qualquer medida que não causasse dano "grave *e* permanente". A conjunção estava em itálico de modo a deixar bem clara a observação no manual. Danos graves eram permitidos, desde que não fossem permanentes. Da mesma forma, drogas psicotrópicas eram banidas apenas se provocassem dano cerebral ou doença mental "grave *e* permanente". A mesma regra se aplicava à privação dos sentidos, ao confinamento restritivo e à supressão de comida e água.

O Livro Branco também determinava que a dor era um conceito subjetivo, que diferia de pessoa para pessoa. Logo, qualquer quantidade de dor era permitida, desde que não produzisse dano "grave *e* permanente". O Livro Branco também estabelecia, sem rodeios, que "a dor não deveria, necessariamente, substituir os métodos mais tradicionais de interrogatório. A ameaça de dor é em geral mais eficaz do que a dor em si".

A VIAGEM DE Farouk começara em Bagdá.

Eles o algemaram com as mãos nas costas quando ainda estava de joelhos no telhado, o corpo de Zayd a poucos metros de distância. Um homem de uniforme militar americano enfiou-lhe um capuz na cabeça, apertando-o em volta do pescoço. O mundo ficou negro. O capuz estava apertado demais. Eles certamente não tiveram a intenção de apertá-lo assim. Não conseguia respirar. Tentou uma respiração curta, em seguida outra, lutando por ar através do saco. Logo estava ofegando como um cachorro. Sua garganta apertou quando começou a sentir pânico. Ia desmaiar. Ia morrer ali. Sua respiração tornou-se cada vez mais rápida, até que se viu hiperventilando, e o telhado pareceu desabar sob seus pés.

Fique calmo, Farouk disse a si mesmo. Eles não o matariam dessa forma. Relaxe. Respire. Desacelerou a respiração. E após alguns minutos percebeu que ainda estava vivo. Concentrou-se em seus outros sentidos, nos gritos dos homens a sua volta, no tecido áspero do capuz tocando-lhe o rosto, na saliva molhada que escorrera dentro do capuz.

Dois homens o agarraram e o puxaram para cima. Ele cambaleou. Logo em seguida, sentiu um murro no estômago. Gemeu e caiu no chão. Rolou sobre um lado. A dor e a surpresa eram enormes, e naquele momento ele realmente não conseguia respirar. Pressionou o rosto contra o telhado áspero, na esperança de poder arrancar o saco da cabeça.

— Alá — ele disse. — Alá. — Sentiu a picada de uma agulha na perna. Uma paz reconfortante espalhou-se por seu cérebro e o medo desapareceu. Então foi tomado pela escuridão. O pesadelo terminou.

MAS QUANDO acordou, descobriu que não havia terminado ainda. Abriu os olhos e não viu nada, a não ser o mais profundo negrume. Parecia estar nadando dentro dele, nadando num mar de escuridão. O capuz. Devia estar usando ainda o capuz. Tentou arrancá-lo... e percebeu que suas mãos estavam algemadas nas costas. Diante desse pensamento seus ombros começaram a arder. As pernas também, pois seus tornozelos estavam presos ao chão. As nádegas flácidas, expostas ao ar frio. A cadeira onde se encontrava não tinha assento e suas calças haviam sido cortadas. Pela sensação, parecia que um grampo havia sido preso a seu dedo indicador direito e uma tira de velcro amarrada a seu tornozelo esquerdo. Tentou removê-los por atrito, mas viu que não conseguia.

E estava com sede. Lambeu os lábios secos com a língua.

— *Salaam alaikum* — disse ele, com voz rouca.

Não ouviu resposta. Tentou de novo, mais alto desta vez.

— *Alaikum salaam*. Alô. — E depois gritando: — *Allahu akbar*.

Mas ninguém respondeu, e Farouk de imediato percebeu que não conseguia escutar nada. Nenhum som. Nem o soprar do vento, nem o latido de um cachorro, nem o ronco de um motor. Nenhum som no interior também, como de canos ou de ar-condicionado. Seus ouvidos pareciam ter sido tapados com algodão, só que não foram.

Será que os americanos o haviam esquecido ali, onde quer que ele estivesse? Morreria de sede?

Farouk voltou a si. Precisava manter-se concentrado. Sou um cientista, pensou. Preciso usar a minha mente. Meu nome é Farouk Khan. Os *kafirs* me fizeram prisioneiro. Há quanto tempo? Não sei. Onde estou? Não sei. Eles me drogaram, me fizeram dormir, me trouxeram para algum lugar.

Muito bem. Inspirou e expirou, e percebeu que alguém havia feito um buraco na máscara para que ele pudesse respirar melhor. Ótimo.

Por que estão fazendo isso comigo? Eles querem saber sobre o contador Geiger. Claro. A besta do Zayd tinha razão. Deveria tê-lo deixado no almoxarifado, apesar de que os americanos o teriam achado de qualquer forma.

Tentou relaxar. Ele não era um camponês analfabeto. Sabia que os americanos tinham regras. Eles podiam fazê-lo usar o capuz, mas não podiam machucá-lo demais. Seria interrogado e em seguida colocado num avião e enviado para Guantánamo. Se lhe perguntassem sobre o contador Geiger, diria... diria que nem sabia o que era isso. Deveria inventar um nome. Um nome xiita seria melhor. Hussein, então. Ele se chamaria Hussein. Contanto que não dissesse quem ele era, ou o que estava fazendo no Iraque, estaria bem.

Os americanos tinham regras. Ele só precisava manter a calma.

MAS PERMANECER CALMO ficava cada vez mais difícil à medida que os segundos se transformavam em horas. Pensou em sua mulher, Zeena, em seus filhos, no chão de concreto sujo do laboratório onde havia trabalhado, na pedra negra da Kaaba que ele jamais vira, exceto em fotografias. No momento glorioso em que encontrou o xeique Bin Laden, pensou em Zayd, enfiando o dedo no nariz enquanto esperava a chegada dos camponeses com o cobalto. Na caixa de chumbo que havia comprado de Dmitri e na destruição que causaria. Sorriu com a lembrança. Mas a sede permanecia, distraindo-o e trazendo-o de volta àquela sala escura e vazia. E sua bexiga estava desconfortavelmente cheia. E se precisasse aliviar os intestinos? Será que teria sido por isso que eles haviam cortado as suas calças?

— Porcos — disse em voz alta. — *Kafirs*. Meu nome é Hussein. Hussein Ali. — Sua voz elevou-se. — Me soltem! — repetiu para si mesmo umas dez vezes, cem vezes, até que sua voz falhou e seu rosto ardeu sob o capuz.

Alguém teria de responder. Mas ninguém respondeu.

TALVEZ OS AMERICANOS realmente o tivessem esquecido ali. Não, seria impossível. Aquilo fazia parte do jogo. Queriam assustá-lo. Mas Alá o protegeria.

E assim ele esperou, resistindo contra o medo, lambendo os lábios secos e contando devagar até mil e de mil até um. Mas seu terror aumentava no silêncio, junto com a sede.

— Por favor — dizia Farouk baixinho. — Por favor.

MAIS TARDE. ELE não sabia quanto tempo mais tarde, não conseguia imaginar; de repente, uma torrente de água o encharcou. Água gelada, extremamente gelada, penetrando-lhe o capuz e as roupas. Fria demais. Mesmo assim, Farouk levantou a cabeça para bebê-la, agradecido até mesmo por isso, por eles terem dado sinal de que sabiam que ele estava ali.

— *Allahu akbar* — murmurou. Pedira a Alá e fora atendido. Bebeu aquela água sem parar, até depois de já ter saciado a sede, temeroso de não tê-la de novo.

Mas ela continuava a cair e o alívio logo se transformou num novo tipo de aflição. Desviou o corpo de um lado para o outro, mas não conseguiu livrar-se da torrente. A água encharcou sua roupa a ponto de não absorver mais nenhuma gota sequer, e depois penetrou-lhe a pele. Sentiu-a escorrendo pela barriga, pelas pernas, até os pés. Uma poça formou-se no chão, subindo até seus tornozelos.

Começou a tremer. Não havia percebido, poucos minutos antes, como fora abençoado. Por estar seco. Odiava os americanos e seus truques. Certamente estariam rindo dele em algum lugar, ele sabia. Deveria estar com raiva. Mas estava apenas com medo e frio. Quanto tempo o deixariam ali, sentado, e o que fariam em seguida?

— Alá — repetiu —, suplico vosso perdão. — Mais uma vez: — Por favor.

MAIS TARDE. UMA agulha espetou-lhe as costas. Antes mesmo de registrar a picada, mergulhou novamente na escuridão.

ACORDOU NUMA CAMA bamba, numa sala pequena, com um cobertor fino sobre o corpo. Sentou-se. Estava nu. Conseguia enxergar. Seu capuz havia sido removido e havia uma lâmpada acesa no teto. As mãos estavam algemadas à frente do corpo, mas as pernas estavam livres.

Havia no chão uma pilha de roupas, uma camisa larga e calças de elástico na cintura. Desajeitadamente vestiu as calças e a camisa e sentiu voltar-lhe o ânimo. Eles haviam percebido que não adiantava machucá-lo. Sobrevivera ao teste. Assim esperava.

Um tremor percorreu-lhe o corpo quando tossiu. Sentou-se na cama e tentou pensar. Sentiu cansaço e fome, e percebeu que estava febril. Fora isso, estava bem. Queriam assustá-lo, os americanos. Mas ele não cederia. Esperou mais alguns minutos. Em seguida, percebendo que não tinha escolha, levantou-se e com esforço foi até a porta. Para sua surpresa, ela se abriu.

FAROUK OS HAVIA feito esperar. O que correspondia a seu perfil, pensou Saul. Eles podiam vê-lo nos monitores quando se sentou na cama coçando a cabeça. Estava agitado, enjoado, e o oxímetro e os monitores do pulso mostravam que ele reagira mal àquele tempo na solitária, embora lentamente estivesse voltando a ter controle sobre si mesmo. Saul não estava surpreso. Farouk era um cientista, não um matador como Khalid Sheikh Mohammed. A solitária deixava qualquer um que não fosse um total psicótico extremamente desorientado.

Mas Saul aprendera a não subestimar esses tipos. Eles eram altamente motivados. Sua fé lhes dava uma força extraordinária. Nunca se rendiam de uma vez, não aqueles que eram importantes. Cediam um pouco e, em seguida, começavam a mentir de novo. Conseguir tudo levava tempo.

Saul era o inquisidor principal da Força-tarefa 121, um major da Força Delta com doutorado em psiquiatria pela Duke. Ia além dos limites impostos pelo Livro Branco, ele sabia. Até os outros inquisidores tinham medo que seus métodos cruzassem o limiar da... a palavra com T..., palavra na qual não queria sequer pensar. Algumas vezes, após uma sessão de encharcamento, Saul também se preocupava. Não queria se olhar no espelho um dia e ver Josef Mengele. Ficava imaginando o que seus pais ou sua mulher pensariam se vissem na CNN o que ele estava fazendo.

Porém Saul nunca provocara a morte de nenhum de seus prisioneiros, nem lhes causara danos irreversíveis. Forçava os limites, mas quando não sabia se um procedimento era permitido, perguntava ao coronel Yates, advogado militar que fazia parte da Força-tarefa 121. As perguntas nunca eram por escrito; o coronel também não queria terminar na CNN. Porém, a mera presença de Yates inibia os piores impulsos dos inquisidores. E eles monitoravam de perto a saúde dos prisioneiros para, pelo menos, certificarem-se de que suas técnicas estavam funcionando. Os inquisidores da 121 haviam interrogado cerca de cem prisioneiros, e apenas um morrera, de um ataque cardíaco fulminante que provavelmente teria causado sua morte de qualquer forma.

Os inquisidores da Força-tarefa 121 tinham outras restrições. Nunca trabalhavam sozinhos e tiravam dois meses de férias duas vezes ao ano. Uma vez por ano eram examinados por psiquiatras do exército e submetidos a um longo teste de personalidade. Essas regras eram aplicadas para evitar que desenvolvessem complexo de Deus — um risco real, Saul sabia. Ter tanto poder assim sobre um outro ser humano, não somente o poder de matar mas também de danificar, podia ser viciante. Visto por outro prisma, seriam assassinos diante das câmeras. Nada podia ser mais repulsivo. Entretanto, Saul conhecia bem o impulso, a excitação doentia de fazer um outro ser humano dobrar-se e suplicar pela vida... ou suplicar pela morte, porque a dor era insuportável.

Sim, estava em terreno escorregadio e sabia disso. Mas ele escorregava apenas o suficiente para obter as informações de que precisava. Saul raramente sofria remorsos por causa do trabalho. Em seu escritório tinha um peso de papel com a citação de George Orwell: "As pessoas dormem em paz à noite somente porque homens corajosos se dispõem a cometer atos violentos em seu lugar." Ele fizera Khalid Sheik Mohammed ceder. Havia impedido pelo menos três atentados e salvo centenas de vidas. Não sabia os nomes dessas pessoas, e elas jamais saberiam o seu, mas ainda assim eram reais.

E os homens que ele interrogava, os Farouks da vida? Eles não eram inocentes. Não eram camponeses iraquianos arrastados e levados para Abu Ghraib. Eram terroristas de verdade, que sabiam o risco que corriam. Saul desprezava essa gente da Anistia Internacional que criticava qualquer prática coercitiva por ser injusta. Se esses fracos acreditavam que homens como

Farouk revelariam seus segredos em troca de chá com biscoito, eles eram ainda mais ingênuos do que Saul imaginava.

O verdadeiro problema era que as táticas criadas pela Força-tarefa 121 haviam se disseminado demais, pensou Saul. A coação deveria ser usada somente quando necessária — supervisionada de perto, e em prisioneiros de quem se acreditasse ser possível obter informações importantes. Saul não compreendia como cabos de 22 anos, de West Virginia, que nunca haviam aprendido as técnicas de interrogatório mais básicas, podiam espancar prisioneiros em Abu Ghraib, Guantánamo e Bagram no Afeganistão. Não que alguém no Pentágono tivesse pedido a sua opinião.

Quanto ao argumento de que seus métodos não deveriam ser usados porque não funcionavam, Saul apenas ria. Claro que funcionavam. E muito bem na verdade, razão pela qual não podiam ser usados em investigações policiais. Depois de algumas semanas com ele, as pessoas, na sua maioria, confessavam qualquer coisa, até crimes que não haviam cometido, simplesmente para escapar da punição. As confissões forçadas eram quase inúteis, porque nem mesmo o inquisidor seria capaz de dizer se eram verdadeiras.

Mas Saul não tentava solucionar crimes, e sim impedi-los. Queria informações sobre ataques que ainda não haviam sido realizados. Os locais das bombas escondidas. A estrutura das células terroristas. Os verdadeiros nomes e endereços dos terroristas. Informações concretas, que pudessem ser verificadas. Não se importava com as inúmeras mentiras ouvidas, desde que no final conseguisse obter a verdade. Mentiras apenas prolongavam a dor. Mais cedo ou mais tarde, todos os prisioneiros compreendiam isso e, quando compreendiam, davam todas as informações que ele queria.

FAROUK SAIU DA cela e foi para uma sala grande com uma mesa no centro.

Dois homens fortes entraram na sala.

— Sente-se — disse um deles em inglês. Farouk não viu razão para fingir que não havia entendido. Sentou-se. Um homem ficou atrás dele, enquanto o outro prendia suas pernas à cadeira. Trouxeram um prato com pão, uma tigela com *hummus* e um copo de suco de laranja.

A boca de Farouk encheu-se de saliva. Não se lembrava de ter sentido tanta fome, nem mesmo em criança quando sua mãe tinha de fazer três quilos de farinha de trigo durar uma semana. Suspeitou da comida. Um dos homens mergulhou um pedaço de pão no *hummus* e comeu. Diante disso, Farouk baixou a cabeça em direção à mesa e com as mãos algemadas enfiou a comida na boca. A comida maravilhosa o satisfez e, por um momento, sentiu gratidão para com seus captores. Imediatamente sufocou essa reação. Não agradeça aos *kafirs*, disse a si mesmo. É isso o que eles querem.

Quando terminou, os homens recolheram os pratos e saíram, deixando Farouk sozinho. Ele sentiu um estranho cansaço repentinamente. Tudo o que queria era colocar a cabeça sobre a mesa e dormir, e alguns minutos depois foi o que fez.

CLIQUE. AS LUZES se acenderam com um brilho forte, enquanto Farouk tentava afastar a apatia que estava sentindo. Surgiu diante dele um outro homem. Alguém o chacoalhou pelas costas. Por que havia dormido? E por quanto tempo? Devem ter colocado alguma coisa na comida. Ele foi um tolo. Limpou um fio de baba que escorria de sua boca.

— Acorda — disse o homem. Ele era alto, tinha cabelos escuros e um cavanhaque bem aparado. Colocou uma pasta com documentos sobre a mesa. Farouk procurou desesperadamente se recompor. Precisava ter clareza mental.

O homem sentou-se à sua frente e tirou um maço de Marlboro do casaco.

— Cigarro?

— Não — disse Farouk, embora sentisse uma grande vontade de fumar.

O homem deu de ombros.

— Como quiser. Qual é seu nome?

— Hussein. E o seu?

— Meu nome não importa. E eu acho que você está mentindo para mim. Qual é seu nome?

— Hussein. Hussein Ali — respondeu Farouk. — Sou um agricultor de Basra. Isso tudo é um erro.

— Você nem iraquiano é. Não me subestime. — O homem anônimo deu um sorriso frio. — Pela última vez. Qual é seu nome?

— Eu já disse — respondeu Farouk tão sinceramente quanto pôde. — Hussein.

— Você quer voltar para a solitária?

Isso não, pensou Farouk. Isso não, por favor. Engoliu em seco e tentou manter a compostura enquanto seu inquisidor tirava o Marlboro do pacote, que se encontrava sobre a mesa.

— Você quer voltar para a solitária? Sim ou não?

— Claro que não — disse Farouk. — Mas meu nome é Hussein. — Enquanto se mantivesse calmo, poderia enganar o americano.

AGORA, PENSOU SAUL. Mostre a esse filho-da-mãe quem é que dá as ordens aqui. Abriu a pasta.

— Seu nome é Farouk Khan — disse. — Você nasceu em Peshawar, no Paquistão, em 1954. Freqüentou a Universidade de Delft, na Holanda, num programa de intercâmbio. Recebeu um diploma de bacharel em física e depois o grau de mestre. Quando voltou para o Paquistão, foi contratado pelo governo.

Farouk tinha cometido a tolice de possuir um passaporte paquistanês, mesmo sob nome falso, pensou Saul. O serviço secreto paquistanês o identificara e revelara seu passado à Força-tarefa 121, embora apenas em termos vagos. Os paquistaneses não falavam muito sobre seu programa de armas nucleares, nem mesmo para os americanos. Mas o silêncio paquistanês não importava. Depois que a CIA descobriu o verdadeiro nome de Farouk, a agência conseguiu bastante informação para traçar seu perfil psicológico. O objetivo era fazer Farouk acreditar que eles sabiam tudo sobre ele, e que mentir seria uma perda de tempo. Para seus prisioneiros, os melhores inquisidores pareciam oniscientes e onipotentes.

FAROUK MANTEVE A cabeça no lugar, enquanto o homem lia. Teria de se esforçar para evitar vomitar. Como podia aquele americano saber de tudo isso?

— Meu nome é Hussein — ele disse, desesperado.

O homem de cavanhaque parou de ler, levantou-se e esbofeteou Farouk. Farouk gritou, tanto pelo choque quanto pela dor. Ser esbofeteado como uma mulher era intolerável. Entretanto, Farouk sabia que merecia a punição por mentir de forma tão tola.

— Não seja idiota. Seu nome é Farouk Khan. Você perdeu o emprego no governo em 2000. Você quer me dizer por quê?

Farouk não disse nada.

— Não tem importância — retrucou o homem. — Eu já sei. — Deu um passo atrás e acendeu um cigarro. — Você tem um metro e setenta e quatro e pesa 105 quilos. Sua pulsação é de cerca de noventa batimentos por minuto. Sua pressão arterial é 17 por 11. Sua saúde é precária e você reagiu mal ao estresse que sofreu até agora. Estresse mínimo.

— *Allahu akbar* — Farouk murmurou. O sangue parecia ter deixado seu corpo. Não pôde evitar o tremor.

O inquisidor anônimo deu um longo trago em seu Marlboro.

— Sim, Deus é grande — disse. — Mas Deus não tem nada a ver com isso. — Inclinou-se sobre Farouk, segurando o cigarro bem próximo ao rosto do prisioneiro. — Farouk, você é um homem esperto. Um homem esclarecido — continuou. — Você sabe que os Estados Unidos têm um campo de prisioneiros na baía de Guantánamo. — Ele esperou.

— Sei, sim — respondeu Farouk, irritado.

— E não é segredo que os prisioneiros em Guantánamo são bem tratados. Eles recebem três refeições por dia. Podem orar livremente. Você já deve até ter ouvido falar que eles têm advogados, não é?

— Já.

— Mas você não está indo para Guantánamo.

O homem anônimo levou a ponta acesa do cigarro em direção ao olho de Farouk.

— Não. — Farouk encolheu-se na cadeira, piscando sem cessar, tentando olhar para qualquer outra coisa que não fosse aquela brasa a cinco centímetros de distância.

— Ainda bem que você concorda. Não. Você não vai para Guantánamo. — O homem deu o último trago no cigarro, apagou-o na mesa e o jogou fora. — Eu não quero machucar você, Farouk — disse. — Mas você precisa me contar a verdade. E você vai contar. Vai me dizer tudo que eu quiser saber.

Farouk recuperou a voz.

— Existem regras — disse ele. — Você não pode.

Porém no mesmo instante, percebeu que estava errado.

— Eu vou lhe dizer uma coisa que talvez não devesse — disse o americano. — Existe uma regra. Eu não devo matar você. Pelo menos, não de propósito.

Em seguida, sorriu. A expressão nos lábios dele assustou Farouk muito mais do que qualquer coisa que já havia acontecido ali. Aquele homem era um demônio, um demônio em forma humana. Por favor, Farouk quase disse. Eu lhe digo o que você quiser. Falo sobre Khadri. Sobre a caixa que consegui de Dmitri. Conto até mesmo o maior de todos e segredos: onde a caixa está agora. Desde que me deixe em paz. Então Farouk lembrou-se que não devia ter medo. Mas talvez ele pudesse contar alguma coisa a esse homem. Qualquer coisa para fazer aquele sorriso desaparecer.

— Farouk, você está escutando?

Farouk fez que sim. Ele se odiou por ter respondido àquele homem, mas sua vontade parecia ter desaparecido.

— Eu não devo matar você. Mas tenho permissão para fazê-lo preferir estar morto.

O americano deixou a sala. Ainda antes de a porta se fechar, Farouk sentiu o capuz ser puxado sobre sua cabeça.

— Não — disse Farouk. — Por favor. Me pergunte qualquer coisa. Eu respondo. — Sua voz transformou-se num grito. — Eu respondo! Por favor!

Mas a sala escureceu, e Farouk sabia que a solitária o esperava.

AS SEMANAS QUE se seguiram não foram diferentes. Com a continuação dos interrogatórios, as experiências de Farouk no confinamento da cela eram ainda mais aterradoras; recebia injeções de adrenalina até seu coração bater tão rápido a ponto de quase explodir. Davam-lhe LSD e o deixavam naquela sala silenciosa perdido em alucinações. Quando tentava dormir, apanhava de homens que ele não conseguia ver.

Enquanto isso, Saul aumentava os períodos de tempo que Farouk passava fora da solitária, a fim de tornar o contraste entre o confinamento e o mundo mais gritante. Saul queria que Farouk soubesse que ele poderia salvá-lo ou destruí-lo, poderia transformar o dia em noite e o branco em preto.

As lições eram eficazes, e Farouk revelava novos segredos a cada sessão. Contou-lhes como havia conhecido Bin Laden. Como recrutara três empregados do programa nuclear paquistanês. Como conhecera um americano, agente da al-Qaeda, que fora enviado de volta aos Estados Unidos para ajudar a realizar um megaatentado. Saul não esperava que Farouk revelasse tanto em tão pouco tempo; aquele homem simplesmente não era tão forte como Khalid Mohammed ou outros tenentes mais antigos da al-Qaeda, que levaram meses para ceder. Ainda assim, Saul acreditava que Farouk estava escondendo alguma coisa.

ENQUANTO O C-5 atravessava o oceano Índico, Exley examinava as transcrições dos interrogatórios de Farouk e suas reações na solitária. As descrições do relatório eram diretas e frias: "O interrogado gritou 'Alá!' durante vários minutos antes de perder a consciência. Quando voltou a si..." Exley ia ficando cada vez com mais frio, e chegou a desejar que o avião pudesse dar meia-volta e levá-la para casa.

— O que você acha? — perguntou Shafer.

— Agora eu vejo por que tive de assinar o documento de autorização — disse Exley. — Estamos gravando em vídeo?

— Não.

Ela não ficou surpresa. O Pentágono havia aprendido alguma coisa com Abu Ghraib, embora não a lição que os grupos dos direitos humanos esperavam.

— Não sou tão ingênua, Ellis — disse. — Eu sabia que esse tipo de coisa estava acontecendo. — Ela tremia. — Mas acho que é diferente quando você lê isso em primeira mão. Só isso.

Shafer deu um resmungo qualquer, e eles ficaram em silêncio pelo restante do vôo. Desceram em Diego Garcia tão suavemente que Exley quase não percebeu que haviam aterrissado. Quando as gigantescas portas traseiras do avião se abriram e a luz do sol penetrou no C-5, os soldados saíram correndo comemorando. Exley nunca desejou tanto ter 25 anos, embora fosse um consolo ver que Shafer tinha uma aparência muito pior do que a dela, com a barba por fazer e os olhos vermelhos.

— Que dia é hoje?

Shafer olhou para o relógio.

— Sábado. Sábado de manhã.

— Saímos quinta à noite.

Shafer abriu a boca num bocejo gigantesco.

— Dezenove horas de vôo, e estamos onze horas à frente de Washington.

Andaram cuidadosamente pela pista de pouso. O sol equatorial brilhava forte sobre os veículos do exército estacionados em torno deles, refletindo nos espelhos e vidros. Exley ficou feliz por ter trazido os óculos escuros. Coqueiros e magnólias espalhavam-se por toda a pista, um contraste estranho com o equipamento militar. O ar quente e úmido lembrava Washington, embora uma leve brisa do mar tornasse a umidade mais fácil de tolerar. Em torno deles, os soldados descarregavam a bagagem e com bom humor reclamavam do vôo. Para eles, Diego era apenas uma base a mais. Exley, porém, sentiu um desejo intenso de estar longe dali.

Um soldado dirigiu-se a eles.

— Senhor? Senhora? Os senhores devem ser Sr. Ellis Shafer e Sra. Jennifer Exley. Por favor, me acompanhem.

FAROUK PERMANECEU NA escuridão demoníaca, escuridão demoníaca que tudo vê. O escuro mais negro que já existiu. Tão escuro que ele quase se convenceu de que a escuridão era a luz. Mas não era.

Sabia agora que Alá o havia abandonado, o havia deixado apodrecer nas garras dos infiéis. A ele restava apenas a escuridão. A sala em que estavam e a outra. Na verdade eram a mesma sala, mas essa era escura e a outra não, e isso era tudo.

— Eu não consigo — disse ele. — Não consigo fazer isso. Por favor. — Alá, me abandonastes. Vós me abandonastes.

Lágrimas escorreram por suas faces. No último recôndito racional de sua mente, sabia que os americanos haviam construído aquela sala para mantê-lo preso. Era apenas uma cela, uma cela especialmente projetada, silenciosa e escura. Às vezes tentava imaginar como a haviam construído. Mas não conseguia manter os pensamentos claros por muito tempo. Logo era tomado pela escuridão. A escuridão e os... truques. Não sabia como chamá-los. Os truques. Eles *machucavam*.

Farouk falara muito, dera a Saul mais informações do que pretendia. Saul, porém, queria mais. "Eu sei que isso não é tudo, Farouk", ele dizia com voz calma. E o capuz voltava a cobrir sua cabeça. Farouk não conseguia convencê-lo do contrário, por mais que tentasse. Porque, é claro, ele não havia contado a Saul sobre o maior de todos os segredos, sobre o pacote que recebeu de Dmitri. E precisava guardar aquele segredo. No escuro.

SAUL QUERIA FORÇAR Farouk a falar naquele dia, dar um espetáculo para o pessoal de Langley. Não achava necessário esconder deles os seus métodos. Eles não eram da Cruz Vermelha, nem tampouco repórteres desprezíveis. Eram do seu time. Haviam recebido autorização para ver. Portanto, que vissem.

O TENENTE ACOMPANHOU Exley e Shafer até um prédio de concreto, na extremidade norte do complexo. PRÉDIO 12. ACESSO RESTRITO: NÍVEL 1 FORÇA-TAREFA 121 NECESSÁRIA AUTORIZAÇÃO, lia-se em letras vermelhas numa tabuleta pequena. Um homem alto, hostil, com um chapéu de abas, guardava as portas de aço do prédio, procurando um lugar à sombra naquela tarde ensolarada.

— Sr. Shafer, Sra. Exley, só tenho permissão para vir até aqui — disse o tenente. — Mas vou esperar os senhores ali, quando saírem. — Apontou para um prédio por onde haviam passado.

— Obrigada, tenente.

— De nada, senhora. — Deu a volta e saiu. Estava ansioso para deixar aquele prédio, Exley percebeu.

O HOMEM NOS monitores infravermelhos quase não se mexia. Eles não viam seu rosto, que estava coberto por um capuz. Mas conseguiam ouvi-lo soluçar.

— Ele sempre chora assim? — perguntou Exley.

— Ele começou a chorar a partir da terceira sessão — disse Saul. — Agora chora quase constantemente depois de umas poucas horas.

— E por quantas sessões ele já passou?

— Oito. Ele está indo muito bem — disse Saul.

— Quando ele mencionou Wells?

— Faz uma semana. Posso voltar ao assunto, se quiserem. Ele coopera bastante quando falamos sobre assuntos já discutidos.

Saul lhes mostrara o prédio antes de levá-los até lá. A solitária ficava localizada numa ala própria, no primeiro andar, à prova de som e de luz, ele disse. Normalmente essas celas eram construídas no subsolo, mas o coral do solo não permitia construções muito fundas.

— Por favor — dizia o homem na tela. — Por favor.

Seus soluços aumentaram. Se algum dos inquisidores percebeu, não fez nenhum comentário.

— Há quanto tempo ele está aí? — Exley perguntou da forma mais neutra possível.

Saul olhou para o relógio.

— Só dezenove horas. Mas sua tolerância à sala parece estar chegando ao limite.

— Isso não acontece sempre? — Shafer perguntou.

— Alguns deles ficam mais fortes por um certo tempo, o que torna as coisas difíceis. Mas Farouk... eu acho que ele está a ponto de afrouxar completamente.

— E o que vem depois?

— Em geral introduzimos um elemento adicional de estresse em certo ponto da sessão. Às vezes logo no início, outras vezes mais tarde; é importante que ele não saiba quando. Agora parece a hora certa.

ESCURO, ESCURO, escuro. Farouk tentou contar até mil, mas não conseguia manter a seqüência dos números. Havia tentado recitar partes do Alcorão, mas cada vez que repetia o nome de Alá, sentia-se mais abandonado. Então deixou isso de lado também e simplesmente ficou no escuro.

O americano estava certo, Farouk pensou. Aquilo era pior do que morrer. Na verdade, talvez já estivesse morto. Talvez tivesse morrido no telhado em Bagdá e estivesse no inferno. Mas não era possível. Ele havia sido um leal seguidor de Alá. Seu lugar era no Paraíso.

— Paraíso — ele disse em voz alta. — Paraíso.

Ao dizer essas palavras um choque elétrico intenso atingiu-lhe as pernas. Lançou a cabeça para trás e gritou de dor. Seus músculos espasmaram-se incontrolavelmente, contraindo e relaxando repetidas vezes. Nunca sentira tanta dor, subindo por uma perna e descendo pela outra.

— PAREM, PAREM, PAREM! — ele gritou.

Finalmente a agonia parou.

— Alá — repetiu. Havia durado somente alguns segundos, ele percebeu. Graças a Deus. Não teria agüentado muito mais. Suas pernas ainda estavam trêmulas do choque, e os músculos... quentes, como se tivesse corrido. Tentou movê-las. Ainda funcionavam.

Em seguida, a dor voltou, subindo pela perna e coxa esquerdas, chegando até a cintura e descendo pela outra perna.

— PAREM! PAREM! — Sentiu o coração palpitar, mas não conseguia se mexer. O tempo deixou de existir. Não sabia, não conseguia nem mesmo adivinhar, quanto tempo o choque percorreu seu corpo.

A descarga elétrica parou. Teve tempo para três respirações rápidas antes que começasse de novo. Por algum motivo, doía até mais dessa vez. Tentou se convencer de que eles não podiam continuar a aplicar choques daquela forma a menos que realmente quisessem matá-lo... mas essa convicção não ajudava muito. Queria implorar-lhes para parar, mas as palavras se enrolavam na língua, e ele só conseguia gemer até a corrente elétrica cessar.

Não agüentava mais. Diria a eles qualquer coisa, qualquer coisa, para não ter que permanecer naquele lugar e aguardar a agonia. Balançou a cabeça de um lado para outro.

— Por favor... por favor... por favor...

— DEIXEM QUE ELE se acalme um pouco e então tirem ele daí — Saul disse, vendo Farouk se contorcer. — Acho que acabou.

Eles tinham acabado de usar um Taser em Farouk, um revólver elétrico que produzia choques de 50.000 volts, choques que causavam espasmos musculares involuntários, Saul disse. Os fios do revólver eram presos aos tornozelos de Farouk, e a descarga elétrica não feria a pele, de modo que Farouk provavelmente não tinha idéia de onde vinha a dor.

— Eu experimentei em mim mesmo, e dói — Saul disse. — Mas funciona.

EXLEY MANTEVE O rosto impassível. Deveria estar satisfeita. Um veterano da al-Qaeda havia sido dobrado. Se *fosse* um veterano da al-Qaeda. Se *tivesse* realmente afrouxado e não precisasse de mais um mês na solitária. Ela porém não conseguia tirar os olhos daquela massa trêmula na tela. Não sei se vou agüentar continuar assistindo a isso, ela pensou. Dói, mas funciona. E se não funcionasse? O que viria depois?

Eu quero apenas morar em algum lugar fora da cidade com meus filhos, trabalhar quarenta horas semanais e ter uma vida simples e boa. Alguém tem que fazer isso, mas não eu. Ou talvez ninguém tenha que fazer isso. Talvez todos precisassem apenas relaxar e tratar os homens do outro lado como seres humanos.

Então aquela vozinha dela: você não é tão tola assim, Jenny. Você quer que esse cara jogue uma bomba nuclear em Nova York?

Teria sido levada por Shafer àquele lugar para uma aula prática? Será que ele achava essa tortura necessária? Seria isso tortura? Farouk sairia dali sem problemas, pelo menos fisicamente. Ela não tinha respostas, só perguntas, e já não conseguia mais enfrentar perguntas.

De repente percebeu que Wells iria morrer. Ele seria mais um sacrifício humano no altar dessa guerra. Morreria, e ela não o veria de novo. O pensamento mexeu com suas emoções, e tudo o que ela desejava naquele momento era estar de volta em seu quartinho, deitada na cama, olhando para o teto, com Wells a seu lado, abraçando-a. Em qualquer lugar, exceto ali.

Shafer tocou-a de leve.

— Tudo bem, Jennifer?

Ela não estava nada bem.

— Tudo — respondeu. — Estava pensando no que ele poderia ter para nos dizer. Bom trabalho, Saul.

10

Albany, Nova York

TAP. TAP. KHADRI sentiu alguém tocar em seu ombro. Ao virar-se viu uma mendiga muito próxima a ele, uma mulher de cabelos castanhos encaracolados, presos num rabo-de-cavalo, com uma enorme cruz no pescoço, e sentiu um hálito fétido em seu rosto.

— Meu senhor, tem um trocado para eu comprar uma comida?

— Não tenho nada agora. — Khadri percebeu seu sotaque britânico desaparecendo aos poucos. Não gostava de surpresas, nem mesmo das pequenas.

— Um trocado, por favor. O senhor parece uma pessoa boa.

Khadri levou a mão ao bolso procurando um dólar para se ver livre da mulher. Os olhos dela brilharam ao ver a nota. Não esperou, arrancou-a da mão dele.

— Obrigada, senhor. — Khadri fez um gesto de desaprovação com a cabeça, virou-se e foi embora, escutando as últimas palavras da mendiga, quase um sussurro: — Eu vou rezar pelo senhor.

As orações de uma infiel. Ficou pensando na promessa da mulher enquanto abria as portas de vidro daquela rodoviária suja de Albany, para onde se dirigia pela terceira vez naquela manhã. Será que aquelas orações serviriam de ajuda à causa, ou a prejudicariam? Atravessou a estação com passos lentos, os tênis chiando no chão sujo. Além de tênis, Khadri usava calças jeans e camiseta azul, camuflagem para aquele país ridículo, onde todas as pessoas se orgulhavam de vestir-se muito mal.

Meia hora depois, quando parecia estar na sua centésima volta pelo saguão da rodoviária, comprou um café e deixou-se cair numa cadeira de ferro cujas pernas irregulares a fizeram oscilar. Ao passar a mão pelos cabelos escuros à escovinha, catalogava todas as suas irritações. O café estava amargo e frio. O ar viciado e quente.

E estava cercado de americanos. Americanos pobres, gordos e suados. Mulheres com uniformes brancos baratos e redes nos cabelos passaram rindo mostrando a boca desdentada. No final do dia, ganhariam alguns dólares, o suficiente para alimentar as famílias, se tivessem sorte. Essa rodoviária tinha eletricidade e água corrente, mas seu estado deplorável lembrava a Khadri os lugares mais sórdidos de Islamabad.

Khadri quase sentia comiseração por aqueles idiotas. Sua religião infiel lhes impedia de enxergar a verdade: eles eram apenas escravos dos judeus que comandavam os Estados Unidos. Se pelo menos compreendessem que Alá era o único Deus e Maomé seu profeta. Se pelo menos se revoltassem contra esse país corrupto e seus líderes diabólicos. Mas estavam presos em sua veneração a Jesus. E, de qualquer forma, a maioria dos americanos não era pobre, Khadri lembrou a si mesmo. Eles desfrutavam a vida e apoiavam as guerras americanas. Não, os Estados Unidos jamais se redimiriam, não enquanto a al-Qaeda não desse uma prova segura de que somente os tolos se insurgiam contra o islã.

Khadri acreditava que esse dia chegaria, assim como acreditava nos batimentos de seu coração. Portanto, tentou não se importar com as frustrações, como a má notícia que acabara de receber de Tarik Dourant em Montreal. Tarik deveria se preocupar menos com a mulher e mais com o trabalho, pensou Khadri. Tarik era um bioquímico brilhante e comprometido com a causa, mas Khadri preocupava-se com ele. Integrara-se à al-Qaeda por sentir-se sozinho, um homem quase destruído pelas crueldades do Ocidente.

Khadri não confiava nesse tipo de recrutas, assim como não confiava nos fanáticos que suplicavam para servirem de homens-bomba. Eram como imagens num espelho. Os fanáticos eram irracionais, embora fortes. Homens como Tarik eram fracos e sujeitos a pânico. Um homem forte não teria deixado a mulher insistir para aceitar um trabalho cercado de *kafirs*. Tarik precisava readquirir o controle sobre Fatima, ou divorciar-se, não reclamar inutilmente da situação, como se ela fosse o marido e ele, a mulher. Na verdade, para Khadri, não importava a decisão que Tarik tomasse em relação a Fatima, desde que continuasse trabalhando.

Khadri colocou dois saquinhos de açúcar no café para diminuir o sabor amargo. Um mês antes, Farouk Khan havia desaparecido em Bagdá depois de um ataque americano, e desde então não havia respondido às suas mensagens. Khadri temia o pior. Se os americanos tivessem capturado Farouk vivo, poderiam ter obtido informações sobre os pacotes que a al-Qaeda levara para os Estados Unidos. Era preciso saber se Farouk havia traído esse segredo.

Portanto, Khadri fora para Albany para realizar um trabalho menor. Agora precisava de um ajudante. Um ajudante que estivesse alheio à situação. Alguém que quisesse dinheiro. Uma pessoa que seguisse ordens sem fazer perguntas. Alguém de quem pudesse se livrar depois. A rodoviária, próxima à auto-estrada que se estendia pela região nordeste daquela cidade feia, parecia o lugar natural para procurar. Mas Khadri não encontrara ninguém adequado. Jamais confiaria numa mulher para esse trabalho, e os homens desocupados naquele lugar eram velhos e maltrapilhos. Precisava de alguém mais jovem. Talvez um negro. Eles fariam qualquer coisa por dinheiro, e Albany estava cheia deles.

DEIXOU A RODOVIÁRIA e caminhou pelas ruas decadentes do centro de Albany. Aquele. Um negro estava sentado nos degraus de um prédio de escritórios, usando um boné azul, puxado sobre a testa, com uma garrafa meio escondida num saco entre as pernas. Um olhar hostil foi lançado a Khadri enquanto se aproximava.

— Olá — saudou-o Khadri.

O olhar raivoso foi a única resposta. Era claro que aquele homem negro tinha suas próprias irritações.

— Desculpe incomodar, senhor.

— Precisa de ajuda? — As palavras eram educadas, mas o tom não.

— Pode parecer estranho, mas queria lhe pedir um favor.

O homem olhou com desprezo.

— Um favor? — O negro arrastou a voz para mostrar sua desconfiança. A insolência dessas pessoas. Khadri se controlou para permanecer calmo.

— Eu pago ao senhor. — Um ar de interesse passou por aquele rosto negro. Khadri não ficou surpreso. — Eu preciso que alguém apanhe um pacote para mim.

O interesse desapareceu e deu lugar à raiva.

— Não tem mais nada que fazer não, é? — O homem levantou-se, intimidando-o com seu tamanho. — Sabe, eu acabo de ganhar minha liberdade, e você está querendo me mandar de volta...

Khadri viu que o negro o associava às autoridades locais.

— Eu não sou da polícia — disse. — Por favor, escute o que eu tenho a dizer.

— Não me importa quem você é — o homem disse. — Suma da minha frente.

Khadri resolveu se conformar. Ao sair, escutou estas palavras murmuradas nas suas costas:

— Turco desgraçado.

Como odiava esse país.

NAQUELA NOITE, NO quarto de um hotel em Kingston, Khadri foi tomado pelo desânimo. Não esperava enfrentar tanta dificuldade para conseguir alguém que o ajudasse. Já havia sido humilhado três vezes. As pessoas não eram bobas. Sabiam que ele não era dali.

Teria de resolver esse problema no dia seguinte. Não queria ficar conhecido em Albany como o árabe que estava à procura de ajuda, o que o levara a escolher um hotel barato, a oitenta quilômetros da cidade. Claro que podia trazer um de seus homens para ir buscar o pacote, mas isso significaria pô-lo em risco e comprometer a segurança de uma célula inteira nos Estados Unidos. Tinha poucos homens de confiança naquele país. Além disso, via essa situação como um desafio pessoal. Conseguiria passar a conversa num americano e convencê-lo a aceitar sua proposta.

Khadri suspirou e ligou a televisão velha do quarto. Seu humor melhorou quando viu na tela uma reprise de *O Aprendiz*. Gostava desse tipo de reality shows em que os americanos se prostravam diante de seus falsos deuses: o dinheiro e a fama.

O programa terminou e Khadri consultou o relógio. Hora para a prece da noite. Consultou a bússola, colocou seu tapete na direção de Meca e fez suas orações em silêncio, levando a cabeça ao chão e ajoelhando-se diante de Alá. Quando terminou o ritual, sentiu-se calmo e de mente clara, pronto para o sono da noite e o trabalho do dia seguinte. Então uma idéia surgiu em sua mente, com certeza colocada lá pelo Todo-poderoso. Ou talvez — Khadri não pôde conter o riso — pelo Sr. Donald Trump.

Esses americanos, eles sabiam que ele não pertencia àquele lugar. Portanto, não tentaria.

NO DIA SEGUINTE à tarde, depois de umas pesquisas e uma parada numa copiadora Kinko's, Khadri voltou às ruas de Albany, dirigindo devagar pela área pobre, ao norte do centro da cidade. Num estacionamento meio abandonado, viu um homem corpulento num Ford Focus velho, de cor cinza, com o típico saco de papel na mão. Usava uma camiseta com as mangas dobradas, expondo seus bíceps brancos e fortes. Ótimo. Na verdade, Khadri estava cansado de negros. Não gostava deles, e o sentimento parecia ser recíproco.

Khadri, usando naquele dia calças cáqui e camisa social, parou ao lado do Focus e saiu do carro.

— Olá, amigo. — Dessa vez não procurou esconder o sotaque britânico.

O homem olhou para ele desconfiado.

— Posso perguntar seu nome?

— Tony.

— E seu sobrenome?

— DiFerri.

— Tony DiFerri, muito prazer.

Khadri estendeu-lhe a mão, e após um momento o homem a apertou.

— Meu nome é Bokar — disse Khadri. — Você quer participar de um programa de televisão?

— Como assim?

— Eu estou procurando talentos. Trabalho para uma emissora de televisão que está em busca de participantes para um reality show.

Tony olhou para Khadri como se ele tivesse acabado de lhe dizer que era um alienígena.

— Por que eu?

— É um programa inglês. Queremos uma mistura de participantes diversificados. Não tipos hollywoodianos comuns. *Diversidade.* — Os americanos adoravam essa palavra.

— Sério?

— Seriíssimo, senhor. Seriíssimo — Khadri disse a palavra no mais elegante dos sotaques do Hyde Park que conseguia. Começava a se divertir. Agora vinha a parte mais delicada. — Mas você precisa fazer um teste para se classificar.

O homem pareceu não entender.

— Classificar?

— Para ter a certeza de que você é capaz, de que tem uma chance verdadeira de ganhar.

— Claro.

— Precisa completar cinco tarefas. A boa notícia é que vai ser pago por cada uma delas e que, só para participar, você já recebe cinqüenta dólares. A má notícia é que se não conseguir completar qualquer uma delas, seremos obrigados a desclassificá-lo. Está interessado?

Tony estava mais do que interessado, Khadri podia ver. Quase arrancou a caneta da mão de Khadri para assinar um contrato de dez páginas, cheio de termos contratuais, que Khadri redigira naquela manhã.

As instruções levaram apenas alguns minutos. DiFerri ouviu com atenção e até mesmo pediu a caneta de Khadri para fazer algumas anotações. Em seguida, pegou a chave do compartimento D-2471 da mão de Khadri, manteve firme sua determinação e deu partida no carro. Seu destino era um depósito na Central Avenue, local onde ficava o guarda-volumes da área do Capitólio.

A OPERAÇÃO Earnest Badger começara uma semana antes, depois que Farouk revelou o último de seus segredos aos inquisidores em Diego Garcia. Ao examinar as cópias do interrogatório, Exley quase não acreditou na quantidade de informações que Farouk dera: detalhes de contas bancárias e endereços eletrônicos; o local de um esconderijo da al-Qaeda em Islamabad; os nomes de três simpatizantes da al-Qaeda no programa nuclear paquistanês. Farouk veio a ser a maior captura para os Estados Unidos em anos.

E o mais surpreendente foi que Farouk revelou haver comprado um quilo de plutônio 239 e um quilo de urânio altamente enriquecido do físico russo Dmitri Georgoff. A CIA e a Força-tarefa Conjunta Antiterrorismo mobilizaram-se imediatamente para encontrar Georgoff, mas descobriram que ele havia sido assassinado três meses antes em Moscou. O crime permaneceu oficialmente sem solução. Mas o Serviço de Segurança Federal russo, sucessor da KGB, informou, em resposta a uma investigação discreta, que, por ocasião de sua morte, Dmitri estava envolvido com a máfia de Izmailovsky, a facção mais perigosa de Moscou.

Dmitri era um jogador compulsivo, com um faro para prostitutas de 2 mil dólares a noite, segundo os russos. Um verdadeiro sedutor, pensou Exley. Entretanto, sua morte era um golpe para a al-Qaeda, que, com certeza, esperava fazer negócios com ele de novo. E um revés ainda pior para a agência, que tinha esperanças de fazer Dmitri confirmar as confissões de Farouk. Mas Exley, tendo assistido em primeira mão à entrevista de Farouk, inclinava-se a acreditar no que ele dissera.

De qualquer maneira, a informação de Farouk até aquele momento havia sido valiosa. O enorme saco de lona no compartimento D-2471 do guarda-volumes da área do Capitólio era bem real. Assim como eram genuínos os sinais de radiação que escapavam da caixa de alumínio, revestida de chumbo, dentro do saco. Farouk dissera aos inquisidores que havia comprado plutônio e urânio no verão anterior e entregue o material a um homem misterioso que se autodenominava Omar Khadri. E durante um ano, Farouk não tivera nenhuma outra notícia.

Depois, antes de viajar para o Iraque, Farouk soube por meio de Khadri que a al-Qaeda havia levado o material ilegalmente para os Estados Unidos através do México. A rota fez sentido para Exley. O deserto do Arizona não dispunha de detectores de radiação, nem de agentes alfandegários, nem tampouco de empresas transportadoras que permitissem um controle de documentos. Os melhores contrabandistas tinham quase cem por cento de chance de atravessar a fronteira sem ser detectados, e a al-Qaeda certamente contratara os melhores para essa travessia.

Exley balançou a cabeça enquanto imaginava os passos cuidadosos da al-Qaeda. Pela milésima vez admirava a paciência dos jihadis. Agiam devagar e sempre, e nunca desistiam. Ela andava pensando em vender o apartamento e voltar para a Virgínia para ficar mais próxima dos filhos. Ao ler aquele relatório, pensou de novo em colocar o apartamento à venda, e o mais rápido possível. Logan Circle ficava a uma distância de pouco mais de um quilômetro da Casa Branca, e a emissão radioativa certamente afetaria o preço dos imóveis.

ERAM DUAS DA tarde em Diego Garcia quando Farouk Khan disse a Saul onde o plutônio e o urânio estavam escondidos. Duas da tarde em Diego Garcia representavam três da manhã na costa leste. Num domingo. Não tinha importância. Telefones de segurança começaram a tocar em casas de diversos subúrbios da Virgínia menos de noventa segundos depois que as mensagens codificadas foram transmitidas para Langley e a Casa Branca. O presidente ouviu as notícias quando acordou quatro horas mais tarde, pois dera ordem expressa de não ser acordado, a menos que ocorresse um ataque em massa em solo americano.

Ao nascer do sol, a Força-tarefa Conjunta Antiterrorismo já havia começado uma investigação, a qual denominou Operação Earnest Badger. As agências de inteligência pareciam ter uma regra tácita de dar os nomes mais ridículos às missões mais sérias, pensou Exley. O nome não era o aspecto mais absurdo daquela reunião na manhã de domingo. O FBI e a CIA haviam discutido durante uma hora sobre qual das duas organizações deveria conduzir a operação. Finalmente concordaram em designar dois diretores: o velho amigo de Exley, Vinny Duto, e Sanford Kijiuri, vice-diretor do FBI. Com a disputa da fama burocrática fora do caminho, Duto e Kijiuri lançaram-se ao trabalho, enviando cinqüenta homens da equipe de emergência de busca de material nuclear — também conhecida como NEST — de Albany.

O Departamento de Energia havia criado a NEST em 1975 depois que um alarme nuclear falso em Boston mostrou a necessidade de uma força-tarefa especializada que pudesse investigar rapidamente ameaças de armas atômicas. A equipe de emergência contava já com cerca de mil membros, embora somente algumas dezenas fossem funcionários que trabalhavam em tempo integral. O restante era de voluntários, a maioria cientistas dos laboratórios nucleares governamentais de Los Álamos e Oak Ridge. A NEST contava até com alguns aposentados, com idade suficiente para terem visto em primeira mão os testes realizados ao ar livre na década de 1950.

Exley admirava a coragem dos cientistas, quaisquer que fossem suas idades. Haviam tomado para si a missão não invejável de procurar bombas sujas e nucleares e até a malfadada tarefa de desarmar as armas que achassem. Trabalhavam junto aos agentes de contraterrorismo do FBI, e também junto aos comandos das forças especiais autorizados por decreto presidencial secreto a matar à queima-roupa qualquer pessoa suspeita de possuir um artefato nuclear.

Durante a guerra fria, apenas o alto escalão militar e o serviço secreto tinham conhecimento da NEST. Agora o véu fora levantado levemente. Ainda assim, o governo tomava precauções extraordinárias para evitar que a população ficasse a par das ameaças nucleares, esperando desencorajar trotes e chantagem. A NEST e o FBI nunca revelavam as ameaças, mesmo — ou em especial — aquelas consideradas críveis.

Os cientistas da NEST andavam à paisana em suas missões e carregavam detectores de radiação do tamanho de laptops em pastas de mão e bolsas grandes. Os detectores conseguiam registrar níveis incomuns de raios alfa e gama a distâncias de até doze metros. Enviavam sinais radiofônicos para minirreceptores que os cientistas usavam como aparelhos de audição. A NEST também possuía uma frota de picapes que pareciam vans de entrega comuns mas que na verdade continham detectores ainda maiores, capazes de registrar radiação a centenas de metros. Para desarmar uma bomba, a NEST tinha armazéns repletos de ferramentas estranhas em seus escritórios centrais na base aérea de Nellis, próxima a Las Vegas: robôs que podiam ser controlados a quilômetros de distância, aparelhos portáteis de raios X dos mais poderosos que existiam, serras que cortavam com jatos de água de alta pressão em vez de metal. Na verdade, todos os equipamentos da NEST eram fabricados com plástico e metais não-magnéticos como o alumínio, já que campos magnéticos fortes podiam interferir nos chips dos computadores dentro das armas nucleares.

ATÉ ENTÃO, a ameaça mais séria que fora investigada pela NEST tinha ocorrido em outubro de 2001. O SISMI, serviço italiano de informação e segurança militar, avisara à agência que a al-Qaeda havia levado clandestinamente uma arma nuclear de dez quilotons — a chamada mala-bomba — para Nova York.

Uma bomba de dez quilotons é a menor arma nuclear possível, com cerca de metade da potência da Fat Man, a bomba que os Estados Unidos lançaram em Nagasaki, no final da Segunda Guerra Mundial. Ainda assim, a bomba tinha potência suficiente para destruir o centro de Manhattan e matar 200 mil pessoas. A maioria da população civil não compreendia o efeito das armas nucleares, pensou Exley. Ela os invejava. Pensar demais sobre o desejo da al-Qaeda de possuir uma arma nuclear era como imaginar o fim do mundo, ou sua própria morte — um exercício de humildade que podia se tornar uma obsessão mórbida.

Exley lembrava-se com clareza da busca que se seguiu ao alerta do SISMI. A NEST enviara centenas de cientistas para verificar todas as ruas de Manhattan, todos os terminais de aeroportos, todos os andares do Empire State. Mas a NEST nunca encontrou uma bomba. A CIA e todas as outras agências de inteligência também nunca confirmaram a informação dada pelos italianos. No Natal de 2001, os esforços da investigação já haviam sido reduzidos. Quatro meses depois, a NEST e a Força-tarefa Conjunta Antiterrorismo declararam oficialmente que a ameaça havia sido informação falsa. Duto, na ocasião o segundo na linha de comando da Direção de Operações da agência, viajou para Roma para dizer ao SISMI que precisava de fontes de informação novas. Exley gostaria de ter ouvido essa conversa.

Ela também gostaria que o episódio da mala-bomba lhe tivesse dado a confiança na capacidade da NEST de encontrar uma bomba nuclear se tudo o mais falhasse. Mas não dava para confiar. Durante a busca, os cientistas da NEST não haviam tentado esconder suas limitações. Apesar de todo seu equipamento, tinham pouca chance de localizar uma bomba numa busca cega. Enfrentavam um problema quase impossível: plutônio e urânio são apenas levemente radioativos antes de detonarem. E as cidades estão cheias de locais com radioatividade: aparelhos de raios X nos consultórios dos dentistas; aparelhos de tomografia computadorizada nos hospitais; marca-passos, que são ativados por quantidades minúsculas de plutônio. Até mesmo granito recém-cortado emite radiação suficiente para causar alarmes falsos.

Três dias depois da busca da mala-bomba, Stan Kapur, um físico gorducho de Los Álamos, que ameaçou levar Exley para jantar quando fosse a Washington, dissera algo de que Exley ainda lembrava. Durante uma reunião, alguém, ela não conseguia se lembrar quem, havia perguntado sobre as chances de a NEST encontrar uma bomba caso realmente existisse.

"Procurar uma dessas em Nova York é como tentar achar uma agulha num palheiro. Um palheiro feito de agulhas", dissera Kapur. Ninguém queria ouvir isso. Mas Kapur, que agora conduzia a equipe em Albany, disse a verdade, pensou Exley. Sem um serviço de inteligência acurado, nenhum físico da terra seria capaz de encontrar uma bomba. Entrar na cabeça do inimigo era a única maneira de vencer.

EXLEY SENTIU UM arrepio ao olhar para as fotografias do saco de lona no chão do D-2471, que era chamado de compartimento, embora fosse, na verdade, do tamanho de uma garagem para um carro. No domingo depois da confissão de Farouk, o presidente havia considerado determinar a evacuação de Albany. Tal medida se mostrou desnecessária depois que os cientistas da NEST informaram que a caixa dentro do saco era pequena demais para conter uma arma nuclear.

Depois de inspecionar o D-2471 com um equipamento de varredura de nêutrons rápidos e um tomógrafo computadorizado modificado, a conclusão da NEST era de que a caixa deveria conter cerca de oito quilos de explosivo C-4, envolvidos em dois estojos pequenos de aço revestidos de chumbo, que continham plutônio e urânio. Em outras palavras, a caixa era uma bomba suja em miniatura, capaz de matar centenas de pessoas em Albany se o vento soprasse na direção errada. Mas a NEST não conseguia estimar a quantidade exata de material radioativo que a bomba continha, porque o revestimento de chumbo bloqueava quase todos os raios alfa e gama que o material emitia. Enquanto isso, as equipes do exército encarregadas de desarmar bombas informaram que a caixa parecia montada de modo a detonar se fosse manipulada ou aberta sem a chave adequada.

Após dois dias de discussões, o presidente decidiu deixar a bomba no lugar onde se encontrava e assinou um decreto nacionalizando o centro de armazenamento com a vaga justificativa de uma "emergência de segurança nacional". Nem mesmo os conselheiros da Casa Branca achavam que o decreto fosse legal, e Joey O' Donnell, o dono do guarda-volumes recusou-se a entregar sua propriedade. Mas Kijiuri, o vice-diretor do FBI, lhe havia explicado, não com muita educação, que aquela seria uma escolha fácil. Ele poderia ser um bom americano e aceitar o cheque no valor de um milhão de dólares que o governo lhe oferecia, duas vezes o valor do estabelecimento. E livre de impostos. Ou ele poderia defender seus direitos constitucionais abrindo um processo e irritando todo mundo, desde o FBI ao próprio presidente. "Você acabou de ganhar na loteria, Joey", Kijiuri disse. "Aceite o cheque e tire umas férias. Você quer que verifiquemos seus impostos?"

Joey aceitou o cheque e tirou férias. Até mesmo antes de ele assinar a entrega do prédio, uma equipe de engenheiros militares havia chegado para reforçar as paredes e o teto em torno do D-2471 com placas de chumbo e aço de 15 centímetros de espessura. No final de setembro, todo o prédio teria um novo telhado e paredes grossas o suficiente para evitar radiação em conseqüência de uma explosão.

JUNTO COM UM novo teto, o guarda-volumes da área do Capitólio recebeu uma nova equipe de funcionários. Nenhum dos antigos empregados reclamou por ter sido despedido; todos eles receberam indenizações por rescisões de contrato maiores do que o esperado. Os agentes da Força Delta que os substituíram eram extremamente bem-educados com os clientes, embora seus sotaques sulistas destoassem um pouco em Nova York. Enquanto isso, os técnicos do FBI e da CIA envolviam-se numa competição não muito sutil para ver quem instalaria o equipamento de vigilância mais sofisticado no centro. Como as regras proibiam a CIA de operar em solo americano, a agência deveria ter deixado a tarefa para o FBI. Mas essa restrição havia sido anulada pelo decreto presidencial que criara a Operação Earnest Badger, como Duto insistia em afirmar.

As equipes de técnicos rivais haviam trancado o guarda-volumes a sete chaves — mais rigorosamente do que se poderia imaginar, pensou Exley. Quatrocentas câmeras, sensores de calor e detectores de movimento haviam sido instalados dentro e em torno do prédio. Uma barata não passaria a uma distância de sete metros da bomba sem que os alarmes silenciosos disparassem. E Deus ajudasse a pessoa que tentasse abrir, perguntar, ou mesmo olhar por muito tempo para o compartimento D-2471.

Infelizmente a Força-tarefa Conjunta Antiterrorismo não tinha idéia de quem essa pessoa pudesse ser. O compartimento tinha sido alugado dois meses antes por um homem que se identificou como Laurent Kabila, nome do falecido e não lamentado ex-presidente do Congo. "Laurent" pagara adiantado, em espécie, por um aluguel de três anos. Não voltara ao local desde a visita inicial. Não era de admirar que nem o compartimento nem o saco revelassem impressões digitais ou traços de DNA. Era de se presumir que qualquer pessoa que fosse capaz de fazer entrar material nuclear nos Estados Unidos de forma clandestina seria igualmente capaz de usar luvas.

Então Duto e Kijiuri decidiram que quem fosse atrás daquele saco só seria detido se tentasse retirá-lo do estabelecimento. Do contrário, deveria ter permissão de deixar o local e ser seguido. Claro que ao permitir que o portador entrasse no D-2471 em vez de prendê-lo imediatamente, a força-tarefa corria o risco de que ele explodisse a bomba dentro do guarda-volumes. Mas se o prendessem de imediato, perderiam a pista para o resto da célula. E eles precisavam desesperadamente de mais informações sobre as operações da al-Qaeda nos Estados Unidos. Por outro lado, não podiam correr o risco de permitir que a bomba saísse daquele centro.

Exley compreendeu a decisão. Como analista, queria a maior quantidade possível de informações. Mas se a família dela morasse em Albany, teria de processar o presidente por traição, se ele permitisse mesmo a remota tentativa da al-Qaeda de assumir o controle de uma bomba suja.

EXLEY HAVIA RESOLVIDO deixar o escritório antes de escurecer pelo menos uma vez naquela semana, dar-se uma chance de fazer algum exercício ao ar livre, talvez caminhar até o shopping. Mas não naquele dia. Queria ler as transcrições de Farouk de novo, de ponta a ponta.

Naquele momento, percebeu que alguma coisa realmente ruim lhe acontecia. Não fazia sentido mentir para si mesma. Desde que voltara de Diego Garcia algo havia mudado em sua mente. Sempre tivera obsessão pelo trabalho, mas à medida que os desdobramentos se agravavam, sentia uma maior *satisfação*, satisfação por ter a oportunidade de ver o que ninguém via e ouvir o que ninguém ouvia. Até o interrogatório — a tortura; ela diria a palavra — de Farouk. Sua repulsa desapareceu rapidamente quando viu o trabalho de Saul. Ele foi muito eficiente em dobrar Farouk, e um lado dela se regozijava com o trabalho de gênio em todas as suas formas.

Você é somente uma peça, a vozinha em sua cabeça lhe dizia. Abriu mão de sua vida para se transformar numa peça da engrenagem. Agora está abrindo mão de seus princípios morais também. Mas dessa vez ignorou a voz. Certo, eu sou uma peça, pensou. Mas uma peça na máquina mais poderosa da história, uma máquina que atinge qualquer parte do mundo, que pode arrancá-lo de um telhado no Iraque e fazê-lo desaparecer antes que descubram que você sumiu, que pode ver por entre as nuvens e escutar através das paredes.

Ui! Que absurdo. Que droga. E ainda assim, seu orgulho era real. Pelo menos agora eu sei como acontece, pensou. Sei como o poder corrompe.

UMA BATIDA NA porta a assustou. Ergueu os olhos e viu o corpo pequeno de Shafer se insinuando em seu escritório.

— Ellis. Eu estava mesmo pensando em você.

— Somente bons pensamentos, espero.

— Sempre.

— *Qué pasa?*

Exley abafou um suspiro. O filho mais velho de Shafer havia estudado espanhol durante todo o verão. Agora Shafer repetia as palavras, introduzindo aleatoriamente nas conversas frases em espanhol. Cada palavra mal pronunciada a irritava, lembrando como ela estava distante de seus próprios filhos. Além disso, por ter se esforçado muito para aprender três idiomas, achava aquela inépcia lingüística estilo Taco Bell profundamente enervante.

Ela mostrou-lhe o relatório.

— Estava pensando se devia vender meu apartamento. Se uma bomba suja vai afetar o valor dos imóveis.

— Provavelmente, não — disse Shafer. — O 11 de Setembro foi o que de melhor aconteceu no mercado imobiliário de Washington.

— Você não devia dizer uma coisa dessas.

— É a pura verdade.

E era. A CIA e o Departamento de Defesa haviam criado dezenas de milhares de novos cargos depois do atentado, elevando o preço das casas em Washington a um valor estratosférico. Outra conseqüência inesperada do 11 de Setembro. Bin Laden certamente não esperava enriquecer os burocratas do governo quando atingiu o Pentágono.

— Tentando pegar algum detalhe na centésima leitura que escapou nas primeiras 99? — perguntou Shafer. — Alguma coisa brilhante?

— Eu deixo o brilho para você, Ellis. Mas... — Calou-se, por não ter certeza de querer falar sobre Wells naquele momento.

A paciência não era uma das virtudes de Shafer.

— O quê? O quê?

— Me diga uma coisa. Controlamos a alfândega e a imigração. Temos detectores de raios gama nos portos. Gastamos, quanto, dez bilhões de dólares com isso, no ano passado? Então, como é que ainda se consegue entrar pelo México?

— Essa é uma pergunta retórica? Porque você sabe a resposta tão bem quanto eu — ele disse. — Deixamos a fronteira aberta para que os mexicanos entrem e façam os trabalhos que temos preguiça de fazer. — Inclinou a cabeça. — Agora, o que era mesmo que você ia dizer? Não era isso.

— Você não deixa passar nada, não é?

Shafer a conhecia bem. Exley ia ter que falar.

— Vai falando.

— Você vai achar que eu sou obsessiva.

— Você é obsessiva. É por isso que eu gosto de você.

— Eu acho que essa história de Farouk prova que Wells estava falando a verdade.

Ao ouvir o nome de Wells, Shafer enrugou o nariz como se tivesse pisado num esgoto aberto.

— John Wells? — Shafer perguntou. — O desaparecido? O maior equívoco de minha carreira?

— Ele foi o primeiro a nos falar de Khadri. Farouk confirmou isso. E Farouk confirmou que teve um encontro com Wells em Peshawar na primavera passada.

Shafer balançou a cabeça negativamente.

— Muito bem. Então onde ele anda desde que fugiu faz cinco meses?

— Ele não fugiu. Escapou. — Porque você deixou, ela não disse.

— Escapou, fugiu, dá no mesmo. Ele se mandou. Eu já estou achando que o grande Vincent Duto tinha razão sobre Wells. A al-Qaeda confia tanto nele quanto nós.

— Você já pensou nele alguma vez? — Ela não conseguiu se conter. — O que essa situação deve significar para ele? A al-Qaeda não confia nele. A gente, com certeza, não confia nele.

— Ele sabia no que estava se metendo quando se apresentou.

— Ele certamente não esperava ficar tanto tempo como espião. Ninguém espera uma coisa dessas. Quer dizer, ele deve se sentir a pessoa mais sozinha do mundo. — Lembrou-se do que Wells dissera quando telefonou naquela noite: "Eu não sei quanto tempo mais vou agüentar isso."

A expressão de desagrado no rosto de Shafer a trouxe de volta à realidade.

— Estou pouco ligando se Wells se sente sozinho ou não, Jennifer. O que eu quero dele é informação concreta. Informação que permita uma tomada de ação.

— E se ele estiver apenas esperando? Aguardando a hora certa?

Shafer mordeu os lábios. Inclinou-se sobre a mesa dela e baixou a voz.

— Jennifer, você está tentando me dizer alguma coisa?

Ela fez que não. Ele olhou em volta do escritório.

— Você quer ter essa conversa em algum outro lugar?

— Não. — Ela se arrependera de ter mencionado Wells.

— Então vamos falar sobre algum outro assunto mais interessante — disse Shafer. — Por que Khadri contou a Farouk onde a bomba estava escondida?

— E por que não? Farouk entende mais de armas nucleares do que todo o pessoal da al-Qaeda junto. Ele provavelmente vai ser convocado para a montagem.

— Mas já está montada, não é? — disse Shafer. — Está naquele guarda-volumes esperando para ser apanhada.

Exley se sentiu muito idiota.

— Então a al-Qaeda...

— Tem pelo menos uma outra pessoa que sabe manipular plutônio.

— Nesse caso, por que Khadri disse a Farouk onde ela está? Isso é uma falha operacional terrível.

— Talvez Farouk não seja o único a saber — ele disse, pensando alto. — Talvez Khadri queira ter certeza de que a bomba não vai apodrecer no guarda-volumes se o capturarmos.

— Ele pode codificar essa informação de diversas maneiras. Contar a outras pessoas é o sistema menos seguro de todos. Não tem lógica.

— Quem quer que tenha montado essa bomba tem uma lógica dos diabos.

— Escolha interessante de palavras.

— Você quer continuar brincando, ótimo. Eu tenho mais o que fazer. — Shafer foi saindo.

— Ellis, relaxa. Desculpe.

Ele parou.

— Eu detesto coisas que não fazem sentido — retrucou. — E isso não faz sentido. Esse cara está brincando com a gente.

— E tem mais uma coisa — disse Exley. — A bomba é pequena demais.

— É tudo o que eles têm.

— Talvez, todo o plutônio. C-4 é fácil de encontrar. Por que não construir uma coisa maior? Essa coisa mata menos pessoas do que um caminhão-bomba.

— Talvez seja para assassinar alguém — disse Shafer. — Para colocar no Waldorf durante uma campanha de arrecadação de fundos para POTUS. — Por razões que Exley nunca entendera, todos em Washington insistiam em usar o termo POTUS — que significava "Presidente dos Estados Unidos" — em vez de simplesmente chamá-lo de presidente.

— Se é um alvo como esse, por que se dar ao trabalho de fabricar uma bomba suja? Basta usar um simples pacote de C-4 e pronto. Morto é morto, certo?

Shafer franziu o cenho e deu um puxão no cabelo. Exley preferia que ele não fizesse isso. Qualquer dia iria arrancar um pedaço do couro cabeludo.

Por fim ele concordou com um movimento de cabeça.

— Morto é morto. Certo. Não é necessário plutônio numa bomba tão pequena. Então, o que ele está fazendo?

— Talvez tenha cometido um erro.

Shafer balançou a cabeça violentamente.

— Khadri é esperto demais para cometer erros — disse. — Eu acho que ele não quer que ninguém saiba o que ele está fazendo. Nem mesmo seus próprios homens.

— Ele é obcecado por controle.

— Mantém seus segredos a sete chaves. Sabe que seus homens são vulneráveis, que podemos pegar qualquer um da mesma forma que pegamos o Farouk.

— Então por que ele diria a Farouk?

— Eu perguntei primeiro, Jennifer.

E Shafer saiu, deixando-a com outra pergunta sem resposta.

CIGARRO NA MÃO, Tony DiFerri entrou na recepção do guarda-volumes da área do Capitólio, uma sala opressiva com paredes amarelas, cadeiras de plástico preto e uma máquina que vendia saquinhos de Doritos velhos. O major Rick Harris, um negro elegante, estava por trás do balcão, fazendo o possível para parecer entediado enquanto jogava paciência num computador Dell velho, onde Joey O' Donnell mantinha os registros do centro.

— Senhor, não é permitido fumar aqui — Harris disse. Sua irmã havia morrido de câncer de pulmão e um de seus filhos tinha asma.

— Claro — murmurou DiFerri, apagando com os pés a metade restante do Marlboro Light que fumava.

— Deseja alguma coisa?

— Sim — disse DiFerri. — Eu estou procurando o compartimento D-2471.

Harris quase caiu da cadeira. Esse não era o cara que ele esperava. De toda forma manteve-se sério.

— Claro. É no segundo andar. Ao entrar no hall, dirija-se ao fundo. Eu acompanho o senhor.

— Pode deixar. Eu acho.

— Pois não. Deixe eu ver sua chave.

Dito e feito, DiFerri mostrou a chave. D-2471. Harris pressionou o botão verde, destravando a grade de aço que separava o escritório da área de guarda-volumes. Alguns segundos depois, DiFerri estava lá dentro. Harris esperou até ele desaparecer de vista para ligar um microfone pequeno preso a seu tórax.

— Código Azul ativo — ele disse. — Repetindo, Código Azul. *Isso não é um exercício.* Atenção, homem branco, altura mediana, camiseta branca, acima do peso, aproximadamente 40 anos.

Quase involuntariamente o major viu-se olhando para a caixa debaixo do balcão que continha seu traje de proteção contra radioatividade.

DIFERRI SUBIU A escada com dificuldade, o peito chiando enquanto abria a porta do segundo andar. Sua respiração era curta. Curto também era seu tempo. Seu novo amigo Bokar tinha dito que ele precisava descobrir o que estava dentro do saco e informá-lo antes das quatro e meia da tarde.

— É só para ver o que tem lá dentro? — DiFerri perguntara.

— Exatamente.

— Não é droga nem nada ilegal, é?

— Não. Nada ilegal.

— Ah, isso é fácil. E depois...

— Eu lhe dou outros cinqüenta dólares e explico a tarefa seguinte.

DiFerri não compreendeu o jogo completamente, mas pensou que se não gostasse do que visse dentro do saco, simplesmente desistiria. Mesmo se tudo não passasse de uma brincadeira, ele já tinha em mãos cinqüenta paus. Esses caras de Hollywood tinham um montão de dinheiro, com certeza. Além disso, nada tão interessante assim acontecera em sua vida desde a primeira vez que se deitou com uma mulher, e isso já tinha acontecido fazia muito tempo. Portanto, antes de regularizar a respiração, DiFerri retomou o passo e se dirigiu até o guarda-volumes, procurando o compartimento D-2471.

O TELEFONE DE Exley tocou.

— Vá para o *sports bar* — Shafer disse. — Novidades em Albany.

Conexões codificadas via satélite forneciam à agência uma imagem em tempo real do guarda-volumes, que podia ser visto de uma sala do tamanho de um auditório com trezentos aparelhos de TV de tela plana, cada uma com a capacidade de mostrar uma informação diferente fornecida por satélite. Oficialmente, a sala era conhecida como Centro de Comunicação de Segurança da Força-tarefa Conjunta Antiterrorismo. Mas quando Duto pegou um dos técnicos do centro assistindo a um jogo do seu querido Miami Dolphins, numa noite sonolenta de domingo, Shafer começou a chamá-la de *sports bar*. O nome pegou.

O *sports bar* ficava a dez minutos a pé do escritório de Exley. Ou cinco minutos correndo. Ela correu.

DIFERRI ERROU O caminho algumas vezes antes de achar o D-2471 em um canto do segundo andar do guarda-volumes. Parou na frente do cadeado, depois enfiou a chave, imaginando o que iria encontrar ali. Talvez houvesse uma equipe de filmagem. Talvez o saco estivesse cheio de dinheiro, pacotes de cédulas novinhas de cem, como no cinema. Ou talvez sua chave não abrisse aquele compartimento.

Mas a porta abriu-se facilmente, e quando DiFerri acendeu a luz, viu somente o saco de lona que Bokar dissera que ele encontraria. Entrou no compartimento e fechou a porta. Ela fechou-se completamente, e ele temeu ter ficado preso ali dentro. Mas quando verificou a maçaneta, a porta se abriu sem problemas, e o corredor lá fora continuava do mesmo jeito que ele deixara alguns segundos antes. DiFerri fechou a porta de novo, perguntando-se por que sentia um medo estranho. Havia assistido ao programa *Fear Factor* diversas vezes. Aquelas proezas eram estranhas. E o que havia diante dele era apenas um saco dentro de um guarda-volumes.

Quando estava se encaminhando para o compartimento, DiFerri vira placas avisando para não fumar, mas ali dentro não via nenhuma. Dane-se o homem da recepção. Bateu um cigarro na palma e o acendeu.

SOMENTE UMA MEIA dúzia de pessoas entrara no guarda-volumes quando o homem com a chave chegou. Elas não foram evacuadas; Duto e Kijiuri haviam especificado que o centro deveria operar normalmente, a menos que alguém tentasse retirar de lá aquele saco. Nem tampouco os agentes aproximaram-se do D-2471. Mas todos no centro estavam sendo seguidos. Se a bomba detonasse, os agentes evacuariam o prédio, à força, se necessário, e levariam os civis para um centro de descontaminação que a NEST havia instalado a cerca de um quilômetro e meio do local. As pessoas seriam, então, examinadas para detectar exposição à radiação.

As simulações por computador que a NEST conduzira sugeriram uma probabilidade de setenta por cento de as pessoas não serem expostas a níveis perigosos de radioatividade, desde que todas saíssem do prédio em até três minutos após uma explosão. Claro, havia ainda uma chance de trinta por cento de exposição perigosa, mas isso não podia ser evitado.

NO *SPORTS BAR*, Exley encontrou vários funcionários da agência de olho nos monitores. Dentro do compartimento, um homem branco atônito tragava um cigarro e empurrava com o pé o saco de lona.

— Esse homem? — ela perguntou a Shafer. O homem parecia um mecânico, ou talvez um caminhoneiro desempregado. Qualquer coisa, menos um terrorista.

— Sei tanto quanto você.

— E a NSA? — A Agência de Segurança Nacional possuía um software de reconhecimento que poderia comparar fotografias de rostos com um banco de dados de membros da al-Qaeda suspeitos.

— Nenhuma semelhança. Ele provavelmente é carta fora do baralho — disse Shafer. — Contratado para o caso de estarmos vigiando.

— Muito interessante — retrucou Exley. Para a agência "carta fora do baralho" era alguém que pudesse ser preso ou morto sem conseqüências. — Eu não entendo — ela disse. — Se eles tiveram tanto trabalho para trazer para o país esse material, por que estariam fazendo isso?

Na tela, o homem no D-2471 cutucou o saco e em seguida agachou-se a seu lado.

— Estamos ferrados — disse Shafer.

Ela sabia exatamente o que ele estava pensando. A CIA e o FBI encontravam-se numa posição delicada. Era provável que o homem no compartimento não soubesse com o que estava brincando. Ainda assim, tinha a chave do local. Podia ser um militante da al-Qaeda, um devoto fiel, que por acaso parecia ser um caminhoneiro. Só iriam saber depois que o prendessem. Não poderiam agir precipitadamente para não destruir a operação. Mas se agissem devagar demais, se arriscariam a permitir que o homem se matasse numa explosão, principalmente se ele fosse apenas uma marionete.

Exley sentiu-se como se tivesse 17 anos quando aprendeu a passar a marcha. Coloque o pé no acelerador, vá soltando a embreagem, engrene a marcha. Fácil.

Só que ela não conseguia fazer isso. Estragara a embreagem do jipe Willis velho de seu irmão. Nossa, que dia horrível aquele. Pior ainda porque seu irmão ficava tão introspectivo lutando contra seus próprios demônios que quase não prestou atenção quando ela lhe contou o que havia feito.

Trouxe de volta à tela sua atenção. O homem ainda estava brincando com o saco.

— E aí... vamos deixar ele abrir? — perguntou ela a Shafer.

— Se você tiver uma idéia melhor, agora seria uma boa hora para falar.

Ela não tinha.

DIFERRI APAGOU O cigarro no chão de concreto do compartimento. Hora de pôr mãos à obra. Cuidadosamente abriu o saco de lona, puxando o zíper de plástico preto e revelando a tampa de metal liso da caixa de alumínio que estava lá dentro.

Tentou retirar a caixa do saco. Era mais pesada do que esperava. Ela escorregou de suas mãos. Ele fez um som gutural e largou a caixa, que após cair com impacto no chão, bateu em seu joelho.

— Droga — gritou. A reclamação ecoou no guarda-volumes, e mais uma vez ele pensou em desistir de tudo e dizer a Bokar que não tinha conseguido abrir a caixa. Não. Ele sempre tivera vontade de aparecer na televisão e não ia perder essa oportunidade.

Tentou de novo, virando a caixa de lado. Encontrou uma fechadura digital com um painel numérico em vez de um buraco de fechadura. Exatamente como Bokar dissera. O LCD vermelho da fechadura indicava a hora: 15:47:05... 15:47:06... Merda. Tinha menos de uma hora para chegar ao centro da cidade. Bateu com a chave do compartimento no painel digital três vezes como Bokar lhe recomendara. O relógio desapareceu, sendo substituído por linhas interrompidas que acendiam e apagavam. DiFerri tirou sua carteira velha do bolso e achou um pedaço de papel com o código que Bokar lhe dera: 4308512112-9447563-01072884.

DiFerri digitou os números no painel cuidadosamente. Quando terminou estava suando, mas não do calor daquele compartimento sem ar. Esperava ter digitado certo o código. Bateu com a chave três vezes, como lhe havia sido recomendado. O código desapareceu, sendo substituído por um timer.

10... 9... 8... 7...

Puta merda.

6... 5... 4... 3... 2... 1...

Levantou-se com dificuldade e tentou se afastar.

COMO TODOS OS que presenciavam a cena em Langley, Exley via exatamente o que estava acontecendo dentro do D-2471. As câmeras captaram muito bem o terror no rosto do homem quando ele deu um passo para trás. Então a bomba explodiu. A explosão ecoou dentro do centro de comunicação e os monitores escureceram.

A sala ficou em silêncio. Exley não conseguia esquecer o olhar de pânico que acabara de ver. Aquele homem não era um terrorista. Não tinha nada a ver com aquele guarda-volumes. Ela presenciara a morte de um homem inocente. Pela primeira vez na história, uma arma radioativa havia explodido em solo americano. E ela e todos os outros naquela sala haviam permitido que isso acontecesse. Os erros deles eram intermináveis. A idéia de Shafer sobre uma carta fora do baralho se confirmara.

Em seguida, o som de um telefone, depois outro e mais outro, quebrando o silêncio. O centro de comunicações começou a soar como um cassino na véspera de Ano-novo, os técnicos gritando comandos dentro do local. A missão não terminara. As unidades Delta e a polícia de Albany teriam de evacuar todas as pessoas que se encontrassem num raio de um quilômetro e meio, enquanto os cientistas da NEST estabeleciam o nível de radiação que a bomba suja emitira. Além disso, teriam de descobrir a identidade do homem no compartimento e rastrear-lhe os passos e os cúmplices tanto quanto possível. Embora Exley não tivesse dúvidas de que o rastro — se conseguissem seguir — mais cedo ou mais tarde conduziria a Omar Khadri.

Exley sentiu uma fúria assassina tomar o lugar de sua vergonha. Em todos aqueles anos na CIA nunca sentira tanta raiva. Sabia que envolver-se emocionalmente com essas batalhas não ajudava a vencê-las, mas não se conteve. Esse homem, Khadri, estava brincando com eles e matando americanos por esporte. Teria de ser destruído.

— A qualquer custo — disse baixinho para si mesma.

Shafer escutou-a.

— Não tenha dúvida — completou.

KHADRI ESTAVA ESCOVANDO os dentes no quarto do motel em Kingston quando ouviu a primeira notícia na televisão.

"Notícias de última hora da capital, com Scott Yorne, para o Canal 2. O Departamento de Polícia de Albany está evacuando partes da zona oeste da capital depois de uma explosão num guarda-volumes na Central Avenue. As autoridades aconselham a população a permanecer em suas casas por pelo menos duas horas. Até o momento, a polícia se mantém em silêncio quanto à natureza da explosão, mas promete fornecer outras informações o mais breve possível..."

Então Farouk informou os americanos sobre a bomba, Khadri pensou. Do contrário, eles não teriam evacuado a cidade. Eles mantinham vigilância no guarda-volumes e sabiam o que ele continha. Ou, de qualquer forma, achavam que sabiam. Ficariam surpresos quando entrassem no local. Khadri esboçou um sorriso ao se olhar no espelho do banheiro. Suas medidas de precaução tinham sido sábias.

Seu sorriso, no entanto, desapareceu, quando pensou na traição de Farouk. Teria de considerar que Farouk contara tudo aos americanos. Pelo menos uma célula no Paquistão corria risco. E provavelmente todos os especialistas em energia nuclear que Farouk havia recrutado. Khadri compartimentalizara com cuidado suas operações. Ele talvez conseguisse desativar as células que representavam perigo a tempo de salvar outras em operação no Paquistão. Mas teria de admitir que a captura de Farouk fora um grande revés.

Khadri sentiu uma pressão no peito. Lembrou-se que não tinha razão para preocupações. A bomba com certeza matara aquele idiota do DiFerri. Ainda assim, queria estar bem longe de Albany o mais rápido possível.

Em seguida começou a enfiar as roupas na mala com pressa. Depois parou. Não perca o controle, pensou. Sempre tudo sob controle. Esvaziou a mala na cama e começou a rearrumá-la, dobrando cuidadosamente as roupas.

EM MENOS DE uma hora, os cientistas da NEST, usando trajes de proteção contra a radioatividade, estavam dentro do compartimento D-2471, tentando não vomitar enquanto se locomoviam entre os pedaços do corpo de Tony DiFerri espalhados pelo chão.

O que acharam deixou-os estupefatos. Ou, mais precisamente, o que não acharam. Em vez do forno radioativo que esperavam, seus detectores registraram somente baixos níveis de raios alfa e praticamente nenhum raio gama. Nenhum plutônio 239. Nenhum urânio altamente enriquecido. Nada de césio 137, nem cobalto 57. Em vez disso, a equipe da NEST detectou traços de plutônio 238, um isótopo de plutônio que era quase inócuo, até mesmo se ingerido, e alguns gramas de urânio levemente enriquecido. Deviam ser eles os responsáveis pela radiação que encontraram quando fizeram a primeira varredura do compartimento. A área também não apresentava qualquer sinal de contaminação química ou biológica. Nenhum sinal de antraz, varíola, sarin ou VX.

No final das contas, essa bomba suja parecia limpa.

EM LANGLEY, OS ânimos pareciam menos sombrios quando chegaram as notícias. Depois de uma consulta à Casa Branca, Duto e Kijiuri decidiram suspender a evacuação e culpar a polícia local por sua reação exagerada. Com a promessa de uma injeção de 35 milhões de dólares extras por parte do governo federal, o prefeito de Albany e o chefe de polícia concordaram em assumir a responsabilidade. A explosão seria classificada como convencional, o que era quase verdade, e o guarda-volumes permaneceria sob custódia do governo federal por um tempo indefinido. Em 24 horas as agências de notícias nacionais esqueceriam a explosão e, no prazo de uma semana, a notícia estaria reduzida a um parágrafo, até mesmo nos jornais locais. As pessoas se explodiam o tempo todo nos Estados Unidos. Em outras palavras, ninguém no mundo, exceto Tony DiFerri, precisaria tomar conhecimento da gravidade do erro que a agência e o FBI haviam cometido. Essa era a boa notícia.

— A má notícia — Shafer disse a Exley — é que voltamos à estaca zero. Há material nuclear nos Estados Unidos, e nós não temos idéia de onde está.

Eram quase duas horas da manhã, e eles estavam de volta ao escritório de Exley. Haviam passado as últimas horas ao telefone em conferências exaltadas com a Casa Branca, Albany, Langley, base aérea de Nellis e até com a Diego Garcia. Os telefonemas foram na maioria acerca de medidas burocráticas para se resguardarem, mas os chefões também encontraram alguns minutos para discutir o que havia acontecido em Albany, e o que isso poderia significar. Eles estavam, agora, estudando três possibilidades, nenhuma delas plenamente satisfatória.

A primeira era a de que Dmitri, o físico russo, passara a perna em Farouk Khan, vendendo o isótopo de plutônio falso, lixo atômico em vez do tesouro prometido. A Casa Branca ativera-se a essa teoria. Afinal, oficialmente, o presidente via a al-Qaeda como enfraquecida e na defensiva, quase sem merecer atenção, se comparada ao Irã e a outros causadores de problemas. O fato de que o grupo havia supostamente introduzido em território americano uma bomba suja não se coadunava com essa visão; portanto, a Casa Branca estava procurando provar a ineficiência da bomba.

Talvez os otimistas da Pennsylvania Avenue 1600 estivessem certos, Exley pensou. O único problema dessa teoria era o fato de Farouk ser um físico experiente, que havia explicado a Saul exatamente como havia testado o material que comprara.

A segunda possibilidade era que Farouk simplesmente tivesse mentido para Saul sobre a quantidade de material radioativo que havia comprado de Dmitri, esperando — como era comum entre os prisioneiros — parecer mais importante do que realmente era. A Casa Branca simpatizava com essa teoria também. De qualquer forma, ela podia ser facilmente verificada. Farouk fora colocado de novo na solitária. Se tivesse mentido, eles logo descobririam. Exley não queria nem imaginar o que Saul fazia com as pessoas que tentavam enganá-lo.

Por fim, havia a terceira teoria, a que mais desagradava a Casa Branca. A de que Farouk não mentira para Saul sobre o local onde a bomba fora escondida. Pelo menos, não intencionalmente. A teoria de que alguém teria enganado Farouk. Alguém — chame-o de Omar Khadri — teria se dado o trabalho de construir uma bomba suja falsa, talvez mais de uma. E por que Khadri faria isso? Tanto para esconder o local da bomba verdadeira como para que ela servisse de armadilha para a contra-inteligência, de modo a descobrir se os Estados Unidos haviam colocado em perigo seus operadores.

Se a terceira teoria estivesse certa, Farouk não teria mais nada a contar-lhe, não importa que medidas Saul tomasse. O que significava que os indícios que levariam à bomba estariam perdidos. E o que é pior, como a Força-tarefa Conjunta Antiterrorismo se expusera ao iniciar a evacuação depois da explosão, Khadri agora sabia que eles haviam permanecido de vigia no guarda-volumes.

Isso significava que ele sabia que Farouk havia sido forçado a confessar, e que o governo dos Estados Unidos tinha conhecimento de que a al-Qaeda possuía uma bomba suja em solo americano. O que o predispunha a explodi-la o mais rapidamente possível.

Não, a terceira teoria não era de forma alguma reconfortante.

Mas Shafer e Exley acreditavam nela.

11

WELLS LEVANTOU A Glock e mirou o alvo.

Com a pistola firme apertou o gatilho. A Glock falou com ele da única maneira que sabia, com um som agudo e curto. O ferrolho pulou para trás, ejetando um cartucho, e a arma quicou em suas mãos como se estivesse com raiva por ele ter disparado. Wells controlou o coice e apertou o gatilho de novo. De novo. De novo. E de novo, mais baixo dessa vez.

Finalmente baixou a pistola e olhou para o estande de testes. Quatro buracos feitos no alvo, a menos de três centímetros do centro. O quinto tiro estava quinze centímetros abaixo, e um pouco para a direita. Muito bom para 16 metros.

Desde que recebeu a mensagem de Khadri, Wells praticava tiro ao alvo na American Classic Marksman, um estande de tiros numa área comercial em Norcross, a poucos quilômetros de seu apartamento. Havia esquecido do prazer de manusear uma pistola. Não pensou nos homens que havia matado; em vez disso, lembrou-se das viagens de caça que fizera com o pai no outono.

Uma vez por ano, iam para as montanhas de Montana caçar cervos e alces. Wells quase podia sentir o cheiro do café forte e saboroso que preparavam pela manhã, escutar o chiado do bacon na frigideira. Não comia bacon desde que se convertera. Ainda sentia falta do sabor. Ele e o pai caminhavam pelos lugares mais recônditos das montanhas, procurando um lugar onde pudessem esperar em silêncio pelo tiro perfeito. E o tiro tinha de ser perfeito, já que Herbert só permitia que Wells atirasse em um único cervo em cada temporada; se errasse ia para casa de mãos abanando. Não fazia sentido facilitar numa caçada, seu pai dizia.

Em sua terceira temporada, Wells finalmente matou um veado-galheiro. Lembrava-se ainda como seu coração disparou quando viu que havia acertado o tiro. O cervo foi para trás, em seguida cambaleou e caiu. Um tiro certeiro. Antes de puxar o gatilho, ele se perguntou se matar um animal o incomodaria. Mas desde aquele momento, nunca tivera medo de atirar. Não podia fingir que detestava matar. Os animais matavam, e os animais morriam; essa era a ordem natural.

WELLS PÔS A Glock de lado e apanhou a Makarov que comprara numa exposição de armas em Chamblee duas semanas antes. A pistola era idêntica à que ele havia deixado para trás na cabana no dia em que conheceu Khadri. Ao segurá-la, assomaram-lhe lembranças inesperadas da Fronteira Noroeste: o mau cheiro de esgoto nos dias quentes; uma menininha usando uma burca preta completa e segurando a mão do pai que a conduzia pelo mercado, em Akora Khatak; a garrafa de Johnnie Walker Black, não tão vazia, que numa noite achara do lado de fora da mesquita, e o impacto do aroma forte de uísque quando tirou a tampa da garrafa para descartar seu conteúdo.

Quase não podia acreditar que deixara o Paquistão seis meses antes. Em geral, não pensava muito naquele lugar, no xeique Gul, em Naji, nem nos outros militantes do jihad que conhecera lá. Eles pareciam pertencer a uma outra vida. Talvez tenha sido a maneira como partiu, desaparecendo tão de repente. Ou talvez esquecer a fronteira fosse fácil, porque a vida lá havia sido tão dura. Talvez não quisesse saber o que veria se olhasse para trás.

Olhava para a frente agora, preparando-se para o que estava por vir. Além das pistolas, havia comprado um fuzil de assalto na exposição, um AK-47 falsificado, de fabricação chinesa. Mas deixava essa arma em seu apartamento, já que havia transformado ilicitamente uma arma semi-automática em automática.

Para tiros de curta distância, comprara uma espingarda antiga, calibre 12, bastante usada, mas mecanicamente perfeita, e serrou os canos de tal forma que ficara apenas alguns centímetros maior do que a Glock. Tinha de deixar a calibre 12 em casa também. Espingardas serradas eram igualmente ilegais. E por uma boa razão. A uma distância de mais de três metros eram inúteis, mas à queima-roupa eram tão letais quanto uma granada-foguete. Com sorte, bastava puxar o gatilho uma vez para matar dois ou três homens.

Conseguir silenciadores era mais complicado. Os vendedores na exposição de armas de Chamblee preferiam não falar sobre eles, e Wells não queria insistir e terminar comprando um de algum agente federal. Mas com a ajuda de um manual que comprara na mostra, havia construído um em seu apartamento. Não tinha pretensões de que durasse muito, nem tampouco que fosse de alta precisão. Mas silenciava um pouco a Makarov.

De qualquer forma, não planejava usar o silenciador a menos que não tivesse escolha. Preferia os punhais quando o silêncio se fazia necessário. Comprara alguns, assim como coldres, granadas de fumaça e spray de pimenta, tudo isso legal na Georgia. Numa loja em Macon, que se dizia "Especializada em Defesa Interna", havia comprado quatro walkie-talkies do tipo usado pela polícia que, preso ao ombro, deixava as mãos livres. Adquirira também coletes à prova de balas, um deles para artilharia pesada, e uma máscara de gás, para sua proteção, caso viesse a precisar. Numa visita a uma loja de suprimentos para o Exército e a Marinha adquiriu um uniforme de camuflagem verde, e, para trabalho noturno, uma máscara de esqui preta, calças de moletom, um capuz preto e luvas de couro pretas.

Numa loja de suprimentos hospitalares, próxima ao hospital geral de Atlanta, montou um kit de primeiros-socorros: ataduras, betadine, produtos cicatrizantes, gazes, luvas de borracha, bisturis, talas, solução esterilizadora, tesouras cirúrgicas e seringas. Até mesmo Cipro, Demerol e Vicodin, comprados pela internet de farmácias da Costa Rica. Seu treinamento Delta incluía cuidados médicos avançados para os campos de batalha e durante os conflitos na Chechênia Wells havia tratado de doentes com fraturas e ferimentos por estilhaços de granada. Comprara alguns livros de cuidados médicos de emergência para refrescar a memória.

Estava se preparando, é verdade. Queria apenas saber para quê.

Wells olhou para a Makarov em sua mão, sentindo a superfície áspera da empunhadura. A Makarov era menor e mais leve do que a Glock e às vezes se perdia em sua mão. Mas Wells gostava de ter uma pistola que pudesse enfiar na cintura. Puxou o ferrolho da Makarov, inseriu um projétil na câmara e mirou o alvo, imaginando o rosto de Khadri no centro.

O primeiro tiro desviou-se para a direita cerca de sete centímetros. A Makarov simplesmente não era tão suave quanto a Glock. Fez pontaria de novo. Dessa vez foi em linha reta, mas alto. Wells expirou e se manteve totalmente imóvel, visualizando o percurso do projétil, vendo-o alojar-se na face de Khadri, logo abaixo do olho, o sangue escorrendo, Khadri encolhendo rápido quando a gravidade o puxava. Apertou o gatilho. Na mosca.

Praticou por mais meia hora, em seguida descarregou as pistolas e colocou-as em seus estojos portáteis. Ao sair, comprou óleo e um pedaço de camurça. Não achava que elas precisavam ser limpas mas, de qualquer forma, queria amaciá-las, só para garantir.

— Boa pontaria hoje? — Essa observação veio do dono, um homem que usava barba, chamado Randall.

— Tentando voltar à forma.

Randall sorriu.

— Me pareceu bem profissional.

DE VOLTA A seu apartamento, Wells desmontou as pistolas e limpou-as. Afiou os punhais até suas lâminas parecerem prontas para fazer sangrar. Finalmente, forçou-se a parar. Khadri — ou seus homens — era esperado no dia seguinte no Hartsfield, e Wells não se lembrava de ter se sentido tão ansioso antes de uma missão. Podia até morrer, mas não podia falhar. *Não podia falhar*. Fora incapaz de impedir o 11 de Setembro, de impedir as explosões em Los Angeles. Mas não poderia falhar dessa vez.

Mantivera-se discreto desde aquela noite infeliz quando saiu com Nicole, a garçonete do Rusty Nail. Tinha até abandonado o trabalho diário para preparar-se para Khadri. Dinheiro não era problema; mesmo depois de comprar as armas e o equipamento, ainda lhe sobrara alguns milhares de dólares que havia escondido. Pelo que sabia, Nicole não tinha chamado a polícia; ele fora até o estacionamento do Kermex para saber se alguém o havia procurado, mas ninguém havia. Perguntava-se às vezes se Nicole e o ex-namorado tinham reatado. Se tivessem, Wells achava que merecia o crédito.

Fazia também suas preces cinco vezes por dia, estudando o Alcorão com a intensidade que demonstrara durante os anos que passou na fronteira. Na verdade, sua fé enfraquecera. Mas não podia deixar Khadri ver qualquer abalo em seu fervor. Queria ter certeza de que recuperara o ritmo diário da religião quando seus companheiros do jihad chegassem.

Wells imaginava cenários possíveis: e se Khadri estivesse portando um frasco de varíola? E se ele disser que a al-Qaeda tem uma arma nuclear mas não disser onde está? E se ele chegar com mais uns 12 homens? Eu o mato na hora? Tento jogar com a situação para que ele revele alguma coisa? Entrego-o à agência? Wells desejou poder discutir o assunto com Exley. Mas sabia que telefonar para ela apenas a colocaria em dificuldades. Quando tivesse mais informações para ela, faria contato. Precisava estar pronto porque o show estava para começar. O estilo de Khadri parecia ser esperar e em seguida agir rápido. Para Wells, ele era um homem que só daria qualquer informação no último momento. Quando eles se encontraram em Peshawar, Khadri não deixou transparecer nada sobre o atentado de Los Angeles. Mas em algum momento, ele teria de explicar seus planos, e então Wells teria a chance de impedi-lo.

WELLS NÃO ESPERAVA dormir naquela noite. Mas dormiu, um sono sem sonhos, e quando o alarme tocou, ele ficou imediatamente alerta, da mesma forma que acontecia naquelas claras manhãs de outono em Montana, caçando ao lado do pai. Fez um bule de café e inclinou a cabeça diante de Alá. Prendeu o punhal na perna e dirigiu-se para o Hartsfield, o gigantesco aeroporto no extremo sudoeste de Atlanta.

O tráfego da manhã na 285 era ainda pior do que ele esperava, mas tinha saído com bastante antecedência. Ligou o rádio da picape. Nos últimos tempos, ele se divertia escutando a WATK, uma estação de direita, cujo repórter da manhã, Bob Lavelle, adorava teorias conspiratórias. Na semana anterior, Lavelle concentrara-se na explosão em Albany, explosão que todas as outras pessoas já haviam esquecido.

— Ora, por que evacuar a cidade? — perguntava Lavelle. — Podem ficar certos, tem muita coisa aí que não sabemos. — A voz de Lavelle se elevou. — Escutem bem por um minuto. Parem o que estão fazendo. Deixem de lado esses jornais liberais e pensem com a própria cabeça. Não se evacua um lugar porque um idiota qualquer resolveu se explodir dentro de um guarda-volumes. Isso não faz sentido.

Wells reduziu o volume. Lavelle estava errado sobre muita coisa — Wells acreditava que o homem tinha ido à lua, mas Lavelle estava certo quanto a Albany. O que aconteceu ali não fazia sentido. Wells calculou que a agência ou o FBI vinham vigiando o guarda-volumes à procura de armas químicas ou biológicas. Mas Wells não compreendia por que eles permitiram que alguém entrasse naquele compartimento. Khadri talvez pudesse completar as peças que faltavam do quebra-cabeça, mas Wells não planejava perguntar.

Lavelle ainda estava gritando quando Wells desligou o rádio. Não fazia sentido ter de explicar a Khadri por que ele estava escutando a WATK, cujo repórter detestava muçulmanos mais ainda do que odiava os agentes do FBI.

NO HARTSFIELD, WELLS deixou o punhal dentro da picape; poderia lhe causar problemas nos postos de segurança. Não havia estado num aeroporto desde a primavera, e não era de seu agrado estar naquele. Provavelmente havia mais policiais e agentes federais ali do que em qualquer outra parte da Georgia. Seus velhos amigos em Langley podiam com facilidade ter enviado uma ordem ao serviço de segurança do aeroporto para permanecerem em alerta caso ele aparecesse.

Para se prevenir, ele fez o possível para mudar a aparência. Não se preocupou em elaborar disfarces, o que em geral atraía muito mais a atenção em vez de desviá-la. Mas deixara crescer o cabelo desde a primavera, e naquele dia estava usando um boné do Red Sox e óculos de armação metálica com lentes transparentes. Se não fizesse nenhuma besteira, não teria problemas. As autoridades do serviço de segurança estavam sobrecarregadas e o que queriam era fazer com que as filas andassem. Para se proteger ainda mais, dissera a Khadri que esperaria no saguão principal e não no terminal, que exigiria dele passar por alguns postos de segurança. Depois de alguns minutos caminhando de lá para cá no saguão do aeroporto, sentou-se para tentar ler sobre as últimas vitórias do Braves — seis seguidas — no *Journal-Constitution*, mas não conseguiu se concentrar.

Logo em seguida desistiu e deixou a mente divagar. Pensou em Exley. Naquela hora ela provavelmente estaria no escritório. Nunca fora a seu local de trabalho, mas podia imaginá-lo. Certamente ela tentaria manter tudo em perfeita ordem mas, ainda assim, deveria haver uma confusão de relatórios, mapas e transcrições espalhados pela mesa. No cofre teria cópias de documentos sigilosos — não conseguiria acesso aos originais. Teria fotos dos filhos e talvez alguns desenhos que eles tivessem feito para ela. Ele assim achava.

Exley não era mais casada. Se tivesse um namorado, um amante, talvez guardasse uma foto dele. Mas Wells tinha certeza de que ela seria discreta. Não era do tipo que levava sua vida para o escritório. Será que levaria o escritório para casa? Quase todos na agência eram casados. Ele não a imaginava tendo um caso no local de trabalho, do tipo que as secretárias sabem que está prestes a acontecer antes mesmo de começar e que os chefes descobrem em uma semana. Do tipo que inevitavelmente termina com o marido voltando para casa, para a mulher e os filhos. Exley não seria tão tola assim. Não podia ser. Mas Wells sabia melhor do que ninguém que a solidão era capaz de transformar as pessoas de tal forma que com o tempo nem elas mesmas se reconheciam mais.

Será que ela tem um amante? Um namorado? Pela maneira como se abriu com ele no Cherokee, não podia imaginá-la seriamente envolvida com um outro homem. De qualquer forma, não morava com ninguém. Quando telefonou para ela naquela manhã, um mês antes, ela atendeu ao telefone e não parecia surpresa. Como se estivesse esperando por seu telefonema. Como se pensasse nele tanto quanto ele pensava nela. Fechou os olhos e imaginou-a sozinha na cama, dormindo nua sob um lençol fino de algodão, as janelas abertas para a noite úmida de Washington, e um ventilador ligado em baixa velocidade no teto. A visão lhe causou um arrepio e por um momento quase podia tocá-la.

Wells abriu os olhos e consultou o relógio. Onze e quarenta. Em cinco minutos Khadri chegaria de Detroit no vôo 561 da Delta.

O VÔO CHEGOU na hora. Mas Khadri não estava nele.

O homem que descia a escada rolante era mais jovem, 30 e poucos anos, alto, bem barbeado, usando calças e uma camisa pólo por fora da calça. Não podia evitar a pele morena e os cabelos negros ondulados mas, fora isso, misturava-se bem à multidão de homens que viajavam a negócios no meio do dia. Até pelo laptop. Um profissional. Olhou a sua volta, viu a camiseta do Festival de Jazz de Atlanta que Wells havia prometido usar em seu e-mail — uma maneira simples e segura de fazer contato em público — e dirigiu-se a ele.

— Você deve ser Jack — disse o homem num inglês claro e suave, com um ligeiro sotaque saudita. — Eu sou Thomas.

Os nomes estavam corretos. Khadri podia não estar ali mas aquele era o seu representante.

— Muito prazer — disse Wells. — Como estava o clima em Detroit? — Uma pergunta simples, somente para confirmar o que ele já sabia.

— Nublado na noite passada mas clareou hoje de manhã.

Wells estendeu-lhe a mão e eles se cumprimentaram.

PERMANECERAM EM SILÊNCIO até Wells entrar na 285, em direção ao leste, de volta a seu apartamento. O homem que se denominava Thomas inclinou-se um pouco para olhar pelo espelho retrovisor direito, verificando se alguém os seguia.

— Pode dirigir um pouco mais rápido, na faixa da esquerda? — perguntou Thomas. Assim fez Wells.

Alguns minutos mais tarde, Thomas lhe disse para passar para a faixa da direita e reduzir a velocidade, e em seguida para ir mais rápido. Wells seguiu todas as instruções.

— Onde você mora? — perguntou Thomas quando chegaram no cruzamento da 285 com a I-20.

— Doraville. Na zona nordeste de Atlanta. A uns 24 quilômetros daqui. Em vinte minutos estaremos lá.

— Onde exatamente?

— O endereço?

— É.

Wells lhe disse.

— Não vamos para seu apartamento. Vamos na direção oeste, pela Interestadual 20.

— Indo para o centro?

— É. — Thomas não disse mais nada. E Wells sabia que sua espera ainda não havia acabado.

WELLS ENTROU NO estacionamento de um Denny's em más condições, no sudoeste de Atlanta. Dirigia havia horas, dando voltas infindáveis em estradas que cortavam a cidade. Estavam agora de volta praticamente ao lugar onde haviam começado, a alguns quilômetros da entrada do Hartsfield. Aviões sobrevoavam em baixa altitude ao se aproximarem do aeroporto. Wells controlou a impaciência, tentando convencer-se de que umas horas a mais não fariam diferença.

Estacionou, e Thomas o conduziu para o final do estacionamento, onde havia um homem ao lado de um Chevy Lumina. Ele era mais baixo do que Thomas e usava roupas informais, calças jeans e camiseta do Falcons.

— Este é Sami — disse Thomas. Abraçou Sami e sussurrou alguma coisa em seu ouvido.

— Olá, Sami. — Wells estendeu-lhe a mão. Sami ignorou o cumprimento, e Wells recolheu o braço.

— Dê a ele as chaves. — Thomas não sorriu.

Sem uma palavra, Wells entregou as chaves a Sami, que as pegou e dirigiu-se para a picape de Wells. Thomas entrou no Lumina e fez um sinal para que Wells o seguisse.

Wells não se alterou ao ver sua picape Ford desaparecer do estacionamento. Aqueles homens estavam tendo todo aquele trabalho por alguma razão. Khadri o estava submetendo a um último teste antes de baixar a ponte suspensa e deixá-lo entrar no castelo. Assim ele esperava.

Mais uma vez dirigiu sem destino. O relógio digital do Chevy marcava mais de cinco da tarde, e o tráfego começava a ficar intenso. Mas Thomas não demonstrava impaciência. Wells calculou que ele estava dando tempo a Sami para inspecionar seu apartamento. Ótimo. Se quisessem fazer este jogo que o fizessem. Por mais que procurassem, não conseguiriam descobrir sua verdadeira identidade.

Finalmente o celular de Thomas tocou. Ele atendeu.

— *Nam.* — Desligou e colocou o telefone de volta no bolso.

— Está limpo — disse Wells.

— O quê?

— Meu apartamento. Exceto pelas armas. E elas são para nós.

Pela primeira vez Thomas sorriu.

— Foi exatamente o que Sami disse.

PASSARAM PELO TURNER Field e pela cúpula dourada do Capitólio da Georgia, antes de Thomas virar à direita na Fourteenth Street, no centro de uma área chamada Midtown, um aglomerado de prédios de escritórios altos e apartamentos baixos. Thomas encontrou um estacionamento e subiu as rampas circulares, balançando a cabeça em aprovação à medida que os andares ficavam mais vazios. Finalmente estacionou no andar superior, no meio de uma área asfaltada vazia.

— Saia.

— Thomas — disse Wells. — Somos amigos ou não somos? — Falava em árabe agora, apreciando o fluir suave das palavras. Exceto pelas orações, ele não falava aquela língua desde que deixara o Paquistão.

— Acho que sim — respondeu Thomas, também em árabe. — Essas são medidas de precaução.

— Então me diga seu verdadeiro nome.

— Qais.

— Qais. Está sabendo que eu sei que tem uma arma embaixo do banco? E que eu podia pegar, se quisesse? — Wells sorriu para Qais. Sou um profissional também, isso ele não disse. Mereço um pouco de respeito.

Qais não se mostrou surpreso.

— Por que não tenta?

Wells não podia negar que gostava do estilo daquele homem. Os dois não disseram mais nenhuma palavra. Wells saiu do carro e Qais, sem titubear, trancou as portas e levou a mão para baixo do banco do motorista, retirando de lá uma arma pequena, calibre 22. Colocou-a embaixo da camisa e saiu do carro.

— Ponha as mãos na cabeça e abra as pernas — disse a Wells, dessa vez de novo em inglês. Revistou-o com cuidado. — Ótimo.

— Você já foi policial numa vida passada?

— Alguma coisa desse tipo. Vamos. Tem alguém esperando. Você vai gostar de encontrá-lo.

O SOL JÁ ESTAVA por trás dos prédios de escritórios a oeste quando deixaram o estacionamento. Qais andava rápido agora, à vontade por não terem sido seguidos. Em poucos minutos chegaram ao Piedmont Park, uma área de cerca de 400 mil metros quadrados, arborizada e gramada, em torno de um lago artificial. Num gramado sobre uma colina, na extremidade do parque, estudantes universitários, sem camisa, jogavam frisbee ao anoitecer. Pessoas usando tops esportivos corriam por uma trilha ao pé da colina. Mais adiante, havia um homem sentado num banco, lendo calmamente o *New York Times*.

Khadri.

Levantou-se ao ver Wells e Qais aproximarem-se, dobrando o jornal e colocando-o embaixo do braço. Estava a cem metros de distância, cinqüenta, vinte e cinco, dez. E em seguida tão perto que dava para ser tocado.

Mate-o agora, disse Wells a si mesmo. Pegue-o e quebre seu pescoço. Ou tome a arma de Qais e atire nos dois.

Em vez disso, Wells simplesmente sorriu e estendeu-lhe a mão, como fizera Khadri em seu primeiro encontro. Wells achava que conseguiria matar Qais, mas não sabia se poderia dominar os dois. Khadri talvez tivesse uma arma também. Mais uma vez lembrou-se das caçadas que fizera quando jovem. Teria apenas uma bala para Khadri. Seria preciso ter certeza.

Para surpresa de Wells, Khadri ignorou sua mão estendida e deu-lhe um forte abraço, passando as mãos pelas costas de Wells, numa rápida revista.

Largou Wells e deu um passo atrás.

— Jalal. — Ninguém o chamara assim desde Peshawar. — *Salaam alaikum.*

— *Alaikum salaam.*

— Você está diferente.

— Eu, ah... deixei o cabelo crescer. Para não destoar, entende?

Khadri olhou para a camisa de Wells.

— Você foi ao festival de jazz?

Seu sotaque britânico perfeito doeu nos ouvidos de Wells.

— Fiquei pouco tempo. O festival é nesse parque, logo ali. — Apontou para o lado oeste.

— Você gosta de jazz?

Wells deu de ombros.

— Claro. Foi divertido. Alguma coisa para fazer.

— Enquanto esperava?

— É, enquanto esperava.

— E Qais? Nenhum problema no aeroporto?

Qais fez que não com a cabeça, apenas. Havia recuado alguns passos, mas mantinha a mão no quadril, discretamente, a poucos centímetros de sua pistola.

— Vamos caminhar um pouco, Jalal? Uma noite tão bonita.

Caminharam devagar pela trilha de jogging, Qais mantendo-se uns passos atrás, de onde não conseguia ouvir a conversa.

— Esse lugar é bonito — disse Khadri. — Eu li que foi projetado pelos filhos do homem que construiu o Central Park de Nova York. Mas o Central Park é muito maior.

Wells desejou saber se Khadri estava procurando descobrir alguma coisa ou simplesmente pensando alto.

— Você passou por Nova York antes de vir para cá, Jalal?

— Passei.

— O que achou?

— Nova York? Achei que era um alvo grande — respondeu Wells com sinceridade. Teve vontade de agarrar o pescoço de Khadri e torcê-lo até que o rosto dele ficasse roxo e seus olhos revirassem nas órbitas.

— Você não achou maravilhoso? Times Square?

— Claro. Muito interessante.

— Mas não é seu tipo de lugar.

— Eu fui criado em Montana, Omar. As montanhas eram todas minhas.

— E que tal esse lugar aqui?

— É bonito, como você disse. — Khadri estava apenas conversando, Wells percebeu. Falando sobre a América. Ele também precisava relaxar de vez em quando.

— É estranho como alguns lugares são tão... bonitos... e outros tão feios, não é, Jalal? Seu povo, a vida para eles é tão fácil.

— Fácil demais — disse Wells. — Eles precisavam prestar mais atenção à miséria do mundo. Ignorância assim é um mal. E eles não são meu povo.

— Você sempre diz a coisa certa, Jalal. Bem certa. Você sempre soa como um de nós.

Aquele era o momento, Wells sabia. Se não convencesse Khadri ali, nunca mais conseguiria.

— Porque eu sou. Não sei mais o que dizer. O que você pedir, eu faço.

Khadri parou e virou-se para Wells.

— Quero confiar em você, Jalal. Do contrário, eu não teria vindo para cá. Você acredita nisso?

— Claro.

— Você pode ser de grande valor para mim, para nós. Temos grandes missões à frente. Tenho poucos homens de confiança... — Khadri calou-se de repente. Ele tinha problemas que não queria revelar, pensou Wells.

"De qualquer forma — Khadri continuou. — Não tem ninguém igual a você. Você tem a ver com o lugar... — Khadri apontou para a cidade a sua volta — ...de uma maneira que eu nunca terei, que Qais nunca terá. É uma grande dádiva.

— É.

— Nunca nos deu motivo para duvidar de você. Na Chechênia, no Afeganistão, no Paquistão.

— Sempre tentei fazer o que era necessário.

— Mas, ainda assim, eu não compreendo você, Jalal. Já falei sobre você com o próprio xeique. E depois que mandamos você para cá, pedimos informações aos homens que conheciam você na fronteira. Durante todos aqueles anos você estudou, fez suas preces e treinou. Nunca ficou impaciente...

— Eu estava impaciente — disse Wells.

— Se estava, nunca deixou ninguém perceber. Nunca reclamou. Nunca bebeu, nem fumou, nem procurou mulher. O soldado perfeito. Mas eu vejo tanta disciplina e isso me assusta. E me pergunto, como vou saber se você está lutando por nós... ou por eles?

Wells agarrou o braço de Khadri, puxando-o em sua direção. Qais deu um passo na direção deles, mas Khadri o afastou com um aceno de mão.

— Omar. Eu não sou um soldado perfeito. Os homens que morreram em Los Angeles, que se sacrificam no Iraque diariamente. Os mártires. Eles, sim. Tudo o que fiz foi esperar. Só quero uma chance para servir. E se for preciso eu espero para sempre...

Wells parou. Deixara clara sua intenção. Não precisava dizer mais nada. Soltou Khadri, mas Khadri não se afastou. Em vez disso, inclinou-se em direção a Wells e fitou-o nos olhos. Finalmente balançou a cabeça concordando.

— Você quer uma chance para servir? Então vai ter.

Wells baixou a cabeça. A ponte suspensa havia sido abaixada. Ele estava nela. Todos esses anos, toda a espera, finalmente valeram a pena. Seria isso o que se sente ao se ressuscitar?

— Obrigado, Omar.

Khadri deu um tapinha no peito.

— Preciso ir. Qais vai lhe explicar a missão. Ele fala em meu nome.

— Obrigado — disse Wells de novo. — *Allahu akbar.* — Deus é grande.

— *Allahu akbar.*

Khadri foi embora, subindo a colina. Atravessou o parque e desapareceu.

— Ele parece saber exatamente para onde está indo — disse Wells em voz baixa a Qais.

— Ele sempre sabe.

NO ESTACIONAMENTO, SAMI esperava na picape de Wells.

— *Salaam alaikum* — disse Sami.

— *Alaikum salaam.*

— Então você está do nosso lado.

— Inshalá.

Sami sorriu e jogou as chaves de volta para Wells.

WELLS FOI DIRIGINDO a picape, e Qais estava no banco do carona. Sami seguia-os no Lumina.

— Onde é seu hotel?

— Não vamos para um hotel. Vamos ficar no seu apartamento.

— Os vizinhos vão estranhar.

— Não vamos ficar muito tempo.

Wells esperou por mais alguma coisa, mas Qais nada explicou.

— Quem treinou você, Qais?

— O Mukhabarat saudita. E passei seis meses em Quantico com o FBI.

— Não é de admirar.

— Obrigado.

— Então... — Wells disse em árabe. — Você e Sami não vieram para Atlanta só para me ver, não é?

Qais riu.

— Não. Nem só para gastar gasolina.

— Então quer me dizer qual é a missão? Ou será que eu vou ter que adivinhar?

— Você não ia conseguir adivinhar. — Qais estava muito mais relaxado agora que Khadri dera sua aprovação a Wells.

— O Centro de Controle de Doenças?

— Não.

— A CNN? O prédio da Coca-Cola?

— Não. Afinal, Omar gosta de Coca-Cola. É só o que ele bebe.

— Eu também — disse Wells. — O Capitólio da Georgia? O Turner Field?

— Eu nem sei onde é que ficam esses lugares — disse Qais. — Olha, somos só nós três, eu, você e Sami. E essa não é uma missão de martírio. Omar nos quer vivos.

— Então... deve ser uma coisa simples. Um assassinato.

— Perfeito. Quem?

Wells não tinha idéia. O prefeito de Atlanta? Um cientista do Centro de Controle de Doenças? Um dos senadores da Georgia? Pessoas comuns? Qualquer pessoa realmente importante teria um forte esquema de segurança.

— Você tem razão, Qais. Não consigo adivinhar.

— Você já ouviu falar de Howard West? O general?

Howard West coordenara as operações de contraterrorismo no exército durante os anos 1990. Wells havia encontrado com ele uma vez numa cerimônia fúnebre para um oficial da Delta que havia morrido. West fez um discurso breve, depois desapareceu num helicóptero para cumprir suas obrigações de um general de três estrelas.

Ele se aposentara alguns meses depois disso... Wells não se lembrava exatamente quando. Hoje trabalhava como "consultor". Isso significava que ele coletava cheques de centenas de milhares de dólares de empresas que contratavam serviços de espionagem. Em troca, ele os punha em contato com seus velhos amigos no Pentágono. Mantinha-se discreto. Wells nem sequer sabia que ele morava em Atlanta.

Atacá-lo era uma maneira brilhante de a al-Qaeda declarar que estava à altura dos Estados Unidos. Vocês caçam nossos líderes? Nós cassamos os de vocês. E desde que se aposentara, West dispunha de um número muito menor de seguranças do que quando era general da ativa. Mas matar West não seria o grande trabalho que Kadhri planejara, pensou Wells. "Omar nos quer vivos", Qais dissera. O assassinato serviria apenas para distrair as autoridades. A ponte suspensa havia descido apenas pela metade. Khadri estava oferecendo a Wells uma barganha: mate West ou morra tentando, e confiarei em você. Mate West e você está dentro. Caso contrário, você jamais me verá.

Wells sentiu as costas doerem. Viu-se como um fantoche, cujas cordas haviam sido puxadas com força. Khadri mais uma vez passara-lhe a perna. Mas talvez conseguisse uma saída.

— Podemos chegar até West — Wells disse a Qais. — Mas é preciso um bom plano. Quando Omar quer que isso seja feito?

— Hoje.

— Hoje. — Ao dizer a palavra, Wells sentiu o alçapão desarmar fechando-se.

12

WELLS ABRIU A PORTA de seu apartamento e viu que Sami havia espalhado todo seu arsenal na mesa da cozinha, as armas e os punhais, um convite esperando uma resposta. Fora isso, o lugar parecia intocado, o que não surpreendeu Wells. Como Qais, Sami era um profissional, um ex-policial jordaniano.

— Vamos fazer a *maghreb*? — perguntou Wells, usando a palavra em árabe para a prece da noite.

— E os vizinhos? — perguntou Qais. Através das paredes ouviam a televisão, o som altíssimo, no apartamento vizinho, as piadas e as risadas enlatadas juntas, num tom monótono.

— Wendell tem uns 80 anos — disse Wells. — E é quase surdo. É só a gente não fazer muito barulho.

Estendeu o tapete no chão, e os três homens fizeram as orações da noite. Em seguida comeram. A caminho de casa, Wells havia parado num 7-Eleven e comprado sanduíches gigantescos e copos de um litro de café. Estava faminto e calculava que Qais e Sami também deveriam estar. Mas não sentiu nenhum prazer em comer o sanduíche de peru, por estar preocupado ao ver as horas passarem. Deu a última dentada e olhou para o relógio. Nove horas.

Tinha quatro horas, seis no máximo. Por mais que tentasse, não conseguia ver uma saída. Não podia matar West. Mas Khadri jamais confiaria nele se West permanecesse vivo.

Se tivesse sabido uma semana antes, ou mesmo um dia, poderia ter avisado Exley. Assim a agência e o FBI poderiam preparar sua própria armadilha. Poderiam capturar Qais e Sami e libertar Wells. Poderiam até anunciar que Qais e Sami haviam sido assassinados na casa, e que West sofrera um ferimento de bala. Khadri teria de aceitar isso; não havia como verificar.

Mas Wells não tinha como avisar West agora. Qais e Sami não o deixariam sozinho naquela noite. Sabiam que a questão fundamental da missão era testar a lealdade de Wells. Claro, ele poderia matar Qais e Sami ali mesmo, mas assim perderia todas as informações que eles tinham, e a pista para Khadri terminaria ali. Entregá-los seria melhor, mas essa também não era uma aposta garantida. Eles não ficariam sentados achando graça se Wells pegasse o telefone e ligasse para a polícia.

Wells se perguntou se deveria deixar West morrer, se deveria puxar o gatilho ele próprio, se Qais pedisse. Aquilo era uma guerra, e West já fora um soldado. Não somente um soldado. Um general. Já tinha quase 70 anos. Vivera uma vida intensa. Talvez até compreendesse.

Wells afastou esse pensamento. Tinha de garantir que West não fosse morto. Para seu próprio bem e o bem do general. Havia limites que ele não podia transpor; não podia matar as pessoas que deveria proteger. Não podia bancar Deus e sacrificar um de seus compatriotas na esperança de salvar outros. Não. Teria de salvar West sem revelar a identidade que trabalhara tanto para construir.

AINDA ASSIM, NÃO via uma saída, por mais que tentasse. Telefonar para a polícia? Não posso. Atirar em Qais? Não posso. Matar West? Não posso. Avisar West? Não posso. Telefonar para Exley? Não posso. Telefonar para a polícia? Não posso...

Voltou a atenção para a cozinha, quando Sami abriu sobre a mesa um mapa das ruas de Buckhead. Tecnicamente, a área fazia parte de Atlanta, o extremo noroeste da cidade. Na realidade, Buckhead era um subúrbio rico de ruas arborizadas e casas luxuosas, onde morava a elite empresarial da cidade. Wells havia feito muitos serviços de paisagismo lá.

— Ele está aqui. — Sami apontou para uma fita adesiva vermelha, a algumas dezenas de metros do cruzamento da Northside Drive com a Mount Vernon.

Qais tirou da bolsa do laptop um envelope pardo.

— E os registros de propriedades dizem que ele comprou essa casa por dois milhões e cem mil dólares em 2001 — disse Qais. — Três andares, com um chalé para hóspedes ao lado.

— Dois milhões e cem? O Exército está pagando melhor do que eu imaginava. Temos fotos dele?

Qais mostrou fotos de West, conseguidas na internet. Wells reconheceu o general, um homem alto e calvo, de lábios grossos e testa enrugada.

— Como vamos saber se ele está em casa hoje? Ele deve passar uma boa parte do tempo fora.

Qais olhou para outro papel.

— Ele vai estar, sim. Vai receber um prêmio da Associação de Fornecedores da Defesa da Georgia pelas realizações de uma vida, hoje, num jantar. Numa cidade chamada Roswell.

— Fica ao norte.

— E amanhã de tarde ele vai falar no City Club, no centro. Ele vai estar em casa.

Wells não podia discordar.

— E os seguranças?

— Somente um — disse Sami.

— Tem certeza?

— Eu ando vigiando os passos dele. Quando sai de casa, ele anda num Jimsy. — Uma gíria árabe para um GMC Suburban. — O motorista também trabalha como seu segurança e dorme na casa.

— Provavelmente na casa de hóspedes — disse Qais.

WELLS VISLUMBROU UM plano. Afinal talvez pudesse separar Qais e Sami.

— É — disse Wells. — Provavelmente na casa de hóspedes. — Virou-se para Sami. — Você tem certeza de que West não tem nenhuma outro segurança?

— Até hoje eu só vi um.

Khadri realmente queria que todos eles sobrevivesem, pensou Wells. Ele ficou surpreso de saber que West tinha tão pouca proteção, mas estava aposentado já fazia algum tempo, e o anonimato era sua melhor defesa.

— A casa tem uma cerca e um portão — disse Sami. — Eu tirei fotos na semana passada. — Espalhou-as na mesa. A cerca tinha uma base de tijolos ornamentada com espigões. Na parte de trás, no alto de um morro, a uma distância de trinta metros, via-se uma enorme casa de estilo georgiano. Uma entrada para automóveis separava a casa do chalé de hóspedes. Sami apontou para a cerca.

— Mas tem somente dois metros de altura e sem arame farpado.

— Não em Buckhead — disse Wells. — Os vizinhos não aprovariam. Qual o tamanho da propriedade?

— Cento e vinte metros de comprimento por sessenta de largura. — Cerca de 8 mil metros quadrados, Wells calculou.

— Grande o suficiente para nos dar um pouco de privacidade — disse Wells. — Não tem cachorros?

— Eu acho que tem um. Ouvi um latido algumas vezes.

Wells balançou a cabeça negativamente. Cachorros eram um verdadeiro problema, o maior de todos. Cachorros significavam barulho.

— Ele é casado? Tem família?

— Ele é divorciado — disse Qais. — Separou-se um ano depois que se aposentou. A mulher dele mora em Houston.

— Somente uma mulher? — Wells brincou.

Qais sorriu.

— Só uma.

Ótimo. Menores chances de erros.

— E Khadri quer que a gente faça isso hoje? Tem que ser hoje?

Qais fez que sim com a cabeça.

— Ele disse que você ia entender.

Wells podia apenas concordar.

— Entendo.

Apontou para o mapa.

— Eu conheço essa parte da cidade, do tempo em que trabalhei com paisagismo. O lugar parece mais afastado do que é. A Mount Vernon... essa é uma rua grande, de trânsito intenso... a gente pode atravessar alguns desses gramados e sair por ali, se for preciso. Voltar para cá a tempo de ter uma boa noite de sono e levar Qais de volta para Detroit.

DURANTE DUAS HORAS discutiram a missão. Wells gostaria de ter tido mais tempo para planejar e obter muito mais informações. Plantas da casa de West, incluindo o quarto onde ele dormia. O número de viaturas da polícia e de patrulhas de segurança privada que cobriam a área e as rotas que em geral usavam. Se West tinha uma arma e, nesse caso, onde a guardava. Em vez disso, não sabiam sequer se a casa tinha um alarme, ou se era ligado à cerca.

Precisariam andar rápido, compensando com velocidade a falta de informações e de poder de fogo. Teriam de sair antes de a polícia chegar e prendê-los. Wells calculava que teriam cinco minutos no máximo a partir do momento em que chegassem à casa, mesmo se o lugar não tivesse um alarme. Eles deveriam planejar terminar tudo em três. Seria praticamente impossível escapar se chegasse a força de segurança. Principalmente num território hostil como era Buckhead.

— Se ouvir uma sirene, a gente se manda — disse Wells. — Na hora.

Lentamente, Wells conduziu Qais e Sami para seu plano, deixando-os planejar os detalhes para que não percebessem que a idéia era sua.

— Chega — disse Qais, finalmente. — Estou me sentindo de volta ao seu FBI. Você sabe que tudo isso vira merda de qualquer jeito no momento que a gente entrar. É sempre assim.

— É verdade — disse Wells. — Mas a gente tem que fazer de conta que não. — Apesar de tudo, ele gostava daqueles caras. E quando acordassem no dia seguinte num vôo para Guantánamo, teriam somente a si próprios a quem culpar.

SAMI HAVIA TRAZIDO roupas para ele e para Qais, pulôveres e calças pretas como as que Wells comprara na loja do Exército.

— Estamos parecendo uma *mime troupe* — Wells brincou quando se vestiram.

— *Mime troupe*? — repetiu Sami.

— Os caras que se vestem de preto e... ah, esquece.

Sami também havia trazido suas próprias armas: as 45 com silenciadores, uma submetralhadora HK, um fuzil automático de cano curto com pente de 32 balas. A HK era imprecisa e um tanto vistosa, mas, de qualquer forma, uma arma perigosa. Os integrantes do jihad não conseguiam resistir a uma submetralhadora, Wells lembrava-se; haviam visto muitos filmes de ação. As de calibre 45 eram a grande aquisição; lançavam projéteis subsônicos e com silenciadores acoplados eram tão silenciosas quanto uma arma pode ser.

Wells não procurou saber onde Sami havia adquirido aquelas armas. Elas pareciam novas e por um momento se perguntou se a CIA não estaria por trás de tudo isso, testando sua lealdade com um plano louco. Talvez Vinny Duto estivesse esperando por ele naquela casa, em vez de West.

Mas Khadri lhe havia enviado Qais e Sami, e se Khadri fosse um espião da agência, os Estados Unidos já teriam capturado Bin Laden e destruído a al-Qaeda há muito tempo. Não. As armas eram reais e estavam carregadas, e West estava sozinho naquela casa. Morreria naquela noite, a menos que Wells pudesse salvá-lo.

ELES LEVARIAM TANTO a picape quanto o Lumina que, segundo Qais, não poderia ser rastreado se tivessem de abandoná-lo. Sami havia limpado todas as possíveis impressões digitais. Deixariam as pistolas e as máscaras de esqui na mala do Lumina, caso fossem parados, e Wells achava que os policiais encontrariam uma desculpa para revistar o carro em qualquer circunstância. Três homens, dois árabes, atravessando Buckhead depois da meia-noite, vestidos como um grupo da SWAT... Não, eles precisavam dirigir com cuidado.

— Olha, me faz um favor — disse Wells a Sami. — Nada de correr.

— *Nam*.

Fizeram as orações outra vez, pedindo a bênção de Alá pela oportunidade de levar a ira do Islã ao general infiel. Wells esperava que Alá não ouvisse aquelas preces da mesma forma que não lhe dera ouvidos quando orou no túmulo dos pais.

Pouco antes de uma da manhã saíram, Wells e Qais na picape e Sami seguindo-os no Lumina. Apesar do perigo — ou por causa dele — as mãos de Wells estavam firmes no volante, sua respiração lenta e suave. Como chegara àquele lugar não interessava mais. *Ele* não importava mais. Apenas a missão contava.

SEGUIRAM NA DIREÇÃO oeste, na 285, uma auto-estrada larga, quase vazia, exceto pelas carretas de 18 rodas, rodando noite adentro. Em seguida tomaram a direção sudoeste pela Mount Vernon, depois sudeste na Powers Ferry, e sudoeste mais uma vez na Mount Paran. O tráfego ficava mais tranqüilo à medida que mudavam de direção, até que finalmente estavam sozinhos. Deram uma volta lenta no quarteirão, no qual se encontrava a casa do general, procurando patrulhas de segurança ou casas com muitas luzes acesas, tentando ouvir os cachorros latirem ou os maridos gritarem. Mas os bons cidadãos de Buckhead estavam todos dormindo, ou fingiam estar.

Wells olhou para o relógio. Uma hora e trinta e três. Não teriam uma melhor chance.

— Agora — ele disse a Qais.

— Agora.

Wells levantou a mão esquerda do lado de fora da janela, sinal que indicava que eles tinham chegado, e parou a picape em frente a uma mansão de tijolos em construção, próxima à casa de West. Sami abriu a mala do Lumina. Eles pegaram as armas e as máscaras. Wells pegou sua Glock e uma 45 com silenciador para Sami; Qais pegou a outra 45 e a HK. Entraram no Chevy. Sami dobrou a esquina e parou em frente à casa de West.

SAMI PÔS O carro em ponto morto, mas deixou o motor ligado. Eles colocaram as máscaras e as luvas. Wells enfiou a Glock no coldre da cintura. Sami pendurou a HK atravessada no peito como o bandido num filme de Steven Seagal.

— Cinco minutos no máximo — disse Wells. — E se a gente ouvir sirene, cai fora.

— Já sabemos — disse Qais.

— *Nam.*

Wells olhou de novo para o relógio: 1:34:58... 1:34:59... 1:35:00

— *Allahu akbar* — disse Wells. — Vamos.

Saíram do carro. Fecharam as portas em silêncio e correram para a cerca.

Wells foi o primeiro a alcançá-la. Tomou um impulso e pulou para o outro lado, caindo em terra firme suavemente. Se a cerca tinha alarme, era silencioso, um golpe de sorte. Os vizinhos dormiriam mais alguns segundos. Qais seguiu atrás rápido, mas Sami teve que parar um pouco quando sua HK ficou presa no alto da cerca, coisa que nunca acontece nos filmes.

O gramado era de um verde exuberante e aparado com perfeição como num campo de futebol antes do início da temporada. Wells olhou a sua volta para ver se havia cachorro mas não viu nada na grama. Então, ouviu um latido. O barulho ficou mais alto à medida que ele subia o morro em direção à enorme casa branca.

Alcançou a varanda da entrada e olhou para seu relógio: 1:35:20. Ele se daria 15 segundos para abrir a fechadura da porta da frente. Se não conseguisse, teriam que quebrar uma janela. Mas quando segurou a maçaneta, ela girou suavemente. A porta estava destrancada. Estranho, mas ele não tinha tempo para pensar nisso. O cachorro estava latindo mais alto no momento, um latido atrás do outro. Parecia estar à porta. E pelo som parecia ser grande. Teriam que dar um jeito nele rapidamente.

Atrás de Wells, Qais alcançou a varanda, exatamente quando Sami conseguiu pular a cerca, um atraso que para Wells era bom. Sami subiu o morro, afastando-se da casa e dirigindo-se ao chalé, como havia sido planejado.

— O cachorro — disse Wells. Qais fez um sinal de ter entendido e levantou a sua 45. Wells girou a maçaneta e abriu a porta com o pé.

O cachorro veio para cima deles voando, um enorme rottweiler, que pulou em direção a Qais com a mandíbula aberta. O primeiro tiro que Qais deu pegou o cachorro no peito, lançando-o ao chão. Ele gemeu mas continuou avançando, protegendo seu domínio. Qais deu outro tiro, dessa vez entre os olhos, esmagando o crânio do rottweiler e espalhando pêlo, cérebro e sangue pela varanda. O cachorro caiu inerte. Os olhos de Qais brilharam por trás da máscara preta.

PASSARAM POR CIMA do corpo do animal e entraram na casa. Wells fechou a porta e eles levaram uns segundos para ajustar a vista. Qais virou-se para Wells...

... e Wells levantou a Glock em direção a ele, segurando a pesada pistola pelo cano. Qais levantou a mão tentando se livrar do golpe, mas a Glock veio rápido demais. Com a parte traseira da arma golpeou-lhe a têmpora, bem atrás do olho, o ponto mais macio do crânio.

— *La* — disse Qais. Não. Seu rosto perdeu a expressão. Ele se desequilibrou mas não caiu.

Então Wells atingiu-o de novo. No mesmo lugar. Dessa vez Wells sentiu a pistola deslocar o osso. Qais gemeu, um som não muito diferente daquele feito pelo rottweiler, e cambaleou inconsciente antes de cair no chão.

O PLANO DE Wells era simples. Separar os dois militantes do jihad. Eliminar Qais, deixando-o vivo para um interrogatório, se possível. Matar Sami antes que ele chegasse ao segurança de West. Desarmar o guarda antes que ele começasse a atirar e depois encontrar West e explicar o que estava acontecendo. Telefonar para Exley e contar-lhe tudo. Deixar que a agência inventasse uma história falsa para convencer Khadri de que Qais e Sami haviam morrido no ataque. Talvez até fingir a morte de West também. Fazer tudo isso antes que os policiais de Atlanta aparecessem e explodissem sua cabeça.

Bom, "simples" talvez seja o termo errado para o plano. Mas era o melhor que ele podia fazer naquelas circunstâncias, e até o momento estava funcionando.

— FBI! — ele gritou subindo as escadas, na esperança de que West não se assustasse e descesse as escadas atirando. Ou pior, caísse morto de um ataque cardíaco.

— FBI! General, por favor mantenha-se calmo...

Mas não houve resposta.

— General...

A casa estava em silêncio. Talvez West estivesse escondido no quarto, telefonando para a polícia... embora essa não fosse a maneira como Wells esperava que um general de três estrelas reagisse, mesmo sendo velho e aposentado. Não importa agora, Wells disse a si mesmo. Eu tenho que ir embora. Virou-se e correu em direção à casa de hóspedes.

AO ATRAVESSAR O gramado, ouviu os disparos da HK de Sami, vindos do chalé, uma meia dúzia de tiros, um intervalo, e mais meia dúzia, ecoando na noite úmida da Georgia.

Chegou ao chalé alguns segundos depois e deparou com Sami rindo para ele, a HK nas mãos. Wells viu as luzes acenderem nas casas vizinhas. Aí acabava seu plano.

— Sami...

— Você não vai acreditar nisso, cara — disse Sami em árabe. — Onde está Qais?

— Na casa, tentando pegar o general.

Sami voltou-se para a casa.

— Dá uma olhada — disse a Wells.

Wells entrou no chalé.

Sami estava certo. Não dava para acreditar. Mesmo com grande imaginação não teria esperado o que viu. Mas lá estavam eles. Não era de admirar que a porta da frente estivesse destrancada. Nem que a casa estivesse em silêncio. E não era de admirar que a mulher de West tivesse se divorciado quando ele se aposentou.

Doze tiros da HK haviam causado um considerável estrago a West e ao segurança, mas não o suficiente para encobrir o que havia acontecido no chalé antes de Sami chegar. O segurança estava deitado, nu, atravessado na cama. Uma camisinha lubrificada estava pendurada na ponta do seu pênis flácido. West usava uma coleira preta de couro e o que parecia ser um corpete de couro. Um de seus braços estava algemado à cama; o outro, solto ao lado do corpo. Era claro que o segurança tentava soltá-lo quando Sami chegou. Não conseguira o objetivo. Nem tampouco Wells.

WELLS OLHOU PARA o relógio uma vez mais: 1:36:43. Não que isso importasse. West estava morto. O segurança, morto. Jamais conseguiria explicar à polícia o que havia acontecido naquela noite. Jamais conseguiria explicar a Sami o que havia acontecido a Qais. Só haveria uma saída em toda essa confusão, e ele não tinha tempo a perder. Saiu do chalé. Sami voltou-se para ele.

— Você pode...

Wells levantou a Glock e atirou nele. Primeiro no peito, depois na cabeça, para ter certeza. Deixou a HK mas pegou a 45 de Sami. Um bom silenciador seria útil.

Wells correu para a casa. A distância ouviu uma sirene. Teria de dar fim a Qais. O árabe saberia que ele não fora fiel à al-Qaeda e tentaria colocar a culpa desse ataque em Wells para que a CIA fosse cassá-lo. A agência poderia calcular que Qais o estava traindo, mas não se entregasse Wells aos poucos, como se realmente estivesse tentando protegê-lo. Não, Wells não podia correr esse risco. Qais tinha que morrer.

Wells passou por cima do corpo do cachorro e entrou na sala. Qais estava inconsciente no chão, no mesmo lugar onde Wells o deixara. Qais estava suspirando, quase sem forças quando Wells olhou para ele, como se tivesse aceito seu destino.

— Inshalá — disse Wells baixinho.

Atirou uma vez na nuca de Qais com a 45. Um tiro silencioso. Mais um homem morto. Então Wells fez algo que não tolerava. Desvirou Qais e apontou a 45 para seu rosto. Deu um passo atrás para que o sangue não se espalhasse por suas pernas e puxou o gatilho explodindo nariz, boca e olhos de Qais, transformando-os numa massa sangrenta. Uma massa irreconhecível. Wells supunha que as câmeras da segurança do aeroporto de Hartsfield mostrariam que ele estava junto a Qais, e que a polícia investigaria aquelas fitas assim que pudesse. Mas Qais não levava consigo nenhuma identificação, e com o que Wells acabara de fazer, as fitas seriam inúteis.

WELLS ATRAVESSOU A casa correndo chegando à cozinha, nos fundos. As sirenes ficavam cada vez mais altas. Ele abriu a porta da cozinha e correu pelo quintal atrás da casa. Pulou a cerca, caindo sobre o cascalho na área dos fundos da mansão em construção.

Arrancou a máscara de esqui e correu ao redor da casa inacabada, seguindo pela entrada de automóveis para a rua onde havia estacionado sua picape. As casas nesse lado ainda estavam escuras. Um golpe de sorte.

Entrou no carro, colocou o boné do Red Sox na cabeça e saiu com o carro. Quando entrou na Mount Vernon, viu um carro de polícia acelerando em sua direção, as luzes piscando e a sirene tocando. O policial dentro do carro olhou fixamente para ele quando o ultrapassou, mas não reduziu a velocidade. E Wells conseguiu fugir noite afora.

DE VOLTA EM seu apartamento, sentou-se na mesa da cozinha, tentando controlar o leve tremor da mão esquerda. A adrenalina havia desaparecido naquele momento, e ele só se sentia cansado. Mais do que cansado. Exausto até os ossos.

Em abril ele tinha dito a Walter, o inquisidor, que não se lembrava de quantos homens havia matado. Mentira. Lembrava-se de cada um deles. Agora tinha dois a mais para acrescentar à sua lista. Pensou naquele primeiro cervo que havia matado tantos anos antes. Não, ele não detestava matar. Mas estava cansado disso, cansado de ser bom em matar. Cansado de saber que teria de fazer isso de novo. Havia estado às voltas com muitas mortes por um tempo muito longo.

Wells esforçou-se para parar de pensar em morte e cerrou o punho. Quando abriu de novo, o tremor havia desaparecido. Não podia se culpar pelo que acontecera naquela noite. Khadri o pusera numa situação delicada. Wells havia jogado as cartas da melhor maneira possível. Jamais poderia imaginar que West estaria com o segurança.

— Não pergunte, não conte — murmurou para a cozinha vazia, e percebeu um sorriso cínico em seu rosto.

Pensou em telefonar para Exley e entregar-se, tentar explicar o que acontecera. Mas isso era impossível. As coisas tinham ido longe demais naquele dia. Envolvera-se na morte de um general de três estrelas. Não havia como varrer a sujeira para debaixo do tapete. Mesmo se a agência acreditasse nele, não teria escolha senão prendê-lo. Ou simplesmente fazê-lo desaparecer. Não, ele não poderia jamais se redimir, a menos que entregasse Khadri, vivo ou morto. Nada menos o salvaria da agência. Nada menos o salvaria de si próprio. Toda essa matança teria que conduzi-lo a algum lugar.

Pegue o bandido, salve o país, conquiste a garota. Simples, realmente.

— É, eu estou no caminho certo — disse em voz alta para a sala vazia.

A BOA NOTÍCIA era que os policiais e o FBI teriam grande dificuldade em calcular o que acontecera naquela noite, pensou Wells. Além disso, manteriam os detalhes dos crimes fora da imprensa. Não havia sentido em arruinar a reputação de West.

Portanto, Khadri ficaria sabendo apenas que Qais e Sami haviam morrido junto a West e ao segurança. Khadri não confiaria em Wells mais do que até aquela noite, mas não confiaria menos também. Wells calculou que teria notícias de Khadri logo em seguida, ou nunca mais. E sua próxima missão, se houvesse uma, não seria mais um teste. No parque, mais cedo naquele dia, Khadri parecia não ter muito mais tempo.

Wells sabia exatamente como Khadri se sentia.

13

A GATA ENCONTRAVA-SE num estado deplorável.

Quando Tarik adotou-a na Associação Protetora dos Animais uma semana antes, ela estava raquítica mas com saúde, uma gatinha cheia de energia, cujo pêlo era uma mistura de preto, marrom e branco. Diferente de animais abandonados nas ruas, não demonstrava medo de humanos. Na volta para casa de carro, foi brincando, pulando em cima de Tarik. Até quando ele a prendeu na gaiola, dentro da bolha no porão, ela não lutou.

— Você vai gostar muito dela — disse a mulher da associação. Fez uma boa escolha.

E A MULHER estava certa, embora não pelas razões de que gostaria. Três dias depois de ter sido exposta a uma nuvem de aerossol de *Y. pestis*, a gata ficou deitada de costas, de pernas para cima, miando baixinho. Tarik mal conseguia olhar para ela. O pêlo estava emaranhado e viscoso, coberto pelo sangue que ela havia vomitado. Os olhos estavam cheios de pus. Feridas abertas cobriam-lhe o estômago. Quase não conseguia virar a cabeça quando ele entrou na bolha e se aproximou da gaiola.

Chega, pensou Tarik. Enfiou a seringa num frasco com uma solução de pentobarbital sódico e cuidadosamente mediu dois milímetros do líquido.

Pegou a perna esquerda posterior da gata e procurou uma veia do estômago. Em circunstâncias normais, ela teria reagido. Em vez disso, fez um leve movimento com a pata e fechou os olhos. Tarik encontrou a veia e nela enfiou a agulha. A gata ficou inerte poucos minutos depois.

— Coitadinha — disse Tarik. — Sinto muito.

Não gostava de fazer os animais sofrerem, principalmente os gatos. Teria preferido fazer a experiência com um cachorro, mas cachorros eram, por natureza, imunes a pestes. Portanto, ele não tinha escolha. E apesar de lamentar a trágica morte do animal, não podia deixar de se sentir orgulhoso por seus grandes progressos com a peste. Parara todo seu trabalho com outros germes, até mesmo o antraz, para se concentrar na *Yersinia pestis*.

Tarik gostaria de dizer que o sucesso fora alcançado porque trabalhara muito. Mas a verdade era que as bactérias que havia recebido da Tanzânia pareciam ser de uma cepa especialmente virulenta. As bactérias se reproduziam com rapidez no caldo Brain-heart Infusion e permaneciam vivas durante horas depois de coadas numa solução fraca de ágar de soja, que fluía facilmente pelo nebulizador. Eram também mais resistentes à temperatura do que Tarik esperava.

Sem uma coluna cromatográfica e uma análise da reação polimerásica em cadeia não podia se certificar, mas suspeitava que essa variedade de *Y. pestis* incluía tanto o plasmídeo pPCP1 quanto o pMT1. Essas eram cepas de DNA que produziam enzimas que interferiam no sistema imunológico e no poder de coagulação do sangue. Uma semana antes, vendo a rapidez com que os ratos e as ratazanas morriam, Tarik começou a tomar doxiciclina, um antibiótico conhecido por combater a peste. Achava que não tinha sido contaminado, mas queria ser duplamente cuidadoso.

Olhando para o corpo ensangüentado da gata, ficou mais tranqüilo por estar tomando o medicamento. Cuidadosamente retirou o animal da gaiola e colocou-o dentro de uma jarra de vidro grande com ácido hidroclórico, onde se dissolveria. Iria à associação buscar outro gato no dia seguinte. Embora talvez fosse melhor ir a uma loja de animais. Eles fariam menos perguntas. Ficara surpreso quando a mulher na Associação Protetora dos Animais lhe perguntou que nome havia escolhido para a gata.

— Ainda não sei — finalmente gaguejou.

Com certeza, uma loja de animais seria o lugar certo para ir, pensou Tarik. Mas se seu sucesso continuasse, em breve teria de abandonar os gatos. Suas próximas cobaias seriam macacos, cujo sistema respiratório tinha mais em comum com o dos humanos. Infelizmente, não era fácil adquirir macacos; empresas de material biológico os venderiam somente a centros de pesquisa licenciados, e muito poucas pessoas os tinham como animais de estimação. Vira na internet anúncios de criadores nos Estados Unidos, mas não tinha certeza se conseguiria passar pela fronteira, quanto mais carregando um macaco. E tinha grandes suspeitas de que os agentes alfandegários — talvez até mesmo a polícia — lhe fariam uma visita se tentasse efetuar uma compra pela internet.

Entretanto, mesmo sem os macacos, Tarik acreditava que tinha adquirido bastante habilidade para utilizar o nebulizador para infectar as pessoas num ambiente fechado — se conseguisse descobrir uma maneira de liberar o vapor sem que as pessoas notassem. Claro, isso não significava que ele fosse capaz de causar um surto de grande alcance. Levaria meses para descobrir como estocar *Y. pestis* para um ataque em grandes proporções. E uma de suas preocupações era que poderia levar meses ou anos para superar os problemas técnicos associados a uma disseminação através de sprays em larga escala. Criar uma nuvem de aerossol num laboratório com alguns mililitros de solução era muito mais fácil do que lançar centenas de litros do produto de um avião pulverizador ou de um caminhão.

Entretanto, não podia negar seu progresso. Passava seis, oito, às vezes dez horas por dia lá embaixo, dormindo somente por períodos curtos à medida que seu entusiasmo aumentava. Sabia que devia controlar seu horário — ficou surpreso ao se olhar no espelho do banheiro e ver como parecia cansado e desmazelado —, mas a peste não lhe saía da mente. A peste e Fatima.

Ao pensar nela, seu entusiasmo se desvaneceu. Fatima estava cada vez mais distante; nesse último mês, andava chegando tarde do trabalho, quase não ria quando lhe dirigia a palavra e evitava-o quando tentava se aproximar dela na cama. Na semana anterior, quando depois do trabalho subiu do porão, a viu de novo na cozinha falando em voz baixa ao telefone.

— Desde quando você se incomoda com isso? — ela disse. — Você vive lá embaixo o tempo todo mesmo.

Ao ouvir isso, bateu nela, somente um pouco.

— Por favor, Tarik — ela disse. — O que está acontecendo com você?

Você e seus modos degenerados é o que está acontecendo, Tarik respondeu mentalmente. Gostaria de poder falar com alguém sobre ela, mas Khadri era a única pessoa em quem confiava, e o conselho de Khadri sempre fora o mesmo: concentre-se no trabalho. "Isso é problema seu", Khadri dissera na última vez em que se encontraram. "Resolva, você."

Está certo. Vou resolver, Tarik pensou. Vou resolver isso hoje à noite.

OS MEDIDORES DE oxigênio do regulador de Tarik indicavam um nível baixo, quase vazio. Ele voltou para a câmara de compressão e despiu-se; depois pendurou o respirador e limpou os tanques com água sanitária. Quando estavam limpos arrastou-os para fora da bolha, para a parte aberta do porão. Lá conectou-os a uma bomba de oxigênio para enchê-los de novo.

Tomou banho e vestiu-se lentamente, ainda arrebatado pela sensação de poder que se apoderara dele ao manipular a *Y. pestis*. Não queria deixar o porão. O lugar lhe pertencia e ninguém poderia tirá-lo dele.

Finalmente deixou o porão. Foi acometido de um tremor estranho enquanto subia as escadas para enfrentar a mulher. Fatima precisava apoiá-lo, reconhecer seu trabalho, e não desrespeitá-lo chegando tarde em casa. Ela se entregara a ele como uma boa mulher muçulmana, uma filha do Profeta, e manteria a palavra que dera a ele e a Alá. Naquele momento quase não se importava se ela o amava ou não, desde que o respeitasse.

Sentiu um misto de raiva e alívio quando abriu a porta no alto da escada e a viu sentada à mesa da cozinha, escrevendo num bloco amarelo da firma. Sua adorável mulher. Entretanto, indignou-se quando viu que ela estava usando uma saia mostrando as pernas. Quando a havia comprado? Parecia um kafir. Já a advertira sobre a maneira imodesta de vestir-se, quando ela aceitou o emprego na firma de direito e parou de usar as túnicas. Mas ela ignorou suas reclamações, dizendo que precisava adequar-se ao trabalho. Isso acabou, pensou Tarik. De agora em diante, ela teria de fazer o que ele mandasse.

— Tudo bem, minha querida? — ele disse, se aproximando dela para beijá-la. Fatima afastou os lábios e ofereceu a face em vez disso. — Como foi o trabalho?

Ela não respondeu.

— Minha querida, já falamos sobre isso muitas vezes. Por que está chegando tão tarde? Você precisa telefonar...

— Tarik...

— Fatima. — A raiva no rosto dela o interrompeu por um momento, mas decidiu continuar insistindo. — Escute...

— Tarik! — ela gritou. — Chega de escutar! Agora quem escuta é você!

A voz dela ecoou na cozinha pequena e o choque o deixou mudo. Ela nunca levantara a voz para ele antes.

Fatima afastou-se da mesa e levantou da cadeira. Ele percebeu uma mala preta aos pés dela, uma maleta barata de tecido, que ele nunca tinha visto antes. Tentou não pensar no que aquilo poderia significar. Percebeu que mentira para si mesmo. Não queria somente o respeito dela. Queria que ela o amasse de novo, sorrisse da maneira que sorriu quando eles se conheceram.

Ela respirou fundo, recompondo-se. A cozinha estava sinistra e silenciosa, e Tarik sentiu como se, de repente, tivesse adquirido poderes super-humanos de audição e visão. Ouviu o respingar da torneira vazando na cozinha e viu a casca macia escura dos pêssegos, que ela mantinha numa tigela no balcão, um fragmento do paninho de limpeza na pia. Olhou para cima, e a luz da lâmpada no teto parecia queimar seus olhos.

Quando Fatima falou de novo, sua voz estava calma e firme.

— Tarik. Não posso mais viver com você...

Os pensamentos dele reduziram-se a uma única palavra: Não.

— Minha querida. Claro que você pode viver comigo.

Ela deu um riso amargo.

— Não está vendo que eu tenho razão? Eu digo que não posso viver com você, e você nem sequer me deixa terminar a frase...

— Você não me ama, Fatima?

Uma expressão de dor passou pelo rosto dela.

— Você sabe por que eu me casei com você, Tarik? Eu pensei que você fosse um cientista. Que você saberia o que é um casamento moderno. Mas você é tão mau como todos os outros. Pior.

— Isso não é maneira de falar. — Ele tentou manter a voz controlada.

— Tarik. — A voz dela fraquejou. — Você acha que eu quero fazer isso? Desde a primavera tentei falar com você umas dez vezes, cem vezes, mas você não escuta.

— Eu quero falar...

— Você diz que quer falar, mas não fala. Desaparece naquele buraco... ela apontou de forma acusatória para a porta trancada do porão... e fica lá durante horas. Dias. Você não me diz o que está fazendo. Não deixa que eu traga ninguém aqui para casa. Eu me sinto como uma prisioneira nessa casa.

— Você não é uma prisioneira...

— E você está diferente, Tarik. Não dorme...

— Durmo...

— *Não* dorme. Você não é mais o homem que era nem mesmo um mês atrás. Não sei o que tanto você faz lá embaixo — olhou de novo para a porta do porão, e Tarik sentiu o estômago contrair-se —, mas você virou uma pessoa que me assusta. Você bateu em mim na semana passada, Tarik. Eu nunca pude imaginar isso.

— Não bati em você...

Ela levantou a manga da camisa, expondo manchas roxas do tamanho de cartões de crédito no braço esquerdo, acima do cotovelo.

— E o que é isso aqui?

Vergonha e ódio apoderaram-se dele.

— Não quis machucar você... — Mas, ao pronunciar aquelas palavras, percebeu que cerrava o punho.

Ela apanhou a maleta.

— Estou indo embora, Tarik. Vai ser melhor para nós dois.

Naquele momento, a vergonha desapareceu. Foi tomado por um ódio cego. Lembrou-se de quando encontrou sua mãe morta na cama em casa em Saint-Denis. A tinta amarela descascada nas paredes, e os olhos de Khalida amarelos também, a agulha ainda no braço dela. Odiou muito a mãe naquele momento. Mas isso era pior.

— Você não pode ir embora — disse Tarik. — Para onde você vai?

— Você acha que eu não tenho amigos?

— Que tipo de amigos? — ele perguntou. — Eu não vou deixar. Você me pertence.

Ao ouvir essas palavras, um riso de desprezo aflorou-lhe aos lábios.

— Você acha que eu não tenho um namorado? Coitadinho do Tarik...

Será que ele tinha ouvido direito? Deu-lhe um tapa forte no rosto.

— Agora chega, Tarik...

Ele espancou-a de novo. Ela cambaleou para trás indo de encontro ao balcão da cozinha. Mas simplesmente balançou a cabeça em desaprovação e readquiriu o equilíbrio, seu olhar feroz. Era miúda, pouco mais de um metro e cinqüenta de altura, mas quando foi para trás parecia ter o dobro do tamanho.

— É isso mesmo, um namorado — repetiu. — Um namorado *kafir*. Um amante de verdade, não como você...

E Tarik percebeu que nunca mais a teria de volta. Levantou o braço para bater nela de novo, mas ela levantou a mão.

— Pára...

Em vez de bater, cuspiu, uma cusparada que lhe atingiu o rosto.

— Cachorra. Puta vagabunda. Os infiéis encheram sua cabeça de podridão. Eu não vou lhe dar o divórcio.

A saliva escorreu pelo seu rosto. Ela passou a mão, limpando aquele veneno. Seus olhos fixos nos dele.

— Então eu conto à polícia o que você faz lá embaixo. — Apontou mais uma vez para o porão. — Não acha que gostariam de saber?

— Você disse que não sabia.

— Claro que eu sei. Pensa que eu sou idiota? Quem sabe eu conto a eles de qualquer forma?

EM SEGUIDA A faca estava fora da gaveta e nas mãos dele. Um facão de açougueiro com um cabo de plástico preto. Um deus febril falou dentro de sua cabeça e ele obedeceu. Fatima começou a gritar antes mesmo de ele dar a primeira facada, furando a barriga, de maneira tal que o sangue esguichou através da blusa branca limpa.

A mulher virou-se para fugir, mas ele esfaqueou-lhe as costas, ela caiu no chão e ele jogou-se por cima dela. Deu golpes repetidos, enfiando a faca no corpo pequeno, nas costas e no pescoço, cortando-lhe pele, gordura e osso até que ela parou de gritar e ele ficou coberto de sangue. Ela morreu em menos de um minuto.

O ZUMBIDO EM seu ouvido reduziu-se a um silêncio. Um pássaro gorjeou na escuridão da noite, por trás das persianas que ele sempre mantinha fechadas. Parou e olhou para sua mulher.

— Alá, me perdoe — ele disse baixinho. Tinha realmente matado a mulher? Não conseguia acreditar, embora ela estivesse ali, inerte, as pernas abertas, o sangue acumulando-se grosso em poças, como tinta, no piso branco de linóleo da cozinha.

Deixou a faca cair das mãos. Seu ódio desvanecia-se. Não tivera a intenção de machucá-la. Ela não sabia que ele a amava? Não devia tê-lo provocado, não devia ter feito aquilo com ele. Era *ela* a culpada.

Ajoelhou-se ao lado dela e acariciou-lhe os cabelos.

— Perdão, Fatima — ele disse.

O que faria agora? Teriam os vizinhos ouvido os gritos? E o pessoal do trabalho? O namorado? Todos eles deveriam saber que ela planejava deixá-lo. Logo a polícia iria atrás dele. Tarik poderia enganá-los por alguns dias, dizer que ela fora a Montreal para visitar uns amigos. Mas o namorado, quem quer que ele fosse, não deixaria isso passar. Mais cedo ou mais tarde, a polícia voltaria com um mandado. E o porão seria o primeiro lugar onde procurariam.

Oh, Deus. O que fizera? Seus planos, seu trabalho. A ponto de serem perdidos. Por causa daquela vagabunda. A piedade tomou conta dele, piedade dela, piedade de si mesmo. Ele não tinha mais nada, agora, nada senão alguns dias de trabalho, tempo que não seria suficiente para se vingar deste mundo.

Mas não podia desistir. Ainda não, de qualquer forma. Talvez conseguisse salvar seus planos, levar seus germes para algum lugar longe daquela casa cinza, algum lugar onde a polícia não pudesse achá-los. Pelo menos encontrar um meio de usar a *Y. pestis* que cultivara.

Abriu a torneira no máximo que a água quente atingia e lavou as mãos e o rosto até que sua pele escura perdesse a coloração avermelhada. Sabia que ficaria coberto de sangue de novo em breve. Teria de levar o corpo de Fatima lá para baixo e limpar o chão da cozinha. Mas naquele momento queria ficar limpo.

Tirou o celular do bolso. Ligou para um número que ele tinha sido avisado para não usar exceto em caso de grande emergência. O telefone tocou três vezes.

— *Bonjour, mon uncle.* — Passou-se um momento, e Tarik achou que poderia ter discado o número errado. Em seguida ouviu a voz de Khadri, calmo como sempre.

— *Bonjour.*

Tarik sentiu um grande alívio. Tudo acabaria bem.

14

— TEM CERTEZA DE QUE É esse o apartamento?

— Sim. Acho que sim.

— Porque estamos a ponto de arruinar o dia de alguém, se não for.

— De qualquer maneira, vamos arruinar o dia de alguém — disse Shafer.

Ele e Exley estavam no Centro de Comunicações de Segurança, assistindo a uma transmissão direta por satélite da Flatbush Avenue, no Brooklyn, no monitor principal, de um metro e oitenta. Na hora exata, dois caminhões de lixo da cidade de Nova York apareceram na tela, seguindo devagar pela rua. Ouviam pelos alto-falantes o ronco contínuo dos motores a diesel. Exley olhou para seu relógio: cinco e doze da manhã. Mais três minutos e eles entrariam.

— É cedo demais para isso — ela disse a Shafer. Sentiu as têmporas latejarem, sinal de que ia ter uma terrível dor de cabeça.

— É cedo demais para qualquer coisa.

— Sem áudio — disse Duto ao técnico com rispidez. Misericordiosamente, o barulho cessou.

Naquela hora, a rua parecia deserta, ou tão deserta quanto Nova York podia ser. O dia amanheceria em uma hora, e as lâmpadas da rua eram a única fonte de luz existente, um amarelo-alaranjado mórbido. Portas de metal pichadas protegiam as lojas silenciosas. Sacos de lixo pretos empilhavam-se em frente a um restaurante Church's Fried Chicken, oferecendo um banquete aos ratos, que corriam ao longo do meio-fio. No cruzamento da Flatbush com a Clarendon, os caminhões pararam atrás de um táxi que esperava pela última corrida da noite.

Mas o silêncio da rua era enganador. Naquele momento, mais policiais e agentes do FBI estavam na Flatbush Avenue do que em qualquer outro lugar de Nova York. Em vez de lixo, os caminhões carregavam uma dúzia de agentes no seu interior. Um sem-teto que dormia em frente ao restaurante era, na verdade, um detetive do Departamento de Polícia de Nova York. Atiradores cobriam a rua dos telhados em torno do cruzamento.

O objeto de toda essa atenção era um prédio residencial que ficava a cinqüenta metros da esquina da Flatbush com a Clarendon. Uma vez mais, Farouk Khan merecia o crédito — ou a culpa — pelo que estava prestes a acontecer. Duas semanas antes, agindo com base em informação fornecida por Farouk, uma unidade de elite do exército paquistanês deu uma busca num esconderijo da al-Qaeda em Islamabad, capturando dois homens. Um deles se entregou imediatamente e revelou no interrogatório que havia um agente secreto da al-Qaeda nos Estados Unidos, um egípcio que entrou no país em 2000 com um visto de estudante. O informante lembrava-se até do primeiro nome do egípcio: Alaa.

Uma busca nos registros de imigração feita pela Força-tarefa Conjunta Antiterrorismo revelou que nove egípcios chamados Alaa haviam entrado nos Estados Unidos com vistos de estudante em 2000. Quatro haviam deixado o país quando seus vistos expiraram. Dois dos outros cinco ainda viviam ilegalmente, mas de forma aberta, nos Estados Unidos, segundo registros públicos. Em dois dias, o FBI rastreou e prendeu ambos. Nenhum dos dois tinha ligação com a al-Qaeda, mas ambos foram imediatamente levados a uma prisão federal para audiências de deportação. Má sorte deles.

Os outros três Alaas não apareciam nas listas do departamento de trânsito nem nos arquivos do imposto de renda, mandados de prisão ou títulos eleitorais. Tinham sido muito cuidadosos. Mas, nesse caso, não tão cuidadosos. A Força-tarefa Conjunta Antiterrorismo passou a informação de solicitação de vistos para o Mukhabarat egípcio. Em menos de 24 horas, os egípcios encontraram as famílias dos três homens desaparecidos. Um deles foi facilmente identificado; havia morrido num acidente de carro. O segundo estava vivendo com um nome falso nos Estados Unidos, trabalhando numa loja de conveniências em Detroit. Enviava dinheiro para a família e não tinha qualquer conexão com o terrorismo, nem no Egito, nem nos Estados Unidos. O FBI o prendeu e o entrevistou, e em seguida o enviou para o Cairo, sob ordem de deportação assinada por um juiz federal amigável. Quando ele protestou, disseram-lhe que tinha tirado a sorte grande por não ter sido enviado para Guantánamo. Ele parou de reclamar.

Restava então um. Alaa Assad. Um engenheiro formado na Universidade do Cairo e membro da Fraternidade Muçulmana, grupo egípcio que é metade partido político e metade frente terrorista. A família de Alaa admitiu que ele fora para um acampamento da al-Qaeda no Afeganistão antes de conseguir o visto americano. Depois que entrou nos Estados Unidos, desapareceu, disseram. Nunca escreveu e nunca enviou dinheiro para casa.

Mas estavam mentindo. Alaa havia cometido um erro. Um erro natural, mas de qualquer forma um erro. Permanecera em contato com a família. Quando o Mukhabarat investigou os registros telefônicos dos Assad, encontrou chamadas para um celular da cidade de Nova York. Em poucas horas, o FBI rastreou o telefone, um modelo pré-pago, vendido dois anos antes numa loja do Queens. O telefone não teria sido identificado se Alaa tivesse pago em espécie pelo aparelho. Mas ele, inexplicavelmente, debitou num cartão de crédito no nome de Hosni Nakla, Flatbush Avenue, 1335, apartamento 5L, Brooklyn, Nova York. "Hosni" também tinha uma carteira de motorista do estado de Nova York, cuja foto correspondia aos retratos de Alaa na casa do Cairo da família Assad. Portanto, a Força-tarefa Conjunta Antiterrorismo decidira fazer uma visita ao apartamento 5L, cedinho pela manhã.

Uma investigação com toda a característica de sucesso, pensou Exley. Um pouco de sorte e muito trabalho duro. E aconteceu rápido, os dominós caindo um depois do outro, como acontecia com freqüência na maioria das investigações produtivas.

POR OUTRO LADO, os casos de Albany e de Atlanta estavam parados. O tiroteio em Atlanta mostrava-se especialmente complicado. Os assassinos permaneciam não identificados, e o motivo, um mistério. A princípio, Exley e todos os agentes da Força-tarefa Conjunta Antiterrorismo acharam que o tiroteio estivesse relacionado ao terrorismo. Mas a vida secreta do general os forçou a reconsiderar.

O FBI, que liderava a investigação, descobrira que o general West havia dormido com pelo menos cinco soldados do exército durante sua carreira militar. Forçara uma vez um sargento a se aposentar, depois que o relacionamento deles se deteriorou. Todos aqueles cinco homens tinham álibis, mas certamente havia outros amantes antigos que eram desconhecidos. Um deles poderia ter matado West por vingança. Até uma tentativa de assalto frustrada teria sido possível; os policiais de Atlanta haviam encontrado 200 mil dólares num cofre no quarto de West.

Para tornar o caso ainda mais complicado, as provas físicas revelavam que West e o segurança não haviam matado os árabes. Um terceiro assassino matara os dois e depois escapara. Mas por quê? Os terroristas não matavam uns aos outros. Talvez o terceiro homem os tivesse contratado para ajudá-lo naquela vingança, e depois os tivesse matado para evitar que falassem.

De qualquer forma, essa era a teoria do FBI. Exley e Shafer e os outros da agência que sabiam de Wells tinham suas próprias suspeitas. Mas numa reunião de emergência, dois dias depois dos crimes, Duto os advertiu a manter a existência de Wells em segredo. "Ele é nosso trunfo", disse. "Não há nenhuma prova de que tenha feito isso. Não é preciso contar aos agentes do FBI sobre ele."

Mais uma mentira, pensou Exley. Wells não era trunfo de ninguém naquele momento e, com toda a certeza, não o era da agência. Mas não disse nada. Se Wells não estivesse envolvido naqueles assassinatos, trazer seu nome a público destruiria sua identidade secreta. E se estivesse envolvido... Exley não queria pensar nessa possibilidade.

Enquanto isso, a equipe de Duto continuava procurando Wells. Pelo que Exley sabia, eles não tinham nenhuma pista, embora ela não tivesse certeza de que Duto lhe diria, nem a Shafer, se tivessem. Exley não ajudara em nada. Ainda não havia revelado o telefonema que recebera de Wells naquela manhã. Muito tempo já se passara, disse a si mesma. Falar sobre isso agora só a colocaria em situação difícil. Mas sabia a verdade. Não queria Wells numa solitária em Diego Garcia. Quando estivesse pronto, entraria em contato com eles. Entraria em contato com ela.

ASSIM, O FBI nunca tomou conhecimento da existência de Wells. E esse não era o único problema que os investigadores de Atlanta enfrentavam. O Pentágono havia insistido para que se mantivesse sigilo dos detalhes do que acontecera na casa, argumentando que fornecer muitas informações poderia comprometer a segurança nacional. A verdadeira motivação do Pentágono — constrangimento a respeito de West — era fácil de entender. Mas o FBI decidira não discutir. Até o terceiro assassino foi mantido em segredo. A falta de informação criara um vácuo que os blogs da internet preencheram com as mais estapafúrdias teorias, embora ninguém tivesse adivinhado a verdadeira história. Mesmo as teorias conspiratórias mais loucas tinham seus limites.

A explosão em Albany frustrara também a Força-tarefa Conjunta Antiterrorismo. A bomba não deixara nenhum traço identificável. O timer, a caixa, a bateria e os fios encontravam-se disponíveis em qualquer loja de utilidades domésticas. O C-4 era de grau militar, mas explosivos de plástico de grau militar eram adquiridos pelo preço normal em toda a América do Sul e Europa oriental. O material radioativo barato da bomba não correspondia a nenhuma das amostras que o Departamento de Energia guardava de laboratórios nucleares russos.

Os investigadores de Albany haviam conseguido identificar o homem que morreu na explosão. Era Tony DiFerri, um vigarista desempregado, que já havia sido preso uma meia dúzia de vezes por roubo e contrabando de cigarros, nada que explicasse por que teria provocado aquela explosão que o reduziu a fragmentos no compartimento D-2471. O melhor palpite da força-tarefa era que o homem chamado Omar Khadri o havia enganado e convencido a abrir a caixa. A menos que pegassem Khadri, não saberiam por quê. DiFerri certamente não lhes poderia dizer.

ERAM 5H14. Faltava um minuto. Na tela, os caminhões de lixo haviam estacionado e desligado os motores. Exley tomou um gole de café.

— Você acha que a informação é verdadeira? — ela perguntou a Shafer.

— Eu sei tanto quanto você. — Provavelmente estava mentindo, Exley pensou, mas não disse nada. Shafer parecia especialmente irritado naquele dia. — Vamos supor que seja verdadeira. O problema...

Shafer calou-se. Na tela, homens de coletes pretos à prova de bala, capacetes Kevlar e escudos de plástico para a proteção do rosto pularam dos caminhões de lixo. Pararam por um momento à porta da frente do prédio, em seguida explodiram a fechadura e invadiram o local.

O ATAQUE OCORREU sem problemas. Às 5h22, quatro agentes saíram do prédio segurando um homem de camisa e calças de moletom, de pés e mãos algemados, que parecia confuso. Empurram-no para dentro de uma van sem identificação e partiram, acompanhados por dois carros de polícia.

Dentro do Centro de Comunicações de Segurança, ouviu-se um grito de aplauso.

— Meio cedo para tanto entusiasmo, não acha? — disse Shafer baixinho a Exley. — Nem sequer sabemos se é o cara certo.

Shafer provavelmente tinha razão, mas ela não queria ouvir isso. Depois de tudo que dera errado nos últimos meses, a força-tarefa precisava de um pouco de sorte.

— Será que não dá para ficar contente por alguns segundos? — ela perguntou. — Se for engano, a gente solta o homem. Ele pode contratar um advogado e nos processar. Como qualquer outra pessoa.

— Vamos supor que a gente esteja certo. Supor que a informação seja verdadeira — disse Shafer. — Alguém organizou essas células com muito cuidado...

— Khadri — disse Exley.

— Claro, Khadri, quem quer que ele seja. Alguém. John Wells. Qualquer pessoa.

Exley pôs a mão no ombro de Shafer e virou-o de modo a fitá-lo no rosto.

— Você não acredita nisso, não é? — perguntou ela.

Shafer balançou a cabeça.

— Não. Mas quanto mais o tempo passa, mais eu fico em dúvida. Por que ele não telefona?

Exley sentiu as têmporas latejarem quando pensou em Wells.

— Ele sabe que não escapa, se for encontrado — respondeu ela.

— Ou então ele virou uma maldita toupeira. Já está há tanto tempo vivendo na clandestinidade que não consegue fazer mais nada. Quer se esconder para sempre.

— Se ele soubesse de alguma coisa, nos diria. Tenho certeza disso.

— Como você pode ter certeza de qualquer coisa sobre John Wells?

Boa pergunta, mas ela não poderia responder.

— Esquece Wells — ela disse. — Vamos nos voltar para Khadri. Ou qualquer que seja o nome dele.

— Qualquer que seja o nome dele, ele é muito bom. Não temos fotos, não sabemos nada sobre sua vida, nada. E sua rede é hermeticamente fechada. Colocamos quatrocentos homens trabalhando durante cinco meses para descobrir uma informação sobre o atentado em Los Angeles. Foi a droga de uma tática diversiva, isso é o que foi. Que pistas conseguimos? A mesma coisa aconteceu no caso de Albany.

— A rede dele não é hermeticamente fechada. Vazou hoje.

— Mesmo que a informação seja verdadeira, foi pura sorte.

— Fizemos progresso. É isso que eu acho, Ellis. E talvez esse cara seja o fio que desmanchará o resto da trama.

— Eu aposto que não é. Um dólar. Aposto que esse nosso novo amigo Alaa está esperando um telefonema desde que chegou aqui. Foi por isso que ficou descuidado. Perdeu a paciência. É um pau-mandado. Khadri é muito inteligente para dar qualquer informação importante a um pau-mandado.

— Chega de apostas, Ellis — disse Exley. — Você ainda me deve cem pelo Wells. E pode dizer o que quiser, mas eu estou contente porque pegamos o cara. — Tentou manter o tom de voz normal, mas podia sentir sua raiva aumentando.

— Talvez.

— Talvez? Essa é a primeira vez que capturamos um agente secreto da al-Qaeda nos Estados Unidos, e você preferia que não fosse assim?

— Jennifer, relaxa.

— Eu detesto quando os homens me mandam relaxar.

— Então não relaxa. Mas pensa um pouco — disse Shafer. — Khadri pode ver que estamos fechando o cerco. Ele tem que imaginar o pior cenário, que estamos atrás dele, atrás da Rede X. Eu estou achando que ele logo logo vai tomar uma atitude.

— Antes de estar pronto?

— Você quer dizer antes que a gente esteja pronto. Então vão ser 5 mil mortos em vez de 20 mil. — Shafer deu um riso amargo. — É uma pena que a gente não esteja tão próximo como ele pensa que estamos.

Exley teve vontade de bater a cabeça contra a parede mais próxima.

— Você disse isso a Duto?

— Eu disse a ele há dois dias que a gente devia ficar de olho em Alaa, mas que não devia prendê-lo. Para não dar na vista. — Shafer olhou para a tela principal. A van que levava Alaa passava em velocidade pela ponte do Brooklyn em direção ao centro de detenção federal no coração de Manhattan. — Você pode ver o que ele achou disso.

— Deixe eu adivinhar. Ele disse que você estava especulando. Pura conjectura. Que não podemos deixar os agentes da al-Qaeda soltos. Principalmente depois do que aconteceu em Albany. E em Los Angeles. E que, não importa o que a gente faça, nada garante que a al-Qaeda venha a mudar os planos. E também que não vamos descobrir o que Alaa sabe, a menos que a gente pergunte a ele.

— Você esqueceu da parte em que ele disse que eu estava dando um alarme falso.

— É verdade — disse Exley. — Tudo o que ele disse é verdade.

Mas ela sentiu-se mal. Shafer estava certo. Finalmente, depois de todos esses anos, a CIA e o FBI haviam esbarrado com a Rede X. Haviam dado a largada.

— Você está certa — disse Shafer. — Eu estou só fazendo conjecturas.

— Como fez em 2001.

Nada havia mudado desde então, pensou Exley. A agência e a força-tarefa ainda estavam presas a operações pequenas, cheias de alarde, em vez de irem em busca dos homens que realmente importavam.

— Duto me lembrou que não vamos mais criticar as escolhas da Casa Branca. Somos um instrumento de política nacional. Fazemos apenas o que nos mandam fazer. Eu tinha esquecido disso.

Ele puxou a carteira do bolso e contou cinco notas de vinte dólares, jogando-as na mão dela.

— Isso aí é pelo Wells.

Exley enrubesceu.

— Eu estava brincando, Ellis — disse ela. — Não quero seu dinheiro. — Tentou devolver-lhe as notas, mas ele colocou as mãos nos bolsos.

— Fique com elas — disse Shafer. — Talvez tragam boa sorte. Talvez consigam tirar a toupeira do buraco.

— Pensei que você não acreditava em sorte.

— E não acredito. — Ele saiu andando.

NO HOTEL MARRIOTT em Stamford, Connecticut, Khadri soube da prisão no Brooklyn pelo noticiário local de Nova York. O repórter foi vago — a polícia não havia revelado o nome de Alaa, nem qualquer detalhe —, mas Khadri sabia quem havia sido preso logo que viu o prédio de apartamentos.

Pior ainda, não podia imaginar como os *kafirs* haviam encontrado Alaa. Somente duas pessoas conheciam a verdadeira identidade de Alaa ou onde ele morava. Uma delas era o próprio Khadri, a outra, o líder da célula de Alaa, um libanês chamado Ghazi que morava em Yonkers, bem próximo à cidade de Nova York. Khadri precisava certificar-se de que Ghazi não corria riscos. Mas e se os americanos já tivessem capturado Ghazi e estivessem esperando que Khadri telefonasse?

Não. A mulher e os filhos de Ghazi haviam sido mortos na invasão de Israel ao Líbano, em 1983. Ele odiava os judeus e os Estados Unidos mais do que qualquer pessoa que Khadri conhecera. Ghazi morreria antes de trair seus irmãos da al-Qaeda. Os *kafirs* haviam encontrado Alaa de alguma outra forma. Felizmente, Alaa não sabia muito, somente o número de um telefone celular, que Khadri destruiria o mais rápido possível, e um endereço eletrônico que Khadri não usaria mais.

Uma batida na porta o assustou. Khadri olhou para a sua pasta, onde guardava uma arma. Será que os *kafirs* já estavam atrás dele?

— Quem é?

— Serviço de quarto.

Ah. Seu café-da-manhã. Abriu a porta ainda temeroso de ver os agentes do FBI em linha, armas apontadas para ele. Mas a única pessoa do lado de fora era um garçom com uma bandeja.

— Pode deixar ali, por favor.

— Sim, senhor.

Khadri olhou para a comida: café quente, ovos mexidos ainda fumegantes, um copo de suco de laranja fresca. Normalmente estaria faminto. Mas naquela manhã perdeu o apetite. Só no último mês já havia perdido três dos dez agentes secretos que a al-Qaeda tinha nos Estados Unidos. Inclusive Qais, seu melhor espião.

Khadri havia explicado a Qais que planejara a missão de Atlanta para testar a lealdade de Wells. Havia alertado Qais para ser cuidadoso, para matar Wells imediatamente caso se sentisse ameaçado. Portanto, Khadri não compreendia o que acontecera. Wells lhe enviara uma mensagem depois do acontecido, explicando que a missão havia fracassado porque West não estava dormindo onde esperavam que estivesse. Estava fora da casa principal, fazendo sexo com seu segurança. O segurança atirara em Qais e em Sami antes de Wells conseguir matá-lo e a West, disse Wells.

A história era tão bizarra, que Khadri quase acreditou. Quase. Gostaria de poder confiar em Wells. Refletira sobre o assunto um número infindável de vezes, mas ainda não podia ter certeza. Acreditava que a resposta fosse sim. E o que era mais importante, não tinha muita escolha, principalmente depois do que acontecera em Montreal.

Mais um desastre, pensou Khadri. Alá não o havia abençoado naquele mês. Tarik Dourant, um louco. Khadri compreendia por que Tarik perdera o controle. A mulher dele mereceu o que tinha acontecido. Mas por que Tarik não esperou? Khadri teria dado um jeito em Fatima e no namorado *kafir* na hora certa. Em vez disso Tarik a atacara violentamente — e agora o trabalho dele estava quase perdido. A polícia de Montreal já o havia interrogado sobre o desaparecimento de Fatima. Logo viriam atrás dele. Antes que ele fosse preso, Khadri precisava levar as bactérias de Tarik para os Estados Unidos.

Wells era a sua melhor opção. Os outros agentes de Khadri poderiam ter problemas na fronteira, mas Wells a atravessaria facilmente. E Khadri achava que tinha descoberto um plano seguro, que funcionaria mesmo se Wells fosse um agente americano. Um plano que viraria tudo pelo avesso e chocaria o mundo.

O mais rápido possível Khadri precisava obter autorização de Ayman al-Zawahiri para a nova operação. Zawahiri não ficaria satisfeito com a mudança. A al-Qaeda preparava seus ataques com anos de antecedência. Uma operação tão importante como essa não deveria ser revista em poucos dias, e o novo plano custaria à al-Qaeda todos os seus agentes americanos de uma vez só. Mas Zawahiri compreenderia. Era melhor que seus homens morressem gloriosamente do que fossem presos um a um. Era melhor atacar enquanto ainda tivessem força para dar um golpe pesado. Esse ataque poderia não ser tão elegante como seu plano original, mas mataria exatamente o mesmo número de pessoas.

Khadri inclinou-se para a frente para fazer suas orações. Não podia errar. O laço estava ficando cada vez mais apertado. Talvez nunca chegasse a ver Meca, seu maior sonho. Nunca se casaria nem teria uma família. Provavelmente morreria nessa terra estrangeira, cercado de infiéis. Mesmo assim, ele tinha muito mais medo do fracasso do que da morte.

Nisso, pelo menos, ele e Wells eram parecidos.

LOGO QUE O telefone tocou, Wells sabia. Khadri era a única pessoa que tinha aquele número. Tirou o aparelho do bolso, respirou fundo e atendeu a ligação.

— Jalal.

— *Nam.*

— Verifique seu e-mail. — Clique.

— Como queira, Omar — disse Wells com o telefone já desligado.

Finalmente, pensou Wells. Finalmente, Khadri decidira usá-lo. Tinha certeza de que essa era a verdadeira missão, aquela por que tinha esperado tanto tempo. E mesmo se Khadri o estivesse enviando para mais um caminho falso, Wells sabia que eles se encontrariam de novo. Dessa vez ele destruiria Khadri. Mesmo se tivesse de lhe cortar a garganta com as próprias mãos.

Wells via agora que Khadri era o elo mais importante da al-Qaeda, até mais importante para os planos do grupo do que Zawahiri ou o próprio Bin Laden. Khadri, e somente ele, controlava as redes da al-Qaeda nos Estados Unidos. Sem ele, o poder de ataque da al-Qaeda nos Estados Unidos retrocederia pelo menos cinco anos. Talvez mais. Não para sempre, mas por um tempo suficiente para que o major Glen Holmes e os velhos amigos de Wells nas forças especiais eliminassem os últimos integrantes do jihad na Fronteira Noroeste. Capturassem Zawahiri e o próprio Bin Laden. Derrotassem a al-Qaeda. Khadri era a peça-chave.

15

NA BIBLIOTECA PÚBLICA de Doraville, Wells acessou seus e-mails. As ordens eram bastante simples. Vá de carro — Khadri especificou que Wells deveria ir dirigindo — para Montreal. Apanhe um pacote em um hotel. Volte de carro. Khadri havia incluído um número de telefone da pessoa que deveria contactar em Montreal. O encontro seria em menos de 24 horas. Teria de andar rápido.

De volta em casa, Wells preparou uma mochila com o essencial: seu kit de primeiros-socorros. Sua lanterna. As luvas de couro preto. Seu punhal, preso à perna. A 45 que ele tomara de Sami. Embrulhou a pistola e o silenciador em plástico e colocou-os numa bolsa separada. Teria de escondê-las antes de chegar à fronteira, mas para essa viagem, queria levar uma arma. Deixou as outras no apartamento. Livrara-se da Glock na semana anterior, jogando-a numa parte deserta do rio Chattahoochee, a oitenta quilômetros de Atlanta, ao norte. A arma mergulhara na água negra e desaparecera sem deixar rastros. Wells gostaria de conseguir esquecer Qais e Sami assim tão facilmente.

Colocou seu Alcorão na mochila também. Depois de tudo que havia acontecido, de tudo que ele havia feito, não sabia mais em que acreditar.

Entretanto, o livro era como um velho amigo que ele não via fazia algum tempo. Talvez eles não tivessem mais muito o que se dizer. Mas tinham se entendido um dia, e isso era alguma coisa.

Olhou em torno de seu apartamento pela última vez ao sair. Lucy morrera, mas Ricky ainda estava vivo, nadando sem muito ânimo. Wells decidiu dar ao peixe a última refeição. De alguma forma, pressentia que não veria o lugar de novo. Não seria uma grande perda. Servira a seu propósito.

Quando saiu, bateu na porta do vizinho, Wendell Hury, o velho cuja televisão ficava ligada com o som tão alto, que de seu apartamento Wells ouvia os programas todos os dias. Não se podia dizer que fossem amigos, mas Wendell era a única pessoa em toda Atlanta que poderia perceber que ele havia ido embora. Wells se sentiu forçado a dizer adeus. Porém, embora estivesse ouvindo o som da televisão do lado de fora, o velho não respondeu a sua batida na porta. Wells esperou alguns segundos e foi-se embora.

WELLS BAIXOU OS vidros do carro ao passar pelos subúrbios e entrar na floresta de um verde exuberante do nordeste da Georgia. O ar de setembro era quente e úmido, e havia nuvens carregadas no céu, prometendo chuvas no final da tarde. Wells sentiu o suor descendo pelas costas. Ligou o rádio e mudou as estações, não sabendo bem o que queria escutar. Então ouviu as rabecas de "The Devil Went Down to Georgia", uma balada country da Charlie Daniels Band que Wells não ouvia desde a época do colégio.

The devil went down to Georgia
He was looking for a soul to steal

A música fez Wells esboçar um sorriso, o primeiro em semanas. Enfiou o pé no acelerador por um instante, sentindo a rotação do motor e o solavanco que a picape deu, mas em seguida tirou o pé do pedal e disse a si mesmo para não correr. Mesmo depois de a auto-estrada ter-se reduzido a duas faixas fora dos subúrbios de Atlanta, o tráfego continuava intenso, e os policiais eram uma constante presença. Mas os sinais gigantescos e o pavimento suave da estrada o acalmaram. Ao atravessar a Carolina do Sul ele cantarolou "The Devil Went Down to Georgia", imaginando o que seus camaradas da Fronteira Noroeste pensariam daquela música. Não a teriam em alta conta, provavelmente. Pela primeira vez desde que voltara aos Estados Unidos sentiu-se verdadeiramente americano.

NA CAROLINA DO Norte os céus escureceram. A chuva caía pesada no para-brisa, e o carro seguia lento atravessando poças. Ao sair de Durham, Wells parou num posto de gasolina Mobil gigantesco. Enquanto o tanque da picape enchia, discou o número de Exley em seu celular. Deveria contar a ela a mensagem de Khadri. Quase podia ouvir a voz grave dela enquanto discava. Mas antes de completar a chamada, cancelou-a. A mensagem de Khadri era muito vaga e não poderia ser útil. O hotel devia ser apenas um local para apanhar uma mensagem. Como fizera naquele encontro em Atlanta, Khadri certamente tomaria medidas para garantir que Wells não estivesse sendo seguido.

Wells não queria envolver a agência enquanto não tivesse alguma coisa concreta, como o pacote — ou, ainda melhor, Khadri. De qualquer forma, ninguém em Langley acreditaria nele. A própria Exley simplesmente lhe diria para se apresentar. Não. Para redimir-se precisaria pegar o pacote, o que quer que fosse. Colocou o telefone de volta no bolso.

O resto da viagem seguiu calmamente. No sul de Washington, Wells dirigiu-se para o lado leste na 495, caminho que lhe daria o mais amplo espaço para a manobra em torno de Langley. Mais uma vez teve de controlar o ímpeto de telefonar para Exley. Teria tempo mais tarde para lhe dizer tudo o que quisesse... se sobrevivesse.

ENTÃO, PELA PRIMEIRA vez em semanas, Wells pensou em seu filho. Apertou o volante quando lembrou-se mais uma vez daquele dia quase seis meses antes em que sua mulher o proibira de ver Evan. Heather estava certa. Wells escolhera abandonar a família, e nada que ele dissesse, ou fizesse, poderia curar essa ferida. Por um momento, fechou os olhos. Quando os abriu havia tirado a família da mente e resolvido pensar apenas na missão que tinha pela frente.

Continuou dirigindo, deixando para trás a tempestade, sua picape branca pequena atravessando a noite em silêncio. Quando chegou na ponte George Washington, o relógio digital do carro marcava duas horas e quarenta e sete minutos, e o ar do lado de fora era frio e úmido. Wells estava cansado e dolorido das horas que passara no banco duro da picape, mas sabia que se precisasse, poderia passar pelo menos mais um dia sem dormir. Uma vez no Afeganistão ficou acordado 65 horas seguidas. Embora ele fosse mais jovem naquela época.

As vigas da gigantesca ponte de aço reluziam na noite. À sua direita, para o sul, as torres de Manhattan brilhavam sobre o rio Hudson. À distância via a Estátua da Liberdade. Wells compreendeu por que Khadri chamara de uma linda cidade. Não tinha dúvidas de que a al-Qaeda faria o possível para destruí-la.

Dobrou em direção ao norte na I-87, seguindo as placas para Albany. Alguns minutos depois, chegou à ponte Tappan Zee, que se estendia por sobre o Hudson como uma cobra boiando na água. Wells riu sozinho enquanto atravessava o rio de novo, percebendo que poderia ter permanecido na margem oeste do Hudson o tempo todo. Bom. Ele se lembraria desse atalho na próxima vez que Khadri o enviasse de Atlanta a Montreal para apanhar um pacote sigiloso.

NORTE. AS SAÍDAS se tornavam cada vez mais distantes umas das outras. Wells esfregou os olhos e controlou a tentação de acelerar. Depois de Albany, a estrada era de um vazio sinistro, pós-apocalíptico. Aumentou o volume do rádio para preencher o vazio, sorrindo ao encontrar uma música de Springsteen tocando numa estação FM:

I've got my finger on the trigger
tonight faith just ain't enough

Mas à medida que os quilômetros avançavam, a estática piorava, até que Wells não conseguiu mais entender as vozes e finalmente desligou o rádio seguindo em silêncio.

O sol nasceu, revelando as Adirondacks, montanhas baixas cobertas de florestas densas, que o faziam lembrar os anos em Dartmouth. Em janeiro, essas montanhas seriam tão frias e cruéis como os picos de 3 mil metros de Montana. Mas naquele momento pareciam gentis, fáceis de contornar. Como tantas outras coisas no mundo, elas eram uma armadilha para os desprevenidos. Em Chestertown, 160 quilômetros ao sul da fronteira, Wells parou o carro e encontrou um motelzinho qualquer, cuja luz de néon vermelho indicava que havia vagas. Fizera a viagem num bom tempo e queria descansar antes de atravessar a fronteira. Alugou um quarto por quatro dias, em seguida deixou-se cair na cama e dormiu um sono pesado durante três horas, até que o alarme o acordou. Tomou banho, barbeou-se e vestiu-se; em seguida enfiou a mochila que continha a 45 dentro da cômoda barata que havia no quarto.

Ao sair pendurou uma placa de NÃO PERTURBE na porta. A arma estaria a salvo enquanto ele não voltasse. Mesmo se a arrumadeira entrasse, Wells tinha certeza de que ela se limitaria a trocar as toalhas.

WELLS PASSOU CHAMPLAIN, a última saída da I-87 antes de chegar à fronteira entre os Estados Unidos e o Canadá. A estrada se dividia, e Wells desacelerou ao se aproximar do posto de fronteira. Olhou para o relógio: 11h15. O sol brilhava num céu azul-claro. Um perfeito dia quente de setembro, indicação de que o verão ainda não havia terminado. Sentiu-se disposto, forte e preparado.

A fronteira com o Canadá não requer passaporte. Wells mostrou a carteira de motorista.

O guarda dirigiu um rápido olhar ao documento e em seguida levantou a vista.

— Vindo da Georgia? Viagem longa.

— Eu que o diga.

— Você vem a negócios ou de férias?

— De férias, espero. — Wells sorriu. — Vou me encontrar com uma mulher com quem tenho me correspondido por e-mail. O nome dela é Jennifer. Na cidade de Quebec. Espero que ela seja tão bonita como parece nas fotos que tem mandado.

O guarda assentiu com a cabeça.

— Quanto tempo planeja ficar?

— Alguns dias. Só depende de como as coisas vão sair.

— Você tem um hotel?

— Estou com esperanças de não precisar de um.

— Bom, boa sorte. Divirta-se. — O guarda devolveu a carteira de Wells e o mandou seguir.

O TELEFONE DE WELLS tocou enquanto ele atravessava a ponte Champlain sobre o rio Saint Lawrence, aproximando-se dos arranha-céus do centro de Montreal. Atendeu ao telefone.

— *Nam.*

— Aqui é Richard. — A voz era trêmula. Mas o nome estava correto; o mesmo que Khadri lhe dera por e-mail.

— Karl — disse Wells.

— Sim. Ótimo. Você já está perto? — Wells não conseguia detectar o sotaque.

— Estou.

— Ótimo. É um plano novo.

Até aí nenhuma surpresa.

O homem pigarreou.

— Siga até a cidade de Quebec. Ao lado do Hôtel de Ville, da prefeitura, há um grande estacionamento. Você vai achá-lo facilmente. Encontre-me lá no segundo nível às quatro horas. Eu tenho uma minivan branca.

As palavras estavam corretas, mas as frases eram destoantes. Inglês não era a primeira língua daquele homem, nem sua segunda língua.

— Eu acho, sim. Estou numa picape. Também branca.

Clique. Um amador, pensou Wells. Ou um profissional fazendo um jogo que lhe era estranho.

TARIK ESPEROU QUE as mãos parassem de tremer, então colocou o telefone no bolso. Jalal tinha vindo, como Khadri prometera. Agora Tarik precisava manter sua própria promessa de entregar o pacote.

Já havia cuidado da mulher, selando seu corpo em sacos plásticos grossos e deixando-a no porão da casa cinza. Uma solução provisória, claro, mas os planos dele eram de curto prazo naqueles dias. A polícia batera em sua porta mais uma vez naquele dia de manhã. Tarik não atendeu, mas eles sabiam que estava em casa. Não demorariam muito a voltar com uma ordem judicial.

Quando voltassem, contudo, Jalal já teria o pacote. O plano deveria funcionar, pensou Tarik. Tecnicamente, o mecanismo de entrega era simples. As bactérias estavam prontas. Sim, o plano deveria funcionar. Desde que conseguisse controlar os nervos.

ENTÃO A MINHA mentira na fronteira sobre a cidade de Quebec tornou-se realidade, pensou Wells. Parou para encher o tanque de gasolina, comprou um mapa e suspirou quando viu que seu novo destino se encontrava a 240 quilômetros de distância. Bom, mais umas duas horas dirigindo pouca diferença faria.

— Então vamos — ele disse, enquanto ligava o carro.

A garagem na cidade de Quebec era enorme e estava quase vazia. Wells atravessou-a devagar, dando marcha a ré duas vezes. Pelo que pôde perceber, ele não estava sendo seguido, mas conhecia os limites da contravigilância. Finalmente estacionou. Arriou a cabeça para trás e imediatamente adormeceu. Melhor preservar sua energia.

WELLS ACORDOU SOBRESSALTADO. Levantou a cabeça e viu um Ford Windstar branco com um homem jovem ao volante, tocando a buzina. O homem abriu a porta da frente do lado do passageiro. Wells saiu da picape e entrou na van.

O motorista era pequeno e magro, tinha olheiras fundas sob os olhos castanhos e um tique nervoso na bochecha. Lambeu os lábios nervosamente ao apertarem-se as mãos.

— Então você gosta de jazz — disse ele.

— Eu escuto toda tarde — Wells disse, completando o código. O motorista pareceu relaxar um pouco. Passou a marcha na minivan e deu partida devagar. Wells jogou a mochila no banco de trás.

— Eu sou Tarik.

— John. Ou Jalal. Como quiser.

— *Salaam alaikum*, Jalal.

— *Alaikum salaam.*

Tarik deixou o estacionamento e pegou a Canada 40, a auto-estrada que ligava a cidade de Quebec a Montreal. Era um motorista cuidadoso, sempre olhando pelo espelho retrovisor e sinalizando bem antes de trocar de faixas.

— De volta a Montreal? — perguntou Wells. — Tem certeza de que não trabalha para a Exxon, com toda essa gasolina que estamos queimando?

Os músculos nos braços finos de Tarik contraíram-se. Se não estava com medo, representava muito bem.

— Não entendi o que você quer dizer.

— Foi uma brincadeira... esqueça.

Tarik olhou para Wells.

— Quer colocar o cinto, por favor?

Wells acedeu sem comentário.

— Posso ligar o ar-condicionado? Eu prefiro o frio — disse Tarik.

— É você quem está dirigindo, Tarik. Pode fazer o que quiser.

Tarik ligou o ar, e eles seguiram por alguns minutos em silêncio.

— Desculpe por ter feito você esperar — disse Wells casualmente.

— Me fazer esperar? Não, não — disse Tarik, meio atabalhoado. — Eu tinha acabado de chegar quando você me viu.

Então por que nos encontramos em Quebec em vez de Montreal?, Wells se perguntou. Tarik não estava usando táticas de contravigilância para despistar possíveis seguidores. Na verdade, dirigia com tanto cuidado que qualquer pessoa poderia segui-lo.

— De onde você é, Tarik?

— Eu morei quase a vida toda nos arredores de Paris. — Isso pelo menos explicava seu sotaque.

— Agora está morando aqui?

— Estou. Em Montreal. — Aquilo parecia mais um interrogatório do que uma conversa. Tarik estava nervoso demais para fazer qualquer pergunta. Wells poderia ter mudado para o árabe, mas decidiu permanecer falando inglês, a fim de manter o rapaz aturdido.

— Você trabalha lá?

— Sou estudante de pós-graduação.

— Em quê?

— Neuro... neuropsicologia. — Mais uma vez os músculos dos braços de Tarik contraíram-se. Wells começou a se perguntar se a polícia montada do Canadá não estaria esperando por eles em Montreal.

TARIK FAZIA O possível para parecer assustado, embora não precisasse sequer representar. Khadri o havia prevenido de que Wells o sondaria e lhe explicou em detalhes como responder suas perguntas. Se mantivesse as mentiras a um mínimo, se sairia bem, Khadri lhe dissera. Tudo que precisava fazer era permanecer calmo por algumas horas, entregar a encomenda a Wells e mandá-lo de volta.

Tarik esperava desesperadamente que Khadri estivesse certo.

— ESTÁ GOSTANDO? — PERGUNTOU Wells.

— De quê?

— Da pós-graduação.

— Estou.

— Você é casado, Tarik?

— Não sou mais. — Pareceu sorrir, porém Wells já não tinha mais certeza de nada que o rapaz fazia.

— Pena que não tenha dado certo — disse Wells.

Wells esperou, mas Tarik não disse mais nada.

— Tarik. Você sabe quem me mandou aqui. Tem alguma coisa errada? — Ele mudou para o árabe.

— Não tem nada errado. Está tudo bem. — A frase era ridícula saindo da boca de Tarik. Ele balançou a cabeça de forma obstinada, como um aluno de sexta série que é pego passando um bilhete em sala.

Wells mudou o rumo da conversa.

— O que tem nesse pacote, Tarik?

— Não sei. Eles chegaram ontem. Eu não abri.

Wells esperou mais uma vez. Mas Tarik não disse nada. Finalmente Wells perguntou, da forma mais natural possível:

— Eles? Tem mais de um pacote? Quantos são?

— Eu não tenho permissão para falar sobre isso.

— De onde vieram? Quem fez a entrega?

— Jalal, por favor.

— Existe um outro portador, Tarik?

Mas Tarik fez que não com a cabeça e permaneceu calado.

COLOQUE A ISCA e não diga muita coisa, Khadri dissera a Tarik. Não me importa o que ele pense que está acontecendo. Desde que ele leve o pacote quando for embora.

KHADRI ESTAVA FAZENDO um jogo, pensou Wells. Como sempre. Por que não mandara os pacotes, ou o que quer que eles fossem, direto para os Estados Unidos? Por que usar esse rapaz, que parecia estar a ponto de vomitar? Por que diversos mensageiros?

Tarik seguia rígido na direção, suas mãos agarradas ao volante. Wells percebeu que ele não diria mais nada, a menos que pusesse um punhal no pescoço do rapaz. E por mais que Wells quisesse assumir o controle, forçar a situação, teria de ser paciente. Tarik era apenas um mensageiro. Wells pegaria o pacote, atravessaria a fronteira e esperaria Khadri.

O SOL JÁ estava baixo no céu quando eles chegaram a Montreal. Tarik saiu da estrada e entrou num bairro pobre. Passaram por um centro comunitário muçulmano bastante iluminado, com placas em inglês, francês e árabe. Poucos minutos depois, Tarik entrou no estacionamento de um motel meio abandonado.

— Espera aí — ele disse, e saiu do carro. Entrou no quarto 104. Wells calculou que Tarik havia alugado o quarto por uma noite para ter onde guardar o misterioso pacote. Um lugar fictício, que seria impossível para Wells rastrear. Inteligente.

Wells olhou a seu redor para ver se estavam sendo observados. Não viu nada. A rua estava deserta. Não havia helicópteros sobrevoando, nem carros de entregas dos Correios passando, e nenhum Ford Crown Victoria estacionado à distância. Por outro lado, se essa fosse realmente uma operação policial secreta, a polícia — ou a agência — esperaria até que ele recebesse o pacote de Tarik. Talvez até esperasse que ele voltasse à cidade de Quebec.

Então, que me prendam, pensou Wells. É melhor que essa loucura seja ação da agência. Pelo menos eu ficarei sabendo que Langley está um passo à minha frente, e no encalço de Khadri. Mas quando olhou à sua volta de novo, teve certeza de que a agência não estava por perto. Nem Khadri.

Tarik voltou do quarto 104 carregando uma bolsa de viagem azul, grande o bastante para conter roupas para uma semana, e pequena o suficiente para caber no compartimento da cabine principal de um avião. Ele colocou a bolsa com cuidado na parte de trás da minivan.

— Tem uma pasta de mão dentro dela. Não abra.

— E se eles revistarem na fronteira?

— Omar disse que isso depende de você. Ele disse que tinha certeza de que você arranjaria uma solução.

— É bom saber que ele tem tanta confiança em mim — disse Wells.

Tarik não disse mais nada no longo caminho de volta para a cidade de Quebec, e Wells não o pressionou.

A GARAGEM NA cidade de Quebec estava quase vazia quando eles se aproximaram da picape branca. Wells nunca ficara tão contente ao ver seu carro. Desceu da minivan. Para sua surpresa, Tarik o seguiu.

— Que Alá sorria para você, Jalal — disse Tarik em árabe. Deu uns tapinhas no peito. Wells respondeu da mesma forma.

— Para você também, Tarik.

— E que ele nos faça vitoriosos.

— Inshalá.

Wells estendeu a mão para Tarik. Em vez de apertá-la, o homenzinho deu-lhe um abraço desajeitado. Wells tirou a bolsa azul do Windstar e colocou-a na picape. Acenou com a mão uma vez para Tarik e depois encostou-se no seu carro e observou a minivan desaparecer.

Quando o Windstar perdeu-se de vista, Wells sentou-se na picape, mas não deu partida de imediato. Se isso fosse uma operação policial secreta, ele daria aos policiais tempo suficiente para prendê-lo sem resistência. Mas o estacionamento permaneceu vazio, e finalmente Wells ligou a ignição e deixou Quebec noite adentro.

ERA UMA HORA e quatro da madrugada no relógio da picape quando Wells chegou à fronteira deserta. Sentiu como se estivesse dirigindo por uma eternidade, mas na verdade estava apenas começando a viagem de volta para casa.

O oficial olhou durante um bom tempo para sua carteira de motorista.

— Você tem um passaporte?

— Não, senhor.

— Quando entrou no Canadá?

— Ontem de manhã.

— Você é da Georgia?

— De Atlanta.

— Viagem muito longa para uma estada tão curta.

— Eu fui visitar uma moça na cidade de Quebec — disse Wells. — A gente se conheceu na internet. Mas não deu muito certo. Ela era duas vezes maior do que nas fotos que me mandou.

— Que azar, cara. — O guarda riu. — Não se pode acreditar nesses canadenses. — Olhou para o banco do passageiro na picape. — O que tem aí na bagagem?

— Só roupa. Eu estava esperando ficar alguns dias. Pedi licença de uma semana no trabalho.

— Não tem drogas, nem armas, nada desse tipo?

— Não, senhor.

— Bom, boa sorte da próxima vez. — O guarda devolveu a carteira de motorista de Wells. — Bem-vindo. Dirija com cuidado. — E fácil assim, ele estava de volta.

MEIA HORA DEPOIS, Wells parou o carro no acostamento e mijou olhando para o céu estrelado. Nessa região, mais ao norte, não havia muita poluição. O brilho das estrelas lembrava a Wells o Afeganistão. Ele se perguntou se veria aquelas montanhas de novo, ou o que acharia, se as visse. Talvez ele e Exley tirassem umas férias lá algum dia. Turismo de aventura.

Pegou seu telefone e discou um número que Khadri lhe enviara no dia anterior por e-mail.

— Deixe uma mensagem — ouviu a voz de Khadri.

— Consegui — disse Wells. — Estarei de volta a Atlanta hoje à noite. — Clique.

NO QUARTO DO MOTEL em Chestertown, Wells sentou-se na cama e cuidadosamente abriu o zíper da bolsa azul. Dentro dela encontrou algumas camisas... um par de calças jeans... umas meias fedorentas e cuecas. E uma pasta de plástico duro, com um fecho digital. Ficou pensando em como teria explicado aquilo ao guarda da fronteira. Pegou a pasta, sentindo seu peso, talvez uns dez quilos. Não era suficientemente grande para uma bomba nuclear. Mas dentro dela poderia haver bastante plutônio para uma bomba. Bastante antraz para arrasar uma cidade. Sarin. VX. Varíola. Qualquer coisa. A caixa de Pandora.

Wells a examinou por mais um minuto, depois desistiu. Talvez pudesse forçar o fecho, mas por que se preocupar? Se Khadri o estivesse usando como isca, a pasta estaria vazia ou com alguma armadilha. Por outro lado, se contivesse alguma coisa importante, então Khadri teria de vir buscá-la. Nesse caso.... O punhal preso à perna de Wells latejou como se estivesse vivo. Khadri não sobreviveria àquele encontro.

Deitou-se na cama. Dormiria três horas e pegaria a estrada de madrugada. Mas antes teria de dar um telefonema.

EXLEY ATENDEU NA segunda chamada.

— John?

— Hoje às cinco da tarde. Tudo tranqüilo.

— Vou estar lá.

Ele desligou.

Ela não hesitou para dizer sim. Ele a amava por isso.

16

Yonkers, Nova York

— À ESQUERDA, NO SINAL — disse Ghazi. — A terceira casa da rua.

Khadri parou seu Ford Expedition diante de uma casa em excelente estado, em Yonkers, ao norte da cidade de Nova York. Na entrada, defronte da garagem, havia um Lincoln Town Car preto.

— Gostou? — perguntou Ghazi. Ele comprara aquela casa três anos antes, e estava tão orgulhoso dela como qualquer imigrante de primeira geração. Ghazi era o único agente da al-Qaeda que morava abertamente nos Estados Unidos, um ex-especialista em explosivos do exército libanês que havia emigrado legalmente em 1999. Desde então construíra uma vida no estilo americano. Era motorista de uma empresa de táxis, pagava seus impostos em dia e até se apresentava para a função de jurado. E nunca esqueceu o dia, em 1983, em que uma bala de canhão da artilharia israelense caiu em sua sala, em Beirute, dilacerando sua família. Nunca esqueceu e nunca perdoou. Culpava tanto os Estados Unidos como Israel. Os judeus não eram nada sem os americanos. Ghazi havia esperado muito tempo pelas ordens de Khadri.

— MUITO BONITA — DISSE Khadri. Na verdade, nem a pintura verde nem o revestimento em alumínio o agradaram. Porém não viu razão para explicar os defeitos a Ghazi, que, de qualquer forma, muito em breve estaria no Paraíso.

Khadri abriu a mala do carro, e os dois homens retiraram de lá uma caixa de aço.

— Pesada — murmurou Ghazi em árabe.

— É forrada com chumbo — disse Khadri. Haviam apanhado a caixa num guarda-volumes nas imediações de Hartford. Colocaram-na no chão de concreto da garagem. Ghazi trancou a porta da garagem. Estavam sozinhos com a caixa. E com o veículo que Khadri chamava de o Amarelo. Khadri circundou devagar o Amarelo, examinando-o. Exatamente como Ghazi prometera. Os pneus eram gastos e a pintura desbotada, mas tinha o selo de vistoria e as placas em ordem. Ninguém olharia duas vezes para aquele carro. Perfeito.

— Está pronto? — perguntou Khadri.

Ghazi colocou a chave na ignição. O Amarelo pegou sem protestar. Ghazi deixou o carro funcionar por um minuto antes de desligá-lo e entregar a chave a Khadri.

— Os vizinhos já fizeram alguma pergunta sobre ele?

Ghazi fez que não com a cabeça.

— Eles sabem que dirijo um táxi. Provavelmente acham que é para algum negócio novo.

— Não deixa de ser.

POR FORA O AMARELO parecia um carro comum, mas por baixo dos bancos havia caixotes de madeira que continham blocos cinzas grossos de C-4, mil quilos no total. Khadri, a princípio, pensara em usar o veículo para uma explosão convencional como a de Los Angeles, mas desde a prisão de Alaa, havia mudado seu plano.

Dentro do Amarelo, cabos pretos grossos iam dos detonadores nos caixotes a uma bateria localizada ao lado do banco do motorista. Para evitar a possibilidade de uma explosão acidental, os fios não estavam ligados à bateria. Quando fossem conectados, o Amarelo se tornaria uma bomba sobre rodas, menor, porém muito mais potente do que as bombas de nitrato de amônio que Khadri havia usado em Los Angeles. Uma tonelada de C-4 destruiria um prédio de trinta andares.

Khadri ajoelhou-se ao lado da caixa e pressionou uma série de números na fechadura digital. Sabia exatamente o que estava lá dentro, mas queria ver uma vez mais. A fechadura abriu. Khadri retirou de dentro uma caixinha de aço, fechada com um simples cadeado. Girou o mostrador do cadeado e abriu a caixa. Lá estava. O presente de Deus. Dois potes selados, o primeiro com meia dúzia de pedaços de metal cinza, o segundo, cheio de um pó sujo amarelo.

— Só isso? — perguntou Ghazi. Parecia decepcionado, pensou Khadri.

— É suficiente.

Na verdade, diante de seus recentes reveses, Khadri tinha esperanças de aumentar esse estoque de plutônio e urânio altamente enriquecido. Talvez até de acumular material suficiente para realizar o sonho de construir uma arma nuclear. Entretanto, Dmitri, o cientista russo, morrera. Farouk havia desaparecido. E agora os *kafirs* estavam em seu encalço. Melhor usar o que Alá oferecera antes que a oportunidade desaparecesse.

Khadri fechou a caixinha e devolveu-a ao recipiente maior, lugar em que até mesmo os detectores de radiação mais sensíveis não poderiam localizá-la. Quando o C-4 fosse detonado, a explosão transformaria a caixa metálica em vapor, espalhando plutônio e urânio por quilômetros. Uma bomba muito suja. No centro de Manhattan.

— Vamos levantar — disse. Os dois homens carregaram a caixa para o Amarelo, que se ajustou perfeitamente entre os caixotes de C-4.

— *Allahu akbar* — disse Ghazi baixinho. Deus é grande.

— *Allahu akbar.* — Khadri estava satisfeito com o trabalho deles naquele dia. A primeira parte de seu plano estava completa. O restante seria realizado quando Wells entregasse o pacote. Khadri pensou um pouco sobre o destino que aguardava o americano. Se a fidelidade de Wells para com a al-Qaeda fosse genuína, ele morreria como mártir, pensou Khadri. Se não... ele simplesmente morreria. De qualquer forma, em breve Wells estaria nos braços poderosos de Alá. Deveria estar contente.

SEPARADO DO RESTO de Washington pelo rio e pela auto-estrada, o conjunto habitacional de Kenilworth constituía um mundo à parte, um poço de vício e de pobreza. A cúpula brilhante do Capitólio ficava a uns três quilômetros dos prédios baixos de Kenilworth. Poderia até ser em outra galáxia.

Entretanto, um oásis inacreditável encontrava-se ao lado daquelas moradias. Criados em 1882, os Aquatic Gardens de Kenilworth são uma floresta pantanosa e exuberante, repleta de salamandras e tartarugas, e até mesmo do eventual tatu. Wells gostaria de fingir que havia escolhido aqueles jardins para seu encontro com Exley por causa da beleza. Na verdade os escolhera porque eram o lugar mais isolado de Washington. Se Exley planejava entregá-lo, seria muito difícil para a equipe de vigilância da agência se esconder.

Mas ao seguir na sua picape pela auto-estrada 295 de Washington e se aproximar dos jardins, Wells teve certeza de que Exley estaria sozinha. Confiava nela incondicionalmente desde aquela noite no Cherokee. Talvez até desde o dia em que se conheceram na agência, tantos anos antes, quando ambos eram jovens e casados.

No final, achava que, apesar de tudo, mantinha a confiança. Não na agência, nem em Alá, e nem mesmo nos Estados Unidos, mas nela.

PASSOU POR BAIXO da passarela de pedestres, que era cercada de grades de aço para proteger os motoristas das crianças da região, que tinham o hábito de jogar pedras na estrada. Isso era Kenilworth. Retirou da mochila a sua 45, desenroscou o silenciador e colocou ambos dentro da jaqueta. Seu celular tocou. Retirou-o do bolso, esperando que fosse Exley. Em vez disso, o número tinha o prefixo 914. Westchester. Logo nas imediações da cidade de Nova York.

— Jalal. — Khadri.

— *Nam.*

— Onde você está?

— Na capital de nossa nação.

— Não diga! — Khadri riu.

— Chego em casa hoje à noite.

— Infelizmente não. Preciso de você em Nova York. O mais rápido possível.

Wells, como nas primeiras semanas no exército, sentiu-se pressionado por ordens que pareciam não fazer sentido. Khadri sem dúvida tinha uma idéia exata de seu horário. Por que não ligou mais cedo, antes de ele chegar a Nova York? Mas não adiantava discutir.

— Nova York?

— No Bronx. — Khadri deu um endereço.

— Encontro você lá — disse Wells. Desligou e, ao fazê-lo, percebeu algo estranho. Khadri não havia perguntado pelo pacote. Nem sequer fez menção a ele.

DEZ MINUTOS MAIS tarde, entrou no estacionamento dos jardins. Não havia sinal de vigilância. Avistou-a de imediato, encostada numa minivan verde, de braços cruzados. Estava usando uma blusa azul-marinho e calça cinza que revelavam seus quadris bem desenhados.

Estacionou ao lado dela. Exley não sorriu, mas quando saiu do carro foi em sua direção e lhe deu um abraço apertado.

— John — disse. Deu um passo atrás e olhou para ele. Ele a empurrou contra a minivan e a beijou, abraçando-a. Suas bocas encaixaram-se como duas nuvens que se fundem, e ele sentiu o peso do corpo dela contra o seu, os seios dela contra seu peito. Finalmente Exley o afastou.

— Você não veio aqui para isso — ela disse.

— Não *só* para isso.

Ele lhe deu a mão e conduziu-a pelo parque. A floresta e o pântano os cercavam. Os sons da cidade desapareceram, e o ar estava úmido e pesado. Caminharam em silêncio em direção ao rio Anacostia, sem se tocar, satisfeitos de estarem ao lado um do outro. Finalmente o caminho terminou à beira do rio de águas barrentas.

— Como você conhece esse lugar? — perguntou Exley, observando as águas correrem com lentidão para o sul. — Nunca ouvi falar nele.

— Eu vim aqui algumas vezes depois do treinamento na agência. Enquanto estudava a língua.

— Com Heather.

— Com ciúmes?

Ela sorriu.

— E por que eu haveria de ter ciúmes?

Estremeceu quando sentiu a brisa vinda do rio.

— Você está bem, John? Parece cansado.

— Andei dirigindo demais — respondeu. — Khadri me mandou a Montreal para buscar uma bolsa. — Contou-lhe o que acontecera com Tarik um dia antes e comentou suas suspeitas de outro portador.

— Você não sabe o que é?

— Está trancada. Não tentei abrir.

— E você vai encontrar Khadri aqui? Em Washington?

— Não. Eu estava indo para o sul, mas ele acabou de ligar. Mudou os planos. Me disse para voltar, ir para Nova York. Alguma coisa está para acontecer. Já está acontecendo.

— Shafer também acha.

Ele olhou para ela e depois para o rio.

— Você quer me contar o quê?

Ela deu um meio sorriso.

— Eu esperava que você soubesse.

— É como se a gente estivesse na Roma antiga, sacrificando ovelhas, lendo suas entranhas. Tentando descobrir que catástrofe os deuses nos reservam.

— Eles não são deuses.

— Querem ser — ele retrucou. — Deuses pagãos raivosos que lançam raios e trovões, porque podem.

— Você acredita em Deus, John? Não nos deuses com letra minúscula, mas o de letra maiúscula?

A pergunta o fez parar. Viu-se observando os pardais que voavam sobre o rio, pensando no Alcorão guardado na picape, nos homens que havia matado.

— Acredito — finalmente respondeu. — Mas não tenho certeza de que ele acredita em mim.

— Eu estou falando sério...

— Eu também. Será que é possível fazer tudo o que eu fiz e ainda sentir a graça divina? Ainda sentir paz? E é isso que é Deus para mim. Eu tenho medo de ter deixado ele muito para trás.

— Quando eu era criança, eu acreditava — disse Exley. — Então meu irmão enlouqueceu e eu deixei de acreditar. Parecia cruel demais, tirar a sanidade mental de alguém daquela forma. Eu me lembro uma vez, quando os médicos, durante o tratamento, disseram em tom de brincadeira: "Por que Deus nunca lhe diz para ir fazer compras? Por que é sempre a mesma coisa, 'A água está envenenada, tem um chip no seu cérebro, os extraterrestres estão chegando'?". Ele riu, riu de verdade, e eu também. Parecia tão fútil. Mas agora eu tenho filhos e quero acreditar de novo, se não por mim, pelo menos por eles, acreditar que existe algo além disso aqui.

— Eu sei o que você quer dizer. — Wells tocou o braço dela. — Jenny. Alguém sabe que eu estou aqui?

— De volta ao trabalho, hein? Não. Nem mesmo o Shafer. Você é como uma droga, John. Pior do que droga. Estou destruindo minha carreira nesse momento. Talvez até correndo o risco de ser presa.

— Desculpe, Jenny.

— Não é culpa sua. Onde você andou desde abril?

— Praticamente sem fazer nada.

— Onde?

Ele não queria dizer, mas sabia que não conseguiria mentir.

— Atlanta.

— Não só sem fazer nada.

Ele olhou para ela de soslaio.

— Diga a seu amigo Duto que eu não matei West. Tentei salvar a vida dele, mas não consegui. Khadri tramou tudo. Para testar minha lealdade.

— E você passou no teste — retrucou Exley. — Khadri confia em você. Foi por isso que mandou você ir pegar a maleta.

— Não, ele não confia. Tem alguma coisa errada. Ele está me manipulando. Acho que talvez eu seja algum tipo de isca. — Wells pausou. — Alguma dessas coisas tem a ver com o que você sabe?

Ela fez que não com a cabeça.

— Mas prendemos um espião na semana passada. No Brooklyn. E achamos que eles têm uma bomba suja. — Contou-lhe sobre Farouk Khan, a explosão em Albany, as suspeitas de Shafer de que a al-Qaeda planejava agir rápido.

— Então quando vocês estão pretendendo elevar o nível de alerta? — perguntou Wells.

— Não fazemos mais isso. Não sem uma informação específica. Estamos vencendo esta guerra, se lembra? Não há necessidade de preocupar ninguém.

— Uma bomba suja não é uma coisa específica?

— Não, se não sabemos onde ela está. Já nos metemos numa enrascada em Albany.

— Talvez esteja naquela bolsa no meu carro.

Ela balançou de novo a cabeça. Os detectores de radiação na fronteira a teriam captado. E se a bolsa estivesse forrada com chumbo você saberia. Estaria muito pesada.

Ele ficou em silêncio. Depois de um minuto, ela olhou para ele.

— O que você está pensando, John?

— Estou pensando que está na hora de pegar a estrada. — De volta a Nova York. O dia ainda estava quente, mas as árvores na outra margem do rio lançavam grandes sombras.

A voz dela elevou-se.

— Você vem comigo.

— Para perder o contato com Khadri?

— Me dá o endereço. A gente pega ele.

— Ele não vai estar lá. Você sabe disso. Um de seus homens vai estar esperando por mim. Se eu não aparecer, ele também não aparece. E vamos todos estar à toa em Langley quando a bomba explodir. Já vi isso antes. E não gostei muito. — Deu um passo em direção à trilha que conduzia ao estacionamento.

— Diga isso a Vinny. Vamos pegar você lá, hoje.

MAS EXLEY SABIA que estava mentindo. Duto nunca usaria Wells numa operação assim tão delicada. Pela mesma razão que Duto havia insistido para que a Força-tarefa Conjunta Antiterrorismo prendesse Alaa Assad imediatamente, em vez de esperar. Ninguém censuraria Duto por trancafiar Wells até a agência se certificar de sua lealdade. Não se culparia o diretor da CIA por não conseguir evitar os ataques terroristas. George Tenet, que dirigia a agência no 11 de Setembro, recebera a Medalha de Liberdade Presidencial depois que se aposentou. Não, o diretor seria censurado por criar situações embaraçosas para a agência — ou para a Casa Branca. E deixar Wells solto depois de ele ter desaparecido uma vez poderia ser muito embaraçoso. Duto não arriscaria isso. Se eles tivessem algumas semanas, poderiam tentar fazer Duto mudar de idéia. Mas não tinham algumas semanas.

Duto não era mau, pensou Exley. Era apenas um burocrata, como muitos outros em Langley, mais preocupado com a própria carreira e sua reputação do que com qualquer outra coisa.

Wells pareceu ler sua mente.

— Se você realmente pensa assim, então chame ele — disse e virou-se para ir embora.

De repente Exley sabia o que teria de fazer. Uma parte dela já sabia desde o momento em que viu a picape dele entrar no estacionamento.

— Então eu vou com você.

Ele olhou para ela, aparentemente tentando ver se ela estava falando sério. Em seguida fez que não com a cabeça.

— Não seja idiota.

Ela já estava cansada de homens que lhe diziam o que fazer. Até mesmo aquele ali.

— Não me venha com arrogância, está certo? — disse ela. — Fico observando. Se houver problema, eu chamo a tropa de elite. Se não, espero enquanto você banca o soldado.

— Não faz isso...

— Não há negociação. Ou eu vou com você ou eu chamo Duto. Agora. — Ela pegou o celular.

Um corvo gritou no bosque atrás deles. Wells se virou e olhou para o céu.

— Você tem uma aí? — perguntou ele.

— Uma o quê?

— Uma arma? Tem uma arma?

— Não.

Quando se virou de volta para Exley, ele carregava uma 45 cinza-escura. Na mão esquerda tinha um tubo cilíndrico. Lentamente atarraxou o silenciador ao cano. O rio e o parque estavam vazios. Não havia ninguém por perto para ver. Não, pensou ela. Isso é impossível. Ele não pode fazer isso. Ele não vai fazer isso.

— John — disse. Prendeu a respiração.

E EM SEGUIDA ele estendeu a pistola para que ela a pegasse.

Exley soltou a respiração. Será que ele sabia o que havia acabado de fazer? Será que ela simplesmente interpretara mal a situação? Ou ele estava tentando aterrorizá-la, lembrá-la dos anos que ele havia passado no trabalho de campo enquanto ela estava por trás de uma escrivaninha? Nunca iria saber, e não poderia perguntar. De uma maneira ou de outra, seu medo, desaparecendo naquele momento, a fazia lembrar de que eles não se conheciam tão bem quanto ela desejava.

Afastou o medo e concentrou-se na pistola. Era mais pesada do que esperava. Segurou-a com as duas mãos para mantê-la firme.

— Qual foi a última vez que você usou uma dessas? — perguntou Wells.

Ela não se lembrava. Aprendera a atirar na agência, claro, mas isso já fazia muito tempo. A agência não exigia que os analistas praticassem.

— Faz alguns meses — disse ela com voz firme. — Eu vou ao campo de tiros todo ano.

Exley olhou para a pistola, o que a fez lembrar-se de seu treinamento. Recuou o ferrolho para inserir um projétil na câmara; puxou-o para trás novamente, e o projétil pulou fora. Wells pegou-o no ar e o guardou no bolso. Ela testou a trava de segurança. Retirou o carregador da arma e o introduziu outra vez.

Wells pegou a arma, puxou o ferrolho de novo e a devolveu a Exley.

— Atira — disse ele. — Dentro do rio. Segura firme. Vai dar um coice.

Ela hesitou.

— Se você não conseguir fazer isso agora, não vai conseguir com uma pessoa na sua frente — disse ele.

Ela levantou a arma e puxou o gatilho. Como ele dissera, a arma deu um coice forte. O recuo a empurrou para trás um passo, mas ela manteve os braços firmes. Com o silenciador, o tiro era oco como uma mão batendo em cima de uma mesa de madeira. O barulho desapareceu rápido, sem eco.

— E você? — ela perguntou.

— Eu o quê?

— Onde está sua arma?

Ele arregaçou o jeans para mostrar o punhal preso à perna.

— Eu me viro — disse ele. — Escuta. Você precisa saber uma coisa sobre essa 45.

— Estou escutando.

— Se você chegar num lugar onde precise dela, *atire primeiro*. Não hesite. Não mande ninguém parar. Nada disso. Nenhuma palavra. Simplesmente atire. Porque se chegar nesse ponto e esperar, vai ser tarde demais.

— Como eu vou saber se cheguei nesse ponto?

— Você vai saber.

Ela não disse nada, só balançou a cabeça afirmativamente. Não tinha certeza se seria capaz de atirar em alguém sem avisar. Mas Wells não a levaria consigo se ela admitisse isso.

— Ótimo — disse ele. Inclinou-se em direção a ela, baixou a cabeça e abriu a boca para beijá-la.

Mas ela fez que não com a cabeça.

— Quando estiver tudo acabado — disse ela.

— Quando estiver tudo acabado.

Eles viraram-se e afastaram-se do rio em direção ao estacionamento. Em direção a Nova York.

17

WELLS DEIXOU A auto-estrada Major Deegan e entrou no coração de South Bronx, uma área de quarteirões longos e escuros que mal começava a fazer parte da revitalização de Nova York. O comércio de drogas ao ar livre havia desaparecido, mas mulheres usando saias do tamanho de lenços, encostadas nos carros, procuravam trabalho. Na frente dos bares iluminados, grupinhos de homens ficavam ali bebendo cerveja pelo gargalo.

Ele seguia devagar por ruas que se estreitavam pelo acúmulo de carros estacionados em fila dupla, sedãs americanos velhos, com vidros pintados e adesivos colados nos pára-brisas: NO FEAR. Finalmente encontrou o endereço que Khadri lhe dera. Ao encostar a picape no meio-fio, viu pelo retrovisor que Exley havia parado um quarteirão atrás dele. Não foi uma boa manobra. Deveria tê-lo ultrapassado e estacionado muito mais à frente. O erro lembrou a ele que ela não fazia trabalho de campo havia muito tempo. Não era serviço para ela.

Ele porém deixara que Exley o acompanhasse e agora sentia-se responsável por ela, uma complicação desnecessária naquele momento. Fechou os olhos e lembrou-se da promessa que ela lhe fizera: "Quando estiver tudo acabado." Se terminassem naquele dia, iriam para um quarto calmo com uma cama de madeira grande e fariam sexo até que ambos estivessem saciados. Isso levaria algum tempo.

Sentiu um tremor e tossiu, uma tosse forte que vinha dos pulmões. A viagem o deixara debilitado; era como se tivesse permanecido acordado por três dias seguidos. E a cabeça começara a doer de forma insuportável quando estava ainda em Nova Jersey. Precisaria da adrenalina para agüentar até o final.

Abriu a porta, tossiu de novo e cuspiu uma bola de catarro no asfalto. Já desistira de tentar prever o que Khadri havia planejado. Naquela noite acabaria com os jogos de Khadri. Olhou para a esquerda e para a direita. A rua estava deserta. Saiu do carro e dirigiu-se ao prédio, andando a passos lentos.

O prédio era velho e cinza, e as paredes de tijolos pichadas com garatujas, cujo significado Wells não conseguia decifrar. A porta da frente, um pouco afastada da rua, era preta e tinha uma vigia, onde o vidro era reforçado com uma tela de arame.

A porta abriu facilmente, a maçaneta de latão frouxa, como se a tranca tivesse sido forçada. Wells entrou e se viu em um corredor estreito e mal iluminado por lâmpadas fluorescentes oscilantes.

— Jalal.

Um homem que Wells não reconheceu estava sentado no último degrau de uma escada estreita, com um cigarro na boca e uma arma solta no colo.

— *Nam*.

— Entra.

Sem nenhuma outra palavra o homem ficou de pé e virou-se.

Wells fechou a porta e subiu a escada.

EXLEY PERMANECEU NA van, controlando o impulso de entrar naquele prédio correndo e bater em cada porta até encontrá-lo. Cobrira o relógio digital da Caravan para evitar enlouquecer pela lenta passagem das horas; nunca se sentira tão entediada e ansiosa ao mesmo tempo. Wells entrara por volta da meia-noite. Eram quatro horas da manhã e nenhum sinal dele. Ou de qualquer outra pessoa. Desde o momento em que entrou, o prédio permanecera em silêncio. Onde estaria ele?, Exley se perguntou. O que estaria fazendo? Ela não podia esperar muito. Mais uma hora? Até o dia amanhecer? Talvez já devesse ter entrado, mas não queria destruir a identidade que ele levara tanto tempo para construir.

Se ao menos a agência não o tivesse hostilizado. Se ao menos ele tivesse conseguido convencer Duto de seu valor. Ou se Wells não tivesse desaparecido por tanto tempo. Ele deveria estar usando uma escuta telefônica. Toda aquela área deveria estar coberta por policiais e agentes do FBI. Embora nem mesmo isso reduzisse o perigo que corria. Ele estava do outro lado agora, num lugar onde ninguém poderia alcançá-lo rapidamente para agir se alguma coisa desse errado. Khadri — ou quem quer que estivesse ali — poderia colocar uma arma em sua cabeça e puxar o gatilho em um segundo. Todos os policiais do mundo não conseguiriam evitar isso. Não era de admirar que Wells não precisasse de Duto e daqueles burocratas de Langley.

Exley reparou então um Lincoln Town Car preto passando por sua van. O Lincoln parou em frente ao prédio de apartamentos e estacionou em fila dupla, as luzes de alerta piscando. Ela prendeu a respiração. A porta do Lincoln abriu. Um homem de blazer azul — uma visão improvável naquela área, àquela hora — saiu do carro, olhou a sua volta rapidamente e entrou no prédio.

O APARTAMENTO 3C era pequeno e mal cuidado. Próximo à linha férrea, tinha uma sala de estar sem janelas e um quarto muito pequeno, que dava para a saída de ar do prédio. O mofo tomava conta do papel de parede laranja descascado, e a geladeira emitia um ruído agudo de enlouquecer. Sobre uma mesinha quebrada, uma televisão pequena exibia imagens sem som de um DVD da hajj, a peregrinação a Meca. Porém até mesmo os jihadis ao lado de Wells pareciam entediados com o filme.

Wells estava sentado num sofá velho na sala, as mãos algemadas na frente. Dera um rápido cochilo depois que o algemaram, vencido pelo cansaço, mas acordou sobressaltado pensando em Exley lá embaixo, sozinha. Quase não falou para poupar energia enquanto esperava por Khadri. Os homens a seu lado não pareciam se importar. Havia sete, mas somente dois haviam se apresentado. Ghazi era o mais velho e parecia ser o líder, um homem forte, de barba bem aparada e bolsas escuras sob os olhos. O homem que havia esperado por Wells autodenominava-se Abu Rashid — pai de Rashid. Fumava sem parar, jogando cinza no chão e tirando o cigarro da boca somente para cuspir na pia. Na verdade, todos os sete homens fumavam, e o ar na sala estava pesado e viciado, agravando a tosse desagradável de Wells. Desejou que alguém quebrasse uma janela.

Wells percebeu que, com a possível exceção de Ghazi, aqueles homens não haviam sido treinados profissionalmente. Não eram tão atentos como Qais e Sami. Somente três deles carregavam pistolas, as armas enfiadas de forma descuidada em suas calças: Ghazi, Abu Rashid e um árabe de pele escura e barba longa, cujo nome Wells desconhecia. E o mais importante, Abu Rashid não havia encontrado o punhal de Wells, porque não revistara suas pernas.

Mas Wells não tomaria nenhuma atitude. Não ainda. Não enquanto não encontrasse Khadri.

— Água? — Ghazi perguntou.

— Por favor — respondeu Wells.

Ghazi o examinou com preocupação.

— Está sentindo alguma coisa? Você parece que não está muito bem.

— Eu preciso é de uma boa noite de sono. — Wells bebeu a água que Ghazi lhe deu e fechou os olhos, evitando a luz fraca da sala. A seu redor, os homens falavam baixo, em árabe, sobre a Copa do Mundo; durante uma hora debateram sobre as perspectivas da Jordânia.

— Quando Khadri chega?

— Já está chegando, meu amigo.

Foi então que Wells ouviu passos na escada.

KHADRI ENTROU NO apartamento e fechou a porta. Uma máscara cirúrgica cobria seu nariz e boca.

— Jalal.

— Omar. Meu amigo. *Salaam alaikum*. — Wells tentou levantar-se. Sentiu-se tonto. Por que a máscara?, ele se perguntou.

— Não se levante — disse Khadri. — Você precisa poupar energia.

Entretanto, Wells levantou-se. Foi acometido de uma forte tosse.

— Sinto muito pelo que aconteceu a Qais e Sami...

— Você está aqui agora. É isso o que importa. Trouxe o pacote?

— Está ali. — A pasta de mão estava no balcão da cozinha.

Khadri riu.

— Eu sabia que eles não deteriam você na fronteira. — Khadri pressionou alguns números no fecho digital da pasta. Ela abriu.

— Seu segredo está aqui — disse Khadri. — Veja você mesmo.

Ele empurrou a caixa, que deslizou pelo chão irregular até o outro lado da sala, em direção a Wells. Meu segredo não está neste apartamento, pensou Wells. Ela está lá fora, sentada numa Caravan verde.

Wells sentou-se de novo no sofá e ficou mexendo na pasta.

— Ghazi, quer tirar essas algemas do meu braço, por favor? — perguntou de forma casual. — Não posso abrir a caixa desse jeito.

Ghazi olhou para Khadri. Logo em seguida, Khadri assentiu com a cabeça, e Ghazi soltou-lhe os punhos.

Wells levantou a tampa da caixa. Dentro não havia nada. Passou a mão pelas paredes internas, procurando um fundo falso. Mas nada encontrou. Havia servido de isca, afinal das contas.

Balançou a cabeça exausto.

— Não compreendo — disse. — Quem é o mensageiro? Onde está o pacote?

Khadri apontou para Wells.

— Você.

— Mas... — Wells tossiu de novo. Olhou para a máscara de Khadri. E de repente compreendeu. — Estou infectado. — As palavras tão baixas como as tênues notas finais de uma sinfonia que já dura muito tempo.

O sorriso de Khadri foi a única resposta de que Wells precisava. Ele considerou as possibilidades. O antraz não se transmitia por contágio direto. A varíola tinha um período de incubação mais longo.

— É a peste, não é? — Manteve a voz firme, como se a pergunta fosse apenas de interesse teórico.

— Muito bem, Jalal.

Por um momento, só por um momento, Wells foi tomado pelo mais profundo pânico. Viu seus pulmões encherem-se de sangue, sua pele queimando de dentro para fora. Uma agonia inconcebível. Porém, manteve-se calmo e esperou passar o medo, sabendo que, agora, a calma que lhe restava era sua única esperança de derrotar Khadri. O pânico diminuiu e, quando falou, sua voz estava firme.

— Mas por que dessa forma? Por que não deixou que eu trouxesse os germes?

— O que eu ia fazer com um frasco da peste? Eu não sou cientista. E a peste é frágil. Pelo menos fora do corpo. Isso foi o que Tarik me disse.

— Eu pensei que Tarik fosse um neuropsicólogo.

— Ele é um biologista molecular. E dos bons. Embora tenha uns problemas seus para resolver. — Wells não tinha certeza, mas por trás da máscara Khadri parecia sorrir. — Ele disse que infectar você seria a melhor maneira de fazer os germes sobreviverem.

Wells teve outro acesso de tosse.

— Parece que ele estava certo — disse Khadri.

Wells olhou a sua volta.

— Sete homens. Para onde você vai mandar todos eles?

Khadri pensou.

— Acho que agora já posso lhe dizer, Jalal. Quatro aqui, nas estações do metrô, principalmente. Times Square, Grand Central. Os outros três vão para Washington, Los Angeles e Chicago. Várias viagens de avião. Sete mártires. Oito, incluindo você. O xeique vai ficar contente.

Sete homens tossindo nuvens de bactérias da peste em metrôs superlotados. Boings 767 e Airbuses 320. Lojas de departamento e prédios comerciais. Quantas pessoas eles infectariam antes de morrer? Milhares? Dezenas de milhares?

— Brilhante, Omar. — Mesmo contra sua vontade, Wells ficou impressionado com a audácia do plano. Então lembrou-se. — Mas... não é possível tratar a peste com antibióticos?

— *Nam*. Se for diagnosticada a tempo. Mas dentro de três dias seu povo terá alguma coisa com que se preocupar além da peste. E os germes se espalham rápido. Como você mesmo pode ver, melhor do que qualquer um. Os hospitais vão estar lotados antes que os americanos percebam o que fizemos.

— Outro ataque?

Wells teve a certeza de estar vendo Khadri sorrir. Ele é conversador, pensou Wells. Está falando com um homem morto.

— Antraz? — Wells pensou alto. — Varíola?

— Jalal. Seus pensamentos não estão muito claros, sinto muito. Você acha que eu iria usar um ataque biológico para distrair os americanos de um ataque biológico?

— Então é uma bomba. Como em Los Angeles.

— Não, exatamente. Essa bomba é especial.

A febre de Wells pareceu aumentar. Enxugou o suor que de repente cobriu sua testa.

— Uma bomba suja? — A agência tinha razão afinal de contas.

— Eu só consigo pensar nela como o Amarelo.

— O Amarelo?

— Você teria ficado impressionado com o Amarelo, Jalal. Lamento que não vá estar vivo para ver.

Wells ficou imaginando se poderia pegar seu punhal, atravessar a sala e cortar a garganta de Khadri antes de ser derrubado. Provavelmente, não. Entre eles havia sete homens. De qualquer forma, matar Khadri não faria qualquer diferença naquele momento. Os outros homens certamente sabiam onde se encontrava a bomba suja. Wells não podia sequer cortar a própria garganta para impedir que a peste se espalhasse. Vinha tossindo naquela sala havia horas; já infectara os outros.

— Me diga uma coisa, Jalal? — Khadri falou por trás da máscara. — Agora que seu martírio é certo. A verdade. Você é um dos nossos?

Wells não hesitou.

— *Nam*. De corpo e alma. *Allahu akbar*.

— *Allahu akbar*, Jalal. Nós nos encontraremos de novo. No paraíso.

Depois disso, Khadri saiu.

EXLEY TAMBORILAVA NO volante enquanto escutava a repetição das mesmas notícias da noite na WCBS. Já fazia 15 minutos que o Lincoln se encontrava em fila dupla. Ela estava desesperada para entrar no prédio. Mas se controlou. Wells sairia logo, pensou.

A porta do prédio abriu, e o homem de blazer saiu. Sozinho. Entrou no Lincoln e deu partida lentamente. Bastava de intuição. Desligou o rádio e considerou suas opções. Dissera a Wells que chamaria a tropa de elite, se ele estivesse em apuros. Tinha de considerar que ele estava em apuros naquele momento, que se achava cativo, e que o homem de blazer tinha entrado para se certificar.

Ela, porém, não sabia em que apartamento ele estava. Se chamasse a agência, a força-tarefa cercaria o prédio e começaria a derrubar todas as portas. Os agentes da al-Qaeda saberiam que haviam sido descobertos e matariam Wells imediatamente. Não. Ela entraria e descobriria o apartamento sozinha. Depois decidiria o que fazer.

Abriu o porta-luvas e tirou de lá a 45 e o silenciador que Wells lhe dera. Segurou a arma com ambas as mãos. Isso era loucura. Não sabia sequer quantos homens havia lá dentro com ele. O que aconteceria a seus filhos se ela morrese? Entrar num apartamento cheio de terroristas? Loucura.

Ainda assim, começou a atarraxar o silenciador ao cano da 45. Loucura ou não, não poderia deixá-lo morrer ali. Descobriria onde ele estava. E depois? Ouviu a vozinha impertinente em sua cabeça, aquela que ela detestava. E depois?

Ignorou a voz e terminou de encaixar o silenciador. Deixaria uma mensagem na secretária eletrônica de Shafer, no trabalho, explicando o que acontecera e informando onde ela estava. Ele sempre verificava suas mensagens ao acordar. Na pior das hipóteses, a força-tarefa perderia apenas três horas. De qualquer forma, a al-Qaeda não atacaria naquela hora, com as ruas desertas. O que quer que tivesse planejado, não seria para antes do amanhecer.

Tentou enfiar a pistola na cintura. Não coube. Retirou o silenciador e tentou de novo. Grande demais, ainda. Sinal claro de que o lugar dela era sentada a uma escrivaninha, não ali. Mas a frustração deixou-a mais determinada a provar que eles estavam errados. Duto. Khadri. Shafer. Até Wells.

Aqueles homens que consideravam sua guerra importante demais para tê-la como participante.

Esvaziou a bolsa toda, os detritos de sua vida: batom, carteira, celular, barra de cereais, espelho de maquiagem, um pacotinho amassado de lenços de papel, despejando tudo no banco e nos tapetes sujos da Caravan. Por sorte, havia trazido uma bolsa grande, uma bolsa preta de couro. Reatarraxou o silenciador. Puxou o ferrolho da pistola. Pôs a arma na bolsa e as chaves do carro, e jogou todo o resto embaixo do banco. Se aqueles caras a capturassem, era melhor que ela não tivesse nenhuma identificação, principalmente o distintivo da CIA. Deixou uma mensagem para Shafer na secretária eletrônica.

Em seguida, antes de ter tempo para reconsiderar, antes de dar lugar ao bom senso, saiu do carro para aquela rua escura e deserta.

WELLS PODIA QUASE sentir os germes multiplicando-se dentro dele. Estava guardando as forças, e ainda acreditava que poderia sobreviver se tomasse os antibióticos corretos. A febre estava sob controle. Não tossia sangue. Mas em poucas horas atingiria o ponto em que não haveria mais retorno. Se Exley ou a polícia não aparecessem antes disso, pegaria o punhal e mataria tantos homens naquela sala quantos pudesse. Com a agitação, os vizinhos certamente chamariam a polícia, e se ele sobrevivesse até chegarem, lhes contaria o que estava acontecendo.

Exley. Ele esperava que ela fosse prudente e chamasse os profissionais. Que fosse mais esperta do que ele havia sido. E não podia culpar nenhuma força superior por colocá-lo naquela situação, somente seu obstinado húbris. O orgulho antes da queda. Se ao menos Duto não tivesse sido tão rigoroso com ele em abril. Se ao menos tivesse matado Khadri em Atlanta. Se ao menos...

Nenhuma dessas conjecturas importava agora. Ele estava morrendo naquele apartamento sujo; as bactérias em seu sangue eram a prova de que o desentendimento entre ele e a agência era tão grande quanto entre eles e seu inimigo comum. Não conseguira conquistar a confiança de Khadri, e jamais conseguiria. Com sua pergunta final, Khadri demonstrara que suspeitava — ou pelo menos pensava — que Wells ainda trabalhava para a agência. Havia usado Wells como mensageiro, um gesto de ironia, a torção final do punhal. Você pode morrer por nós, porém jamais será um de nós. Wells sempre detestara ironia, o néctar favorito dos intelectuais pretensiosos. Detestava ainda mais naquele momento.

Não importava. Ainda tinha seu punhal. Não leve um punhal num tiroteio, costumavam dizer os fuzileiros. Mas ele achava que daria certo. Era mais rápido do que aqueles amadores, e agora suas mãos estavam livres. Como tinha imaginado, Ghazi não se preocupou em algemá-lo de novo depois que Khadri foi embora. E Exley estava lá fora também. *Tudo depende de que lado da arma você está.* Sua mãe e seu pai jaziam nos túmulos em Hamilton. Sentia falta deles, mas não estava pronto para juntar-se a eles ainda. Wells esfregou os pulsos. Tudo o que queria era pegar o punhal, mas se conteve. Olhou para o relógio. Quase cinco da manhã, a noite estava praticamente acabada. Esperaria Exley até o sol nascer. Depois começaria a torcer o punhal do seu modo, sem ironias.

EXLEY ENTROU NO prédio e examinou o corredor mal iluminado do primeiro andar. Sua bolsa estava aberta, pendurada no braço esquerdo, próxima ao corpo para que pudesse alcançar a pistola com rapidez. Ainda assim, não seria tão rápida como alguém que usasse um coldre. Lembrava-se do que Wells dissera em Kenilworth, que agora parecia estar a um mundo de distância. *Atire primeiro. Você vai saber.*

Os olhos dela ajustaram-se à luz tênue e viu uma barata correndo pelo corredor. Seguiu-a, ignorando a escada, por um momento. Foi devagar, resistindo à tentação de se virar e verificar se alguém a seguia sem fazer barulho. Ela era o predador, não a caça.

No final do corredor, ouviu uma música tocando baixinho no apartamento 1F, um gospel, cujo som escapava por baixo da porta. Hesitou, em seguida bateu levemente. Ouviu passos, pesados e arrastados, de alguém que se dirigiu à porta e então parou. Exley bateu de novo.

— Howard? — sussurrou a voz de uma mulher idosa por trás da porta. — É você?

— Não, senhora — respondeu Exley, o mais baixo possível.

— Howard?

— Endereço errado, senhora. Desculpe por incomodar.

A porta entreabriu-se com um rangido, mantida no lugar por uma corrente. Uma mulher negra, velha, com roupa de casa, espiou pela abertura, e o brilho vitrificado de seus olhos revelava cataratas por trás de óculos grossos de plástico.

— Onde está Howard?

— Senhora, por favor volte para a cama — Exley disse baixinho, pensando: por favor não levante a voz.

— Por que bateu na minha porta?

— Estou procurando uma pessoa.

— Howard?

— Não, senhora. Outra pessoa. Um homem.

— Bem-vinda ao clube. — A mulher deu um sorriso largo desdentado.

— Um homem nesse prédio. Lá em cima. — Exley apontou para cima. — Talvez a senhora tenha ouvido quando ele entrou, hoje de noite. Não faz muito tempo.

O sorriso transformou-se numa carranca.

— Eles "tavam" batendo a torto e a direito.

— Sabe em que andar?

— O terceiro. Talvez o segundo.

— Boa noite, senhora. Obrigada.

— Se você encontrar Howard...

— Eu aviso a ele.

— Promete?

— Prometo.

A porta fechou, e Exley se viu sozinha de novo.

SUBIU A ESCADA sem fazer barulho. Até aquele momento, nunca havia agradecido à mãe pelas aulas de balé que era forçada a fazer quando estava na escola. Teria que agradecer-lhe adequadamente, no dia seguinte. Se tivesse a chance. No topo da escada ela parou. Lá em cima, as duas lâmpadas estavam funcionando, lançando uma luz forte nas paredes amarelas e sujas do corredor. Uma dúzia de pontas de cigarro encontravam-se empilhadas a seus pés. Alguém estivera ali naquele dia, fumando. Esperando.

O andar estava em silêncio, os apartamentos escuros. Do lado de fora, ouviu o barulho de um carro, com o som ligado alto e grave. Exley se encolheu contra a parede. Em seguida, o barulho diminuiu e o prédio continuou em silêncio.

Olhou para as pontas de cigarro de novo. Claro. Cigarros significavam fumaça. Inspirou forte algumas vezes. Isso. O cheiro fraco e viciado da fumaça permanecera durante horas no corredor. Continuou devagar, seguindo o cheiro do cigarro, que se tornara tão evidente como um rastro de pedaços de pão.

Quando subiu para o terceiro andar, o cheiro ficou mais forte. Enfiou a mão na bolsa e encontrou a 45. Sem tirar a pistola de lá, destravou-a. Devagar, sem fazer barulho, subiu as escadas.

— JERRY! JERRY!

Uma mulher. No corredor. Ela bateu uma vez, parou e em seguida esmurrou a porta do apartamento, quase como se quisesse arrancá-la das dobradiças com os punhos.

— Jerry, saia daí, agora! Jerry!

Wells reconheceu a voz imediatamente. Como Exley o encontrara? Não importava. Inclinou-se para a frente, aproximando as mãos do punhal. Sentiu um afluxo de adrenalina no sangue superando os germes. Ghazi pegou a pistola e inclinou-se sobre Wells. Perto demais, pensou Wells. Ele nem percebeu que estava tão perto.

— O que você sabe sobre isso? — perguntou Ghazi em árabe.

— Nada.

Ghazi bateu na cabeça de Wells com a Makarov, bem acima do ouvido. A dor que sentiu o fez ver estrelas. Gemeu e inclinou-se para trás, mas manteve os braços à frente.

— Ela está com você?

— Eu juro que não sei de nada.

— É só uma mulher — disse Abu Rashid, espiando pelo olho mágico. — Não tem ninguém mais lá fora.

— Jerry! — Exley gritou do lado de fora. — Larga essa puta e sai daí AGORA MESMO senão eu chamo a polícia!

As batidas recomeçaram, e em seguida um barulho.

— Ela está bêbada — disse Abu Rashid. — Deixou cair a bolsa.

— Porra — disse Ghazi. — Essa americana louca. Se livra dela.

— Como?

— Não sei. Só sei que tem que se livrar dela.

UM ÁRABE BARBUDO abriu a porta. Um segundo ficou logo atrás dele, cigarro na boca.

— Você não é o Jerry — disse Exley. *Atire primeiro*. Ela inclinou-se sobre a bolsa e pôs a mão dentro, sentindo a pistola.

— Esse não é o apartamento que você está procurando — disse o homem. E foi fechando a porta.

AGORA. WELLS TOSSIU, inclinou-se e pegou o punhal com a mão direita. Ao levantar o braço, abriu a arma. Com a outra mão, agarrou o braço de Ghazi, empurrando a pistola para longe.

— Exley!

Ghazi atirou. Tarde demais. A bala não atingiu Wells, passando pelo sofá e alojando-se na parede. Wells enfiou o punhal na barriga de Ghazi, sentindo a gordura e os músculos rasgarem-se por baixo da lâmina; depois disso, correu o punhal para cima, retalhando brutalmente o estômago de Ghazi. Quando a arma atingiu o máximo de profundidade, Wells reverteu-lhe a direção, ampliando a ferida e atingindo os intestinos. Ghazi gritou, deixou a pistola cair e colocou a mão no estômago, o sangue escuro, sob a luz tênue, já saindo aos borbotões.

QUANDO WELLS GRITOU o nome de Exley, o homem à porta olhou para trás por um momento. Ela ouviu um tiro vindo de dentro do apartamento. Sem hesitar, levantou a bolsa e apertou o gatilho da 45. A pistola disparou através da bolsa e o tiro foi abafado pelo silenciador e pelo couro. O projétil rompeu o quadril do homem e o jogou contra a porta.

O homem tentou fechar a porta, mas Exley levantou a arma dentro da bolsa e apertou o gatilho novamente. Dessa vez a bala atingiu-o no peito. Ele caiu para trás, com a boca barbuda aberta em forma de O, mas não se ouviu uma única palavra. Exley puxou da bolsa a 45 e deu um tiro certeiro no segundo homem, o de cigarro na boca. Ele, porém, já levava a mão à cintura para pegar sua arma.

Ela atirou de novo, escutando, ao mesmo tempo, outro disparo vindo do apartamento. Dessa vez, a pistola deu um coice para cima e seu tiro atingiu-o no pescoço, sem dar tempo de ele retirar a arma da cintura. O homem começou a cair enquanto o cigarro escorregava-lhe da boca e...

Exley ouviu-o atirar; imediatamente sentiu a dor na perna esquerda. A bala a atingiu logo acima do joelho. Não conseguiu manter-se de pé. Gritou e caiu para frente, em direção ao apartamento. Tentou apoiar-se na porta com a mão esquerda, enquanto o homem tombava, o sangue jorrando do pescoço.

Então surgiu um terceiro homem, um árabe gordo, descalço, que se aproximou dos dois que estavam à porta e tentou apanhar a arma do chão. Exley esqueceu a dor na perna e concentrou-se no homem gordo. Puxou o gatilho da 45 enquanto ele se abaixava em busca da arma. Mas sofreu um coice da pistola cinza e o tiro desviou-se, voando por cima da cabeça do homem.

O recuo da arma empurrou-a para trás e ela perdeu o equilíbrio e caiu, deixando escapulir das mãos a 45. A arma deslizou pelo corredor afora. Exley arrastou-se, tentando alcançá-la. Sua perna estava em fogo, e ela gritou. O homem gordo que estava à porta apanhou a pistola. Ao virar-se para ela de arma em punho, esboçou um sorriso sarcástico. Exley voltou-se para ele e levantou os braços, detestando-se por essa rendição inútil e sem sentido. Quando ele apontou a arma, o topo da sua cabeça explodiu e ele caiu de forma obscena sobre os dois primeiros que ela havia matado.

Então Wells gritou. Parecia estar muito distante.

— Exley! Fique aí fora! — Como se ela tivesse escolha. O corredor girou, cada vez mais rápido, seus olhos escureceram e ela desmaiou.

ENQUANTO GHAZI GRITAVA e caía, Wells lançava-se em busca da Makarov que o homem havia deixado cair do lado do sofá. Wells pegou a pistola e, ao virar-se, viu dois homens quase em cima dele. Com a mão direita acionou o gatilho e a bala atingiu um deles no peito, perfurando-lhe o coração, e fazendo o sangue jorrar através da camisa. O homem gemeu e tombou, estrebuchando as pernas ao morrer.

O outro homem, um paquistanês magro, que não havia falado a noite inteira, aproximou-se de Wells e lançou-se em sua direção, aproximando-se tanto que Wells conseguiu ver as veias de seus olhos e sentir seu hálito quente e desesperado. O paquistanês agarrou a Makarov com as duas mãos. Com o braço esquerdo, Wells desfechou um golpe violento atingindo-o no queixo. Apertou-lhe o pescoço fino e o paquistanês largou a arma. Sufocado, puxava desesperadamente os punhos de Wells, enquanto abria a boca implorando ar. Agora, a mão direita de Wells estava livre. A mão que empunhava a arma de Ghazi. Wells enfiou a pistola na boca do paquistanês, observando os olhos dele abrirem-se segundos antes de estourar seu cérebro.

Wells olhou para a porta, onde se encontravam dois outros homens, um sobre o outro — e um terceiro que acabara de pegar a arma de Abu Rashid. Teria tempo apenas para um tiro. Apontou para o homem gordo quando ele ficou de pé. Puxou o gatilho.

O homem caiu morto. Um tiro, um morto.

— Exley! — ele gritou. — Fique aí fora!

E ASSIM, EM poucos minutos, tudo estava terminado. A sala ficou em silêncio, o chão escorregadio com sangue e pedaços de cérebro. Ghazi continuava gemendo, mas já quase sem forças. Wells tinha certeza de que ele morreria em poucos minutos. Os outros cinco já estavam mortos. Wells não viu o sétimo militante do jihad, um estudante universitário saudita, que se gabara, pouco antes, de estar lendo *Mein Kampf*. Entretanto, podia escutar o garoto dentro do quartinho, suplicando em árabe:

— Por favor.

— Vem cá — disse Wells. Podia sentir o fluxo de adrenalina se reduzir, a peste voltando a tomar conta dele. O saudita apareceu à porta, com as mãos para cima.

— Deita. — Wells apontou para um canto. — Mãos atrás da cabeça.

— Por favor. — O saudita estava chorando.

— Deita.

O saudita deitou de bruços, com as mãos na cabeça. Wells levantou-se e foi em direção ao homem. O dedo no gatilho queimava. Aquele homem certamente merecia morrer. Levantou a Makarov e fez pontaria.

Não, ele pensou. Guarde pelo menos esse pouquinho de você. Já havia matado homens a sangue-frio. Mas nunca dessa forma. Nunca quando eles já haviam se rendido. Abaixou a arma e afastou-se da beira do abismo.

Escutou os gemidos baixinhos de Exley no corredor e os vizinhos em alvoroço. Estava na hora de ir embora. Pegou as algemas e prendeu o saudita ao aço do aquecedor no canto da sala.

WELLS PASSOU POR cima dos corpos perto da entrada e foi para o corredor. Sentiu como se tivesse reatravessado o rio Estige. Exley estava pálida e quieta, os olhos fechados, a perna esquerda das calças escura de sangue. Wells rasgou a camisa e amarrou um torniquete improvisado na perna dela para estancar o sangramento. Os olhos dela piscaram ao se abrirem.

— Jennifer. Jenny. — Ela gemeu baixinho. Ele inclinou-se para abraçá-la. Exley estava fria. — Você vai ficar bem. — Esperava estar certo. Um novo acesso de tosse o fez virar-se. Embora ela certamente já estivesse infectada, graças ao beijo que lhe dera em Kenilworth. — Conseguimos, Jenny.

— Só você me chama de Jenny — ela disse baixinho. — Por que será?

— Eles não conhecem você como eu. — Ele alisou os cabelos dela. — Tenho que ir.

— Khadri?

— Prometa que você agüenta.

Ela fez que sim com a cabeça, quase sem energia.

— Prometa — ele repetiu.

— Prometo. — Ele lhe deu um beijo na face enquanto ela fechava os olhos.

WELLS VERIFICOU O pente para saber quantas balas restavam na pistola de Ghazi. Seis. Eram suficientes. Só tinha mais um homem para matar. Colocou-o de volta na pistola e enfiou a arma na jaqueta.

Se contasse aos vizinhos sobre a peste, eles entrariam em pânico. Haveria tempo suficiente para conseguir os antibióticos para todos. Ligaria da picape para a polícia. Já ouvia as sirenes à distância, através das paredes do prédio. Desceu as escadas correndo tão rápido quanto seus pulmões infectados permitiram.

18

A RUA ESTAVA DESERTA, e o dia começava a clarear. Ouviam-se sirenes a pelo menos uns oitocentos metros de distância; àquela hora até mesmo o departamento de polícia de Nova York, com seus 35 mil policiais, já estaria por toda parte. Wells tremia no frio da noite e apressava-se para chegar à picape.

No carro pegou a mochila e com a mão trêmula tirou de lá uma camisa limpa e o estojo de primeiros-socorros. Enfiou a camisa pela cabeça. Em seguida, encontrou o frasco de Cipro e virou quatro, cinco, seis daquelas pílulas brancas enormes na boca. Engoliu-as sem água e sentou-se de costas retas. Cipro era um antibiótico de amplo espectro potente; Wells não sabia se teria efeito sobre a peste, mas esperava ganhar pelo menos algumas horas. Ainda assim, precisaria ir rápido para um hospital.

Lembrou-se de ter assistido quando criança ao programa *O Preço Está Certo* em que Bob Barker dizia aos participantes que eles teriam de adivinhar o valor do prêmio, mas sem ultrapassá-lo. "Quem conseguir chegar mais próximo, sem ultrapassar", Barker costumava dizer. Wells se imaginou fazendo esse jogo com a peste naquele momento. Chegar o mais próximo possível, sem ultrapassar.

Wells virou a chave na ignição, e a picape deu sinal de vida. Saiu com o carro. No primeiro sinal, dobrou à direita — para o sul —, em seguida, à direita de novo. Oeste. Dirigiu-se a Manhattan. Tinha certeza de que Khadri tentaria explodir a bomba suja, o Amarelo, o que quer que fosse, tão logo soubesse do que acontecera a seus homens. O que seria muito em breve. A mídia estaria cobrindo o banho de sangue no apartamento 3C.

WELLS ATRAVESSOU A ponte Willis Avenue em direção a Manhattan, vendo o sol nascer pelo espelho retrovisor. Era hora de acionar a tropa de elite. Pegou o celular e discou 911. Enquanto discava, ouviu soar um bipe. Bateria fraca.

— Emergência.

— Houve um tiroteio na rua 146, no Bronx.

Podia ouvir a operadora pressionando o teclado.

— Sim, senhor. As unidades de emergência estão no local.

— Avise para que todos usem trajes de proteção contra ameaça biológica. O apartamento está contaminado com a peste.

— Peste?

— Sim.

— Senhor, tem certeza...

— Tenho. — Wells desligou.

Não sabia como se comunicar com Shafer nem com Duto, mas não havia esquecido o telefone da divisão de emergências de Langley, onde tinha sempre alguém de plantão. Discou o número. Depois de apenas um toque, um homem atendeu.

— Central. — Uma tradição estranha que se perpetuava desde a criação da agência.

— Aqui quem fala é John Wells.

— Em que posso ajudar, Sr. Wells?

— Preciso falar com Vinny Duto. — Outro bipe de seu celular.

— Não tem ninguém aqui com esse nome — disse o homem tranqüilamente. — Tem certeza de que discou o número certo?

Wells esmurrou o volante, frustrado. Claro que o homem não o poria em contato com Duto. Provavelmente nunca ouvira falar em Wells. E Wells não tinha mais os códigos de emergência que os agentes usavam para provar sua identidade àquela divisão.

Teve outro acesso de tosse e cuspiu uma bola gorda de catarro no banco do carona da picape. A cor, pelo menos, ainda estava cinza. Se começasse a tossir sangue, nem mesmo o Cipro poderia salvá-lo.

— Alô? Alô? — O homem havia desligado. Wells telefonou de novo.

— Estação.

— Por favor. Quero falar com Duto. Ou com Ellis Shafer.

O homem hesitou. O nome de Duto era de conhecimento público, mas não o de Shafer.

— Pode me dizer o seu nome de novo?

— John Wells. Eu sou um agente. Minha EPI é Red Sox.

— Desculpe, Sr. Wells. Não tenho como checar sua identificação. Qualquer que ela seja. Se tiver mais alguma coisa para me dizer, por favor, diga.

— Olhe, eu não tenho mais os códigos, mas por favor acredite em mim.

— Sr. Wells, alguém vai ter que ligar para o senhor. O senhor pode atender nesse número?

— Não. A bateria está acabando.

— Sr. Wells...

— Diga a eles para dar um alerta de vigilância, pegar o Amarelo.

— O Amarelo, o quê?

— É uma bomba suja — disse Wells. Sentiu-se fraco e confuso. O Cipro e a peste estavam em guerra dentro dele, e a peste se mantinha contida. Pelo menos. — Eu sei que isso parece não fazer muito sentido, mas é tudo o eu que tenho para dizer. O Amarelo. Tem também um homem em Montreal chamado Tarik, que está infectado com a peste pneumônica, um cientista...

— Obrigado, Sr. Wells. Alguém vai entrar em contato com o senhor.

Clique. Wells baixou a vista e notou que a carga da bateria havia acabado. Mesmo se o funcionário passasse a mensagem adiante, a agência não poderia alcançá-lo. Por um certo tempo estaria sozinho.

A CAMINHO DE casa, Khadri parou para comer um bife com ovos numa lanchonete que ficava aberta à noite na Webster Avenue. Estava faminto. Mal podia esperar para que seus homens começassem as viagens naquela manhã. Agora nada mais poderia impedir seu plano.

Tinha acabado de entrar na garagem de Ghazi quando ouviu o primeiro noticiário no rádio. "Notícias de última hora da 1010 WINS para você. Houve um tiroteio num prédio de apartamentos na rua 146, em South Bronx. A polícia isolou o quarteirão e os vizinhos disseram que pelo menos dois homens foram removidos em macas. Fiquem conosco. Traremos as últimas informações dessa reportagem assim que tivermos mais detalhes."

Khadri balançou a cabeça, devagar no início, e depois tão rápido que tudo escureceu diante dele e teve de parar.

— Não — disse baixinho. — Não. — Recostou-se no banco do Lincoln e respirou profundamente, tentando acalmar-se. Como pôde ser tão tolo? O que o americano havia feito naquele apartamento?

Teria de considerar a pior das hipóteses: que Wells havia matado seus homens e chamado a polícia. Depois de tantos anos, Wells o havia enganado, desfeito todo seu trabalho. Agora a peste não sairia daquele apartamento. Khadri amaldiçoou sua própria arrogância. E John Wells, aquele infiel mentiroso. Alá certamente enviaria Wells para as labaredas do inferno, e Khadri mereceria a mesma sorte por ter perdido essa oportunidade.

Não era apenas a peste, ele pensou. O Amarelo estava registrado no nome de Ghazi. A polícia poderia rastreá-lo facilmente, assim que identificasse Ghazi. Teria de explodir a bomba naquela manhã, antes que a polícia fizesse qualquer associação. Olhou para o relógio digital do Lincoln: 6h29. Até aquele momento, Khadri não havia planejado morrer no ataque; pretendia deixar o Amarelo numa garagem próxima ao alvo e estar no México na hora da explosão. Mas não podia arriscar mais nada. Teria de explodir a bomba ele mesmo.

Esse pensamento lhe revirou o estômago. Deixou o medo de lado. Havia prometido o paraíso aos militantes do jihad; agora ele também iria saber se Alá estava a sua espera. E com esse pensamento Khadri saiu do carro.

EM LANGLEY, A mensagem de Wells foi passada para Joe Swygert, chefe do plantão noturno da divisão de emergência. O aviso o deixou preocupado; a pessoa que telefonara conhecia os procedimentos da agência, mas desconhecia os códigos mais recentes. E a informação que ele passara não fazia sentido, Swygert pensou. Os registros diários que listavam as últimas ameaças nunca haviam mencionado um ataque com o Amarelo.

Olhou de novo para a mensagem e suspirou. O funcionário de plantão recebia telefonemas dessa natureza algumas vezes por ano, de malucos que de alguma forma descobriam o número do escritório. Procurou no diretório sigiloso de Nível III da agência por um certo John Wells. Não encontrou, mas sabia que a ausência de um nome não necessariamente significava alguma coisa. Os diretórios não paravam no Nível III.

Swygert olhou para seu relógio: 6h32. Em três anos, ele só acordara Duto duas vezes: uma, quando Farouk informou sobre a bomba suja a Saul, e outra, quando um agente morreu num acidente suspeito em Pequim, depois de um encontro com um espião do governo chinês. Swygert não tinha intenção de telefonar para Duto, nem para Shafer, a menos que recebesse mais alguma informação.

KHADRI SEGUIU PELO Bronx na direção sul, pela Major Deegan. O trânsito começava a ficar intenso, caminhões carregados de legumes para entrega nas lojas de delicatessen, caminhões do McDonald's com gigantescos sanduíches pintados nas laterais. Khadri dirigia devagar. Planejava chegar ao destino às oito horas. Preferia ter esperado mais, para quando os edifícios do centro da cidade estivessem lotados, mas não podia se atrasar. Sua arrogância já lhe custara muito caro. Era melhor atacar cedo do que ser preso e perder a chance por completo.

ÀS 7H03, WELLS estacionou a picape num ponto de táxi na rua 44 em Manhattan, perto da Eleventh Avenue. Ignorou os táxis buzinando para ele, enquanto lavava as mãos e o rosto com a garrafa de água que comprara na noite anterior. Sentia-se enjoado e fraco, e seus acessos de tosse tornaram-se mais freqüentes. Logo precisaria de antibióticos intravenosos mais potentes do que o Cipro, se quisesse ter alguma chance de sobreviver.

— Esse show pode ser só seu — murmurou Wells. Ficou pensando se voltaria a ver Evan. Provavelmente, não. Muitos pais e mães, porém, não veriam seus filhos depois de hoje, se ele não encontrasse Khadri. — Cuide dele, Senhor — disse baixinho. — O que quer que aconteça hoje, por favor, cuide dele. — Não se importava mais se estava fazendo uma prece para o Deus muçulmano ou o cristão, e supôs que Deus também não se importaria.

Wells enfiou o boné do Red Sox na cabeça, puxando-o sobre a testa, colocou a arma de Ghazi na cintura e cobriu-a com a camisa. Saiu da picape, piscando sob o efeito da luz fraca da manhã. Apoiou-se na picape, sem saber para onde ir. Ouviu no rádio a notícia do tiroteio no apartamento 3C mas, até aquele momento, não havia sinais de batida policial, de bloqueios nas ruas, nem de sirenes ligadas. Exley, sem dúvida, estaria ainda inconsciente, e não haviam ainda associado seu telefonema para o escritório em Langley ao banho de sangue que ocorrera naquele apartamento. A agência e o Departamento de Polícia de Nova York logo fariam a associação, ele sabia. Provavelmente nas próximas horas. Mas então poderia ser tarde demais.

Ficou em dúvida se deveria procurar a delegacia de polícia mais próxima, explicar quem era, pedir que enviassem um alerta sobre Khadri. Mas os policiais não emitiriam um alerta de imediato, não com base nas palavras de um indivíduo qualquer, desmazelado, que se dizia agente da CIA e que aparecera com uma história sobre a peste e uma bomba suja. Aparecer em pessoa poderia até desacelerar o processo de envio de um alerta. Principalmente porque os policiais estariam mais interessados nele como suspeito do que ocorrera naquele apartamento. Não. Quando a polícia enviasse um alerta público sobre ele ou Khadri, ele se entregaria e receberia os antibióticos necessários. Enquanto isso, permaneceria nas ruas e tentaria encontrar o Amarelo, o que quer que isso fosse.

Mas para onde ir? As Nações Unidas e a Bolsa de Valores de Nova York eram muito bem vigiadas. O Empire State? O Citigroup Center? O Time Warner Center? A Grand Central? Então Wells lembrou-se do que Khadri lhe dissera quando se encontraram em Atlanta, no Piedmont Park. “Você não acha que seria maravilhoso? Times Square?" Times Square tinha sido o único lugar que Khadri mencionara. Era o endereço mais conhecido do mundo. E seria muito mais fácil de alcançar do que os outros. Era o Marco Um.

É claro que poderia estar errado. Khadri poderia odiar o Empire State Building por razões que Wells desconhecia. E Wells não tinha certeza se seria capaz de reconhecer o Amarelo quando o visse. Entretanto, não tinha outra opção. Poderia ir para Times Square. Ou entregar-se.

— Times Square — disse bem alto. Quatro quarteirões ao leste. Dobrou a rua e andou em direção ao sol nascente.

OS POLICIAIS NA rua 146 não precisaram de muito tempo para ver que o massacre no apartamento 3C era mais do que uma negociação envolvendo drogas que dera errado. O Departamento de Polícia enviou unidades antiterroristas para revistar o prédio imediatamente. Notificou também o centro de observação do FBI em Nova York, em busca de qualquer informação que os agentes federais pudessem ter sobre aquele apartamento e os homens que lá se encontravam. O FBI informou que nenhum dos homens constava das principais listas de terroristas procurados, mas que isso não provava nada. Os detetives queriam interrogar a mulher que fora encontrada no corredor. Infelizmente ela estava na sala de cirurgia. Enquanto isso, o homem que encontraram preso ao aquecedor se recusava a falar.

A advertência sobre a peste feita por Wells foi passada para o centro de comando tático da polícia no One Police Plaza, em Manhattan. Os oficiais na cena do crime foram avisados, e a unidade de combate a bioterrorismo da polícia foi enviada ao prédio para verificar se havia contaminação, prática padrão sempre que se recebia uma advertência confiável de bioterrorismo. Ainda assim, os policiais que se encontravam no apartamento não entraram em pânico; alarmes falsos de bioterrorismo eram muito comuns em Nova York.

A unidade de combate a bioterrorismo do Departamento de Polícia de Nova York era uma das seis unidades civis nos Estados Unidos que dispunham de um teste experimental de reação em cadeia da polimerase capaz de detectar a peste. O teste levou aproximadamente uma hora.

Às 7h26, o resultado positivo foi confirmado.

A REAÇÃO OFICIAL foi como uma bola de neve, tomou grandes dimensões rapidamente. O apartamento 3C foi declarado um possível foco de bioterrorismo. O prédio foi colocado em quarentena: ninguém tinha permissão para entrar ou sair. Os médicos que operavam a mulher encontrada no corredor do edifício foram avisados. Extraíram amostras de sangue dela e do homem não-identificado que havia sido capturado no apartamento 3C. A polícia enviou um comunicado para o FBI, a Força-tarefa Conjunta Antiterrorismo e a Casa Branca. E Joe Swygert, o oficial de plantão em Langley, percebeu que era melhor procurar Vinny Duto e dizer-lhe que um homem chamado John Wells havia telefonado.

Em poucos minutos, a força-tarefa conseguiu entender o que estava para acontecer nas ruas de Nova York. Às 7h41, um boletim geral foi despachado para todos os policiais da cidade de Nova York e agentes do FBI em serviço lá, informando-lhes que o serviço secreto suspeitava de um ataque terrorista iminente, provavelmente com uma bomba radiológica — conhecida como bomba suja. O método exato utilizado para transportá-la permanecia desconhecido, mas táxis, caminhões Ryder e veículos de transportadoras amarelos deveriam ser considerados especialmente perigosos. O suspeito também era desconhecido, embora se acreditasse que ele adotara o nome falso Omar Khadri.

Um comunicado em separado foi enviado a respeito de John Wells, um americano branco, de um metro e oitenta de altura, pesando aproximadamente noventa quilos, olhos e cabelos escuros, como sendo testemunha ocular na cena do homicídio de seis pessoas no Bronx, naquele dia de manhã. Em Langley, a agência teve dificuldades para achar uma foto de Wells para entregar à polícia e às estações de televisão. O comunicado prevenia os oficiais de que Wells era perigoso e poderia estar armado, e informava que ele poderia estar infectado com a *Yersinia pestis*, ou bactéria da peste.

O presidente imediatamente ordenou alerta máximo para o centro de defesa contra guerra biológica do exército e as equipes secretas do exército responsáveis pela defesa em caso de ataque radiológico ou nuclear em solo americano. O escritório de imprensa da Casa Branca entrou em contato com todas as redes de comunicação, solicitando um horário oficial, às 8h30, para um grave comunicado de interesse nacional.

Havia apenas três problemas em toda essa atividade.

Ninguém tinha uma foto de Khadri.

Ninguém sabia o que era o Amarelo.

E estavam todos atrasados.

ÀS 7H43, KHADRI deixou a Central Park South e dobrou na Sétima Avenida conduzindo o Amarelo. O trânsito estava quase parado, mas nem mesmo o pior engarrafamento em Nova York o desviaria do seu alvo, pensou ele. Olhou pelo pára-brisa quadrado para os *kafirs* lá fora, acotovelando-se nas calçadas e correndo para o trabalho a fim de engordarem seus bolsos.

Nem imaginavam o destino que lhes aguardava: o fogo e a cinza, a fumaça mortal. Se soubessem, não estariam tão preocupados em enriquecer. Mas era tarde demais para eles. Olhou para trás, para a caixa, depois para o detonador, escondido a seus pés, onde não podia ser visto. Essas pessoas teriam que esperar pela misericórdia de Alá, pensou ele, pois não teriam a dele.

O sinal da rua 58 abriu. Khadri pisou devagar no acelerador. O Amarelo seguiu em frente.

WELLS RECOSTOU-SE NUM guichê na extremidade nordeste da Times Square, na rua 47, entre a Sétima Avenida e a Broadway. À tarde, o guichê vendia ingressos da Broadway com desconto para turistas, mas pela manhã ficava fechado, o único espaço vazio no ruge-ruge da cidade, que ia da rua 47 até a 42. Em vez de lutar contra a multidão, Wells decidiu guardar as forças e esperar no guichê, de onde poderia ver todos os veículos que fossem para o sul, em direção à praça, na esquina da Broadway com a Sétima Avenida.

Sabia, entretanto, que não poderia ficar ali muito mais tempo, e não somente por causa da peste. Nos últimos cinco minutos, as sirenes da polícia haviam disparado a leste, norte, sul, em todas as direções. Enquanto Wells observava, dois policiais puxaram os revólveres e mandaram o motorista de um táxi sair do carro que estava estacionado em fila dupla, na frente do prédio da Morgan Stanley, na esquina da 47 com a Broadway. A notícia estava nas ruas. Sua presença logo seria irrelevante. Mas não ainda. Wells sentiu um calafrio e dirigiu sua atenção para a Sétima Avenida.

Tinha um certo pressentimento de que Khadri estava muito próximo. O Amarelo. Tinha de ser algum tipo de veículo, pensou Wells. Um táxi fazia sentido, mas era óbvio demais. Khadri pareceu muito contente ao pronunciar estas palavras no apartamento. Não um táxi. E não um caminhão. Um caminhão era grande demais e difícil de esconder. O Amarelo era uma outra coisa, algo que fosse grande o suficiente para transportar uma bomba de bom tamanho, sem atrair a atenção. Mas o quê?

Um carro de polícia dobrou na rua 47 e parou à sua frente. Os policiais dentro do carro olharam para ele com curiosidade. O motorista baixou o vidro do carro.

— Você está bem, cara? Parece um pouco doente.

— Estou bem — disse Wells. Tentou não tossir.

RUA 50... 49... 48...

Khadri mantinha as duas mãos no volante e tentava conter a adrenalina, enquanto o Amarelo seguia para o sul. O trânsito estava tão intenso, que as pessoas nas calçadas andavam na mesma velocidade do seu carro, mas isso não tinha importância naquele momento. Nada poderia detê-lo. Suas mãos tremiam, mas não de medo. Deveria estar com medo, sabia, mas em vez disso estava feliz. O mundo se lembraria por muito tempo daquele dia.

O TRÂNSITO PAROU na esquina da rua 47 com a Sétima Avenida. Três Lincoln pretos, uma picape de entregas dos correios, um Range Rover, um Volkswagen Jetta velho e um ônibus escolar pequeno — o que as crianças de Montana chamavam de ônibus curto. O ônibus estava vazio, exceto pelo motorista, mas estava um tanto arriado sobre as rodas, como se estivesse carregando uma carga pesada.

Assim que o avistou, Wells teve certeza. Khadri. O irônico. Claro. Ninguém olharia duas vezes para um ônibus escolar.

O Amarelo era o segundo no sinal, no lado oeste da Sétima Avenida, atrás de um Lincoln. Talvez a uns vinte metros de distância. Três segundos, se corresse. Dez, se fosse andando. Wells enfiou o boné na cabeça e começou a caminhar na direção leste, seguindo para a Sétima Avenida. Khadri acertara apenas pela metade, pensou Wells; eles iriam se encontrar de novo, mas não no paraíso. Na Times Square.

— Ei, cara — disse o policial. Wells continuou andando, atravessou a rua por trás do carro de polícia e entre os táxis que seguiam devagar cruzando a rua 47.

Trinta metros. Foi acometido de uma tosse violenta que não tentou sufocar. Se ele não chegasse até aquele ônibus, as pessoas à sua volta teriam problemas maiores do que a peste.

— Ei. Eu estou falando com você. — O policial não estava gritando, não ainda.

Wells chegou no lado norte da rua 47 e dobrou à direita, passando por entre uma multidão de homens de terno que se apressavam, no sentido oeste, em direção aos escritórios da Morgan Stanley. Dez metros. Não tão próximo, não ainda. Khadri certamente teria o detonador no colo. Wells enfiou a mão na cintura e agarrou a arma, mantendo-a sob a jaqueta.

Olhou para trás e viu que os policiais estavam saindo do carro. Apressou-se em direção ao ônibus.

Sete metros.

— Pare! — Ouviu os policiais gritarem, mas a buzina forte de um caminhão dos correios abafou suas vozes. Dali, Wells podia ver Khadri ao volante do ônibus vazio, sentado ereto, cabeça alta, como se já divisasse o paraíso.

Três metros.

ALGUNS SEGUNDOS, DISSE Khadri. Aquele sinal abriria, ele seguiria por dois quarteirões e, no coração da praça, na rua 45... estaria realizado. Alguns segundos. Dois quarteirões. O detonador ainda estava a seus pés. Não se atrevia a tocá-lo, para não ter a tentação de detonar a bomba cedo demais. Queria que aquilo fosse perfeito.

Viu então o homem de boné do Red Sox correndo em direção ao ônibus, arma em punho.

Khadri gritou, pura fúria animal. Tentou levar a mão ao detonador...

O primeiro tiro de Wells rasgou-lhe o peito e o fez tombar para trás, em direção à janela. Khadri não sentiu dor, apenas uma imensa cólera. Não permitiria que os kafirs tirassem aquilo dele. Procurou alcançar o detonador, que estava muito próximo. Mas Wells se aproximou, atirando, e quando abriu a porta do ônibus com um chute e pulou para dentro, Khadri percebeu que fracassara.

Wells inclinou-se, exalando um hálito fétido, febril e quente sobre o rosto de Khadri; então Khadri entendeu. Wells era o anjo da morte. Tentou resistir, mas o vento negro o arrebatou, e ele fechou os olhos. Um fio de sangue escorreu-lhe pelo canto da boca. Um suspiro agonizante final se fez ouvir dentro de seu peito. Estava morto.

WELLS SENTIU O tiro antes mesmo de ouvi-lo. Os músculos das costas pareciam querer explodir. Ele se contorceu e caiu para frente. Por cima de Khadri. Os policiais. Fazendo seu trabalho. Pegando o bandido. Assim achavam. Não. Ele precisava viver. Chegara longe demais para morrer. Havia feito seu trabalho também. Todos aqueles anos na clandestinidade. Tentou levantar os braços, mas o esforço foi grande demais para ele.

Wells podia sentir seu sangue, sangue sujo e quente, escorrendo pelas costas. Enquanto fechava os olhos e o mundo escurecia, seu último pensamento dirigiu-se a Exley.

EPÍLOGO

EXLEY ACORDOU. Seu joelho esquerdo queimava como se um tubarão lhe tivesse arrancado metade da perna. Mas quando abriu os olhos, viu que estava com o pé para cima. Um suporte segurava-lhe a perna. Uma cama de hospital. Duas mulheres a seu lado: uma usando o jaleco branco de médica, a outra, um uniforme de enfermeira. Máscaras cirúrgicas escondiam suas bocas.

À medida que voltava à consciência, a dor na perna se transformava em agonia. Um queimor incessante tomava-lhe o corpo, cada nervo do joelho enviando uma mensagem individual de dor ao cérebro.

— Dói — balbuciou com a voz estrangulada.

Não somente a perna, o restante do corpo doía de forma atroz. Embora tivesse acabado de acordar, sentia um enorme cansaço, como se tivesse corrido dias seguidos sem parar. Exley cerrou o punho, tentando aliviar a dor, e a enfermeira alisou-lhe o braço, com cuidado para evitar o tubo intravenoso ligado ao cotovelo.

A médica se aproximou.

— Você levou um tiro — disse. — Lembra de alguma coisa?

Exley conseguiu lembrar-se.

— No corredor.

— Quer um pouco de gelo?

Exley fez que sim com a cabeça. Até para falar era preciso um grande esforço; a boca estava completamente seca. Com a mão enluvada, a enfermeira pegou um pedaço de gelo e colocou-o na boca da doente. Exley chupou o gelo, um pedacinho frio do céu. Lembrou-se de mais algumas coisas, das horas que passou na van, de Wells gritando seu nome...

— O que aconteceu? — Em meio à dor, sentiu um pânico súbito. Wells. Onde estaria ele? A última coisa de que se lembrava era de ele ter se inclinado sobre ela no corredor amarelo e sujo.

— Você pode me dizer seu nome? — perguntou a médica.

— Jen. Exley.

A médica balançou a cabeça afirmativamente.

— Eu sou a Dra. Thompson. Julie. Tenho boas notícias para a senhora. Seus filhos estão aqui.

— Aqui, onde? — Lambeu os lábios, que estavam secos de novo.

— Na unidade de doenças infecciosas de Bellevue. Nova York. Você está aqui já faz 16 horas. Mas queremos ter certeza de que a fase de contágio já passou, antes de deixar David e Jessica entrarem.

Da segunda vez que a médica mencionou seus filhos, Exley sentiu uma tristeza estranha apoderar-se dela. Não deveriam vê-la naquele estado. Ela quase morrera, abandonando-os. Ficara longe deles muito tempo. A medicação, a dor e a vergonha fundiram-se em sua mente, e ela sentiu as lágrimas quentes descendo pelo rosto. A médica — Exley já havia esquecido o nome dela — tirou a luva e colocou uma mão fria em sua testa.

— Não precisa se preocupar — observou. — Você foi infectada, mas parece que conseguimos controlar a tempo. Provavelmente vai poder vê-los amanhã.

Exley pensou de novo em Wells.

— Onde está John?

A médica lançou um olhar à enfermeira.

— Aqui também. Ele está muito doente.

Muito doente. Exley fechou os olhos.

— Eu sei que você está sentindo muita dor — disse a médica. — Precisamos controlar a quantidade da medicação, mas se doer demais, avise. Quando se sentir melhor, tem muita gente que vai querer falar com você. Para lhe agradecer. Por enquanto, tente dormir. Por favor.

PARA EXLEY, O dia seguinte foi nebuloso, num entrar e sair do estado de consciência, enquanto as enfermeiras ajustavam a medicação. Os médicos permitiram uma visita rápida dos filhos e da mãe, e a alegria de Exley ao vê-los superou sua vergonha. Ainda assim, ficou feliz quando eles foram embora. Viu em seus rostos como estavam chocados com seu estado. O esforço de tentar sorrir deixou-a exausta. Desmaiou quase na mesma hora em que a porta se fechou.

Ao acordar, Shafer estava a seu lado, humilde.

— Ellis — disse ela em voz baixa. Pela primeira vez sentiu que recuperava um pouco as energias, embora seu joelho queimasse como se tivesse sido dilacerado de dentro para fora.

— Jennifer. — Pela primeira vez, parecia não ter palavras para falar. Cruzou as mãos e andou pelo quarto com aquelas pernas finas.

— O que aconteceu lá? — ela perguntou. — Eles não querem me contar.

— Foi por pouco, Jennifer, mas você conseguiu — disse ele. — Você e Wells.

— O que eles queriam dizer quando falaram que ainda podia estar na fase de contágio?

— Bom, acho que eu não devia ser a pessoa a lhe contar isso, mas Wells infectou você com a peste.

Peste. O corpo de Exley queimou ao ouvir a palavra. Shafer colocou a mão no ombro dela.

— Está tudo bem. Nós achamos que conseguimos localizar todas as pessoas que foram expostas, aqui e no Canadá.

Canadá? Exley decidiu não perguntar.

— Eu preciso ver o John, Ellis.

— Ele está muito mal — disse Shafer. — Foi exposto à peste por muito mais tempo que você e levou um tiro nas costas.

— Khadri atirou nele?

— Não. A polícia. — Um sorriso estranho passou pelo rosto de Shafer. — As coisas ficaram confusas no final, mas terminou tudo bem. Nosso garoto é um herói, e você deve ser também. O presidente está vindo aqui na próxima semana. Enquanto isso, quem recebe o crédito é Duto, e eu estou deixando.

O nome de Duto provocou uma raiva súbita em Exley, mas a emoção desapareceu tão rapidamente quanto surgiu. Ela estava cansada demais. Shafer parecia ler sua mente.

— Não desperdice energia, Jennifer. Se não for ele, vai ser uma outra pessoa mesmo.

— Ele vai sair dessa, não vai, Ellis? — Em sua desorientação, ela se imaginou dando uma perna para que Wells não morresse. Ou as duas pernas. Claro. Afinal, quem precisava de pernas?

— Não vou mentir. Eles estão dizendo que as chances são de cinqüenta por cento. Mas isso é melhor do que era ontem.

NA MANHÃ SEGUINTE, ela se sentiu mais forte e pediu para que eles a levassem até o quarto de Wells. Disseram-lhe que não, mas ela insistiu. Então empurraram a cama dela para um quarto vigiado por quatro policiais de Nova York, usando uniformes de gala azuis e luvas brancas. Uma guarda de honra.

Wells estava deitado de lado, com uma solução intravenosa no braço, tubos de oxigênio no nariz, uma sonda saindo por baixo dos lençóis na altura da cintura. Ele estava pálido e abatido, e sua respiração era lenta, mas os sinais regulares da pulsação no monitor e no oxímetro acima de sua cabeça deram esperanças a Exley.

— Eu sei que o aspecto dele não é muito bom, mas ele está bem melhor — disse a Dra. Thompson. — Ele vem tentando dizer alguma coisa, fica balbuciando. Achamos que hoje ele recupera a consciência.

Na cama Wells se contraía e suspirava.

— Pode empurrar a minha cama para mais perto? — perguntou Exley.

WELLS SE VIU diante de um arranha-céu branco e brilhante, o mais alto que já vira. Suas paredes de mármore pareciam não ter fim. Queria muito entrar naquele local, embora não soubesse por quê. Alguma coisa o impelia, alguma coisa contra a qual não conseguia lutar. De qualquer forma, estava cansado demais para lutar. Procurou uma entrada, mas o prédio não tinha portas nem janelas, somente uma campainha na entrada. Pressionou a campainha. Ela disparou, e um homem de blazer azul e uma máscara cirúrgica se materializou diante dele.

Por favor, disse Wells, sem falar. Mas ele sabia que o homem compreenderia.

O homem apontou para o cinto de Wells, onde havia 12 armas penduradas. Makarovs, 45, Glocks, até mesmo alguns revólveres antigos. Enquanto Wells observava, as armas fundiram-se. Elas estavam vivas, ele percebeu. Nunca vira armas vivas antes. Ainda assim, a visão não o surpreendeu.

Tire todas elas, o homem transmitiu a mensagem por pensamento.

Não consigo, respondeu Wells. Ele olhou para baixo. Tinha diante de si um buraco enorme, no qual havia homens, guindastes e escavadeiras, construindo uma cidade de néon. Você não tem idéia de como é lá embaixo.

Tire todas elas, o homem de novo. Por trás dele, o arranha-céu de mármore perdeu o brilho e começou a desaparecer. Wells tentou desesperadamente se aproximar do homem de blazer, mas o homem levantou um dedo, um único dedo, e a dor tomou conta de Wells, irradiando-se pelas costas até os ombros e depois por todo o corpo.

Wells olhou para cima. O arranha-céu havia quase desaparecido. Sabia que jamais entraria ali se ficasse com as armas. Tentou tirá-las, mas não conseguiu: estavam grudadas a ele como sanguessugas.

O prédio desapareceu. O homem balançou a cabeça negativamente e fez um aceno irritado com a mão. E Wells caiu.

ATERRISSOU DE COSTAS no chão duro e pedregoso. A cidade de néon havia desaparecido, e o céu acima estava negro. Wells fechou os olhos e viu estrelas, mas com pouca luz, como vaga-lumes. Estava olhando para seu próprio cérebro através de uma cortina de gaze grossa. Sentiu de novo a dor aguda nas costas. Olhou para as estrelas. Sua luz era tênue, muito tênue. Não eram como a lembrança que tinha das estrelas do Afeganistão.

Afeganistão.

E na hora que compreendeu essa palavra, tudo voltou, tudo, absolutamente tudo, de repente, tão brilhante e implacável, como o sonho da febre, porém real; podia lembrar-se de tudo, e a dor da perfuração nas costas queimava com a morfina, ou o fetanil, ou o que quer que fosse que estivessem lhe dando e...

... ele abriu os olhos. E ela estava lá.

AGRADECIMENTOS

Este livro não poderia ter sido escrito sem a ajuda de meu irmão David. Juntos, concebemos a idéia de um agente da CIA dentro da al-Qaeda e discutimos maneiras de contar esta história. David também é escritor, mas quando lhe perguntei o que achava de eu escrever este romance, ele me disse para ir em frente. Por esse estímulo e pelas idéias que deu a cada passo do caminho, eu lhe sou profundamente grato.

Agradeço também a:

Ellen e Harvey, meus pais.

Mark Tavani, as correções.

Heather Schroder, que de alguma maneira convenceu a Random House a assinar um contrato com base em três capítulos e um esboço do livro, dando-me, assim, confiança (e a responsabilidade legal) para concluir esta obra, e Matthew Snyder, que fez o mesmo no tocante aos direitos autorais para um filme.

Jonathan Karp, que fez um adiantamento de compra.

Pilar Queen, Deirdre Silver, Andrew Ross Sorkin e Jennifer Vanderbes, as sábias e construtivas críticas que fizeram à primeira versão.

Dorian e Eric Nerenberg, que me levaram para conhecer a Buford Highway.

Douglas Ollivant, Kelly Pippin e outros soldados e oficiais (numerosos demais para serem mencionados aqui), que compartilharam comigo suas histórias (e seus refeitórios) em Bagdá e Najaf.

Zaineb Obeidi e todos os tradutores e motoristas do escritório do *Times* em Bagdá.

E, por fim, a todos os repórteres e fotógrafos que arriscam suas vidas diariamente. Trabalhei em sua companhia somente durante um mês, mas meu respeito por eles cresce a cada dia.

Este livro foi composto na tipologia Minion, em
corpo 11,5/16, e impresso em papel off-white 80g/m²
no Sistema Cameron da Divisão Gráfica
da Distribuidora Record.